LES INSATIABLES

DU MÊME AUTEUR

L'INVENTAIRE, Grasset, 1998.
QUEL BONHEUR !, Grasset, 2000 ; Le Livre de Poche n° 15355.
NOUS SOMMES, Stock, 2005 ; Le Livre de Poche n° 30842.
UN BONHEUR INSOUPÇONNABLE, Stock, 2008 ; J'ai lu n° 10227.
CETTE NUIT-LÀ, Stock, 2013.

Cet ouvrage a reçu une aide à la traduction du Goethe-Institut,
dotée par le ministère des Affaires étrangères allemand.

GOETHE INSTITUT

"Lettres allemandes"
série dirigée par Martina Wachendorff

Les citations au début du chapitre 29 de la deuxième partie du roman proviennent de Gershom Scholem, *Les Grands Courants de la mystique juive*, trad. de Marie-Madeleine Davy, Payot, 1973, p. 368.

Titre original :
Die Schuld der Anderen
Éditeur original :
Berlin Verlag in der Piper Verlag GmbH, Berlin

ISBN 978-2-330-06659-8

GILA LUSTIGER

Les Insatiables

roman traduit de l'allemand
par Isabelle Liber

ACTES SUD

Vint enfin un temps où tout ce que les hommes avaient regardé comme inaliénable devint objet d'échange, de trafic et pouvait s'aliéner. C'est le temps où les choses mêmes qui jusqu'alors étaient communiquées, mais jamais échangées ; données mais jamais vendues ; acquises, mais jamais achetées – vertu, amour, opinion, science, conscience, etc., – où tout enfin passa dans le commerce.

KARL MARX

Bien que ce roman soit inspiré de faits réels, son intrigue et ses personnages sont fictifs.

PREMIÈRE PARTIE

1

Il avait plu pendant des heures, mais aux premières lueurs de l'aube, l'humidité s'était évaporée sans laisser de trace. Paris, cette ville assurément faite pour le soleil, resplendissait sous un ciel bleu immaculé. La lumière ondoyait sur la Seine, un bateau rempli de touristes inertes passait sous un pont. Les quais semblaient avoir été blanchis à la chaux. Ailleurs aussi, la lumière éclatante du matin avait englouti les couleurs. Il ne restait plus que le clair et l'obscur, le blanc, l'ocre et le bleu. Et là-bas, où les arbres poussaient en rang ordonné, quelques taches de vert.

Marc promena son regard jusqu'aux berges. Voitures, camionnettes de livraison, autobus, motos : du bruit et, partout, l'impatience. La circulation était encore plus ou moins fluide, mais le vacarme des véhicules sur les voies pavées des bords de Seine était déjà si assourdissant que Pierre, à ses côtés, avait dû interrompre sa conversation téléphonique plusieurs fois et attendre le feu rouge pour continuer. Marc l'entendit demander à sa secrétaire d'envoyer un jeune journaliste au Palais-Bourbon, où les agriculteurs manifestaient. Évidemment, il aurait aussi pu appeler le rédacteur responsable du dossier, mais tout passait toujours par Anaïs. Elle avait beau avoir moins de trente ans, elle incarnait pour lui une sorte de figure maternelle.

Au feu vert, le bus touristique rouge qui semblait boucher toute la largeur des guichets du Louvre démarra et passa lentement devant eux. Depuis le premier étage panoramique, quelques visages blafards barrés de lunettes de soleil surdimensionnées se tournèrent vers eux comme à la recherche d'une attraction de plus dans une ville qui en comptait déjà tant. Un enfant agita la main et Marc répondit d'un geste, tandis que Pierre expliquait à sa secrétaire pourquoi il ne voulait consacrer que dix lignes, pas plus, aux fruits et aux bouses de vache que les agriculteurs allaient déverser devant le Parlement – pour leur quatrième manifestation de l'année.

"Au vingt-heures, ils n'auront même pas trente secondes", fit-il remarquer. Marc savait que son rédacteur en chef ne cherchait pas tant à se justifier aux yeux d'Anaïs qu'à lutter contre sa mauvaise conscience, et qu'Anaïs, aimable et patiente comme elle l'était, trouverait les mots pour qu'il puisse aborder sereinement l'après-midi. Le bus franchit le pont en cahotant et prit à droite en direction du musée d'Orsay. Sous les arcades, un Indien ou un Pakistanais qui avait installé son commerce à l'ombre leur tendit une bouteille d'eau au prix exorbitant de trois euros cinquante. Marc le connaissait. Il l'avait déjà croisé plusieurs fois. En automne, l'homme aux cheveux noirs et aux grandes dents dans un visage osseux vendait des parapluies *made in China* devant le Louvre et, le soir, il écumait les terrasses du quartier avec des roses de Hollande. Marc refusa d'un geste de la main et le vendeur replaça la bouteille dans la bassine remplie de glace, l'œil à l'affût des touristes.

Presque midi et demi. Tout le monde courait après quelque chose. Il n'y avait que lui, Marc Rappaport, à flâner sur un pont et à prendre le temps de regarder tout autour. À cette heure-ci, le pont, les arbres, la rive, ce trottoir dont le soleil avait chassé toute ombre pour en faire un creuset de lumière – tout lui appartenait.

Ils avaient prévu de déjeuner chez Lipp, comme tous les mardis, mais en prévision de la manif, les CRS avaient bouclé le boulevard Saint-Germain. Marc avait compté quatorze véhicules d'intervention. Du coin de l'œil, il avait vu les policiers prendre possession du quartier, descendre des cars avec leurs casques, leurs boucliers et leurs matraques, se déployer dans toute la rue et attendre, les traits tendus, qu'on leur donne l'ordre d'intervenir. Marc et Pierre avaient aussitôt opté pour un repli stratégique dans un autre quartier car ils tenaient tous deux en aversion les hommes en bleu foncé. Ils les voyaient comme les voyaient d'anciens sympathisants du Mouvement autonome, qui avaient eux-mêmes eu dans leur jeunesse quelques différends avec les autorités et considéraient aujourd'hui comme le pire des affronts qu'on les laisse passer comme ça, sans même leur demander leurs papiers. Vieillir était inévitable, d'accord, mais à quarante ans tout juste révolus, voilà que dans leurs tenues gris foncé, ils semblaient soudain aussi inoffensifs qu'autrefois leurs pères dans leurs costumes bien taillés.

"Envoie aussi quelqu'un pour faire des photos, on ne sait jamais, au cas où ça dégénérerait, dit Pierre à Anaïs, puis, en jetant un coup d'œil à Marc : On va où, en fait ?

— Rue Sainte-Anne", répondit Marc.

Il y a quelques années encore, on allait là pour se faire masser dans l'un des nombreux salons qui jalonnaient la rue. Mais une ville change plus vite que le cœur d'un mortel, Baudelaire le savait. Les clubs gays avaient fermé et, sans qu'on sût pourquoi, cela avait été au tour des restaurants japonais d'envahir le quartier.

2

La prostituée s'appelait Émilie Thevenin. Marc avait passé une bonne demi-heure à téléphoner ici et là pour dénicher une information qu'il n'était même pas certain d'utiliser. Après tout, qui voulait vraiment connaître le nom d'une pute étranglée presque trente ans auparavant ? D'autres se seraient contentés d'appeler Émilie "la victime", mais ceux-là n'avaient pas son talent.

Elle n'avait même pas fêté ses vingt ans. Il ne savait presque rien d'elle – seulement qu'elle venait d'une petite ville de province et qu'elle était partie à Paris à dix-huit ans pour étudier l'histoire à la Sorbonne –, mais il aurait pu retracer dans les moindres détails la façon dont les choses s'étaient déroulées. Il l'imaginait, en plus de ses études, tenter de gagner sa vie comme vendeuse (ou comme serveuse). Et puis, un week-end ou un autre, dans une discothèque ou une autre, rencontrer une vieille amie. Se laisser convaincre d'essayer – Allez, rien qu'une fois, pour voir. Pas de quoi en faire toute une histoire, hein, il faut envisager les choses calmement.

Subir les lubies d'un chef toute la sainte journée, c'est vraiment ce qu'elle veut ? Quelle idée de se tuer comme ça à la tâche pour un salaire de misère ! Où est le mal, pourquoi ne pas faire jouir quelques hommes d'affaires friqués et savourer en plus (bonus de l'escort) bons vins et bonne chère ? Elle ne va quand même pas rester vierge pour le seul et l'unique ? Ah ! Alors… – et, pour finir, se convaincre elle-même d'être fière de son choix. Non, elle n'est pas de ces femmes à la dérive qu'on force à la prostitution. Pas elle. Elle couche de son plein gré, contre un dédommagement qu'on peut qualifier de significatif. Car elle est jeune, cultivée (en première année d'histoire), française, jolie. Et si quelqu'un trouve quelque chose à y redire, c'est par mesquinerie, voilà tout. Avec un corps sans défauts, une fraîcheur et une naïveté toutes juvéniles, elle a accès au monde de l'argent facile, sans parler de la liberté de pouvoir choisir ses horaires ; oui, elle peut s'y faire. Et l'expérience aurait même pu durer encore un an ou deux, peut-être plus, si au mois de mai, en fin d'après-midi, Gilles Neuhart, employé de banque, ne l'avait pas étranglée. Frappée, attachée, violée, étranglée.

Assassinée.

3

Après la soupe miso, ils attaquaient maintenant la salade de chou décorée d'une tranche de concombre défraîchie. D'ici les sushis, Marc devrait avoir convaincu Pierre, son ami de longue date et rédacteur en chef, qu'à partir d'un communiqué d'à peine quelques lignes, il y avait de quoi faire un article plus fourni. L'encart avait paru sous un titre terriblement banal. Quelque part en page quatre. Sans mention de l'auteur.

UN MEURTRIER IDENTIFIÉ 27 ANS APRÈS LE CRIME

D'après les déclarations de la police judiciaire, une analyse ADN aurait permis d'élucider un meurtre commis il y a 27 ans.

En 1984, une prostituée de 19 ans avait été violée et assassinée dans un appartement du boulevard Edgar-Quinet où elle travaillait. Grâce aux nouvelles méthodes d'investigation criminelle, l'étau s'est resserré sur un employé de banque de 48 ans. Âgé de 21 ans au moment des faits, il aurait frappé la prostituée, puis l'aurait violée et étranglée avec un bas en nylon. "Sur la base d'analyses génétiques poussées, nous avons tout lieu de penser que le suspect est aussi le coupable recherché", a confirmé le commissaire Carletti, précisant que la police avait trouvé sur le bas des particules de peau ayant clairement pu être attribuées au meurtrier supposé.

Pendant que Pierre se concentrait sur les gestes experts du cuisinier occupé à étaler sur une natte noire les feuilles brunes et luisantes de nori, Marc, même s'il savait que ça ne menait à rien, entreprit de lui raconter l'histoire du meurtrier supposé, Gilles Neuhart.

Jusqu'à il y a deux jours, avec sa femme et leur fille de dix-neuf ans, l'homme vivait une vie sans histoire dans un quatre-pièces avec balcon, à Clamart. Tous les matins, il prenait le train de 8 h 35 pour Paris, descendait sept minutes plus tard à la gare Montparnasse, pas très loin d'ailleurs de l'appartement où, trente-sept ans auparavant, il avait étranglé et abandonné sur son lit la jeune Émilie. Ensuite, la ligne 4 l'emmenait jusqu'à Saint-Michel, soit tout près de l'agence bancaire où il travaillait sans grande ambition depuis treize ans. Presque tous les jours, avant de commencer sa journée, Neuhart buvait un petit noir en lisant le journal au comptoir d'un café du boulevard, parlait avec le patron et un autre habitué de ce qui se passait dans le monde et râlait contre le gouvernement. Presque tous les midis, il commandait le menu A au chinois du coin. Et presque chaque soir, avant de monter dans le train de 19 h 01 ou dans celui de 19 h 16, il buvait une bière accoudé au zinc d'un bistrot, près de la gare Montparnasse. Tous les lundis, il jouait au tennis avec un collègue. Mangeait tous les mardis avec sa fille au restaurant libanais le plus proche de la fac. Allait au cinéma avec sa femme tous les jeudis après le travail. Et tous les premiers vendredis du mois chez le coiffeur. Cela depuis maintenant treize ans. Le même café, le même train, le même journal, le même menu, le même coiffeur... Une vie figée dans les rituels. À la banque aussi, Neuhart avait ses petites manies. Comme la cigarette de dix heures trente précises, sur le trottoir, entre la boîte aux lettres et le fleuriste. Marc en était arrivé à la conclusion que la vie de Neuhart était faite d'une succession de petits moments soigneusement planifiés. Moments qui, à leur tour, pouvaient être répartis en deux catégories : les devoirs et les plaisirs simples que Neuhart s'accordait avec la minutie d'un être maniaque bourré d'habitudes.

Marc avait un vrai don pour dénicher les histoires qui avaient plus de potentiel qu'on aurait pu le croire à première vue. Et là, il le sentait : il y avait encore beaucoup de choses à découvrir. Il avait un peu fouiné, beaucoup téléphoné et posé des tas de questions, il avait passé en revue les voisins et les collègues de bureau. Il avait profité de leur émotion – on n'apprenait quand même pas tous les jours qu'on avait vécu et travaillé à côté d'un assassin –, mais il avait rencontré partout la même incompréhension. Gilles Neuhart était considéré comme un collègue fiable. Un voisin serviable. Un père aimant. Un client poli. Un joueur de tennis fair-play. D'accord. Sauf qu'une analyse ADN, ça ne mentait pas.

Un raseur. Un ringard. Un sympathique père de famille avec un petit secret, un léger dérapage, une minuscule éraflure biographique : un meurtre. Au demeurant, un parcours sans tache.

Marc s'était "procuré" quelques photos de Neuhart – en emportant le cadre à photo numérique posé sur son bureau, à la banque. Depuis déjà deux jours, il scrutait le visage de Gilles Neuhart. Debout sur la plage, en maillot de bain rouge, entre sa femme et sa fille de quatre ou cinq ans. Assis quelques années plus tard aux côtés de son épouse, à une table de fête. Le bras tendu, pointant fièrement du doigt sa toute nouvelle voiture. En train de décorer un arbre de Noël. Et puis sa fille, brandissant un cochon d'Inde, chantant à une fête de l'école, apprenant à nager avec papa. Enfin, tout le programme nuptial : arrivée du marié, arrivée de la mariée, échange des alliances et pièce montée.

Gilles Neuhart avait passé les vingt dernières années de sa vie à sourire innocemment au photographe, et Marc estimait qu'il était de son devoir de journaliste de percer le secret de cet homme qui, trois jours auparavant, si on lui avait annoncé que sa vie allait changer bientôt, se serait sans doute contenté de hocher la tête sans y croire une seule seconde.

4

“Et pourquoi ont-ils décidé de rouvrir l’enquête ? demanda Pierre, quand Marc lui eut raconté ce qu’il savait.

— Parce que le meurtre n’avait pas été élucidé.

— Il l’a vraiment assassinée il y a trente ans ?

— Il y a vingt-sept ans.”

Pierre plissa le front, sceptique.

“Mais qu’est-ce qui les a poussés à rouvrir une enquête vieille de vingt-sept ans ?

— Neuhart a laissé des empreintes sur le lieu du crime, mais à l’époque, ils n’avaient pas les moyens techniques de les exploiter.

— Et il n’a commis aucun autre meurtre, ni avant ni après ?

— Non, pas que l’on sache, du moins.

— Attends, mais comment se fait-il qu’ils aient eu son ADN ?”

Pierre vérifiait les informations, comme toujours.

“Il y a quelques semaines, Neuhart a fait faire un test génétique pour démentir une paternité. Un amour de jeunesse qui voulait lui faire avaler qu’il avait un fils de dix-sept ans. Sa femme a menacé de demander le divorce, et il a couru dans un laboratoire pour donner un échantillon de salive.”

Pierre le regardait, stupéfait. Marc savait bien ce que son ami pensait. Que la vie était vraiment surprenante. Qu’elle nous jouait de ces tours… Être confondu pour un crime parce qu’on avait voulu réfuter un mensonge !

“La police a accès à ce genre d’analyses ? Je ne savais pas.

— Si tu savais à quoi ils ont accès…

— Et c’était un laboratoire privé, tu dis ?”

Marc ne répondit pas : il avait remarqué que Pierre était à deux doigts de rendre son verdict. Il se passait la main dans les cheveux, comme il le faisait toujours avant de prendre une décision ou d'annoncer quelque chose.

Allez, vas-y. Donne-moi le feu vert. Marc jeta un coup d'œil au cuisinier qui étalait une fine couche de riz sur une feuille de nori, puis y disposait des bâtonnets de concombre qu'il saupoudrait de sésame. Couche après couche, l'homme poursuivit son œuvre, puis roula le tout en un gros boudin qu'il découpa en morceaux de taille égale.

"Alors, tu en dis quoi ?" demanda Marc en voyant la bouche de Pierre se plisser en une moue sévère.

Quand Pierre cédait tout en se reprochant secrètement de n'avoir pas été aussi carré que l'aurait exigé sa nouvelle position, son visage se fermait. Il n'était pas encore résigné, il ne voulait pas se conformer à ce poste qui l'empêchait même de déjeuner en paix chez le japonais. On leur servit le plat principal et Marc décida de repousser la discussion, pour la bonne raison qu'il avait faim. Ils attaquèrent leurs assiettes en silence. Il faisait une chaleur étouffante dans la salle. Quelle drôle d'idée d'avoir choisi un restaurant sans climatisation. D'un autre côté, il n'y avait pas un seul restaurant climatisé dans tout le quartier. Quant à attendre sur une terrasse bondée le bon vouloir d'un serveur débordé tentant de se frayer un passage entre les tables avec son plateau, ni l'un ni l'autre n'en avaient le temps.

Marc avait transpiré toute la journée. Debout, couché, assis, dans le métro, au bureau, pendant la conférence de rédaction, et maintenant ici. D'habitude, la rue Sainte-Anne était très animée à cette heure, mais aujourd'hui, même dans ce restaurant réputé pour être bon, il n'y avait que deux tables occupées. Le week-end approchant, dès qu'il faisait chaud, les Parisiens abandonnaient leurs appartements et se réfugiaient à la campagne, laissant leur ville aux bons soins des pigeons, de la poussière et des nuées de touristes.

Marc observait en douce le patron, un Asiatique trapu au visage sans âge, qui, lui, observait les passants. À intervalles réguliers, il échangeait avec sa femme, debout derrière la caisse, des regards inquiets. Seul le cuisinier travaillait avec constance, dans un flux serein de gestes réguliers et harmonieux, comme si, plutôt que de préparer des plats pour une clientèle devenue rare, il s'adonnait à la méditation.

“Je peux ? (Tout en posant la question au couple assis à la table voisine, Pierre tendit le bras pour attraper la sauce de soja.)

— Bien sûr, répondit la femme blonde en lui souriant, mais Pierre ne lui prêtait déjà plus attention.

— Et donc, tu veux essayer d’en apprendre un peu plus sur lui ?

— Oui, fit Marc.

— Je suis sûr que tu as déjà creusé et que tu n’as rien trouvé, je me trompe ?”

Pierre regarda Marc, sourcils froncés.

“D’ailleurs, qu’est-ce qui te fait croire que cette histoire vaut le coup ?”

Pour être honnête, Marc n’était pas bien convaincu lui-même de la “valeur journalistique” de l’histoire. Le journal avait une quarantaine de pages pour rendre compte du monde, et vu l’agitation politique et sociale actuelle, il n’y avait pas vraiment de place pour un Gilles Neuhart, pour ses motivations, ses doutes et ses scrupules. L’encart de dix-sept lignes que Marc avait écrit dans la fournaise d’un bureau paysagé, entouré de visages fermés sur lesquels irradiait la lueur des écrans, semblait largement suffisant. Consciencieusement, il avait entrepris de passer en revue les cinq grandes questions.

Qui ? Gilles Neuhart.

Où ? Dans un appartement proche de la gare Montparnasse.

Quand ? Au début des années quatre-vingt.

Quoi ? Un meurtre.

Pourquoi ?

Pourquoi, pourquoi… Toi et tes sempiternels pourquoi, aurait dit son grand-père. Avec des pourquoi, on ne va nulle part. Avec des pourquoi, on n’achète rien. Ce n’est pas avec des pourquoi qu’on se trouve une femme, qu’on fait des enfants, qu’on conquiert le monde… Sauf que Marc n’avait aucune intention de conquérir le monde, du moins pas selon la feuille de route que son grand-père maternel avait établie pour lui dans les moindres détails. D’ailleurs, il n’en avait pas besoin : à l’inverse de son ancêtre qui avait dû parcourir un long chemin pour arriver là où il voulait, Marc, lui, avait appris les bonnes manières à Neuilly. Il avait grandi loin des quartiers sensibles, loin du bruit, de la décrépitude et de la violence. Là où, du moment qu’on n'entamait pas trop la couche de vernis, même les soucis avaient quelque chose d'élégant.

Alors, son intérêt pour Neuhart venait-il de la minutie maniaque avec laquelle celui-ci avait tenté de se construire une vie, cette minutie qui lui rappelait la monotonie de son enfance ? Était-ce pour cela qu'il cherchait le mobile, l'élément déclencheur, la rupture, le pourquoi ?

Pourquoi un jeune homme bien sous tous rapports en venait-il à étrangler une prostituée ? Et comment une escort bien établie rencontrait-elle un homme pareil ? D'où tenait-il l'argent pour s'offrir une telle femme ? Et pourquoi, pourquoi, pourquoi l'étranglait-il plutôt que de prendre du plaisir avec elle ? S'était-elle moquée de lui ? Rien de ce qu'il avait trouvé sur Neuhart ne laissait entendre qu'il était de ces hommes incontrôlables qui s'emportaient et tuaient une femme sous le coup de l'émotion. Mais si le déclencheur n'avait pas été la colère, alors de quoi s'agissait-il ? Il voulait savoir.

5

Après avoir repoussé son assiette, Pierre avait encore trouvé un autre pourquoi. Évidemment.

“Dis-moi plutôt, dit-il en regardant Marc d'un air amusé, pourquoi tu veux t'occuper d'un gars comme Neuhart.”

Pierre le connaissait bien, et il connaissait la réponse. Marc Rappaport, qui avait passé son bac au très privé collège Stanislas, qui était sorti d'Henri-IV parmi les premiers, qui avait ensuite fait Normale sup *et* Sciences-po, n'écrivait rien d'autre depuis cinq ans que des articles sur des meurtres, des crimes sexuels et des scandales financiers, empilant sans fin des faits sous lesquels il faisait disparaître la complexité du vivant. Et là encore, c'était l'aspect factuel de l'histoire qui avait occupé son esprit jusqu'ici. Qu'une nouvelle méthode d'analyse permette, vingt-sept ans après le crime, de confondre un homme calme et équilibré, toujours prêt à rendre service, c'était le genre de choses avec lesquelles on pouvait faire oublier leurs soucis aux lecteurs, le temps de lire dix-sept lignes, oui. Avait-il à présent l'intention d'aborder les grandes questions métaphysiques ? Non, pas vraiment. Mais il voulait au moins comprendre ce que l'expérience définitive de la mort avait entraîné chez quelqu'un comme Neuhart. Avait-il des remords ? Avait-il, durant toutes ces années, pensé à Émilie Thevenin ? Le meurtre avait-il changé le cours de sa vie ? Était-il devenu un autre homme ? Ou bien avait-il effacé la prostituée de sa mémoire ? Et si tant est qu'il y fût parvenu, comment, par quels moyens avait-il pu retrouver la paix ?

Des questions, des questions, toujours des questions. Et une seule conclusion : il vieillissait, il perdait peu à peu de son mordant, comme Pierre, dont la mine était si pincée, maintenant, que Marc n'avait aucun doute sur la suite. Le rédacteur en chef allait céder. Allez, d'accord, dirait-il, je te donne une semaine pour tes recherches, une semaine, pas plus. Et bien sûr, à peine sorti du restaurant, il regretterait sa décision et confierait à son ami la fastidieuse page locale pour une période d'expiation d'au moins dix jours. Ce qu'il regretterait aussi. Si bien qu'un soir, il sonnerait chez Marc avec une bouteille de pomerol et un petit sourire en coin. Je peux entrer ? demanderait-il. Promis, je ne regarde pas. Alors, Marc ouvrirait la porte, les deux hommes iraient dans la cuisine et Marc aurait un peu honte en faisant disparaître les assiettes sales dans l'évier. Ça ne fait rien, laisse, protesterait Pierre en ouvrant la bouteille. Ils la videraient sans un mot, et Marc irait ensuite chercher la bouteille de scotch. Il enverrait Pierre chez l'arabe du coin parce qu'il faut du citron pour préparer un whisky *sour*, et tandis qu'il presserait le citron, Pierre, planté devant la fenêtre de la cuisine, perdu dans la contemplation de la façade de l'immeuble d'en face, se plaindrait de ses nouvelles responsabilités qui le barbaient terriblement. Il serait sérieux. Il était toujours sérieux dans ces moments-là. Il réitérerait sa plainte comme une formule magique capable de le renvoyer dans le royaume de sa jeunesse, à cette époque où tous deux appelaient à la lutte contre l'ordre établi et croyaient être les détenteurs de la vérité, les sauveurs du monde à venir. Plus tard, dans la nuit, ils finiraient par s'installer au salon pour écouter Bob Dylan, Nick Cave, Patty Smith ou ce que la vieille collection de vinyles de Marc aurait d'autre à leur offrir. Dans l'immeuble d'en face, les dernières lumières s'éteindraient tandis que Pierre jouerait quelques accords simplistes sur la guitare désaccordée de Marc, relique d'une époque bel et bien révolue. Et comme toujours, en regardant son ami écorcher lamentablement *Boots of Spanish Leather* et *Ballad in Plain D*, assis en tailleur sur le tapis, Marc se demanderait quels étaient ses propres stratagèmes et par quelle mauvaise foi il tentait lui-même de se voiler la face.

Où en était-il, finalement ? Il habitait toujours le trois-pièces que ses parents (ou plutôt sa mère) lui avaient aménagé dans l'un des immeubles dont ils étaient propriétaires. Il conduisait toujours le même tas de ferraille. Il n'avait toujours pas renoncé à l'espoir d'écrire un jour sa thèse. Il subissait toujours le discours de sa mère qui trouvait régulièrement "tellement dommage qu'il ne soit pas parti s'installer à Berkeley avec Béatrice, son (soi-disant) grand amour d'autrefois". Il refusait toujours catégoriquement de faire plus dans la holding familiale que de siéger au conseil d'administration, ce qui se résumait à prendre place deux fois par an dans une salle de conférences avec sept représentants des salariés, le PDG Alain Toulouse, sa mère et ses trois cousines cinglées, pour voter telle ou telle décision avant d'aller déjeuner avec tout ce beau monde. Mais était-ce parce qu'il se contentait de peu ? Pour éviter d'être à la charge de quelqu'un ? Ou bien se cantonnait-il à cette vie étriquée par simple paresse ? Combien de possibilités, parmi celles qu'offrait la vie, avait-il finalement essayées ? Avait-il modifié ne serait-ce qu'une seule des coordonnées qui définissaient son existence bien réglée ? S'était-il un jour seulement impliqué dans une relation avec un autre être humain ? Avait-il assumé la responsabilité de quelqu'un ou de quelque chose ? Cela dépendait de ce qu'on entendait par "responsabilité". Selon la définition admise par les différents membres de sa famille, Marc était quelqu'un qui, par paresse, par faiblesse et par habitude, n'était pas encore descendu du piédestal depuis lequel la jeunesse se plaisait à jeter des regards méprisants sur le monde répugnant des adultes. Quelqu'un qui n'avait pas encore appris à transiger, ce que tout le monde finissait par faire. Marc laissait les membres de sa famille perplexes. Mais leurs reproches ne l'atteignaient pas vraiment. Ils ne trouvaient que rarement écho en lui.

Ce n'étaient que des pensées nocturnes qu'il faisait disparaître au matin avec la première gorgée de café noir. Une fois la radio allumée, dès qu'une voix de baryton lui récapitulait le monde en quelques mots brefs et précis, la fièvre habituelle le reprenait et il savait à nouveau pourquoi il faisait ce qu'il faisait. Au matin, tout rentrait dans l'ordre et il ne restait de l'apitoiement sur son sort qu'un vague arrière-goût dont il avait un peu honte.

Par chance, la porte s'ouvrit et un courant d'air frais se faufila jusqu'à leur table. Un touriste, espagnol ou sud-américain à en juger par ses traits, entra dans le restaurant, un guide de voyage à la main. Que pouvait-il bien faire ici, dans cette rue sans charme, bien trop authentique pour un touriste ordinaire visitant Paris ? Et effectivement, il n'avait pas l'air bien à son aise, mais il était trop tard pour reprendre le chemin de la sortie : le patron l'avait rejoint avec la carte et lui attribuait d'autorité une place près de la fenêtre.

"Et Déborah ? (Pierre s'essuya le coin des lèvres avec sa serviette.)

— Quoi, Déborah ?

— C'est à nouveau fini entre vous, c'est ça ?"

Il sentit sur lui le regard de Pierre et ne réagit pas.

"Si je pose la question, c'est parce qu'apparemment, tu comptes te servir de cette histoire ridicule pour ne pas t'occuper de ta vie."

Le touriste, pas vraiment convaincu, s'assit quand même devant le cocktail de bienvenue qu'on lui avait mis sous le nez avant qu'il ait pu suspendre sa veste au dossier de sa chaise.

"Cette fille est vraiment bien, tu sais. Vraiment très bien. Ça aurait pu marcher entre vous. Elle aime bien ce grand crétin que tu es. Ne me demande pas pourquoi, mais elle tient à toi."

Pierre se cala contre le dossier de sa chaise, les bras croisés derrière la tête. Marc savait que s'il le laissait faire, Pierre allait entamer son célèbre discours sur "Marc et les femmes".

"Bon alors, coupa-t-il, c'est oui ou c'est non ?

— Comment se fait-il que tu ne puisses jamais t'engager dans une relation ? C'est quoi ton problème ?"

Son problème ? Il n'en avait aucun. Il ne voulait pas avoir à vivre comme Pierre. Il ne voulait pas d'une femme qui le choie, pas d'enfants pendus à lui, pas de maison de campagne où il se croirait obligé d'aller parce qu'il y avait un crédit à payer sur les vingt prochaines années, pas de berline familiale qui sentait le chien, pas d'assurance vie, pas de livret d'épargne. Il aurait pu continuer la liste longtemps, mais on pouvait aussi résumer les choses autrement : il ne voulait surtout pas avoir à sonner à la porte de son vieil ami à dix heures et demie du soir pour se retrouver ensuite à trois heures du matin à gratter du Dylan sur une guitare désaccordée en pleurant sur ses folles années.

"Je ne te comprends pas. Je ne te comprends vraiment pas. Il serait temps de grandir un peu. Elle est intelligente, drôle, sexy, indépendante..."

Et juive. Ce qui faisait qu'au bout de deux petites semaines seulement, elle avait voulu l'emmener à la bar-mitsvah de son neveu et, quelques jours plus tard, à l'enterrement de son grand-oncle Édouard. Qu'elle téléphonait chaque jour à sa mère et se disputait chaque jour avec elle. Qu'elle ne cachait rien, mais alors vraiment rien, à ses trois amies du Mouvement de jeunesse sioniste. Noémie, Mimi et Nilli savaient tout de lui. Cela se voyait à la manière dont elles le regardaient. Elles connaissaient ses plats préférés, sa position préférée pour dormir, son adresse et les caresses que Déborah lui prodiguait pour qu'il jouisse. Pendant trois semaines, ils avaient eu une vie sexuelle dévergondée, si effrénée et excitante qu'il lui suffisait d'y penser pour avoir une érection, et puis les questions avaient commencé.

Est-ce que son travail lui plaisait ? Oui.

Combien d'années d'études avait-il fait ? Beaucoup.

Avait-il déjà enseigné ? Non.

Avait-il des frères et sœurs ? Non.

Était-il obligé de boire un whisky chaque soir ? Oui.

Pourquoi ne portait-il jamais de cravate ? Silence.

Depuis combien de temps connaissait-il Pierre ? Une éternité.

Pierre était-il son meilleur ami ? Oui.

Mais alors, pourquoi n'avait-il pas été augmenté ? Silence.

Le fait qu'il ne lui disputerait jamais sa place n'était-il pas aussi ce qui plaisait à Pierre ? Silence.

Est-ce qu'il n'avait pas envie de gravir les échelons ? Non. Il n'avait absolument aucune ambition sur ce point.

Pourquoi sa mère ne s'était-elle pas convertie ? Et se sentait-il juif malgré tout ? Qu'est-ce qui lui plaisait dans le fait d'écrire sur des meurtriers ? Pourquoi ne s'était-il jamais marié ? Parce qu'il n'aimait pas les enfants ?

Lui, ne pas aimer les enfants ? N'importe quoi. Bien sûr qu'il aimait les enfants. Bon, peut-être pas autant qu'il aimait le chien de Pierre…

Et que dirait-il si elle se retrouvait enceinte ?

Ce qu'il dirait ? Il s'était assis sur le lit et l'avait regardée.

Pourquoi ? Tu es enceinte ?

Non, avait-elle répondu, c'était juste une question.

Ça aussi, c'était juif. Un monde au conditionnel. Un monde plein de *devrait*, *aurait*, *serait*, *pourrait*, plein d'hypothèses. Il n'était pas à la hauteur. Le présent lui suffisait. Et s'il en venait à formuler des hypothèses pour un avenir proche, ce n'étaient que des hypothèses sur l'assassin Gilles Neuhart.

"Bon, alors ? (Il regarda Pierre, qui demanda l'addition.) Allez, je te passe les clefs de mon appart et tu peux jouer sur ma Gibson ce week-end.

— Parce qu'en plus, tu as l'intention de partir ?

— Il faut que je fasse le tri dans ce qu'on a, oui.

— Ce qu'on a ? Je ne vois rien, moi, dit Pierre. Bon. Quatre jours. (Ils s'étaient levés.) Mais en échange, tu prends le morveux."

Le morveux, c'était le stagiaire de la rédaction, fils de la troisième femme d'un gros actionnaire. Si le morveux avait jamais éveillé la moindre sympathie chez l'un des collègues, elle avait aussitôt été réduite à néant par la manie qu'il avait d'enchaîner questions et suggestions sans s'arrêter. Ça, oui, le petit gars était motivé. Mais était-ce parce que beau-papa faisait partie du conseil d'administration ? Sans doute pas. À cet âge, on était toujours ambitieux. C'était bien ce qui faisait qu'on trouvait les jeunes sympathiques, pas vrai ? Non, c'était ce qui faisait qu'on les trouvait encombrants.

6

Il s'apprêtait à appeler Carletti quand Pierre se planta devant son bureau avec le jeune homme, et Marc put voir sur les visages narquois de ses collègues la joie maligne qu'ils éprouvaient tous à le voir forcé de travailler pendant six semaines avec ce boulet. Ma foi, il leur accordait ce petit plaisir.

"Rappelez-moi votre nom, déjà ?, demanda-t-il au jeune homme, une fois Pierre sorti.

— Alex."

Marc l'examina. Alex, donc. Il n'avait même pas l'air antipathique, un peu trop couvé, peut-être, comme s'il avait été pendant des années le petit chéri choyé d'une mère célibataire.

"Et vous avez quel âge ?

— Vingt et un ans."

On lui donnait bien trois ou quatre ans de moins. Il était quasiment imberbe. Pas encore vraiment sorti de l'âge androgyne.

"Qu'est-ce que vous avez fait, avant ?

— Des études d'informatique. Mais j'ai arrêté.

— Ça veut dire que vous savez décoder des mots de passe en un rien de temps, comme les vrais hackers ?

— Oh, c'est une idée reçue, malheureusement. L'informatique, c'est beaucoup plus théorique qu'on le croit. On fait aussi de la programmation, bien sûr, mais il s'agit surtout de savoir de quelle façon sont représentées les données, ce que sont vraiment les informations et comment des informations se transforment en d'autres informations, par exemple comment une requête devient un résultat…

— OK, c'est bon, coupa Marc. Vous allez vous charger du travail de recherche. (Bon Dieu, il ne pouvait pas se tenir droit ?) Éventuellement, je vous ferai aussi rédiger un petit article, enfin, nous verrons. Vous commencez lundi à neuf heures. Et, Alex, si vous voulez que les choses se passent bien entre nous, rendez-moi un service : évitez que votre enthousiasme ne m'épuise. (C'était un peu dur, il le savait, aussi poursuivit-il avec un peu plus de circonspection.) Ici, le zèle est considéré comme un sacrilège envers les dieux. (Mieux ? Non.) L'ardeur de la jeunesse illustre surtout une chose, c'est que, dans notre métier, on est très exposé à l'érosion, vous voyez ?"

Le jeune homme approuva, alors qu'évidemment il ne pouvait pas avoir la moindre idée de ce que voulait dire Marc. Comment aurait-il pu ? Pour comprendre, il aurait d'abord fallu qu'il voie jour après jour sa fougue s'effilocher sous le coup des directives. Le petit gars voulait voir à quoi ressemblait le monde du travail ? Première leçon : l'usure. Voilà à quoi l'on joue quand on travaille. L'usure, ce mal pernicieux qui, en quelques années à peine, transformait un débutant enthousiaste en un pro aigri. Pour s'en convaincre, il suffisait de jeter un coup d'œil sur les collègues devenus cyniques à la sueur de leur front. Le contraste entre eux et ce jeune homme qui, d'excitation, se mordait la lèvre inférieure était accablant. Bon, il lui donnerait un petit quelque chose à faire pour le week-end.

"Laissez-moi votre numéro de portable, on ne sait jamais."

Ravi, le jeune homme en était encore à griffonner ses coordonnées sur un carnet que Marc regrettait déjà sa décision, condamné qu'il était à passer les six prochaines semaines sinon à freiner, du moins à canaliser l'entrain de la jeune recrue. Peut-être même cet enthousiasme serait-il communicatif. Allait-il y prendre goût ? Très certainement. Et alors ? Alors, il ne lui restait plus qu'à en prendre son parti.

Marc connaissait Carletti depuis dix ans. À l'époque, il était encore policier de terrain et Marc venait juste d'admettre que l'idée d'écrire une thèse avait été illusoire. Il avait accepté un poste au journal et commençait à s'intéresser au milieu des drogués, des dealers et des assassins quand plusieurs enquêtes successives avaient placé l'agent de police Patrice Carletti sur son chemin.

Le chaos auquel il avait fait face, l'absurdité de la violence à laquelle il s'était soudain trouvé confronté, le mutisme sous la coupe duquel elle s'exerçait, tout cela l'avait laissé pantois. Dans son monde à lui, les choses étaient ordonnées, soignées et pensées dans le détail. Dans son monde à lui, l'illégalité elle-même avait une logique, et même le non-respect des lois pouvait être justifié par des arguments plausibles d'ordre sinon moral, du moins économique. Mais quand un dealer de crack de vingt-trois ans tirait une balle dans le ventre de sa femme pour une histoire de place de parking ? Quand des jeunes de dix-sept ans, par ennui et pour quelques euros, agressaient des retraités, tabassaient leurs victimes en silence et, sans montrer la moindre émotion, les rouaient de coups de pied, se servant du vol comme d'une occasion pour… Pour quoi ? Pour extérioriser leur colère ? Sonder les frontières de l'acceptable ? Prendre la mesure de leur propre puissance ? Ritualiser l'acte de violence ? Il n'en savait rien. C'était une violence qui se nourrissait d'elle-même, une violence que la raison était inapte à appréhender et qui n'avait pas d'autre mobile que son propre élan implacable. Elle le laissait sans voix. Et semait le doute en lui quant à l'existence d'une compréhension mutuelle, d'un stock de valeurs communes qui structurât encore la vie en société et permît dans une certaine mesure de l'anticiper. Quel lien existait encore entre les victimes et les coupables ? Poursuivaient-ils les mêmes objectifs ? Affrontaient-ils les mêmes problèmes ? Partageaient-ils les mêmes chances ? Oui, vivaient-ils seulement dans le même monde ? Qu'y avait-il de commun entre, d'un côté, une bande de jeunes de dix-sept ans pour qui le vol, la violence physique et le chantage étaient depuis longtemps quotidiens et, de l'autre, un bijoutier de quarante-deux ans ? Où leurs chemins se croisaient-ils ? Nulle part ailleurs, bien sûr, que sur le lieu du crime.

Devant ces jeunes de dix-sept ou vingt ans, orphelins de tout sentiment d'empathie envers leurs victimes et incapables de saisir émotionnellement les conséquences de leurs actes, les énoncés philosophiques qui l'avaient vu grandir lui apparaissaient comme des coquilles de noix vides. La raison comme *faculté des principes* ? Comme *faculté de ramener à l'unité les règles de l'entendement au moyen de certains principes* ? Eh bien, pas forcément ici, dans les entrailles de la ville. Il avait été rassuré que Carletti le prenne sous son aile et, pour une raison inconnue, accepte de lui ouvrir la porte de son territoire, la rue. Pendant de nombreuses années, il avait pu l'accompagner régulièrement dans ses patrouilles. Il l'avait vu surveiller la gare du Nord, cette plaque tournante de la guerre des gangs, chasser les dealers de crack de la rue Myrha, plaisanter avec les prostituées, rue Sofia, et apprivoiser les hordes de jeunes en mal de pillage et de rapine qui, tous les week-ends, prenaient le RER pour fuir la banlieue et conquérir la ville. Combien de fois avaient-ils fait ensemble les courses au supermarché tamoul, cingalais ou pachtoune, déjeuné dans un restaurant chinois, profité du coup de ciseaux du coiffeur africain ? Et puis un jour, Patrice Carletti avait été promu et condamné à un poste administratif bien payé. Depuis, il occupait dans un grand bureau lumineux les fonctions d'adjoint au chef du 2e district de police judiciaire et écoutait chaque matin ce que les gars qu'ils supervisaient avaient à lui rapporter en matière de contrefaçon de cartes de crédit, de contrebande, de faux monnayage, de blanchiment d'argent, de vol de voitures, de jeux de hasard, de drogue, de prostitution, d'enlèvement, de traite d'êtres humains et de meurtre. On appelait cela "faire carrière". On appelait cela "aller de l'avant". "Donner le ton", "être décisionnaire" – distinction, aura, pouvoir. Seulement, pour le commissaire divisionnaire Carletti, avant toute autre chose, c'était la fin des patrouilles et de la chasse. Carletti, lui, appelait cela "être mis au rancart", rien d'autre. À tout juste cinquante-deux ans, en plus. Sept mois s'étaient écoulés depuis qu'il avait pris sa place parmi les puissants, et il regrettait la vigueur de sa jeunesse, les heures supplémentaires, les permanences de nuit et les repas avalés à la va-vite.

Marc le voyait toujours. Peut-être même plus souvent que par le passé. Il aimait discuter avec lui quand il travaillait sur un article. Il ne connaissait personne qui puisse se vanter d'avoir une telle expérience et dont il estime autant la connaissance du genre humain. Personne dont les conseils ne lui étaient si précieux.

"Tout le monde parle toujours du mobile, Rappaport, mais est-ce qu'il y a d'autres mobiles que l'appât du gain et l'avidité ? Oublie le mobile et concentre-toi sur la victime. Si tu arrives à comprendre comment la victime est tombée dans le piège, alors tu as la combine du coupable, et tu sais aussi à quoi ressemble l'empreinte génétique de ses actes."

Comment Émilie était-elle tombée dans le piège ? Pour Carletti, la question ne se posait plus puisqu'ils avaient arrêté le coupable. Ou plutôt : puisque les dernières avancées technologiques le dispensaient de réfléchir sur une affaire qui datait de leur puberté boutonneuse à tous deux. De toute façon, en ce moment, Patrice Carletti n'avait plus en tête que les bureaucrates et les directives qui l'avaient forcé à mettre la pédale douce. Un travail de bureau. Rien de pire pour un Corse. Sauf, peut-être, d'être déchu au rang de bénéficiaire de l'aide publique et de toucher le RMI ou une pension d'invalidité.

Carletti était intimement persuadé d'être un vrai Corse. Et de la même manière, il croyait dur comme fer que Marc était un vrai juif. De ceux qui se distinguent par leur intelligence, leur zèle culturel, leur connaissance du monde, le tout ourlé d'une inévitable pointe d'humour. Aucun juif n'aurait validé cette définition du judaïsme. En guise de compliment personnel, passe encore, mais certainement pas s'il fallait y voir des principes de vie perçus comme communs. Principes de vie qui, d'ailleurs, n'intéressaient pas Carletti le moins du monde. Lui aussi était passé maître dans l'art de se mentir. Il voulait croire que si Marc et lui étaient liés, c'était parce qu'ils appartenaient tous deux à des minorités (juifs ou Corses, même combat), alors que leur amitié masculine reposait sur quelque chose de beaucoup plus complexe, qui touchait aussi au fait qu'ils étaient pleinement conscients de leur fragilité – et de leurs désirs. Mais ainsi juché sur le trône des minorités, Patrice Carletti aimait se moquer gentiment de ses collègues, ce petit peuple de fonctionnaires qui parlait constamment de ses RTT.

"Quand ils ne sont pas en train de compter le nombre d'heures supplémentaires accumulées et les jours de congé qu'ils peuvent empocher, ils calculent s'ils ont amassé assez de points pour la retraite anticipée. Est-ce que tu connais un seul autre endroit, Rappaport, qui souffre ainsi de manière chronique ? Dans ce pays, il n'y a pas de secrétaires médicales, d'imprimeurs, d'enseignants, de juges, ni de policiers, il n'y a que des professionnels de la souffrance. Ici, à mon étage, ils souffrent tous le martyre. Ma secrétaire a le rhume des foins, son petit garçon a des maux de ventre. La nana des archives a mal au dos et le gars de l'informatique des insomnies. Ils passent leur temps à se plaindre, plantés devant la machine à café. Ils se plaignent de la chaleur et de la pluie, du métro aux heures de pointe, de leur salaire..."

Et de leurs collègues, songeait Marc dès que Carletti entamait son discours.

La vérité, c'était que Carletti était aussi corse que Marc était juif. En d'autres termes, ils étaient l'un et l'autre le prototype même du Français, qui passait son temps à caresser l'illusion de ne pas faire partie de la bande parce qu'il était homosexuel ou de sexe féminin, trop jeune, trop vieux, trop pauvre, trop riche, corse, juif, arabe, auvergnat, chinois, polonais, vietnamien, italien, algérien, végétarien. On pouvait même être fermement convaincu d'être discriminé à cause de ses origines bretonnes. Patrice Carletti, en tout cas, veillait comme sur un trésor sur ce sentiment de ne pas en être.

Et qu'y avait-il de plus français, on se le demande, que de s'enorgueillir sans cesse de sa sacro-sainte singularité et d'en souffrir ?

7

Carletti décrocha dès la deuxième sonnerie.

"Neuhart est toujours chez vous ?

— Pourquoi ?"

Encore un pourquoi, à croire que c'était la journée.

"Je veux faire un article sur lui.

— Tu en as déjà fait un, non ?

— Oui, mais j'aimerais aller plus loin, mettre en lumière son entourage, saisir ses motivations, l'aspect humain, quoi…

— Depuis quand est-ce que vous vous intéressez à l'aspect humain ?

— Est-ce que je peux assister à un interrogatoire ?

— En tant que quoi, en tant que moustique ? Tu peux me dire comment je dois justifier ta présence auprès de son avocat ? Et puis, de toute façon, cette histoire, c'est du réchauffé. Tu le sais aussi bien que moi."

Marc ne releva pas et préféra demander : "Il est en garde à vue depuis combien de temps ?

— Depuis hier.

— Ça veut dire qu'il sera transféré à la Santé demain au plus tard.

— Ça ne veut rien dire du tout.

— Il est mis en examen ?

— Il passe aujourd'hui devant le juge d'instruction.

— Laisse-moi être là pour l'interrogatoire", supplia Marc, sachant pertinemment que si Neuhart était transféré à la prison le soir même, il serait plus difficile, voire impossible de l'approcher.

Il dut insister encore un bon moment : Carletti avait prévu de fuir la canicule dans une salle de cinéma des Grands Boulevards, quel que soit le film qu'on y passait, du moment que l'endroit était climatisé, mais il finit par se laisser convaincre et accepta au moins que Marc vienne encore une fois jeter un coup d'œil au dossier.

On était vendredi. Dans quelques heures, mis à part un stupide divorcé comme Carletti et un stupide célibataire comme lui, soit deux hommes plus ou moins sans attaches, il n'y aurait plus personne au commissariat. Marc imaginait sans peine pourquoi le commissaire avait décidé d'aller directement de son bureau au cinéma, sans s'arrêter à une terrasse. En été, on n'y voyait que des couples étroitement enlacés… Le vendredi, entre cinq et six heures, quand les bureaux se vidaient peu à peu avant un long week-end ensoleillé, même Marc, pourtant si épris de sa liberté, devait veiller à ne pas se laisser gagner par une dépression soudaine.

Il arriva en pleine fête. Les Stups, qui avaient arrêté deux dealers après des semaines d'enquête, mangeaient une pizza et célébraient gentiment leur succès à la bière.

"Trois tonnes de cannabis et soixante-quatre kilos de résine", lui révéla un petit roux prénommé Arthur, et tandis qu'il lui racontait fièrement les semaines de filature et d'écoute, puis le guet-apens à un péage aux environs de Paris, Marc ne put s'empêcher de faire le calcul. Il jeta un bref coup d'œil à Carletti qui flirtait à la porte avec une jeune policière. Trois tonnes. Trois mille kilos. En ce moment, il payait son dealer dix euros le gramme. Mais d'où ces petits jeunes qui faisaient les intermédiaires tenaient-ils tant d'argent ?

"Ils ont quel âge ?" demanda Marc dans l'escalier qui menait au bureau de Carletti quand, fidèles à leur rituel, ils s'arrêtèrent au distributeur de boissons du deuxième étage.

Le commissaire divisionnaire comprit aussitôt : "Vingt-deux ans. Et ça n'est certainement pas leur premier coup, sinon ils n'auraient pas eu cette livraison. (Il sortit quelques pièces de la poche de son jean, choisit une boisson, appuya sur le bouton.) Avec un peu de malchance, reprit Carletti tandis qu'ils regardaient tous deux la canette dégringoler dans le tiroir du bas, ils en prendront pour dix ans et sortiront au bout de cinq pour bonne conduite parce que les prisons sont surpeuplées. (Il lui tendit le Coca-Cola et glissa de nouvelles pièces dans la fente.) Ils ne sont pas bêtes, Rappaport. Ils voient leurs pères s'user toute leur vie au travail. Et pour quoi ? Pour que les autres s'enrichissent. Ils les voient rentrer à la maison lessivés, usés, rompus de fatigue, pour avoir quoi, au bout de trente ans ? Pas bien plus qu'un pauvre livret d'épargne et une hernie. La génération qui est en train de devenir adulte n'en a rien à faire de l'assimilation. Ces jeunes n'ont aucune envie d'être exhibés comme modèles d'intégration. Ce qu'on pense d'eux, ils n'en ont rien à cirer. Ils ramassent en un mois bien plus que leurs pères qui triment sagement à l'usine, et même plus que toi et moi réunis. Et sûrement bien plus que le lèche-cul de première à qui tout le monde a prédit un brillant avenir parce qu'il est allé jusqu'au bac et qui se retrouve quand même chez Burger King pour sept euros quarante-sept de l'heure parce qu'il n'y a pas de travail pour les jeunes.

— Qu'est-ce que tu veux insinuer ?

— Rien.

— Tu nous fais une apologie du crime ?

— Crois ce que tu veux, répondit Carletti.

— Est-ce que tu serais en train de devenir le genre de flic qui comprend les criminels ?"

Ils étaient arrivés au bureau encombré qu'occupait le commissaire divisionnaire.

"Le monde est quand même bien pourri, tu sais. (Carletti lui fit signe de s'asseoir où il pouvait.)

— Ouh là, l'ami, fais attention ! Si Aubert s'aperçoit que tu te mets à défendre les dealers devant la presse française..."

Aubert était le chef du 2e district de police judiciaire et par conséquent le supérieur hiérarchique de Carletti. Il avait pour habitude de faire circuler par mail des informations sans aucun intérêt pour personne, à moins qu'il ne sillonne les bureaux peu avant l'heure du déjeuner pour s'assurer de la bonne marche des choses et empêcher tout le monde de travailler.

Carletti repoussa *L'Équipe*.

"Mets-toi là.

— Tu ne veux pas ranger un peu ? demanda Marc par pure habitude, alors qu'il connaissait la réponse.

— Non."

Marc soupira et s'assit sur le vieux canapé en velours dont la couleur restait indéfinissable, à mi-chemin entre le vert et le marron. Un reliquat du prédécesseur de Carletti, déjà à la retraite depuis longtemps ; de la marchandise volée que personne n'était jamais venu réclamer. Et pour cause.

Avec ses cartons de preuves empilés près de la porte, ses étagères et ses meubles-classeurs débordant de factures, de brochures, de modes d'emploi, d'articles de journaux, d'informations dépassées et de courriers en tous genres, amassés pendant des années de travail minutieux et conservés selon un ordonnancement que seul Carletti connaissait, la pièce ressemblait plus à un débarras qu'à un bureau. Sans oublier la célèbre collection de mignonnettes exposées partout où il y avait de la place : Bols Crème de Cacao, Brandy Stock 84, Hennessy X.O, Royal Jamaican Rum, Aalborg Jubilaeums Akvavit, Campari, Jägermeister, Ouzo, Pernod... S'il était depuis longtemps guéri de sa collectionnite, Carletti n'en était pas moins voué, à chaque retour de vacances, à recevoir de ses collèges une petite bouteille prélevée dans le minibar de l'hôtel. Seule sa table de travail, d'où il avait vue sur un tilleul, était relativement bien rangée.

"Alors, qu'est-ce que tu veux savoir sur Neuhart ? demanda Carletti, prenant place lui aussi.

— Est-ce qu'il a avoué ?

— Il ne comprend pas ce qu'il fait ici. Il n'a rien sur la conscience. Et patati et patata. (Il plissa le front.) Il a peur. Mais je ne sais pas de quoi. Il n'est pas juste intimidé. Il a la trouille."

La sonnerie du téléphone retentit. Carletti décrocha, agacé, expédia la conversation, puis tendit à Marc le dossier sur Émilie Thevenin en même temps qu'il appelait son assistant.

"Dimitri ! cria-t-il, et un jeune homme à lunettes apparut dans l'encadrement de la porte. Le juge d'instruction n'a pas eu le dossier sur l'assassinat de la rue Tesson. Tu le lui apportes ?

— Oui, chef.

— Dimitri ! lança-t-il encore alors que celui-ci tournait les talons et s'apprêtait à sortir. Qu'est-ce que les gars des Stups ont rapporté, tout à l'heure ?

— Vous voulez parler des cartons qui sont dans la cave, chef ?"

Carletti se redressa.

"Évidemment.

— Des contrefaçons d'articles de marque qu'ils ont trouvées ce midi au rez-de-chaussée d'un immeuble de la rue des Poissonniers.

Les receleurs s'apprêtaient à charger la marchandise et ils en ont profité.

— Inventaire ?

— Comme d'habitude, répondit Dimitri, faux sacs Louis Vuitton, lunettes, foulards, porte-monnaie et ceintures Versace, montres Seiko et Cartier…

— Il y a des entrepôts dans l'immeuble ?

— Oui, chef.

— Alors trouvez les propriétaires et les locataires et faites une petite visite aux marchands ambulants."

Tous deux savaient que ça ne servirait pas à grand-chose.

"Bien, chef, répondit Dimitri. Autre chose ?

— On a du nouveau sur la disparue de la rue Binet ?

— Non.

— Qui s'en occupe ?

— Le jeune Bonneau.

— Qu'il prenne contact avec la fille.

— D'accord, chef."

Carletti le laissa enfin partir.

"Alors, demanda le commissaire divisionnaire quand Marc lui eut rendu le dossier. Passionnant, pas vrai ?"

Marc ne releva pas.

"Est-ce que je peux être là quand vous repassez Neuhart à la moulinette ?

— Non. Hors de question.

— Laisse-moi au moins le voir une fois."

Carletti soupira en regardant l'heure. "Tu ne lâches jamais le morceau, toi. Bon, OK, d'accord."

En redescendant au premier étage où étaient les cellules, ils retrouvèrent l'agitation caractéristique du commissariat.

"Conduisez Neuhart dans la salle de pause, s'il vous plaît, dit Carletti à un jeune policier en uniforme qui montait la garde devant les cinq cellules. Et apportez-nous aussi du café, si vous voulez bien."

Carletti conduisit Marc à l'autre bout du couloir, jusqu'au refuge que les policiers s'étaient aménagé dans vingt mètres carrés avec des chaises et des fauteuils dépareillés, une table, un frigidaire, un micro-ondes, une télé et, cerise sur le gâteau, un baby-foot. Les deux fenêtres étaient orientées au nord, de sorte que le plafonnier était toujours allumé.

"Assieds-toi là, dit Carletti en montrant une chaise adossée contre le mur, juste à côté de la porte. Et pas un mot.

— Qu'est-ce que tu comptes faire ?

— Tu verras bien."

Il avait l'air de s'amuser. Tant mieux.

8

"Je me suis dit que vous auriez peut-être envie de vous dégourdir un peu les jambes. La cellule n'est pas bien grande, dit Carletti quand on lui amena Gilles Neuhart. Nous n'avons pas de cour, il faudra vous satisfaire de cette salle de pause. J'ai commandé du café. Vous vous sentez comment ?"

Le suspect avait dormi tout habillé, ses vêtements étaient chiffonnés, sa mine aussi. Il portait un costume qui était loin d'être neuf, mais de belle coupe et taillé dans une étoffe élégante, sûrement haut de gamme – Marc aurait pu parier que Neuhart l'avait acheté un samedi, pendant les soldes, sous les injonctions de sa femme qui suait dans son gros manteau d'hiver, assise sur un petit tabouret. Un costume de très bonne qualité qu'il avait dû se sentir obligé d'acheter après avoir obtenu une promotion à la banque. Désormais, c'était de l'histoire ancienne. Deux jours de garde à vue avaient suffi pour en arriver là. Deux jours, rien de plus, pour faire tomber la digue de protection qu'il avait construite toute sa vie.

"Vous voulez manger quelque chose ?" demanda Carletti.

Neuhart secoua la tête et s'assit sur la chaise qu'on lui proposait. Il avait l'air abattu. Et visiblement, il était inquiet, à l'affût de quelque chose à quoi se raccrocher. Ses yeux rougis passèrent la pièce au peigne fin, s'arrêtèrent un instant sur Marc, mais sans lui accorder plus d'attention, puis se tournèrent vers Carletti dont il suivait le moindre mouvement, comme si le fait que le commissaire divisionnaire ouvre la fenêtre, éteigne la lumière ou se gratte le menton avait pu le renseigner sur son sort. Carletti finit par s'asseoir lui aussi.

"Votre avocat a appelé, dit-il. Il est dans les embouteillages. Il a demandé qu'on l'attende. (Le jeune policier entra avec le café.) Vous prenez du lait et du sucre ?

— Non, merci, répondit Neuhart.

— Vous avez pu dormir ?

— Ça va.

— C'est l'alcoolique d'à côté qui a trop braillé ?"

Voyez-vous ça. Carletti était en pleine forme. Il s'amusait et faisait son petit spectacle pour Marc, qui savait bien à quoi servaient ces "Vous avez eu de quoi manger ? Ça n'était pas trop mauvais ? Vous avez pu parler à votre femme ? Elle vous a apporté des vêtements propres ?". La conversation n'avait pour seul but que de permettre à Marc d'observer le suspect dans un moment de détente. De l'entendre parler de manière aussi naturelle et décontractée que le permettait sa situation. "Quand tu connais le niveau zéro de nervosité, il t'est plus facile ensuite d'identifier les questions qui font perdre les pédales, lui avait un jour expliqué Carletti. Si tu fais l'économie de la causerie du début, tu ne sauras jamais avec certitude si le suspect est tendu parce qu'il est assis face à un flic ou bien si c'est l'une des questions que tu lui as posées qui l'a inquiété. Tout le monde croit toujours que je veux établir un lien de confiance. Comme s'il suffisait pour ça de demander à quelqu'un s'il veut un verre d'eau."

"On ne pourrait pas commencer ?"

Neuhart était si nerveux qu'il ne tenait pas en place sur sa chaise.

"Pardon ?

— On ne pourrait pas déjà commencer ?"

Le commissaire divisionnaire le regarda, surpris.

"Vous voulez mener l'entretien sans votre avocat ?

— Oui, oui, voilà.

— Vous n'êtes pas obligé de témoigner, vous le savez, n'est-ce pas ?

— Finissons-en."

Ils n'avaient pas réservé de salle d'interrogatoire et se contentèrent d'un bureau vide, où Carletti fit venir un certain Russo, inspecteur chargé de consigner la déclaration de Neuhart. Carletti fit part de ses droits au suspect, lui rappela les faits dont on l'accusait, et ils commencèrent.

Ils étaient cinq dans la pièce. Dimitri, l'assistant de Carletti, s'était joint à eux entre-temps, même s'il se contentait d'écouter sans grand intérêt ce qui, d'après Neuhart, s'était déroulé vingt-sept ans auparavant dans cet appartement de passe proche de la gare Montparnasse. Ils n'interrompirent pas Neuhart, ne lui posèrent pas de questions, n'exposèrent pas leurs réserves ; seul Russo, à un moment, perdit le fil de la prise de notes et demanda qu'on répète ce qui avait été dit. Ensuite, Carletti entreprit de resserrer l'étau.

"C'est un jeu qui a dégénéré ? C'est ça ? Elle s'est moquée de vous ? Elle vous a tourné en ridicule ?"

De toute évidence, Neuhart luttait contre un déferlement de sentiments que les mots – ou plutôt le souvenir évoqué – avaient fait naître en lui. Il se passait les mains sur le visage, dans les cheveux, ajustait sa veste, puis croisait ses doigts frénétiques, les pressait si fort que leurs jointures blanchissaient.

"Vous êtes un garçon bien, pas vrai ? Vous écrivez de longues lettres d'amour, vous emmenez les filles au cinéma. Aller voir une pute, c'est déjà suffisamment scandaleux."

Carletti posait son regard fixe sur Neuhart après chaque question, et Neuhart rougissait et bégayait chaque fois.

"Mais comment est-ce que vous avez fait, Neuhart ? Elle vous a aidé ? C'est elle qui est allée chercher ce bas ? C'est elle qui vous a montré comment la ligoter ? Qui de vous deux a eu l'idée de l'attacher ?

— Non, non, non, je ne l'ai pas… Je ne l'aurais jamais…"

Neuhart se prit la tête entre les mains.

Carletti adopta une voix réconfortante, à l'opposé de son regard acéré, aux aguets :

"Bien sûr que vous ne vouliez pas l'étrangler. C'était un jeu, n'est-ce pas ? Vous êtes excité. Vous voulez voir comment c'est, ce que ça fait avec un peu de violence. Et d'ailleurs, elle était d'accord. Mais vous ne savez pas vraiment comment vous y prendre.

Vous êtes un jeune homme dégourdi, oui, vous avez déjà fait vos expériences, mais personne à Périgueux ne vous a jamais expliqué comment procéder en matière de sadomasochisme, ni ce que c'est vraiment."

Neuhart regarda Carletti avec des yeux ronds.

"L'autopsie du corps a révélé qu'elle avait été frappée. Le médecin légiste chargé à l'époque de l'examen a écrit... Attendez... (Il se tourna vers Dimitri.) Tu as le dossier ?

— Oui, chef", répondit celui-ci.

Carletti attrapa le dossier qu'on lui tendait, l'ouvrit, chaussa ses lunettes et lut à haute voix le compte rendu : "Hématomes sur le torse, la poitrine et les cuisses. Déchirures et hématomes au niveau du vagin et de l'anus."

On aurait pu entendre une mouche voler. Les deux hommes se taisaient. Carletti semblait vouloir laisser du temps à Neuhart, du temps pour réagir. Mais rien ne vint. Ni protestation, ni réponse, ni explication. Rien.

Le commissaire divisionnaire reprit son idée de départ : "Elle s'est moquée de vous parce que vous étiez mal à l'aise pendant ces petits jeux ? Elle a ri ? Elle vous a traité de blanc-bec, de plouc ? Quelques coups, cela faisait de toute façon partie du jeu. Et vous n'avez pas réussi à gérer, c'est ça ? Comment les choses se sont-elles passées, Neuhart ?"

Neuhart était ailleurs. Tout à l'heure, il était tellement tendu qu'on aurait presque pu mesurer sur lui une charge électrique. Maintenant, il avait l'air de ne pas comprendre de quoi il retournait, de ne pas être concerné. Ou alors, c'était qu'il ne voyait vraiment pas de quoi parlait Carletti, qui poursuivit sur sa lancée : "Et vous avez oublié le *safeword*, c'est ça ? À moins que dans votre griserie, vous ne l'ayez même pas entendu ? C'est comme ça que les choses se sont passées, Neuhart ? Au début, elle vous a expliqué qu'un mot de code permettait de mettre aussitôt fin au jeu. Quel était ce code, Neuhart, vous vous en souvenez ?"

Aucune réaction. Carletti frappa du poing sur la table.

"J'essaie de vous sortir de la mouise, espèce de petit con. Je me démène pour que vous ne soyez pas accusé de meurtre, mais d'homicide involontaire. Nous avons votre putain d'ADN, nous avons trouvé des particules de peau. Est-ce que vous comprenez ?

Vous avez laissé des traces sur le bas avec lequel Émilie a été étranglée. (Il se pencha en avant et reprit plus calmement.) Vous l'avez frappée dans le feu de l'action ? Quand est-ce que les choses ont dégénéré ? Que s'est-il passé, allez !

— Mon Dieu, mais comment pouvez-vous penser… que j'aie frappé… que je l'aie frappée… Moi ? Comment pouvez-vous ! (L'indignation de Neuhart était telle qu'elle l'empêchait de terminer ses phrases. Mais il regardait Carletti droit dans les yeux.) Je vous le jure, je ne l'ai pas touchée. Je le jure.

— Vous ne vouliez pas la tuer. Je sais bien. Bien sûr que je vous crois. Je vous crois même sur parole. Vous avez seulement serré un peu trop fort.

— Non, non, non. Quand je suis arrivé dans l'appartement, elle était déjà morte. Elle était couchée sur le lit, elle était déjà morte. Enfin, c'est quand même moi qui ai appelé la police. Depuis la cabine téléphonique, juste à côté de l'appartement. C'était moi."

Carletti soupira, regarda sa montre. Il était six heures. Sortie des bureaux. Les couloirs s'emplissaient de voix qui parvenaient jusqu'à eux, parfois lointaines, parfois toutes proches.

"Reprenons. (Carletti se cala contre le dossier de sa chaise.) OK, j'ai le temps. J'ai toute la soirée, toute la nuit, et tout le putain de week-end. Vous avez couché avec elle. Ou bien vous voulez nier ça aussi ? Nous avons trouvé des traces de sperme séché."

C'était un coup de poker, car ils n'avaient rien trouvé d'autre que des particules de peau. Pas d'empreintes utilisables, pas de sang et pas de sperme non plus.

"Non, non… Elle avait un client avant moi et je… La porte n'était pas bien fermée. Alors je suis entré, et je l'ai vue sur le lit… Et là, j'ai paniqué… Parce que je… (Il ne termina pas sa phrase.)

— Parce que vous quoi ?"

Neuhart, soudain pris de peur, semblait s'y recroqueviller. Carletti passa à une autre question.

"Mais d'où teniez-vous cet argent ? Vous aviez quel âge, à l'époque, vingt et un ans ? Et vous gagniez combien, comme apprenti à la banque ? Quelques centaines de francs ? Alors, comment avez-vous fait pour la payer ?

— Je n'ai rien payé", se rebiffa Neuhart.

Y avait-il une certaine fierté dans sa voix ? Peut-être la fierté de quelqu'un qui ne valait pas grand-chose aux yeux du monde, qui le savait et en souffrait.

"Vous n'avez pas eu à payer ? (Carletti était satisfait d'avoir fait sortir Neuhart de sa réserve, c'était évident. Il avait enfin pratiqué une brèche dans ce mur de silence, il tenait enfin un fil à partir duquel il allait pouvoir dérouler toute la pelote de l'histoire. Et il irait jusqu'au bout de la pelote, il n'y avait aucun doute là-dessus.) Comment ça?"

Neuhart chercha une réponse, comme pour lui-même, avant de dire : "Il ne s'est jamais rien passé entre elle et moi.

— Jamais ?

— Enfin, une seule fois."

Le rouge lui monta à nouveau aux joues, et Carletti reprit de plus belle : "Et pourquoi cette fois-là ?"

Neuhart ne répondit pas. Carletti tenta une autre approche : "S'il n'y avait rien entre elle et vous, que faisiez-vous chez elle ?"

Le visage de Neuhart se figea à nouveau. Marc aurait pu jurer que le bonhomme avait quelque chose à cacher. Et que ce qu'il cachait l'inquiétait. Le terrorisait.

"Vous savez bien que je finirai par savoir, d'une manière ou d'une autre. Ce n'est qu'une question de temps."

9

Mais Carletti ne put rien en tirer d'autre. Pas une syllabe. Il fut interrompu par quelqu'un qui frappait à la porte. Aussitôt après, la porte s'ouvrit et la tête de l'avocat de Neuhart parut dans l'encadrement. Ce maître Mesnard avait tout du jeune juriste dynamique en passe de devenir un excellent avocat de la défense. Dès qu'il entrait dans une pièce, rien qu'à la façon qu'il avait de se tenir, il était clair que rien ne pourrait l'arrêter dans son ascension professionnelle et sociale. Il portait déjà le costume sur mesure de ses aînés bien établis et usait de la même arrogance verbale. Il n'était pas particulièrement grand, mais en s'adressant à Carletti, il parvenait quand même à le regarder de haut. Le commissaire divisionnaire se leva aussitôt.

C'était un jeu : la question de Carletti demandant à Mesnard s'il se croyait assez important pour faire attendre la police, et la réponse de Mesnard répliquant qu'il était arrivé assez tôt pour constater qu'une fois de plus, son client n'avait pas été bien traité. Tout était étudié, prévu : chaque mot, chaque argument, chaque menace, chaque geste – une chorégraphie bien rodée. Seule la peur de Neuhart était bien réelle. Non, ce n'était pas un criminel typique. C'était un homme qui voulait absolument bien faire. Du genre à mettre sagement sa ceinture de sécurité quand il montait dans sa petite citadine, du genre à toujours avoir une trousse de premiers secours et une veste réfléchissante dans son coffre, du genre enfin à juger qu'il était indispensable de respecter toutes les consignes restrictives imposées par la société, même les plus absurdes. Neuhart, tueur de sang-froid ? Jamais un homme comme Neuhart n'avait humé ne serait-ce qu'une seule seconde le parfum léger de l'excès. Il lui manquait ce qui fait l'essence d'un criminel, à petite comme à grande échelle : la capacité à se croire au-dessus des lois.

"Tu vois ça comment ? Tu peux encore arriver à lui tirer des aveux ?" demanda Marc une fois le spectacle terminé, quand il se retrouva seul avec Carletti dans son bureau.

Le commissaire divisionnaire fronça les sourcils.

"J'ai du mal à le cerner. Parfois, je me dis qu'il est innocent, et parfois, je me dis : sacrément rusé ! Avant son apprentissage à la banque, il a fait un semestre de droit, tu saisis ? Il n'a pas besoin de son avocat pour savoir que sans aveux, il n'y aura qu'un procès sur la base d'indices. Et de quoi va-t-on pouvoir régaler les assises ? Est-ce qu'on a des empreintes digitales ? Non. Des traces de sang ? Non plus. Des témoins ? (Carletti haussa les épaules.) S'il n'est pas bête – et crois-moi, il ne l'est pas ; d'ailleurs, même s'il l'était, Mesnard ne l'est pas, lui –, mes questions lui ont bien montré que nous n'avons quasi rien contre lui et qu'avec le peu qu'on va lui donner à se mettre sous la dent, le parquet ne l'enverra jamais derrière les barreaux. On est d'accord, des particules de peau sur un bas, c'est bien gentil, ça suffit pour une arrestation, mais pour une condamnation…"

Leurs regards se croisèrent. Ils savaient tous deux que pour en arriver là, il aurait fallu toute une série d'indices et l'efficacité de leur interaction. Présomption d'innocence aidant, il était même probable qu'il serait acquitté. N'importe quel avocat, si benêt fût-il, aurait conseillé à Neuhart de la fermer. Carletti glissa son carnet dans la poche de sa veste, se leva et ferma son armoire à clef. La conversation touchait à sa fin. Mais il y avait encore quelque chose qui préoccupait Marc.

Il se leva à son tour, accompagna Carletti jusqu'à la porte et, quand ils furent tous deux dans le couloir, il se décida : "Je me demande seulement si… (Il se tut, ne sachant comment formuler la suite.) C'est à cause du profil de la victime.

— Quoi ?

— Est-ce qu'elle avait des amis ? Des ennemis ? Des difficultés ?

— Tu as lu le dossier, non ? Tu en sais autant que moi."

Oui, il savait que la mère s'était remariée après le décès du père et qu'Émilie ne s'était jamais entendue avec son beau-père. Et alors ? C'était une histoire tout à fait banale. L'une de ces histoires tristes que tant d'ados avaient à raconter. Il savait aussi que la seule personne avec laquelle la jeune fille s'était efforcée de garder contact était sa grand-mère maternelle et que celle-ci avait reçu de temps à autre des lettres d'Émilie dont des photocopies figuraient au dossier.

Chère Mimou, j'ai enfin pu voir un peu Paris. C'est une ville si grande que je m'y perds souvent…

Chère Mimou, merci pour les biscuits, j'ai mangé tout le paquet la nuit dernière…

Chère Mimou, j'espère que tu as passé un bon week-end de Pâques et qu'il a fait beau. Non, je ne viendrai pas, j'en suis sûre. À quoi bon ?

10

À quoi bon ? La question d'une jeune fille entêtée qui, à ses heures perdues, enfilait le costume de la prostituée de luxe sûre d'elle. À quoi bon ? Une question qui exprimait si bien le sentiment d'abandon qu'elle irradiait encore la tristesse, trente ans après. La mère d'Émilie avait voulu se débarrasser d'elle ou, pour le dire plus gentiment, elle l'avait laissée partir à Paris, mais cela n'expliquait rien. Cela n'expliquait pas sa mort. Ni même son choix professionnel. Comment savoir ? Sans le décès de son père, sans le remariage de sa mère, Émilie n'aurait peut-être jamais ressenti le besoin de quitter la maison familiale. Encore une spéculation oiseuse qui ne menait à rien, en tout cas pas à une nouvelle compréhension des faits.

Elle avait misé trop haut, elle avait été trop avide, elle avait voulu jouer sur tous les tableaux. Si tout ce qui naît, naît nécessairement d'une cause, alors la cause qui avait entraîné tout le reste avait été sa pulsion de vie. Elle s'était inscrite à la Sorbonne pour faire des études d'histoire, mais elle ne s'était présentée à aucun examen. Et six mois plus tard, sur le Minitel rose, cet ancêtre de la communication en ligne, elle proposait ses services sexuels sous ce profil :

Profession : étudiante
Âge : 19 ans
Nationalité : française
Taille : 1,60 m
Poids : 48 kg
Poitrine : 90 B
Couleur des cheveux : brun
Couleur des yeux : bleu
Langues : français, anglais
Centres d'intérêt : littérature, histoire, cinéma
Voyages : sur demande
Rémunération :
2 heures : 400 francs
3 heures : 500 francs
4 heures : 600 francs
5 heures : 700 francs
12 heures *(overnight)* : 1 100 francs
15 heures *(long overnight)* : 1 300 francs

Ce devait être son caractère entier, son côté naturel ; et d'ailleurs, les commentaires et les évaluations qu'elle avait reçus étaient toujours très positifs… Comment expliquer sinon les sommes élevées qu'elle demandait ? Évidemment, comparée à toutes les agences en ligne et à tous les sites web professionnels qui étaient aujourd'hui à portée de quelques clics de souris, l'offre d'Émilie était relativement normale, presque un peu trop comme il faut. Et pourtant, ce qui surprenait, même vu d'ici, c'était la froide précision de son annonce. Elle ne se présentait pas comme une jeune femme charmante, ni comme une compagne de jeux nocturnes, ne vantait pas ses talents d'escort, non, elle avait fait la liste explicite des prestations sexuelles qu'elle était prête à fournir : fellations non protégées avec éjaculation buccale, baisers avec la langue, sexe anal, douche dorée, éjaculation faciale, utilisation active de sex-toys – c'était ce qu'elle avait écrit. Et : ouverte à toute proposition.

Il fallait le reconnaître : à aucun moment Émilie Thevenin n'avait été la travailleuse du sexe tyrannisée qu'on imaginait parfois. À peine arrivée, elle avait monté son affaire et conquis l'accès à la clientèle moyenne et haut de gamme. Même le grand-père de Marc aurait reconnu que son modèle économique était impressionnant. Un investissement de premier choix. Et ses affaires avaient dû être florissantes, puisqu'en quelques mois à peine, la jeune fille de Charfeuil arrivée à Paris avec une seule grosse valise avait pu se payer un appartement bien situé. Oui, Émilie Thevenin avait cru à ses chances de gagner. Et elle avait eu sa place au soleil. Pendant un temps limité, elle avait fait recette avec les désirs sexuels de clients aisés. Seulement voilà : le sexe n'était pas une action cotée dont le cours montait durablement… Si elle avait vécu plus longtemps, elle aurait aussi fini par comprendre ce que l'équité sociale représentait pour les riches et les puissants qui s'amusaient avec elle : rien.

"Je suis certain que les enquêteurs auraient fait des recherches plus poussées s'il s'était agi d'une fille de bonne famille."

Carletti le regarda sans rien dire. Dans un instant, il laisserait libre cours à sa colère et maudirait Marc, ce journaleux qui osait mettre en cause le travail de quelques fonctionnaires mal payés et peut-être même les soupçonner de l'avoir bâclé. Mais pour l'heure, il se taisait, et Marc poursuivit : "À l'époque, tes collègues sont partis du principe que le coupable connaissait la victime parce qu'il n'y avait pas de trace d'effraction. Ils ont donc supposé que la victime avait ouvert la porte au meurtrier.

— Et ?

— Ils sont aussi partis du principe que le coupable connaissait le lieu du crime, qu'il y était donc déjà venu au moins une fois.

— Et alors ?

— Cela faisait six mois qu'elle avait cet appartement et qu'en théorie, elle y recevait des clients…

— Viens-en au fait.

— En six mois, personne n'aurait vu ne serait-ce qu'un seul de ses clients ? J'ai épluché tout le rapport. Il n'y a pas une seule déposition recevable sur ce point.

— Ils ont ratissé tout le voisinage, ils n'ont rien trouvé. Mais c'est comme ça, les gens travaillent, sortent. Dans ce genre d'immeubles, on ne fait pas forcément attention à ses voisins ni aux gens qui leur rendent visite.

— Personne n'a rien vu, rien entendu, alors que les appartements au-dessus, en dessous et à côté sont tous habités ?

— Et toi, tu connais combien de tes voisins, petit malin ? Toi qui habites dans le même immeuble depuis vingt ans. Hein, combien ?"

Marc connaissait sa concierge, à condition de compter parmi ses "connaissances" la personne qui repassait ses chemises et lui apportait son courrier. Dans l'escalier, il échangeait aussi parfois quelques mots avec une veuve qui habitait au troisième étage, sans doute depuis deux décennies elle aussi. Mais comme dans la plupart des immeubles qui offraient des deux ou trois-pièces, les déménagements et les emménagements avaient été trop nombreux ces dernières années pour qu'on se donne la peine d'y prêter vraiment attention. C'était toujours la même histoire. Les jeunes tourtereaux achetaient un appartement et, ensuite, au premier enfant, ils voulaient aussitôt s'en défaire pour aller s'installer dans quelque chose de plus grand, en banlieue. Marc ne comptait plus les couples qu'il avait vus arriver et s'installer douillettement, jusqu'au jour où une poussette bloquait le passage et où la concierge, en lui tendant le courrier, racontait : "C'est une petite fille (ils ont eu un garçon). Elle s'appelle Lola (il s'appelle Max). C'était ce lundi à 9 heures. Elle mesure 54 centimètres (il pèse 3 kilos 700)."

Il n'empêche – Marc renouvela sa question : "Personne n'a rien vu ? Personne n'a aperçu un seul de ces hommes ? Enfin, il y avait sûrement parmi eux des visages assez connus. Des personnalités."

Carletti ne se pressa pas pour répondre.

“C’est quoi ton problème ? demanda-t-il finalement. Tu n’es pas content ? Tu t’ennuies ? Tu as besoin d’une femme ? (Il secoua la tête.) Tu sais aussi bien que moi que ces « personnalités » se font livrer leur jouet sexuel dans leur duplex, avec un joli ruban autour. Ou qu’elles l’emmènent en voyage. Franchement, tu crois vraiment qu’un ministre ou un footballeur s’abaisserait à aller jusqu’à Montparnasse pour tirer son coup dans un studio de vingt-cinq mètres carrés, sur un matelas où ont soupiré avant lui des dizaines de salariés de la classe moyenne ?

— Mais comment imaginer qu’en six mois, il n’y ait pas quelqu’un qui remarque quelque chose ?”

Ils étaient arrivés à l’escalier. Carletti se détourna pour saluer une collègue, puis revint vers lui et répondit, cette fois avec une pointe d’impatience : “Tu as bien vu qu’ils n’avaient rien trouvé. Que les enquêtes ne mènent nulle part, ça arrive. Même en remuant ciel et terre.

— Et dans le milieu ?

— Ils ont patrouillé partout avec sa photo, interrogé tout le maudit milieu des escorts, tous les clubs échangistes, tous les bars américains, les salons de massage, et même le secteur du porno, mais la petite n’était connue nulle part.”

Marc songeait au rapport d’autopsie. Carletti sortit un paquet de cigarettes de sa poche, hésita et finit par en allumer une. Rageur.

Griffures au niveau de la nuque, du menton et du cou, indices de strangulation. Hématomes sur le torse, la poitrine et les cuisses. Déchirures et hématomes au niveau du vagin et de l’anus. Elle s’était battue pour survivre, et personne n’avait rien vu ni entendu. Aujourd’hui, vingt-sept ans après sa mort, elle n’intéressait toujours personne. À croire qu’elle n’avait jamais existé pour de bon.

“Elle devait quand même bien avoir des habitudes. Aller au café, chez le médecin, au supermarché, au cinéma… Se faire couper les cheveux, se vernir les ongles, faire du sport… Parler d’elle et de sa vie à quelqu’un.

— Tu n’as qu’à les trouver, ses habitudes, l’interrompit Carletti. Qui t’en empêche, monsieur Je-sais-tout ? (Il écrasa sa cigarette et fit volte-face.)

— Je voulais simplement dire…

— Je sais ce que tu veux dire, répliqua Carletti, soudain radouci. Ça relève de l'addiction, chez toi. Il y a des gens qui ont peur de se faire contaminer par les ratés, toi non : depuis que je te connais, c'est toujours vers les impuissants que tu mets le cap."

Marc allait protester, mais Carletti fut plus rapide : "Cela fait presque trente ans qu'elle est morte, Marc, et j'ai fini ma journée, donc si tu n'y vois pas d'inconvénient, je vais aller au cinéma. Ce n'est pas non plus comme s'il fallait d'urgence lui venir en aide."

Oh que si, se dit Marc, et comment ! Il aurait été bien incapable d'expliquer pourquoi il pensait ça. Mais il n'avait rien à expliquer. À personne. Il avait organisé sa vie comme ça.

11

Il y avait quelque chose qui l'obsédait. Quelque chose qui lui échappait, et il n'arrivait pas à savoir quoi. Il regarda autour de lui. Le commissariat s'était vidé. Apparemment, les criminels prenaient des congés eux aussi, à moins que leurs victimes, juste avant le week-end et par cette chaleur, n'aient eu mieux à faire que d'attendre de pouvoir porter plainte après des heures passées sur les chaises en plastique du commissariat.

Marc aimait les salles d'attente – celles des cabinets médicaux, des administrations, des hôpitaux ou des aéroports. Elles étaient pour le curieux l'endroit rêvé où étudier la nature humaine. Et sans cette impression obsédante d'être passé à côté de quelque chose, Marc n'aurait pas manqué d'observer la jeune femme seule, dans la salle d'attente, qui feuilletait par pur ennui les brochures proposées.

À peine avait-il posé un pied sur le trottoir qu'il se mit à transpirer. Sa peau se couvrit aussitôt d'un film de sueur mêlée à l'humidité ambiante. Où aller maintenant ? Il n'avait pas pensé à baisser les stores chez lui. Cinq grandes fenêtres, et elles donnaient toutes au sud. L'appartement aurait tellement chauffé qu'il lui faudrait plusieurs jours pour faire baisser la température à un niveau acceptable.

La nuit dernière, il avait espéré que le temps changerait enfin, il avait dormi fenêtres ouvertes, mais l'air était resté lourd, et même la petite brise qui, aux premières heures du jour, avait traversé l'appartement n'avait pas vraiment apporté de fraîcheur. Il s'était endormi aux côtés de Déborah, puis réveillé dans la nuit, un peu avant quatre heures, à cause de deux hommes saouls qui se disputaient sous ses fenêtres une place où dormir. Il avait observé le visage de sa compagne, son nez droit et court, son menton, les sourcils finement arqués. Tandis que dehors, c'était la foire d'empoigne, son regard s'était promené sur les seins rebondis, le ventre, jusqu'au pubis sombre qui se détachait nettement de la peau, de cet éclat pâle luisant dans la pénombre. Il lui avait caressé l'épaule, et elle avait levé la tête vers lui dans un demi-sommeil.

"Tu dors ? avait-il demandé en effleurant ses seins jusqu'à ce que les tétons se gonflent et durcissent.

— Qu'est-ce que tu fais ?

— Je m'applique à te faire céder à la tentation.

— Quelle heure est-il ?

— L'heure de l'amour.

— Ah, tiens, avait-elle dit en s'allongeant sur lui, les jambes légèrement écartées, et elle avait commencé à se frotter contre lui.

— Attends. Pas si vite. Attends un peu.

— Attendre quoi ?" avait-elle répliqué en riant au moment où elle le laissait entrer en elle.

L'enthousiasme franc et enjoué de Déborah pour le sexe l'attirait, il n'avait rien d'obscène ni de dépravé, bien au contraire, il lui donnait l'aura d'une beauté de Botticelli, à la fois innocente et séduisante, spontanée et provocante. Elle était capable de se déshabiller devant lui sans prévenir, elle pouvait s'allonger sur le canapé et lui demander de la pénétrer, tout de suite – tant de choses qu'elle n'avait sans doute pas apprises de sa mère –, et pourtant, elle restait toujours simple, naturelle. Si leur intimité s'était arrêtée à l'intimité des corps, si elle s'était purement et simplement limitée à ce qu'on apprenait l'un de l'autre en faisant l'amour, leur histoire aurait pu avoir quelque chose d'exceptionnel. Mais une femme comme Déborah voulait plus. Plus que ce que lui, Marc, considérait comme essentiel et authentique. Car enfin, quoi ? Y avait-il plus authentique qu'un être débarrassé de ses vêtements, de ses inhibitions, de ses petits et gros mensonges, qui s'abandonnait au plaisir ? Mais Déborah exigeait qu'on lui offre des fleurs, des week-ends romantiques, des dîners aux chandelles. Et elle insistait pour qu'il l'accompagne à des cocktails barbants, à des vernissages encore plus barbants et à des premières ou des concerts d'un ennui mortel. Évidemment, elle voulait aussi être présentée aux vieux amis, aux parents et aux collègues de travail. Et surtout, Déborah voulait débattre avec lui de l'éventuel antisémitisme de Dostoïevski, de l'importance ou non de la question, de la possibilité de lire ses romans quand on était juif, de la façon dont Dostoïevski avait peut-être pensé Ivan comme le plus intelligent des frères Karamazov, de l'intelligence ou au contraire de la bêtise qu'il y avait à douter de Dieu. Que sa conception du bonheur reste si conventionnelle était énervant, mais il aurait encore pu s'en accommoder ; ce qui l'énervait, au fond, c'était que toutes ces futilités culturelles l'empêchaient de profiter sans réserve de sa peau soyeuse, de son joli cul parfaitement rebondi, de son petit pubis noir et de ses seins blancs et ronds.

Il aurait fallu à Déborah un tout petit peu plus de confiance en son pouvoir physique pour être pleinement consciente de la profonde attirance érotique qui les liait et reconnaître l'homme en lui comme il voyait la femme en elle, non pas *sa* femme, mais la quintessence du féminin, qui l'enrichissait et faisait de lui un être entier. Si elle avait pu faire confiance à ce qu'ils étaient, elle n'aurait jamais entrepris de cocher sur sa liste toutes ces activités exaspérantes qui figuraient selon elle au menu d'une relation amoureuse exemplaire et avaient plus de poids qu'une vie sexuelle épanouie (oh, même pas extraordinaire ou acrobatique, seulement sincère et épanouie, sans honte ni fausse pruderie). Non, jamais. Impossible. Impensable.

12

Au hasard des rues, il s'éloigna peu à peu du centre-ville. Autour de lui, le paysage changeait : plus coloré, plus pauvre, plus bruyant, plus sale – et plus intéressant. Il eut l'idée d'aller manger un petit quelque chose chez le chinois, mais se contenta finalement de boire une bière sur une terrasse prise d'assaut par une faune de jeunes branchés, avant d'aller faire un tour dans un parc qu'encadraient deux grandes allées. Il s'assit sur un banc à côté d'une jeune femme qui se leva aussitôt. Elle portait un haut léopard très décolleté sur un soutien-gorge fluo, des Doc Martens et un short blanc. Elle avait un air d'*Aphrodite pudique* – cette représentation de la déesse qui, justement parce qu'elle couvre son pubis d'une main furtive, met en avant sa nudité. Sauf qu'elle n'était pas cette incarnation de l'amour élégamment taillée dans du marbre de Paros, mais une beauté potelée de quatre-vingts kilos aux formes généreuses et bronzées.

"Louise, Louise, cria-t-elle en direction de son amie qui poussait le portillon en fer forgé. Il a appelé.

— Pas possible.

— Si, si."

Marc ouvrit son carnet et entreprit de "resserrer le cercle", comme on le lui avait appris en cours d'initiation à la logique, unité cinq.

"Les bonnes questions, leur avait maintes fois répété leur enseignant, vous permettent de filtrer tout ce qui n'a pas d'importance pour ne conserver que l'énoncé essentiel." Lequel ? Oui, quel était donc cet énoncé essentiel si évident, si palpable, cet énoncé qu'il avait sous le nez mais ne voyait pas ? Cet énoncé caché ? Pourquoi une jeune fille "montait-elle à la ville" ? Y avait-il un rapport avec la mort du père ? Certainement. Serait-elle partie si sa mère ne s'était pas remariée ? Était-ce vraiment la question qu'il devait se poser ? Ne s'éloignait-il pas chaque fois du noyau dur ? Une jeune adulte qui laissait derrière elle son bourg endormi, était-ce si extraordinaire ? Non, ça n'avait rien d'inhabituel. Lui non plus n'aurait pas hésité à prendre la poudre d'escampette. Aucune personne sensée n'hésiterait. Il passa à une autre question. Pourquoi s'était-elle prostituée ? Par nécessité financière ? Par ennui ? L'avait-on convaincue de le faire ? Ou même forcée ? Comment était-elle entrée dans le milieu ? Bon Dieu, cela faisait des heures qu'il tournait en rond, il le sentait bien.

Tous les hommes sont mortels.

Tous les Grecs sont des hommes.

Donc tous les Grecs sont mortels.

Deux prémisses, une conclusion. Ne pouvait-on pas appliquer ici le mode AAA d'Aristote ? Marc sortit la photocopie de l'annonce qu'elle avait fait paraître et la relut encore une fois tandis que des enfants défilaient devant lui, la bouche barbouillée de glace : *fellations non protégées avec éjaculation buccale, baisers avec la langue, sexe anal, douche dorée, éjaculation faciale, utilisation active de sextoys.* Jamais une jeune provinciale de dix-neuf ans n'en serait venue seule à une offre si explicite. On l'avait initiée. Mais si c'était le cas, comment expliquer qu'elle n'ait laissé aucune trace dans le milieu ? Était-ce seulement possible ? Non. Il y avait forcément quelqu'un qui l'avait connue. Et ils avaient ratissé la ville sans trouver une seule personne à qui le visage d'Émilie Thevenin aurait été familier.

Prémisse numéro un : On l'avait initiée.

Prémisse numéro deux : Elle était inconnue dans le milieu.

Donc…

Donc…

Donc…

Il n'arrivait à aucune conclusion. Il y avait tout simplement un hiatus incompréhensible entre les faits.

13

Quand Marc revint au commissariat, le groupe de jeunes policiers qui allaient prendre leur garde de nuit descendait les escaliers en plaisantant. Marc savait qui ils étaient, ce qu'ils faisaient et les petits fardeaux qu'ils avaient à porter. Il le savait pour les avoir déjà croisés souvent et parce qu'il avait le don de faire parler les gens comme ça, l'air de rien. Le policier aux cheveux roux, par exemple, que tout le monde appelait Momo, préférait de loin prendre des gardes de nuit au poste que des gardes de nuit à la maison. Le Code pénal ne répertoriait en effet aucune peine plus épuisante que son fils de quatre mois qu'il fallait porter et promener toute la nuit de long en large dans le salon et qu'on ne pouvait recoucher délicatement dans son berceau sans risquer de déclencher de nouveaux hurlements. La femme policier de l'accueil suivait un cours de peinture, et des centaines de nus masculins enroulés dans des tubes en carton s'entassaient dans sa cave. Quant au collègue qui la relayait pour prendre les appels d'urgence, d'après l'impression que Marc avait pu s'en faire, il aurait pu faire lui-même quelques séjours en cellule de dégrisement.

Marc sauta sur l'occasion, sourit à Momo et lança : "Hé, vous allez encore à la pizzeria de la rue Saint-Denis ? (D'accord, il y avait des entrées en matière plus subtiles.)

— Oui.

— Ils font toujours cette pizza au kébab ?

— Bien sûr !" répondit le policier aux cheveux roux en riant.

Et ils se mirent en route. Comme point de départ pour une conversation, le lieu n'était d'ailleurs pas si mal choisi puisque s'y rencontraient tous ceux qui vivaient la nuit : serveurs, chauffeurs de taxi, comédiens, videurs, fêtards, putes, maquereaux et clochards… sans oublier le pouvoir politique, qui y avait bien sûr aussi ses entrées. Le patron, algérien, rêvait de devenir un vrai pizzaïolo, et des photos d'Italie couvraient les murs vert pâle de son estaminet très propret devant lequel les noctambules affamés se pressaient au petit matin.

"Il croit vraiment pouvoir passer pour un Italien ?" avait demandé Marc à Carletti en se retrouvant pour la première fois devant les affiches qui représentaient la vieille ville de Florence, la tour de Pise, la cathédrale de Sienne et le seul véritable emblème de Venise : le gondolier avec son chapeau de paille si caractéristique. "Tu es qui, toi ? avait rétorqué Carletti en commandant une pizza au kébab et une double portion de frites. La police du bon goût ?"

"Au fait, lequel d'entre vous a repris le dossier de la jeune prostituée ? finit par demander Marc quand la conversation sur les clients de la pizzeria se fut définitivement tarie.

— Quel dossier ?

— L'histoire de l'ADN.

— Ah, ça, fit le policier aux cheveux roux avec un désintérêt évident. C'est Lopez qui s'en occupe."

Marc connaissait Lopez. Un bon flic qui n'avait aucune présence et pas une once d'imagination, mais plus d'application et d'endurance que les autres.

“Comment a-t-il procédé ?

— Pourquoi tu t’intéresses à ce dossier ?

— J’ai encore un petit article à écrire sur le sujet et j’aimerais bien boucler.”

Était-il crédible ? Oui, apparemment.

“Il a fait ce qu’on fait toujours avec les meurtres irrésolus des années quatre-vingt : il a fait réanalyser le matériel.

— Tu veux dire qu’il s’est contenté d’envoyer le matériel au labo ?

— Si le labo trouve quelque chose, pourquoi pas ?

— Et les dépositions des témoins ?

— Comment ça ?

— Où sont-elles ? Le dossier que j’ai vu chez Carletti était plutôt mince. Tout n’est quand même pas là, si ?

— Tu veux dire tout le paquet ? Non, c’est à la cave, à moins que Lopez ne l’ait remonté à son bureau.”

Connaissant Lopez, il l’avait fait. Et connaissant Carletti, il avait demandé à Lopez de lui servir le dossier en petites bouchées digestes. Armé de son zèle habituel et de ses lunettes, Lopez avait donc dû se mettre au travail pour offrir une présentation bien claire et organisée à son chef, qui n’avait sans doute même pas esquissé l’ébauche d’un remerciement.

Marc attendit pour se présenter à l’accueil que les hommes partent en patrouille. Maintenant qu’il avait pris la décision de faire ce qu’il allait faire, il était le calme en personne.

“J’ai oublié mon portable chez le chef, je peux monter ?

— Je ne sais pas trop, répondit la fonctionnaire chargée de contrôler l’accès.

— Je n’en ai que pour deux minutes.”

Elle hésita, mais finit par céder.

“Bon, d’accord, mais dépêche-toi !”

Pourquoi faire une chose pareille ? Pourquoi mettre en péril l’amitié qui le liait depuis plusieurs années à quelqu’un qu’il tenait en grande estime ? Marc croyait-il que Carletti lui cachait quelque chose ? Non, bien sûr que non. Alors pourquoi grimpait-il quatre à quatre les escaliers et, le cœur battant, ouvrait la porte du bureau que Lopez partageait avec deux autres collègues, au deuxième étage ; pourquoi se dirigeait-il vers la place de Lopez, prêt à tout pour trouver ces documents ? Mais maintenant qu’il avait sous les yeux les trois dossiers intitulés “Meurtre Émilie Thevenin”, le reste importait peu. Il s’assit, ouvrit le premier dossier et lut l’histoire d’Émilie, page après page : cause du décès ; reconstitution des événements ayant entraîné la mort ; analyse des vêtements ; autopsie du crâne, de la poitrine et de l’abdomen ; analyse toxicologique du sang et des urines. Avec les années, il avait appris à déchiffrer ces comptes rendus imparfaits. La plupart des rapports qu’il avait lus au cours de sa carrière n’avaient pas seulement été rédigés à la va-vite, ils étaient aussi truffés de répétitions et de formules malheureuses – une vraie torture. Il s’étonnait toujours de constater que les vrais spécialistes du crime, quand ils témoignaient de cet univers tangible, étaient incapables de déclencher chez leur lecteur d’autre association que celle d’un policier surmené, assis devant son ordinateur, aux prises avec la syntaxe. Le premier dossier s’en tirait encore grâce au squelette formel du langage médical, mais il ne disait rien de la réalité.

Il sursauta. Des pas ? Non, ce n’était que le bruit de la rue. À l’accueil, un nouvel ordre d’intervention avait été donné : violences domestiques. Suspicion de coups et blessures. Suspect éventuellement armé. Marc savait qu’il avait assez de temps. Il ouvrit le deuxième dossier, parcourut rapidement, concentré, les dépositions des voisins, des amis de fac et des membres de la famille, mais ne trouva rien qui aurait pu le faire avancer. Quatre photos avaient été ajoutées au dossier. Deux photos d’Émilie lycéenne, dont une où elle posait en tenue de sport avec d’autres jeunes filles, un portrait de sa grand-mère et un de son père. Marc sortit son portable pour photographier les quatre clichés, puis passa aux recherches menées dans le milieu de la prostitution. Là non plus, aucun renseignement utile. Quels que soient le lieu, la date ou la personne interrogée, l’enquêteur n’avait toujours obtenu qu’une seule et même réponse. Non, jamais vue. Non, connais pas. Que les proxénètes n’aient rien à dire, passe encore, mais que les clients surpris en flagrant délit n’essaient pas d’arranger leurs affaires avec une ou deux petites infos ou que la cohorte de concierges VIP, de portiers d’hôtels, de chauffeurs de taxi et de videurs, bref, de tous ceux qui arrondissaient parfois leurs fins de mois en jouant les indics pour la police affirment eux aussi n’avoir jamais rencontré Émilie était quand même bien étrange.

Non, il n'y avait ni indice négligé, ni thèse ignorée, rien qui aurait pu laisser croire que quelque chose fût passé inaperçu. Chou blanc. La seule chose qu'il avait désormais, c'était la certitude que le travail avait été bien fait. Sébastien Ferrer, l'enquêteur qu'ils avaient fait venir de la brigade de répression du proxénétisme, avait parcouru des kilomètres. Il avait arpenté la ville de long en large sans rien trouver. Par principe, Marc survola encore les témoignages des jeunes prostitués et des travestis du bois de Boulogne, puis ceux des stripteaseuses des clubs voisins de Pigalle et des filles qui faisaient le tapin près de Strasbourg-Saint-Denis. On n'était plus à quelques minutes près : maintenant qu'il avait pour compagnon de route le dénommé Pas-d'chance, peu lui importait. Il s'apprêtait à reposer le dossier quand il découvrit dans un coin, en marge du rapport, une annotation au crayon. Ce n'était même pas une phrase entière ni une question complète, seulement deux mots et un point d'interrogation – et c'était pourtant là la solution de l'énigme. Mais bien sûr. C'était évident. Comment ne pas y avoir songé plus tôt ?

Prémisse numéro un : On l'avait initiée.

Prémisse numéro deux : Elle était inconnue dans le milieu.

La conclusion ne pouvait donc qu'être :

Sex tours ?

Prostitution itinérante. Tel était le résultat encore incertain que Sébastien Ferrer avait posé de son écriture ronde – et la seule réponse sensée à la première grande question de cette affaire. Ferrer avait-il pris contact avec les préfectures d'autres villes ? Avait-il appelé les collègues de Nice ou de Cannes ? Non, il avait été muté. Tiens donc.

Marc reposa le dossier sur la pile et sortit discrètement du bureau. Il était de nouveau de la partie. Sous tension. En pleine action. Rappaport, le fauve à l'affût, longea le couloir interminable sans être vu, se faufila agilement dans les escaliers et, profitant de l'occasion, traversa le hall au moment où toute l'équipe s'escrimait à faire entrer un groupe de jeunes dans la cellule de dégrisement. Les cinq ados faisaient du chahut et ne voulaient pas entendre raison ? Tant mieux.

“Ce petit saligaud m'a mordu l'avant-bras. Il m'a mordu le bras ! Espèce de petit saligaud, tu mords un gendarme ? Tu vas voir ce que tu vas voir. Où sont les menottes, bordel ? Qui a les menottes ? Je vais te calmer, moi, petit saligaud. Où sont les menottes ?" entendit-il encore jurer le policier aux cheveux roux avant de s'éclipser.

14

Il n'avait pas oublié de qui il tenait tout ce qu'il savait sur la prostitution de luxe, et il se souvenait même encore du lieu et du moment. Pourquoi la conversation avec Évelyne Chabaud – presque soixante ans, tailleur Dior et maquillage discret – était-elle encore présente à son esprit dans les moindres détails ? Parce que cet après-midi-là, quand son journal l'avait envoyé pour réaliser une interview chez elle, dans l'appartement ensoleillé qu'elle habitait au troisième étage d'un immeuble donnant sur une rue bordée d'arbres, on lui avait fait plus de révélations que prévu.

Pendant quarante ans, Mme Chabaud avait fait avec ses filles le bonheur de l'élite politique et économique de la Ve République gaulliste, et puis, quand le fisc lui avait poliment demandé de verser sans délai l'argent qu'elle devait – les fonctionnaires zélés de l'administration fiscale avaient estimé sa dette à quelque vingt millions de francs –, Évelyne ("Appelez-moi juste Évelyne, pas madame Chabaud, pas madame Évelyne, simplement Évelyne"), Évelyne, donc, avait fait sien le principe d'autodénonciation – et écrit ses Mémoires. Inutile de dire que son livre truffé de révélations avait pulvérisé tous les records de vente et que les journaux s'étaient battus pour lui soutirer d'autres anecdotes en dessous de la ceinture. La presse à sensation, les journaux gratuits, la télé, les radios et même *Le Monde* – tous avaient frappé à sa porte, mais Évelyne les avait envoyés sur les roses. Au bout d'une semaine, surprise : elle avait appelé Pierre et donné son accord pour une interview exclusive, mais uniquement avec un certain Marc Rappaport.

"Mais pourquoi moi ? avait-il demandé à Pierre. Elle a dit pourquoi ?

— Non.

— Comment ça ? Elle a dit : Avec Marc Rappaport, et sinon rien ?

— C'est ça.

— Et tu ne lui as pas demandé pourquoi ?"

Pierre l'avait regardé. "Tu veux que je lui demande de t'envoyer une invitation sur un bristol ou tu y vas aussi sans déclaration d'amour ?

— Mais pourquoi elle veut que ce soit moi ?

— Aucune idée, avait répliqué son ami, visiblement excédé, avant d'ajouter : Et ce n'est pas la peine d'attraper la grosse tête parce que tu es dans les petits papiers des prostituées."

Un côté mégalomane ? Était-ce cela que Pierre lui reprochait ? s'était-il demandé avec étonnement en montant dans le métro. Le croyait-il vraiment assez naïf pour se laisser emporter par un sentiment de supériorité ? Le connaissait-il donc si mal ? Et d'où lui venait cette idée ? Était-ce parce que Marc avait beaucoup de lecteurs, parce qu'on lui envoyait des lettres, parce qu'il dévoilait des scandales ? Si c'était son engagement personnel que Pierre voulait déprécier en lui collant l'étiquette de la mégalomanie, alors il n'avait rien compris. Il ne s'agissait pas de flatter son ego, non, Marc n'avait pas de temps à perdre avec ça. S'il avançait sans jamais s'arrêter, c'était parce que le travail tel qu'il le concevait ne le fatiguait pas, au contraire : c'était sa drogue. Pour lui, pas de plan B en dehors de cette intensité, il avait besoin de ce frisson. Oui, il se plaçait au-dessus des règles quand elles lui semblaient caduques. C'était sa façon de faire. Et, oui, il lui arrivait de ne pas être dans le rang. Mais était-ce vraiment si grave ? Le journal ne pouvait-il pas se permettre d'avoir quelqu'un comme lui ? Pourquoi Pierre se sentait-il chaque fois obligé de le rappeler à l'ordre et d'agiter un drapeau rouge dès qu'il s'éloignait du chemin imposé, ne serait-ce que d'un pas ? En vertu du fameux principe d'égalité ? *Égalité* – l'un de ces mots qu'on inscrivait en lettres capitales, mais qui n'avaient plus rien de révolutionnaire depuis longtemps. L'égalité, ce n'était plus le nivellement des différences sociales, ni l'équité de la loi. L'égalité, c'était se frayer un chemin dans la vie en usant du même profil bas et de la même couardise que tout le monde si l'on ne voulait pas s'attirer la réprobation des autres. Depuis des décennies déjà, l'égalité, c'était surtout de la jalousie. Pierre ne supportait pas son succès ? Eh bien, qu'il aille au diable.

Évelyne aimait tous les meubles, du moment qu'ils étaient estampillés Louis quelque chose. Son appartement débordait de petites dessertes, de bergères et de canapés tarabiscotés.

"Que savez-vous du sexe, Marc ?"

Elle l'avait appelé par son prénom. Il ne s'en était pas étonné outre mesure.

"J'ai déjà pu faire quelques expériences pratiques, avait-il avancé comme un sage écolier, mais je n'ai sans doute pas une fraction de votre savoir-faire."

Avait-il vraiment prononcé cette énormité ?

"Je ne parle pas de votre vie amoureuse, Marc, je parle des affaires. Que savez-vous du commerce du sexe ?"

Il avait aussitôt retrouvé son instinct de professionnel : "Ce que vous allez m'en dire.

— Je peux vous donner le côté glamour des choses – c'est ce qu'ils veulent dans votre journal, ou bien je me trompe ?"

Non, on ne se payait pas la tête d'Évelyne Chabaud. Si Pierre l'avait envoyé chez elle, c'était évidemment pour qu'il donne à la prostitution le vernis lisse du papier glacé. Oui mais voilà : assis sur le canapé aux côtés de cette femme élégante, Marc avait décidé de ne pas recourir aux clichés habituels dont ils raffolaient tous. Ils voulaient un peu de vice ? Juste assez de perversion pour pouvoir plaisanter à table, entre l'entrée et le romsteck ?

"Évelyne, vous n'avez pas besoin de cet article. Votre livre se vend très bien, même sans moi et mes prétendus talents de journaliste. D'ailleurs, mon journal ne m'a pas envoyé pour vous aider à battre vos records de vente, mais parce qu'il veut sa part du gâteau. Le sexe, c'est bon pour le tirage. Et si je parviens à vous soutirer d'autres noms, ou si vous me confiez quelques-unes des pratiques sexuelles de politiques connus, mon rédacteur en chef sera sans doute prêt à me canoniser. Mais je vais vous dire ce que nous allons faire tous les deux, si vous voulez bien. Nous allons utiliser votre célébrité pour leur livrer la vérité pure et dure, pas la version lisse, pas les petits potins pour la bourgeoisie cultivée, la vraie vérité. Qu'est-ce que vous en dites ? Vous me racontez les choses telles que vous les avez vécues et j'en fais un article. Ça vous semble une bonne idée ?"

Elle avait regardé le motif du tapis étalé à leurs pieds, une frise de feuilles dentelées, et souri en disant : "On m'avait dit de me méfier de vous."

L'idée de demander à Évelyne qui était ce "on" avait effleuré l'esprit de Marc, mais l'instant d'après, elle avait donné son accord – "Bon. Très bien, avait-elle dit. Je vous fais confiance. C'est d'accord" – et Marc était si enthousiaste à la perspective de faire le portrait de celle dont le nom était dans toutes les bouches que la question était passée à la trappe.

Ce qu'elle lui avait raconté, c'était l'histoire d'une jeune fille qui tombe amoureuse d'un beau jeune homme. Et à l'entendre décrire les trois étapes qui mènent de l'amour à la prostitution, avec cette froideur, cette impassibilité maîtrisée, il avait compris combien ce qu'elle lui avait confié cet après-midi-là la hantait encore. Non, son passé n'était pas mort et enterré, il n'était même pas passé. Mais n'en allait-il pas de même pour tout le monde ?

"J'ai été initiée à seize ans par un *loverboy*. (Elle n'avait pas tourné autour du pot pour définir la catégorie de gens à laquelle ces hommes appartenaient.) Ce sont des gars qui accostent des mineures, avait-elle expliqué avec mépris, ou des filles tout juste majeures, et leur font croire qu'ils sont amoureux d'elles. Ils choisissent souvent des jeunes filles un peu instables, qui viennent de familles détruites ou n'en ont pas du tout, ou alors une petite idiote comme moi qui avait décidé de prendre le large…" Au début, il s'était montré si charmant, sensible et prévenant qu'elle s'était crue dans un rêve. Il lui avait fait le grand jeu, l'avait sortie dans le monde, lui avait fait des cadeaux. Jamais il ne lui avait rien acheté de vraiment cher, mais avec une petite bécasse comme elle, ce n'était même pas la peine. Quelques bijoux fantaisie, un vêtement bon marché, deux ou trois mots gentils, un restaurant sans prétention, et voilà ! Elle se sentait déjà la plus heureuse du monde. "Quand je repense à la bécasse que j'étais à l'époque, ça me met dans une colère… Je me revois tomber dans le piège de ce gars parce que je croyais enfin avoir trouvé quelqu'un qui m'aimait… C'est à peine supportable. Je n'ai pas de compassion pour celle que j'étais, même aujourd'hui. Je ne peux pas me pardonner d'avoir été aussi naïve. Je suis même plus en colère contre moi que contre cette pourriture. C'est incroyable, non ?

— Non, avait répondu Marc, c'est humain."

Évidemment, le *loverboy* n'avait eu aucune difficulté à la conquérir et à l'éloigner de sa famille et de ses amis. De toute façon, elle avait passé les mois précédents à se disputer avec ses parents. Et puis, un jour, il lui avait confié qu'il avait de gros problèmes d'argent, et elle avait couché avec l'un de ses amis pour régler de prétendues dettes, et puis avec un autre, et encore avec un autre. Avait-elle cru à ses mensonges ? Évidemment. Évidemment ? Marc l'avait dévisagée avec étonnement. Mais comment cette pourriture avait-elle justifié ce qu'on exigeait d'elle ? Où était l'amour quand on forçait quelqu'un à se prostituer ? N'avait-elle pas reconnu, au plus tard après le troisième client, ce vers quoi elle s'avançait irrémédiablement ? Non, elle n'avait rien vu. "Mais comment ça ?" s'était-il étonné, et il se souvenait encore mot pour mot de ce qu'elle avait répondu. "Vous ne me comprenez pas, n'est-ce pas ? avait-elle demandé. Mais comment pourriez-vous ? Pour me comprendre, il faudrait que vous ayez vécu comme moi. Il y a des questions que les filles de mon espèce ne posent pas. Qu'elles sont même incapables de poser. Pour pouvoir formuler de telles questions ne serait-ce que dans son esprit, il faut être libre. Affranchi de toute peur. Et il faut avoir été éduqué comme vous l'avez été. (Qu'est-ce qu'Évelyne pouvait bien savoir de l'éducation qu'il avait reçue ? s'était-il demandé. D'où aurait-elle pu tenir des informations sur lui ?) Moi, je n'ai jamais été libre. Pas une seule seconde. Et surtout, à cette époque, je vivais dans la peur de perdre la seule personne que je croyais aimer. J'aurais avalé n'importe quoi, parce que la seule éventualité qu'il puisse mettre fin à notre relation m'emplissait déjà d'effroi. J'étais comme paralysée. Évidemment, comme la plupart des *loverboys*, il travaillait pour un réseau sur la base d'une participation aux bénéfices. Il avait deux ou trois filles comme moi. Pour moi, c'était une sorte d'être suprême, alors qu'en réalité, ce n'était qu'un sous-fifre. Il se contentait d'appâter les petites jeunes et de les rendre dociles, et il faisait en sorte que nous restions soumises et malléables. Pour le réseau proxénète, il était tout en bas de l'échelle, une sorte de putain des putains, un mielleux qui ne connaît pas les gros clients et n'a ni le talent ni l'argent nécessaires pour organiser et diriger son propre réseau.

— Et après, comment fait-on pour s'en sortir ? avait demandé Marc avec précaution.

— S'en sortir ? (Elle avait souri.) Pourquoi croyez-vous qu'on en sorte ? On ne sort pas de là. Avec un peu de chance, on est un jour séparée de la pourriture en question et on croit en mourir. Avec un peu de chance, on est envoyée « en voyage » parce qu'ils veulent vous garder au top aussi longtemps que possible. Avec un peu de chance, on travaille par roulement, vous comprenez ? (Non, il n'avait pas compris, et elle avait expliqué.) Des *sex tours*. Une semaine chez un client à Marbella, quelques jours sur un yacht à Saint-Tropez, et puis Genève, Saint-Moritz, Paris, Porto Cervo, Bruxelles… Là où les riches dépensent leur argent. Ce sont surtout les filles très jeunes et très jolies qui ont droit à ce traitement. Et l'offre s'adresse bien sûr à une clientèle bien spécifique.

— Vous voulez dire : une clientèle fortunée ?

— Je veux dire : une clientèle *très* fortunée, avait-elle répondu. L'exclusivité, ça se paie."

Elle parlait d'un milieu qu'il connaissait, au sein duquel il avait grandi et qu'il avait pu admirer de près. Admirer, était-ce vraiment le mot ? Voulait-il vraiment chanter les louanges de ceux qui confiaient les rênes de leur vie à l'instinct et à l'excès ? Mais à quoi bon le nier : ces gens-là le fascinaient. Ces hommes qui, avec une assurance de somnambule, identifiaient toujours de nouvelles possibilités de gagner de l'argent l'éblouissaient tout autant qu'ils le dégoûtaient. Parce qu'ils se trouvaient au sommet de l'échelle du succès, ils se croyaient au-dessus de tout et estimaient souvent qu'ils pouvaient s'approprier de droit divin tout ce qu'il leur plaisait. L'espace le plus vaste leur paraissait toujours trop étroit, le succès le plus éclatant toujours trop modeste, le bénéfice le plus astronomique toujours trop insignifiant – Marc les appelait "les insatiables". Et même s'il leur pardonnait leurs petits arrangements avec la morale, il considérait comme de son devoir de provoquer leur chute. Il se consacrait à cette tâche avec la même frénésie que son grand-père avait mise à amasser des millions.

Alors bien sûr, on disait de lui qu'il crachait dans la soupe, qu'il était un bon à rien moralisateur, un naïf. Parfois, dans les cercles sélects que son grand-père avait fréquentés jusqu'à sa mort et qui servaient encore de terrain de jeux à une grande partie de sa famille, on l'appelait simplement "le juif", comme si le fait que sa mère eût épousé un universitaire de religion judaïque avait induit chez lui une sorte de mutation ouvrant la porte à la grognerie et à l'austérité. Il savait que ses articles, quand ils ne parlaient pas de meurtres de masse ou de meurtres en série, gâchaient régulièrement l'humeur des membres de sa famille. Et qu'il s'en serait trouvé plus d'un pour lui dire : "Tu crois vraiment que nous ne savons rien de l'économie souterraine, de la fraude fiscale ou de la corruption ? À t'entendre, on croirait Christophe Colomb qui vient de découvrir l'Amérique. Oublie-nous un peu, tu veux ?" Ce qui les empêchait de le passer au goudron et aux plumes ? La peur. Et, bien sûr, leurs bonnes manières. Le seul à avoir un jour prudemment exprimé ses réticences, c'était son grand-père. Marc commençait tout juste sa carrière, et sa rédaction l'avait envoyé dans une salle de tribunal parce que quand on avait fait philo, on devait bien avoir aussi quelques rudiments de droit. Il s'était plongé dans le travail avec l'enthousiasme du débutant. C'était l'un de ces procès de corruption dignes d'un thriller, et Marc avait pourfendu le commerce des armes, le détournement de biens, la fraude fiscale, le blanchiment d'argent et la corruption, il avait criaillé, morigéné et craché son sarcasme, s'affranchissant du compte rendu objectif dans la limite de ce que la rédaction laissait passer. Il avait incriminé ce qu'on appelait l'élite du pays – à laquelle appartenaient quelques amis intimes de son grand-père – et présenté ses membres tels qu'il les voyait : comme de cupides profiteurs de guerre. Son grand-père lui avait fait comprendre qu'un peu plus de distance personnelle et d'impartialité auraient été les bienvenues. Après un déjeuner copieux chez Drouant, ils allaient se séparer au croisement très fréquenté de l'avenue de l'Opéra quand son grand-père avait lancé, l'air de rien : "À propos, j'ai lu ton article hier.

— Et ? avait demandé Marc, qui savait bien ce que signifiait ce ton détaché.

— Très frondeur.

— C'est tout ?

— Très bien écrit.

— C'est un compliment ?

— Si tu veux.

— Et sinon ? avait insisté Marc.

— Ceux qui écrivent contre la gloire veulent avoir la gloire d'avoir bien écrit", avait répondu son grand-père, citant Pascal et ses *Pensées* sur la vanité de l'homme.

Marc aimait ce texte et le connaissait presque par cœur ; mais quelle gloire y avait-il à passer maître dans l'art de la corruption et du commerce des armes ? Et puis quoi ? Son grand-père croyait-il vraiment que personne ne s'attaquerait jamais aux petits arrangements que prenaient parfois entre eux les politiciens, les industriels et les grands corps de l'État ? En tant que journaliste, bon sang, il remplissait une fonction importante. Il était ce qu'on appelait le quatrième pouvoir. Il sanctionnait les exactions des puissants.

"Tu sais bien sûr que tes alliés d'autrefois se sont laissé aller à quelques malhonnêtetés ? avait avancé Marc, et son grand-père avait répondu :

— Curiosité n'est que vanité. Le plus souvent, on ne veut savoir que pour en parler.

— Qu'est-ce que tu me reproches, en fait ? Et puis arrête de citer Pascal à tout bout de champ, avait-il répliqué, ouvertement agacé par son grand-père et sa manière de tourner en dérision l'habitude qu'il avait de citer les grands penseurs. D'avoir écrit là-dessus ? C'est ça qui t'embête ?

— Ce que je te reproche ? Mais rien, mon garçon. Sauf, peut-être, de ne pas avoir encore compris certaines choses.

— Par exemple ?

— J'ai réalisé la plus grande partie de mes bénéfices en Afrique. J'ai construit là-bas un empire qui va du Mali au Congo-Brazzaville en passant par le Tchad et la Côte d'Ivoire, avec un point fort au Cameroun. En 1960, tout de suite après l'indépendance des anciennes colonies, j'ai commencé à m'assurer des parts ou des concessions dans les entreprises publiques privatisées.

— Et alors ?

— Et alors ? avait répliqué son grand-père, surpris. Comment crois-tu que j'y sois parvenu, Marc ? J'étais blanc. J'étais français. Crois-tu que ça se soit fait sans de bons contacts avec les détenteurs du pouvoir politique ? J'ai le monopole du transport de marchandises de l'Afrique de l'Ouest vers la France. Crois-tu qu'on arrive à ce résultat sans l'approbation du président de la République ? avait conclu son grand-père et, profitant d'un vide dans la circulation, il avait traversé la rue d'un pas rapide. Dans ce secteur, pour que les autres te fassent confiance, il faut se salir un peu les mains.

— Dans quel secteur, avait répliqué Marc, et qui ça, les autres ?"

Mais il n'avait eu pour toute réponse qu'un simple sourire.

Évelyne Chabaud avait attendu la fin de l'entretien pour révéler la raison qui l'avait poussée à le choisir lui et aucun autre. Ils avaient ouvert une deuxième bouteille et buvaient un corton charlemagne tandis qu'il lui faisait la conversation. Il était doué pour ça, très doué. Parler pour ne rien dire. Parler sans donner son avis, sans arrière-pensée. Parler avec pour seul objectif d'établir le lien que permettaient les mots. Avec pour seule ambition de clore sur une note agréable une interview particulièrement intense. Il avait fait son numéro de connaisseur en vins et pontifié sur le corton, le meilleur chardonnay du monde, avec son fumé typique et sa finale aux arômes de noisette. Il avait raconté quelques anecdotes. "Saviez-vous qu'à l'origine, le corton était un vin rouge ? Les ceps blancs n'ont été plantés que sur ordre de Charlemagne, qui ne voulait pas tacher sa barbe blanche.

— Marc, avait-elle fini par l'interrompre. Vous n'avez pas eu l'air étonné que je me sois mise à mon compte.

— Non ?

— Non.

— J'aurais dû ?

— On dirait que pour vous, il est tout à fait banal qu'une prostituée comme moi se mette à travailler pour son compte.

— Non, bien sûr que non. J'ai seulement pensé que vous aviez des clients importants et que peut-être… (Peut-être quoi ? Il n'avait pas su comment achever sa phrase.)

— Qu'un client important m'avait peut-être donné un coup de pouce ? Qu'il m'avait accordé un crédit sans intérêts pour que je m'achète un appartement ? Qu'il m'avait même proposé de me financer des études – ce que j'ai refusé. (Marc était confus de reconnaître qu'il ne voyait pas à quoi elle voulait en venir.) Ce client a effectivement existé. Vous ne voulez pas savoir comment il s'appelle ?

— Si, avait-il répondu sans se douter de rien. Bien sûr.

— Hubert… Hubert Bourgueil.
— Comment ça, Hubert Bourgueil ?
— Votre grand-père."

15

Avait-il été choqué ? Oui. Mais ce qui avait heurté son sens des convenances, c'était quoi, au fond ? Que son grand-père, qui n'avait apparemment rien d'un impuissant quel que soit le domaine, s'amuse avec une prostituée ? Non, bien sûr que non, même s'il n'avait pas pu s'empêcher de se demander comment un homme de son âge… Enfin, passons. Non, ce qui l'avait poussé à accepter le verre de Courvoisier X.O Impérial qu'Évelyne lui tendait, c'était cette idée que le grand ponte des affaires estimé de tous pour sa circonspection avait eu avec une prostituée plus qu'une relation sexuelle strictement tarifée. Il lui avait proposé de financer ses études, il lui avait acheté un appartement. En fin de compte, son grand-père avait accordé à cette femme une place bien plus importante que ne l'admettait le consensus bourgeois.

Aller aux putes ? Pas de quoi fouetter un chat, ils le faisaient tous. Mais fraterniser avec une femme légère plus que ne l'exigeait le plaisir de l'instant ? Impossible. Hubert Bourgueil avait consacré sa vie et son talent à tisser un immense réseau social fiable. Tout risquer à cause d'une maquerelle ? C'était une erreur fatale. Il n'avait bien sûr pas abordé le sujet avec son grand-père ; leur relation ne le permettait pas. Et Évelyne devait s'en douter, ce qui avait sûrement joué dans sa décision de lui accorder une interview : elle avait misé sur le fait qu'il ne s'en servirait pas, et Marc avait été effaré par l'habileté avec laquelle elle l'avait manipulé.

Cinq mois plus tard, quelques jours à peine après l'accident de son grand-père, Marc était retourné voir Évelyne. Il ne supportait plus les notices nécrologiques des médias ni les louanges en son honneur et ce qu'elles impliquaient : le grand homme était mort. Un accident. Il n'était plus. Son chauffeur avait perdu le contrôle du véhicule, défoncé la glissière de sécurité et filé droit sur un arbre.

Le grand-père de Marc était mort coincé dans l'épave, le chauffeur un peu plus tard, à l'hôpital. Tels étaient les faits. Mais les mots étaient comme irréels. Son grand-père, mort ? Comment était-ce possible ? Une telle force de la nature pouvait-elle disparaître ainsi ? Non, c'était absurde. Marc avait été incapable de se rendre à l'évidence. Pendant deux jours, il avait erré dans la ville, sans désir, sans objectif, étranger à ce qui se passait autour de lui, avant d'échouer finalement chez elle, chez le secret de son grand-père. Elle l'avait conduit sans un mot jusqu'au salon, lui avait fait signe de s'installer. Il s'était assis, et il avait retrouvé son calme. Soudain, il s'était senti exister – l'impression de n'être qu'un miroir reflétant ce qui l'entourait l'avait abandonné. Sur les Grands Boulevards, l'heure de pointe avait sonné et, à travers les fenêtres fermées, ils avaient écouté le ronronnement de la circulation qui soulignait le silence de la pièce à la manière d'une note sourde.

"Pourquoi êtes-vous venu, Marc ? lui avait-elle demandé au bout d'un moment, tournant vers lui un visage vide d'expression. Pour comprendre ? Il n'y a rien à comprendre. Il est mort.

— Je sais bien, mais c'est tellement injuste…

— Injuste ? avait-elle explosé. Vous croyez que la mort a des comptes à vous rendre ? Pourquoi à vous et pas aux autres ? Parce que vous valez plus qu'eux ? Vous ne valez pas plus. Votre grand-père est mort et vous êtes triste. Ça fait partie du jeu. Vous pensez que vous n'arriverez pas à le surmonter ? Ça fait aussi partie du jeu. Vous en voulez au destin ? Vous vous dites : Pourquoi lui ? Pourquoi la vie est-elle si cruelle qu'elle permette cette mort ? Ça aussi, ça fait partie du jeu."

Il était passé par toutes les étapes désastreuses de l'apitoiement sur soi. Cela faisait des jours qu'il se sentait vide, abandonné, mal aimé. Et s'il était venu chez elle, c'était pour qu'elle le prenne en pitié.

"Il me considérait comme un raté, pas vrai, Évelyne ? avait-il demandé d'une petite voix.

— Mais pas du tout. Qu'est-ce qui vous fait penser ça ?

— Il ne m'a jamais pardonné d'avoir fait un article sur cette histoire de corruption.

— On n'est pas forcé d'être toujours d'accord sur tout. Vous auriez voulu quoi, Marc ? Qu'Hubert vous félicite à chaque article ?

Si c'est ce qu'il vous faut pour fonctionner, alors votre grand-père s'est trompé.

— Je veux simplement dire…"

Mais elle ne l'avait pas laissé finir : "Votre grand-père était d'avis que vous n'aviez pas besoin d'être cajolé. Était-ce une erreur ? Il se disait que vous étiez capable de réussir votre vie sans lui. Et même très bien. Est-ce qu'il vous aurait mal jugé ? Je ne peux pas le croire. Si vous voulez sombrer dans la morosité, allez-y, chacun est libre de faire ce qui lui plaît, c'est ma philosophie. Et si vous tenez absolument à le savoir : c'est vrai, oui, il était sérieusement remonté contre vous à cause de cette histoire. Il vous a maudit pendant des semaines. Avec vos barbouillages (« barbouillages », c'était un mot de son grand-père), vous lui avez gâché une grosse affaire. Et qu'est-ce qu'il en est ressorti ? Rien. Ils n'ont pas été jugés. Ils ont tous conservé leurs fonctions. Rien, sauf que votre grand-père a perdu un contrat. Il était en colère contre vous, et il vous a trouvé naïf. Vous avez réussi à l'énerver pour de bon. Personne d'autre n'y arrivait. Même votre père ne parvenait pas à l'exaspérer comme ça. Vous êtes le seul à avoir eu ce don. Et vous savez pourquoi ? Parce que vous êtes son petit-fils. Parce que vous avez hérité de son obstination."

Il avait répondu à son discours d'un geste dédaigneux : "Ce n'est pas la question.

— Mais si, c'est la question, bien sûr que si. Vous êtes son petit-fils. Le reste n'a aucune espèce d'importance. Ce que vous ressentez aujourd'hui, c'est une peccadille. Ce que vous ressentirez demain et après-demain, quel rôle cela peut-il bien avoir ? Votre chagrin change-t-il le cours du monde ? Qui s'en soucie, d'ailleurs ? Moi, je m'en fiche. Et vous voulez que je vous dise une chose ? Même pour vous, cela n'a qu'une importance toute relative, car s'il y a demain un scandale sur lequel enquêter, vous enquêterez, peu importe ce que vous ressentez, parce que vous pensez être le seul à pouvoir s'acquitter aussi bien de cette tâche. Vous avez peut-être raison, peut-être pas. C'est peut-être la vérité, ou ce n'est peut-être que de l'orgueil. Mais là encore, c'est sans importance, car cela ne change rien à sa mort ; et maintenant, allez-vous-en, partez, je vous ai assez entendu gémir."

Il s'était levé, honteux. Sur le seuil, en guise d'adieu, elle lui avait encore fait ce cadeau : "Vous savez ce que votre grand-père m'a raconté des dizaines de fois ? Le jour où vous avez démoli votre vélo tout neuf, à cinq ans. J'ai si souvent entendu cette histoire qu'il me semble parfois avoir assisté à la scène."

À califourchon sur le vélo qu'une relation d'affaires de son grand-père lui avait apporté un jour, Marc avait dévalé le jardin en pente, traversé les plates-bandes fleuries et foncé dans un muret après avoir franchi trois marches en pierre. C'était l'une de ces anecdotes familiales qui finissent par prendre des allures de mythe. Oh oui, il avait rêvé d'avoir un vélo – un petit vélo avec un cadre rouge cerise et des poignées bleues, comme celui qu'il avait vu dans un catalogue de vente par correspondance. Pendant des semaines, des mois, il avait rebattu les oreilles de ses parents sans parvenir à les faire fléchir. Il avait mendié, insisté, supplié, boudé – rien n'y avait fait. Eux qui, d'habitude, n'étaient d'accord sur rien ou presque avaient annoncé d'une seule et même voix qu'il allait devoir attendre jusqu'à son prochain anniversaire. Et puis, un jour, la relation d'affaires de son grand-père s'était pointée avec un vélo – pas *le* vélo, mais un vélo quelconque. Il aurait pu apporter quelque chose de plus conventionnel – des fleurs, du chocolat ou du vin –, mais non, il avait choisi de faire une surprise au petit-fils préféré de M. Bourgueil.

"Viens me voir, comment tu t'appelles ? avait demandé l'homme, alors qu'ils étaient tous réunis au salon.

— Marc, avait-il répondu, suivant les injonctions de la nurse qui, sur le pas de la porte, lui avait encore rappelé d'être bien gentil et de répondre poliment à toutes les questions qu'on lui poserait.

— Ah, comme l'empereur ! Et quel âge as-tu, Marc ?

— Cinq ans.

— Tu sais ce que ta mère m'a confié ? (Marc avait secoué la tête.) Elle m'a dit que tu rêvais d'avoir un vélo. C'est bien vrai ?

— Oui.

— Et tu as été sage ?"

Marc avait jeté un œil sur sa mère, qui avait souri en hochant la tête.

"Oui.

— Très sage ? (Marc avait haussé les épaules, provoquant les rires enjoués des adultes.) Alors viens, je vais te montrer quelque chose", avait dit l'homme en se levant. Ils étaient allés tous ensemble dans le bureau de son grand-père. La surprise trônait devant la table en chêne.

N'importe quel autre enfant se serait précipité sur le vélo, mais Marc, lui, avait hésité et jeté un regard incrédule sur les adultes qui l'observaient, leurs lèvres frémissant d'impatience. Aujourd'hui encore, il sentait la torpeur qui l'avait envahi autrefois à la vue du vélo. C'était un vélo de garçon bleu clair de vingt-quatre pouces avec moyeu à vitesses intégrées, un modèle qui avait dû coûter un paquet d'argent à la relation d'affaires de son grand-père, mais ce n'était tout simplement pas son vélo, le vélo du catalogue, avec son cadre rouge cerise et ses poignées bleues. Il s'était contenté de toiser le cadeau dans la pièce soudain silencieuse et le regardait toujours sans y croire alors que les adultes, leur verre à la main, étaient déjà partis s'installer dans la véranda. Ils bavardaient, ils riaient, et leur conversation détendue avait éveillé en lui à la fois révolte et consternation. Marc se souvenait très bien d'avoir poussé le vélo dans les escaliers, jusqu'à la salle à manger et, de là, jusque dans le jardin ; il se voyait encore l'enfourcher, prendre son courage à deux mains et se mettre à pédaler, à pédaler tout droit vers le fameux muret.

Avait-il déjà compris à l'époque que les adultes s'étaient encore une fois lancés dans l'entreprise douteuse qui consistait à émousser les rêves des enfants au contact de leur pauvre réalité ? Non. Mais cette manière de lui servir son rêve le plus cher sur un plateau – négligemment, comme en passant – l'avait vexé, et il s'était défendu comme il pouvait.

Ce jour-là, tout le monde – sa mère, son père, la cuisinière, l'invité – l'avait consolé, et il avait laissé faire. Tandis que des vagues de compassion déferlaient sur lui, seul son grand-père se taisait et le regardait d'un air grave. "Tu l'as fait exprès, n'est-ce pas ?" lui avait-il demandé ensuite, alors qu'ils étaient seuls dans la cuisine. En plein dans le mille. Marc avait rougi. Mais il avait tremblé sans raison, car son grand-père, avec un petit clin d'œil, lui avait dit : "Demain, je t'emmène dans le meilleur magasin de vélos de la ville et tu auras le droit de choisir toi-même celui que tu veux. D'accord ?

— D'accord", avait acquiescé Marc, soulagé.

Il avait fallu attendre le week-end suivant pour que son grand-père trouve finalement le temps d'aller avec lui au magasin de vélos et mette des mots sur ce qui s'était passé. Dans la rue, Hubert Bourgueil avait entrepris de régler la selle du vélo rouge cerise que Marc avait choisi. "Voilà, avait-il dit, assieds-toi pour que je puisse voir si tu touches le sol. Alors ? avait-il demandé, qu'est-ce que tu en dis ?" Et il avait aussitôt ajouté doucement, avec un sourire : "Je veux que tu me promettes une chose." Marc s'amusait avec la sonnette, mais son grand-père avait dit : "Non, écoute-moi. Je veux que tu me promettes une chose. Ne laisse jamais les autres te prendre pour un imbécile, Marc. Tu me le promets ?

— Oui, avait dit Marc, la tête ailleurs. D'accord."

Mais ce n'était évidemment pas une réponse suffisante pour son grand-père, qui avait insisté : "Non, regarde-moi. Dis-moi qui je suis.

— Tu es mon grand-père.

— Est-ce que j'ai l'habitude de parler pour rien ? Est-ce que je suis comme ta mère qui te dit de te coucher et te laisse finalement veiller ?"

Marc avait secoué la tête.

"Alors prends la peine de m'écouter quand je te demande quelque chose. Compris ?

— Oui.

— N'accepte jamais qu'on te serve de fausses excuses. Tu veux bien me promettre ça ?

— Oui, avait murmuré Marc, intimidé par le ton solennel qu'avait soudain adopté son grand-père.

— Tu me le jures ?

— Oui.

— Parole d'honneur ?

— Oui, avait-il dit en saisissant la main que lui tendait son grand-père. Oui, c'est juré."

Il avait remercié Évelyne. "Ce n'est qu'une anecdote, avait-elle répondu, navrée qu'il soit venu chercher du réconfort justement chez elle. Rien de plus." Elle avait coupé court à la promesse solennelle qu'il lui avait faite de passer la voir bientôt et à toutes les autres déclarations ânonnées sur le pas de la porte, les prenant pour ce qu'elles étaient : les paroles d'un jeune homme meurtri par le deuil et qui devait surmonter sa première grande perte.

Naturellement, il n'était plus jamais retourné la voir ni ne l'avait appelée depuis, mais ses transports d'affection n'avaient de toute façon pas impressionné Évelyne. "Allez-vous-en maintenant", avait-elle dit et elle l'avait poussé au dehors sans rudesse, mais avec détermination.

16

Marc s'éveilla en sueur et pensa aussitôt à Émilie. Donc, on l'avait destinée à une poignée de fins gourmets. Et à en juger par ce qu'elle proposait dans l'annonce, elle avait bénéficié d'une formation solide.

Il se leva et, tout en se savonnant sous la douche, songea à une autre relation d'affaires de son grand-père, un "fin gourmet". Il le revoyait poser ses yeux experts sur les femmes, toutes les femmes, quels que soient le lieu et le moment. Et parler de présence sur le marché, de force financière et de bénéfice prévisionnel en tâtant la poche de sa veste à la recherche de cigarettes, le regard rivé sur les poitrines, les fesses et les bouches alentour. Un homme qui aurait pu être le client d'Émilie. Le genre d'homme qui, entre deux réunions, pouvait exiger au téléphone : "La prochaine fois, vous m'amènerez une petite qui n'a pas encore sucé toutes les queues du quartier. Mais vous me la préparerez. Je n'ai aucune envie de perdre mon temps avec une mijaurée."

Marc se sécha, clopina jusqu'à la cuisine, prépara un café, pressa une orange, but sans s'asseoir son demi-verre de jus et ouvrit le frigidaire. Qu'avait-il en stock ? Dans le bac à légumes, ce que Déborah avait inscrit à son menu : courgettes, oignons, fenouil, artichauts. Depuis qu'il couchait avec une obsédée des produits sains et qu'elle lui avait jeté un sort, il n'était plus le même et se nourrissait d'obscures préparations : pâtes de blé complet sauce pesto ou chou vert antioxydant… Il fit le choix du pain perdu – sans conteste mauvais pour la santé, puisqu'à base de farine blanche – et avala encore chaudes les tranches de pain dorées dans le beurre.

Mais quand même… Le commerce avec des filles telles qu'Émilie rapportait gros. Très gros, même. Alors, comment expliquer cette annonce ? Marc se leva, déposa la vaisselle dans l'évier et retourna dans la chambre à coucher. Pourquoi une fille comme Émilie cessait-elle soudain de circuler comme pute de luxe ? Pourquoi l'installer dans une chambre de vingt-cinq mètres carrés où elle satisfaisait une clientèle d'un tout autre genre ? Il renfila son jean de la veille et mit une chemise propre. Ah non, déjà samedi : il troqua sa chemise contre un tee-shirt et s'assit à son bureau. Il n'y avait qu'une seule raison plausible à son retrait soudain du circuit : elle avait été mise au rebut. Bradée. Elle avait fait son temps. À dix-neuf ans ? Dix-neuf ans, n'était-ce pas un peu jeune pour être mise au rancart ? Mais le marchand était maître de la marchandise, c'était lui qui décidait de ce qu'il proposait au rabais et à quel moment.

D'habitude, il y avait toujours dans une affaire l'écho d'une ou plusieurs autres, mais cette fois, Marc tenta en vain de se remémorer une constellation similaire. Il avait écrit quelques articles sur le métier. Sur ce qu'on appelait les "agences de mannequinat" et leur façon de recruter, sur des villages entiers qui se transformaient en bordel, sur le trottoir et le milieu porno. Mais quels qu'ils soient, tous les tireurs de ficelles auxquels il s'était attaqué suivaient toujours la même règle immuable : faire le plus de bénéfices possible avec le moins d'investissements possible. Or, si la règle suprême était l'appât du gain, parquer Émilie dans un appartement n'avait aucun sens. Pourquoi cet investissement inhabituel alors qu'il aurait été beaucoup plus rentable de la faire circuler parmi les clients de la haute société ? Avait-on voulu se débarrasser d'elle ? Dans ce cas, un simple mélange d'héroïne et d'alcool aurait fait l'affaire. Non, ça ne tenait pas debout.

Il n'y avait qu'une personne capable de lui apporter des réponses : Sébastien Ferrer. Encore fallait-il pouvoir retrouver un flic qui avait travaillé à la brigade de répression du proxénétisme trente ans auparavant… Marc lança une recherche dans les Pages blanches en ligne et trouva plus de six mille réponses. Il jeta un coup d'œil à sa montre. Huit heures. Pouvait-il réveiller Carletti à cette heure-là ? Pas s'il tenait à leur amitié. Il décida d'attendre jusqu'à dix heures, au bas mot, mit la *Symphonie n° 6* de Mahler, poussa le volume à fond et s'allongea pour sentir le premier mouvement lui retourner les tripes. Mahler le juif était doué pour ça. Brahms le goy aussi. Encore que Brahms, dans ses œuvres, n'avait jamais su figurer avec autant de force que Mahler l'expérience primordiale de la peur, une peur réelle, pas une mélancolie, mais une conscience profonde de la solitude. Pour cela, il fallait avoir été mis au ban de la société, avoir été la cible d'attaques haineuses. Il fallait avoir été de ceux à qui l'on pouvait tout prendre à n'importe quel moment, avoir ressenti dans sa chair ce que cela signifiait. Huit cors, six trompettes, quatre trombones, quatre timbales, deux harpes, une légion de flûtes, de hautbois, de clarinettes et de cordes… Si on était plutôt du genre à savourer de petites musiques de nuit, mieux valait ne pas s'embarquer dans les excès contestataires de Mahler.

Juste après la mort de son grand-père, c'était à ce concert que Marc avait emmené sa mère. Il ne supportait pas l'indifférence dans laquelle elle se repaissait comme d'autres s'abandonnaient à la tristesse ou la colère. Il avait espéré que la musique pourrait la secouer, au moins pour un instant. “J'ai réussi à avoir des places pour Boulez et le Philharmonique de Vienne. Ça te fait plaisir ?

— Oh oui, bien sûr”, avait-elle répondu d'une voix qui disait le contraire.

L'entreprise était bien entendu ridicule et vouée à l'échec. Pour quelle raison obscure Gustav Mahler aurait-il été à même de percer la carapace du renoncement ? Depuis quand la culture était-elle salvatrice ? Depuis quand faisait-elle autre chose que de récréer une poignée de spectateurs cultivés ? Mais enfin, il avait essayé. Dans la salle – rang C, tarif I –, il avait observé sa mère après chaque mouvement puissant. Allez, défends-toi, rebiffe-toi enfin, avait-il pensé en regardant cette femme assise toute droite, les mains jointes sur les genoux. Elle portait la robe noire des grandes occasions, bien sûr assortie de son collier de perles, et elle écoutait la musique, la tête légèrement inclinée. D'autres auraient trouvé son attitude distinguée, élégante et de bon ton. Marc, lui, avait été déconcerté, même s'il devait admettre que le corset étroit de l'éducation qu'elle avait reçue était aussi ce qui lui permettait de tenir encore debout.

À 10 h 32, quand il décrocha son téléphone pour appeler Carletti, son tee-shirt lui collait déjà au corps comme une seconde peau.

“Alors ? Il était comment, ce film, hier ? demanda-t-il quand son interlocuteur eut fini de tousser à l’autre bout du fil.

— Quelle heure est-il ?

— Dix heures et demie.

— Qu’est-ce que tu veux ? demanda le commissaire divisionnaire, visiblement peu enclin à la conversation.

— Est-ce que tu peux me trouver le numéro de Sébastien Ferrer ?”

Carletti répondit comme un juif. En posant une nouvelle question :

“Pourquoi ?

— Je voulais encore un peu avancer sur l’affaire Thevenin, et je me suis dit que…”

Mais avant même que Marc puisse se lancer dans des explications complexes, Carletti avait raccroché.

Avancer encore un peu sur cette affaire, est-ce que ça valait vraiment le coup ? Un samedi ? Si l’on envisageait les autres possibilités qui s’offraient à lui – accompagner Déborah à l’anniversaire de son enquiquineur de frère –, oui, absolument. Il se pencha sur son fichier d’adresses. À la lettre C, il trouva quelqu’un qui pourrait peut-être l’aider. Romain Charbonnier, un collègue qui avait écrit un livre sur le milieu de la prostitution. Il ne s’attendait pas à ce qu’on décroche dès la première sonnerie.

“Romain ? demanda-t-il alors que la voix était celle d’une femme.

— C’est pour toi, mon amour !”

Il entendit des pas, un bruissement, puis la voix de Romain :

“Oui ?

— Dis donc, tu connais par hasard un Sébastien Ferrer qui était aux mœurs il y a trente ans ?

— Marc ?

— Oui.

— Qu’est-ce qu’il te faut sur lui ?”

Marc vit en pensée Romain qui se redressait, attentif.

“Tu aurais son numéro de téléphone ?

— Non.

— Tu connais quelqu’un qui le connaît ?

— Hé, j’ai vingt-huit ans ! Il y a trente ans, je n’étais même pas un cauchemar dans l’esprit de ma mère.

— Mais comment tu sais qui c'est, alors ?

— Ce type est une légende. Le meilleur enquêteur qui soit en matière de délinquance sexuelle."

Tiens donc. Ils avaient mis un profileur sur le coup. Ou bien n'était-ce qu'un hasard ?

"Mon amour, je t'attends en bas."

Marc décida que la femme qui appelait Romain "mon amour" avec un brin d'impatience contenue devait être une blonde rondelette.

"Il faut que j'y aille, dit Romain avant d'ajouter une explication que Marc ne lui avait pas demandée : Ma fille a un tournoi de karaté.

— Quel âge ?

— Six ans."

Six ans. Et ils y allaient ensemble ? Sacrément motivés, les parents.

"Pourquoi tu ne demandes pas plutôt à ton copain le Corse ?" demanda Romain, laissant pointer la jalousie qu'il ressentait à savoir Marc si proche d'une source d'information féconde. Pour finir, il lui fit quand même l'aumône d'un renseignement. "Dans le temps, il est tombé amoureux d'une prostituée asiatique, une de ces marcheuses de Belleville. Il a eu des soucis avec sa hiérarchie à cause d'elle. Il a été suspendu, et puis il a démissionné quelques mois plus tard."

17

Bien sûr, il aurait pu patienter jusqu'à lundi, mais la patience n'avait jamais été son fort. De toutes les vertus qu'on pouvait qualifier de bourgeoises, la patience était bien celle qui lui faisait le plus défaut. Car, évidemment, lundi, Timothée, Karima, Alex ou l'un de ces gamins dont il ne se rappelait jamais le nom et qui se tuaient à la tâche au journal pour une misère auraient été ravis de lui trouver le numéro de Ferrer ou de satisfaire d'une manière ou d'une autre à ses exigences journalistiques, et il aurait eu toutes les informations sur son bureau en moins d'une demi-heure. Appeler Déborah et trouver un pieux mensonge pour expliquer ce qui le poussait à retourner ciel et terre à la recherche d'un justicier aurait aussi été une bonne idée. Oui, mais voilà, les pieux mensonges l'ennuyaient et lui sapaient le moral. Il préféra ne pas se donner cette peine.

Depuis qu'il était avec Déborah, son quotidien était une succession de conflits de ce genre. Les compromis, lui avait appris sa compagne, étaient le b.a.-ba de toute relation, mais quelque chose empêchait toujours Marc de céder. Plutôt inventer de minces prétextes, brandir des excuses maladroites et s'appesantir sur des justifications bancales que de devoir se soumettre aux obligations qu'elle se sentait en droit de lui imposer. Ce qu'elle attendait maintenant de lui, c'était qu'il se douche, se rase, enfile une chemise propre, achète une bouteille de champagne chez le caviste d'en face et vienne la chercher à quatre heures pour l'accompagner chez son enquiquineur de frère. (À quatre heures ? Mais qui pouvait bien encore fêter son anniversaire à quatre heures, une fois passé l'âge de porter un cartable sur le dos ?) C'était ce qu'elle attendait et il n'en ferait rien. Au lieu de cela, il irait voir du côté des salons de massage asiatiques.

Pourquoi aller chercher Ferrer à cet endroit-là ? Parce que Marc n'était pas un optimiste. Si tel avait été le cas, s'il avait été de ceux qui ont en la vie une confiance inébranlable, de ceux qui croient par exemple à l'illusion du grand amour, s'il avait été de ceux-là au lieu d'être un homme aux instants de bonheur sporadiques, il aurait eu à l'esprit l'image d'un couple heureux, quelque part dans un joli petit pavillon de banlieue (Ferrer et sa petite Chinoise entourés d'une ribambelle d'enfants, oui, c'était une belle image), mais il en avait déjà trop vu, il avait déjà trop vécu et fait le récit de trop de catastrophes pour ne pas cracher sur le concept de "l'amour salutaire". Nul doute que le commissaire Ferrer avait tiré la jeune femme du gouffre où elle avait été forcée de faire le tapin, mais quant à savoir s'il avait aussi pu la remettre sur le droit chemin, la guérir selon les critères du bon flic, Marc était plutôt sceptique. Il n'y croyait pas. Il imaginait plutôt que la petite Chinoise n'avait pas pu se passionner bien longtemps pour la morale de Ferrer, pour son amour et sa vision d'une vie accomplie. Pourquoi ? À cause des limites de l'empathie. Parce que la compassion, si honorable et sincère fût-elle, permettait d'atteindre certaines choses, et d'autres pas.

Oui, Marc supposait que cette histoire avait été un échec, et c'était ce qui l'avait décidé à faire le tour des salons de massage. De l'extérieur, ils ressemblaient à des instituts de beauté comme les autres, mais tout le monde savait ce qui se passait dans l'arrière-boutique et quel genre de "massages" on y proposait à forfait. La plupart de ces salons étaient dirigés par d'anciennes marcheuses qui, des trottoirs de Belleville, avaient gravi les échelons jusqu'à devenir gérantes. Elles avaient des qualifications certaines pour le poste : elles savaient de quoi elles parlaient et elles pouvaient régler les détails pratiques dans un français sinon parfait du moins compréhensible, contrairement aux gamines qui, six jours par semaine, de dix heures le matin à dix heures le soir, faisaient le bonheur de la gent masculine avec des "massages relaxants des zones de tension".

Marc se rendit à pied rue Rodier, dans le 9e, où habitait aussi Pierre. La dernière fois qu'il avait été invité à dîner chez son ami (ce qui n'arrivait que rarement, la femme de Pierre ne voyant pas en quoi la présence d'un célibataire mal rasé aurait pu enrichir leurs soirées), il avait remarqué trois vitrines de ce type dans le coin. Il connaissait bien le quartier : son grand-père paternel avait habité jusqu'à sa mort rue Le Peletier, dans un deux-pièces envahi par les livres. Les ouvrages empilés un peu partout n'avaient pas seulement pris possession du salon et de la chambre ; avec le temps, ils avaient aussi détourné de leur usage le couloir et la cuisine. "Va jouer", disait son grand-père, et Marc partait pour l'une de ces innombrables errances dans le quartier, bien conscient qu'en revenant quelques heures plus tard, baigné de sueur, il trouverait le vieil homme assis ou couché dans la même position, les yeux rougis d'avoir trop lu. Pour pouvoir s'adonner pleinement à sa passion, son grand-père lui avait concédé des libertés que personne ne lui aurait sinon accordées. Livré à lui-même, Marc avait passé des heures à explorer les rues une à une. Il connaissait chaque arrière-cour, chaque montée d'escalier, chacune des boutiques de son ancien terrain de jeux et, bien sûr, l'une ou l'autre des anecdotes qui se racontaient dans le quartier.

Là où se trouvait désormais un marchand de tabac, par exemple, il y avait eu autrefois un boulanger qui vendait une excellente baguette. La rumeur disait qu'après la Libération, il avait passé plusieurs semaines à l'Institut dentaire, où les résistants communistes avaient installé une prison provisoire, mais cela n'empêchait personne, pas même son grand-père, d'acheter son pain chez "ce vassal, ce lèche-bottes à la solde des Allemands". Et là, dans le magasin d'en face, on avait soupçonné la femme du boucher d'avoir une amourette avec son apprenti. Le boucher et son épouse étaient à la retraite depuis longtemps, tout comme l'épicier arabe d'à côté, dont le fils avait voulu faire du droit.

Marc aimait ce quartier. Il l'aimait parce qu'il se passait de bâtiments à l'élégance tape-à-l'œil, de portes cochères imposantes, de majestueux marronniers, de bel étage, d'entrées réservées au petit personnel vivant sous les toits, de limousines garées le long des trottoirs. Il l'aimait parce qu'avec ses devantures simples, ses immeubles on ne peut plus normaux et ses quelques artisans traditionnels, il était aussi vivant qu'étaient inanimées les rues bourgeoises où il avait grandi. Pendant des années, il avait eu la chance d'accompagner son grand-père quand il faisait ses courses dans le quartier et, les jours de fêtes juives, il l'avait bien sûr accompagné à la synagogue de la rue Buffault. Descendant d'une vieille famille israélite, son grand-père aurait normalement dû rejoindre la communauté de la rue Victoire, où se trouvait la synagogue de tradition ashkénaze, car celle de la rue Buffault, construite en 1877 par des juifs portugais, était résolument sépharade, mais, rue Victoire, il s'était disputé avec tous les membres du bureau au sujet de la place qu'il avait payée pour les principaux jours de fête. On l'avait assis deux rangs derrière la *bimah* et on avait donné sa chaise au nouveau secrétaire. Il ne leur avait pas pardonné. "Pour qui me prennent-ils, ces blancs-becs ?" s'était-il emporté, et il avait expliqué à son petit-fils la différence subtile qu'il y avait entre "prier à la synagogue" et "avoir sa chaise à la synagogue". Pour finir, c'était un bref échange entre le secrétaire lui-même et le grand-père de Marc, à l'occasion d'une fête, qui avait porté le coup de grâce. "Alors ? avait demandé le secrétaire, conciliateur. Comment ça va ?

— Bien.

— Et comment va madame ?”

Madame ? Ce demeuré ne savait donc pas que son épouse était décédée depuis presque vingt ans ? “Madame, avait répondu Léo Rappaport, piqué à vif, est toujours morte et bien morte. Merci de vous en soucier.” Il était clair que personne ici n’avait la moindre idée de qui il était.

Malgré les trois salons quasiment en enfilade, la rue était étrangement déserte. Par cette chaleur, personne n’avait envie de sexe, apparemment. En tout cas pas de sexe rue Rodier. Marc ralentit le pas : une femme était assise sur un banc devant l’un des salons dont il oublia le nom avant même que la conversation s’engage. Une jolie Chinoise d’une cinquantaine d’années aux cheveux noirs coupés court qui, hormis sur ses lèvres d’un rouge vif, faisait l’économie de tout maquillage. Simplement vêtue d’un jean, d’un chemisier et de tennis, elle aurait aussi bien pu passer pour une vendeuse ou une employée de bureau si ses yeux ne l’avaient pas trahie. Ils n’étaient pas vraiment retors, plutôt vigilants. Il suffisait d’être examiné de haut en bas par son regard inquisiteur pour savoir qu’elle avait surmonté beaucoup de choses et qu’elle en craignait d’autres. Pourtant, ses traits ne s’étaient pas durcis, ils étaient sans amertume, même si, ici et là, au menton, dans le cou et entre les sourcils, la vie avait laissé des traces infaillibles. Elle le fixait. Un client ? Ou plutôt pas ? Un client de la concurrence ?

“Un massage ?” demanda-t-elle mollement en faisant un mouvement en direction de la porte.

Marc jeta un œil à la devanture d’inspiration asiatique. Des photos de fleurs de lotus et de cerisier, des fleurs en plastique et des bâtons d’encens arrangés autour de statuettes animales qui trônaient devant un rideau de soie violette, flanqué à droite et à gauche de deux affiches illustrant les zones de réflexologie de la plante des pieds et de la paume des mains. Le rideau avait besoin de toute urgence d’une séance de pressing et un bon coup de plumeau n’aurait pas pu faire de mal au petit bestiaire. Impossible pour un endroit de ce genre de passer pour un “institut de beauté” : tout y était un peu trop miteux, et la décoration brouillonne, disparate. Mais à regarder la vitrine, le désir sexuel n’était pas non plus au rendez-vous. Non, personne n'allait là pour rêver ou se sentir à son aise. Ici, pas de plaisir ni d'érotisme, mais seulement le soulagement aussi rapide et bon marché que possible.

Comme il n'y avait pas de moyen stratégique d'apprendre ce qu'il voulait savoir, il demanda de but en blanc :

“Je cherche un ancien flic. Vous le connaissez peut-être. Sébastien Ferrer.”

Elle ne fut même pas surprise, et encore moins effrayée. À croire qu'elle voyait en lui et ses questions un divertissement bienvenu.

“Sébastien Ferrer ? répéta-t-elle.

— Vous le connaissez ?”

Elle secoua la tête.

“Il était à la brigade de répression du proxénétisme il y a trente ans.

— Ça fait un bout de temps.”

Elle sourit.

“À l'époque, il est tombé amoureux d'une marcheuse. (Y avait-il eu dans son regard comme une brève étincelle ? Marc montra du doigt la place à côté d'elle.) Je peux ?”

Elle haussa les épaules. Sans être une réponse positive, ce n'était pas non plus un refus. Il s'assit.

“Je suis journaliste, dit-il, et j'enquête sur la mort d'une jeune prostituée dont personne ne veut se souvenir et à laquelle personne ne s'intéresse vraiment. Elle a été violée sauvagement et étranglée il y a presque trente ans. Elle avait dix-neuf ans. (Il voulait la rallier à sa cause en simulant sa colère, et voilà qu'elle le prenait soudain à la gorge, authentique.) Dans le temps, les enquêteurs n'ont rien pu trouver sur elle, et maintenant, on rouvre le dossier. Ce Ferrer était l'un des enquêteurs…”

Il s'apprêtait à poursuivre, mais elle l'interrompit :

“Et maintenant, vous espérez qu'il se souvienne encore d'un détail, trente ans après ?

— Oui, quelque chose comme ça.”

Il fallait l'avouer : ce à quoi il se raccrochait, les éléments qu'il avait en main, tout cela était si maigre qu'on ne pouvait pas parler d'espoir, ni même de supposition. À peine pouvait-on considérer qu'il s'agissait d'une utopie.

“Vous êtes sacrément optimiste.

— Objectivement, je suis surtout un bel imbécile.

— Vous n'êtes pas le premier imbécile que je rencontre, répondit-elle.

— Est-ce que vous pouvez me dire où le trouver ?

— Peut-être.

— Et de quoi dépend le peut-être ?

— De votre confiance.

— Vous voulez dire : de l'argent ? Vingt, ça vous irait ? (Devant son visage fermé, il monta la mise.) Trente ?

— À supposer que je le connaisse, je prendrais cent."

Il lui tendit un billet de cinquante.

"*Mianzi*, vous savez ce que c'est ? demanda-t-elle après avoir fait disparaître le billet proprement plié dans la poche de son jean.

— Non."

Il aurait bien bu quelque chose de frais. Avec la chaleur, un voile de vapeur flottait au-dessus de la Seine, ou alors c'était la pollution, le mélange habituel de suie, de dioxyde de soufre et de poussière qui prenait une fois de plus possession de la ville.

"Dans notre conception du monde, chaque être humain a un visage. (Sa voix était douce, impassible, comme si elle racontait une histoire à un enfant pour l'endormir.) Quand quelqu'un te maltraite, t'humilie ou t'offense, alors tu perds ton *mianzi*.

— Ta réputation ?

— Oui, mais pas comme chez vous. Perdre ce visage est ce qu'il y a de plus terrible pour un Chinois. Un Chinois qui perd son *mianzi* perd tout : sa place, ses amis et son travail."

Marc la regarda. Quel était le rapport avec Ferrer ?

"Il y a deux catégories de gens : ceux qui t'humilient et ceux qui t'aident à garder ton *mianzi*. Ce Ferrer est un des rares à nous avoir toujours traitées avec respect, c'est pour ça qu'il est très bien considéré chez nous."

Marc attendit, mais il semblait ne pas y avoir de suite.

"Je crains de ne pas bien comprendre.

— Non ? demanda-t-elle avec un sourire.

— Non. Honnêtement, non.

— Ce que j'essaie de vous dire, c'est que je ne vous donnerai pas son adresse. Et que personne ne vous la donnera."

Marc haussa les sourcils.

“Ah.
— Et vous savez pourquoi ?
— Non, mais vous allez me le dire.
— Parce qu'il ne nous a jamais manqué de respect. Voilà pourquoi.
— Ce n'est pas très logique.
— La logique n'a rien à faire là-dedans, répondit-elle. C'est une question de politesse.
— J'imagine que je peux faire une croix sur mon billet ?”
Elle sourit à nouveau.
“Exact.
— C'est aussi une histoire de *mianzi*, j'imagine.
— À votre place, j'éviterais de le prendre mal. Le type là-bas… (Elle désignait un jeune homme, planté à côté d'une moto de l'autre côté de la rue, qui avait repéré son geste et faisait mine de s'approcher, l'air de rien.) Vous le voyez ?
— Oui.
— Il a une matraque sous sa veste.”
Elle fit un petit signe de la main, et l'homme s'arrêta, néanmoins sur ses gardes.
“Écoutez, ma belle, dit Marc en surveillant du coin de l'œil les mouvements du caïd, qui avait finalement plus de l'écolier cherchant à gagner un peu d'argent de poche pendant les grandes vacances que de l'homme de main. Vous m'éviteriez tout simplement une tonne de travail. Je suis un gars sympa, je profite de mon temps libre pour faire des recherches sur une gamine assassinée, je fais ça bénévolement… OK, c'est bon…”
Il se leva.
“Elle a commencé à douze ans.
— Comment ?
— Elle avait douze ans quand ils l'ont fait commencer. À quatorze ans, elle était déjà complètement défoncée.”
Il se rassit.
“Sans drogue, elle n'aurait jamais supporté de passer sous tous ces types. J'ai fait sa connaissance à l'époque. Nous venons toutes les deux du Nord. Et j'ai essayé de la protéger. J'ai quatre ans de plus.
— Ça ne fait pas bien vieux non plus.

— Non, ça ne fait pas bien vieux. (Elle s'abîma un instant dans ses souvenirs, puis chassa de son esprit ce qui était venu l'occuper, quoi que ce fût, et poursuivit.) Elle avait un corps d'enfant, tellement délicat, tellement fragile. Et ils lui faisaient faire dix clients par jour. Sans capote, bien sûr. C'est un miracle qu'elle ait survécu. Évidemment, elle a fini par tomber enceinte et ils l'ont emmenée voir quelqu'un."

Marc envisagea de sortir son carnet de notes, mais un regard sur son interlocutrice lui indiqua que c'était tout sauf une bonne idée.

"Ils ont fait du travail de cochon : elle s'est vidée de son sang, et elle avait une fièvre de cheval ; elle était à deux doigts d'y passer, alors ils l'ont déposée devant un hôpital. Ferrer a passé le maquereau à tabac et, quand elle est sortie de l'hôpital, il l'a amenée dans une clinique spécialisée pour les drogués, mais elle s'est enfuie. Il l'a retrouvée, il l'a ramenée à la clinique et elle s'est à nouveau enfuie. Elle tenait à peine debout, mais elle s'échappait toujours. Ça a bien dû durer un an, et puis elle a fini par lui faire confiance et par accepter. (Elle fit une pause.) Maintenant, vous savez pourquoi je ne vous donnerai pas ce numéro.

— Non, je n'en sais toujours rien.

— Alors c'est que vous êtes plus bête que ce que je croyais, monsieur le journaliste.

— Ce type qui a violé et tué une femme court toujours.

— Et vous, vous comptez le serrer.

— Exactement. Avec ou sans votre aide.

— Mais pourquoi ? Pourquoi tenez-vous tellement à arrêter le meurtrier ?"

Oui, pourquoi ? En quoi se sentait-il concerné ?

"C'est mon affaire.

— Faites en sorte que ce soit aussi la mienne. Allons, pourquoi ? Pourquoi courir après un type qui a assassiné une pute il y a trente ans ?"

Elle s'ennuyait. Oui, c'était évident. Sinon, elle n'aurait pas perdu une seule seconde de son temps avec lui. Très bien, elle voulait qu'on lui raconte une histoire émouvante. Elle voulait du divertissement. Et lui ? Il voulait prendre des notes, recueillir des informations. Pourquoi ? Pourquoi ne pouvait-il pas s'empêcher de voir partout des histoires dont il fallait rendre compte ?

Pourquoi ne pas simplement s'en tenir à la compassion ? Où qu'il soit, il restait journaliste, voilà pourquoi. Au-delà du travail, pas de vie véritable. Et il n'était pas le seul dans ce cas, tout le monde était logé à la même enseigne, mais les autres n'en avaient pas conscience. On pouvait aller au tournoi de karaté de sa fille et s'ennuyer, regarder discrètement sa montre et espérer que le supplice se termine bientôt. On pouvait aussi accompagner sa compagne à l'anniversaire de son frère. Mais ce n'étaient là que des distractions. De brefs intermèdes dans une semaine qui, depuis la création d'Adam et Ève, depuis le péché originel et l'expulsion du paradis terrestre, était structurée par un agenda. Marc, lui, ne se contentait pas d'aller travailler. Il avait été englouti et métamorphosé par le système. Son métier l'avait à ce point façonné qu'il n'avait plus souvenir d'avoir un jour vu la réalité autrement qu'à travers les lunettes d'un fouineur.

Il se leva, sortit son portefeuille de la poche de son pantalon et en tira une carte de visite.

"Au cas où quelque chose vous reviendrait en mémoire. Son numéro de téléphone, par exemple."

18

Un peu avant trois heures, Déborah lui ouvrit la porte, simplement vêtue d'un peignoir, et quand il la vit ou, plutôt, quand il imagina qu'elle était nue en dessous et que son corps sentait le lait parfumé qu'elle avait l'habitude d'utiliser, il fut tellement troublé qu'il laissa passer l'occasion de lui servir l'excuse qu'il avait préparée. Mais comment s'y prenait-elle ? Comment faisait-elle pour que toute son attention, dès lors qu'il était en sa présence, ne se concentrât plus que sur elle ? Elle était magnifique, voilà tout.

Jalousie. Avant Déborah, ce mot ne faisait pas partie de son vocabulaire. Désormais, en la voyant, il se disait aussitôt que les autres hommes devaient forcément ressentir pour elle la même attirance que lui. Un jour, il y en aurait bien un qui tenterait de la lui prendre. Comment pouvait-il en être si sûr ? Parce qu'il n'aurait pas hésité un instant à tout mettre en œuvre pour conquérir Déborah, fût-elle la femme de son meilleur ami.

“Entre. Tu veux boire quelque chose ? J'ai de la limonade maison au frigo, menthe et gingembre. Tu as acheté le champagne ? J'en ai pour deux minutes.”

Elle disparut dans la chambre et il s'assit sur le canapé, vaincu. Voilà. Il n'avait donc plus qu'à l'accompagner chez son enquiquineur de frère. Évidemment. Et à s'ennuyer ferme.

Il en avait déjà pris son parti quand son téléphone portable sonna.

“Marc Rappaport ? demanda une voix grave.

— Oui. Qui est à l'appareil ?”

Il se redressa.

“Vous avez discuté avec une dame tout à l'heure et vous avez demandé des renseignements sur moi.”

Le déclic se fit enfin.

“Sébastien Ferrer ?

— En personne. Écoutez, j'habite à Évry, à côté du centre commercial Agora. Vous voulez passer ?

— Vous avez des choses à me raconter ?

— Peut-être bien, répondit Ferrer. Quand est-ce que vous pouvez venir ?”

Marc jeta un coup d'œil sur Déborah qui s'était habillée et venait vers lui.

“Je pourrais être chez vous dans trois heures environ, ça irait ?”

Dans la voiture, il annonça à Déborah qu'il n'avait prévu qu'une visite éclair à son frère et, bien sûr, ils se disputèrent.

“Explique-moi, dit-elle. Est-ce que je te demande d'emménager avec moi ? De m'épouser ? Je n'exige même pas que nous partions en vacances ensemble. Ce n'est qu'un pauvre petit anniversaire de rien du tout, Marc. Je veux seulement que tu m'accompagnes à un anniversaire, c'est tout, mais manifestement, c'est déjà trop demander.”

Et bien sûr, quand elle lui reprocha de toujours s'occuper plus du reste – de tout le reste – que d'elle, il la laissa parler, n'entreprit même pas de se défendre et endossa la responsabilité de la faute dont on l'accusait, ne faisant plus qu'un avec l'homme qu'elle avait décidé de voir en lui. Par paresse, il jouait le rôle qu'elle lui assignait, honteux en même temps de se contenter de l'écouter avec une mine de coupable au lieu de la contredire. Je t'aime, aurait-il pu lui dire, aucun autre être n'a plus d'importance pour moi, il me suffit d'être près de toi pour ne plus voir que des ombres autour de nous, et le peu d'indépendance que je m'accorde de temps à autre ne changera pas grand-chose au fait que je suis à la merci de ce désir. Qu'est-ce que tu veux de plus ? Tu veux faire de moi un petit chien-chien à sa mémère que tu pourras emmener et présenter partout ? Mais elle mettait dans son réquisitoire un tel enthousiasme furibond qu'il aurait fallu, pour oser lui opposer le caractère complexe de leur relation, être un homme plus courageux. Et qui ne brûlait pas d'envie de filer chez Ferrer.

19

Les entrées des immeubles étaient en bon état, les jardinets bien entretenus, et il n'avait vu personne dealer dans la rue. Non, il n'y avait pas de délinquance juvénile dans le quartier de l'Agora. En revanche, juste en face de la barre en béton de huit étages où vivait Ferrer, il y avait un centre commercial sous un toit en verre, deux cent vingt-cinq magasins, Zara, Krys, Foot Locker, H&M, Sephora, une médiathèque, des dizaines de chaînes de restauration rapide, des cinémas, un théâtre, une piscine, le tout baigné de douce musique pop diffusée par d'innombrables haut-parleurs.

Évry : l'une des cinq villes nouvelles planifiées et conçues autour de Paris pour venir à bout des problèmes engendrés par la croissance démographique. Une ville artificielle, conçue de toutes pièces par des architectes. Aussi pittoresque et charmante qu'un cabinet dentaire. Le matin, on y prenait un train de banlieue pour rejoindre Paris et, le soir, on reprenait le même train dans l'autre sens pour retrouver son appartement. La ville était placée sous l'égide du centre commercial et de la cathédrale de la Résurrection, un bâtiment massif en brique rouge, œuvre de l'architecte suisse Mario Botta. Consommation et religion. Encore que la maison de Dieu fût naturellement moins bien accueillie par les habitants que le temple de la consommation, érigé non pas dans les environs de la ville mais en son centre, où il trônait comme un projet de société. La petite ville d'Évry correspondait aux standards économiques des sociétés développées et les urbanistes étaient très fiers d'avoir conçu la gare de manière à ce que l'arrivée des trains RER venant de Paris se fasse tout près de l'entrée du centre et qu'un escalator permette, depuis les quais, d'accéder aux boutiques en toute simplicité.

Évidemment, le centre commercial avait tout englouti. Les magasins, les cafés, les restaurants environnants. Il était donc aussi le lieu où tout se passait. Les mères y emmenaient leurs enfants jouer l'après-midi, les couples d'amoureux se promenaient main dans la main dans ses allées marchandes, les jeunes y traînaient sous le regard vigilant du personnel de sécurité, les retraités, le plus souvent des Maghrébins, tenaient palabre, assis chez Costa ou Starbucks comme autrefois sur la place du marché de leur village. Quand on allait au cinéma, chez le coiffeur, dans une agence de voyages ou au restaurant, on allait *forcément* au centre commercial. Quand on avait besoin d'une paire de lunettes ou de baskets, de sous-vêtements, de pain, on se contentait *forcément* des marchandises standardisées proposées dans les franchises standardisées. Les investisseurs n'avaient pas prévu pour les habitants d'Évry d'autre offre culturelle que des produits de masse adaptés au porte-monnaie de la classe moyenne. C'était le prix à payer pour en être. Et personne ne semblait s'en offenser.

Évry n'avait ni centre historique, ni charmant marché hebdomadaire, ni paysages pittoresques à offrir, d'accord, mais si la hausse de la délinquance juvénile lui faisait régulièrement mauvaise presse – à l'instar de ce qui se passait dans toutes les banlieues parisiennes –, elle n'était pas non plus un lieu de désespoir. Pourtant, en s'avançant vers l'immeuble où habitait Sébastien Ferrer, Marc ne voyait dans cette ville et ses grands complexes immobiliers ceinturant le centre commercial que l'annonce de toute la misère banlieusarde : la disparition de la nature et de la réalité, englouties dans le factice. Évry n'était pour lui ni plus ni moins que l'agonie du réel.

Mais comment Ferrer avait-il atterri ici ? Marc appuya sur le bouton de la sonnette.

“Oui ? fit une voix métallique dans l’interphone.

— Marc Rappaport.

— Dernier étage”, fit la voix, et la porte s’ouvrit dans un bourdonnement.

Quand il arriva en haut, elle l’attendait déjà sur le seuil. Elle avait les pommettes hautes des Asiatiques, la peau relativement claire et des yeux étonnamment verts qui le soumirent à un examen bref, mais attentif. Oh oui, elle savait comment mettre en valeur ces yeux, auxquels elle avait assorti la couleur de son débardeur.

“Passez par le salon pour aller sur le balcon, il vous attend. (Elle fit un pas de côté pour le laisser entrer.) Mais ne faites pas attention au désordre. (Elle semblait d’humeur badine.) Et arrêtez-le s’il commence son discours sur les deux types de la brigade. Vous n’êtes pas obligé d’être gentil avec lui, vous savez ? Et attendez, attendez. (Elle passa devant Marc pour filer dans la cuisine, où il l’entendit chercher quelque chose.) Une bière ?

— Je ne suis jamais contre.

— Tenez, dit-elle en revenant. Vous n’avez qu’à emporter les boissons tout de suite.”

Il sortit sur le balcon, ou plutôt la terrasse, impressionné. Aucun doute, le jardinier avait la main verte. Lauriers roses, lavandes, géraniums, zinnias… le tout fleurissant abondamment. Marc posa le plateau et s’approcha de Ferrer, allongé sur une chaise longue, le visage tourné vers le soleil.

“Je vous imaginais plus âgé”, déclara Ferrer en observant Marc avec attention, une main posée en pare-soleil au-dessus des yeux.

L’examen préalable semblait être une sorte de hobby familial. Puis il lui tendit la main.

“Je suis plus âgé”, répondit Marc en serrant la main qu’on lui tendait.

“Eh bien, allez-y, ordonna l’ancien commissaire de la police judiciaire quand ils eurent fait, pour s’échauffer, un tour d’horizon rapide des banalités polies.

— Dans le temps, c'est vous qui avez écrit « sex tours » en marge du rapport ?

— Oui, confirma Ferrer, c'est moi. Comme personne, mais alors vraiment personne ne la connaissait dans le milieu, c'est la seule conclusion logique à laquelle je suis arrivé.

— Et vous avez parlé à vos supérieurs de votre hypothèse ?

— Bien évidemment. Seulement, ils voulaient que je leur fournisse des preuves, et des preuves, je n'en avais pas. Je n'avais que des suppositions, et avec des suppositions, chez nous, on ne va pas loin. (Il disait encore « chez nous » alors qu'il n'était plus en fonction depuis longtemps.) Et puis, si elle avait commencé comme pute de luxe, personne ne voyait pourquoi on l'avait tout à coup installée à Montparnasse. Cela n'avait aucun sens.

— Non, c'est vrai", approuva Marc.

Ferrer se leva pour aller s'installer à la table, ouvrit le parasol et lui proposa de s'asseoir à l'ombre.

"Vous savez, quand vous travaillez sur une affaire et que vous êtes coincé, cela vaut parfois la peine de laisser certaines questions de côté et de s'occuper des autres. Dans cette affaire, il y a tout un tas de questions qui se posent, non ?

— Par exemple ?

— Vous en voulez ? (Ferrer lui tendait une coupelle.) Graines de courge pimentées. C'est fait maison. Goûtez, c'est délicieux."

Petit à petit, Marc comprenait ce que Ferrer s'était construit dans le quartier de l'Agora : une vie tout ce qu'il y a de plus normale qui rendait possibles les discussions sur des sujets aussi banals que de petits encas faits maison. Mais il n'était pas venu pour causer cuisine, aussi insista-t-il : "Sur quelle autre question vous êtes-vous penché ?

— Vous avez encore en tête la description de l'appartement ?

— Comment ça ?

— L'inventaire des affaires qui se trouvaient dans l'appartement à notre arrivée ?

— Oui, bien sûr. Pourquoi ?"

Un enquêteur avait dressé une liste minutieuse des babioles qui semblaient avoir eu de l'importance pour une jeune fille de dix-neuf ans. Pas grand-chose, quelques nippes à la mode, du maquillage, des bijoux fantaisie, des peluches, des bibelots, des journaux et quelques disques – et pourtant, même trente ans après, la liste de ces petits bonheurs sans valeur recensait les derniers reliquats d'une joie enfantine, de même que les affaires rangées dans les deux tiroirs de la table de nuit reflétaient un lot de souffrances : godemichés, *butt plugs*, menottes, fouets, masques… Objets de désir d'un tout autre registre. Marc imaginait les hommes qui étaient venus dans l'appartement et il se représentait la solitude d'Émilie.

"Vous n'avez rien remarqué ? demanda Ferrer. Rien ne vous a étonné ?"

Allez, crache le morceau, pensa-t-il. Inutile de faire durer.

"Non.

— Où est son carnet de clients ?"

Marc s'était posé beaucoup de questions. Mais pas celle-là.

"Comment ?

— Toutes les putes ont une personne de confiance à qui elles communiquent leurs horaires exacts de travail et les adresses des appartements où elles se rendent. Quand elles reçoivent chez elle, ce contact, s'il n'a pas lui-même pris la réservation par téléphone, a passé un coup de fil de confirmation une heure avant le rendez-vous et noté le numéro de téléphone du client ainsi que l'heure. Généralement, il y a aussi des caméras à l'entrée de l'immeuble, quand ce n'est pas le proxénète lui-même qui patrouille discrètement dans la rue. On n'abandonne pas les femmes seules aux clients, ce serait trop risqué. Ce n'est pas que les maquereaux y soient particulièrement attachés, mais le sexe est une source de revenus très rentable, même en temps de crise. Et il faut prendre soin de la marchandise. Alors, où est son carnet de clients ? (Ferrer se tut un instant, but une gorgée de bière et poursuivit.) OK, disons qu'il n'y avait pas de proxénète, qu'elle travaillait pour son propre compte, disons qu'elle n'avait pas de personne de confiance, pas de réseau, rien ni personne qui lui ait appris quoi que ce soit, et qu'elle ne savait pas non plus qu'il faut assurer ses arrières et tout noter. Mais quand même, elle devait bien avoir un répertoire avec les noms de ses clients, non ? Elle payait le loyer de son appartement par virement permanent. Donc elle avait des clients réguliers. Où est son carnet d'adresses ? Cette gamine ne gardait quand même pas tous les numéros en tête ?"

Le cœur de Marc bondissait dans sa poitrine.

“Il n’y avait rien, dit Ferrer. Pas de carnet de clients. Pas de répertoire. Pas de journal intime. Pas de caméra. Rien qui aurait pu nous fournir une piste. Il n’y avait même pas un seul putain d’indice sur l’identité de ses clients, de ses amis ou sur son quotidien. Rien qui aurait pu permettre de penser que cette fille ait seulement eu une vie. Nous n’avons rien trouvé, vous comprenez ? Pas de note de restaurant, pas de reçu de taxi, pas de ticket de cinéma, pas d’abonnement, pas de billet d’avion ou de train. Comme si elle n’avait jamais existé. Son appartement était propre comme un sou neuf.”

Marc s’aperçut qu’il chuchotait.

“Mais qui ? demanda-t-il. Qui avait assez de pouvoir il y a trente ans pour faire disparaître des indices ?

— Faire disparaître des indices ? Vous ne pensez tout de même pas sérieusement qu’un fonctionnaire de police aurait *perdu* des preuves ?”

L’indignation de Ferrer était palpable.

“Non, non, et mille fois non. La corruption, bon. Le recel, OK. Un petit coup de fil chez Untel ou Untel pour révéler des détails de l’enquête qu’ils ne devraient pas connaître : ça, c’est le genre de choses que font les flics corrompus.”

Marc le regarda, incrédule.

“Ça vous fait rire, mais c’est la vérité. Jamais aucun de nous n’irait détruire des preuves. Jamais. Un flic corrompu, il fait ce qu’on appelle chez nous des « délits secondaires ». Il enfreint des lois annexes pour ne pas se retrouver derrière les barreaux. Je ne veux rien légitimer. C’est déjà assez grave comme ça.

— OK, fit Marc, conciliant. Vous pensez donc que tout ce qui était important a été éliminé avant que la police arrive sur place ?

— Voilà. Celui qui surveillait depuis la rue a tout remis en ordre ou alors – ce qui est plus probable –, c’est le proxénète en faction devant l’immeuble qui a informé le réseau, et ils se sont chargés d’envoyer quelqu’un pour passer le lieu du crime au peigne fin.”

L’hypothèse était tout à fait envisageable. Par avidité. Par avidité, on pouvait vouloir protéger celui qui avait violé et étranglé. L’avidité était le moteur qui permettait à un homme de dire à un autre : “Rentrez chez vous, gardez votre sang-froid, nous nous chargeons de tout.”

Se charger de tout, en quoi cela avait-il consisté ? Pour commencer, il n'y avait pas d'empreintes. Il n'y avait d'ailleurs absolument rien mis à part les quelques particules de peau de Neuhart, ce pauvre diable, qui était probablement arrivé dans l'appartement après que quelqu'un y eut soigneusement fait le ménage et éliminé toute preuve.

"Comment se fait-il que personne n'ait rien remarqué ?

— Qu'est-ce qui vous fait croire que c'est le cas ? (Ferrer semblait stupéfait.) Tout le monde l'a remarqué, chez nous. Vous, vous n'avez rien vu, mais ça ne veut pas dire que nous, nous soyons passés à côté. Ce que vous avez lu, c'est un rapport, mon cher. Ce qu'il y a dedans, c'est ce que nous avons trouvé, pas ce que nous n'avons pas trouvé. Les spéculations, ça n'intéresse personne. Pour pouvoir explorer des suppositions, il faudrait doubler le personnel. Nous sommes allés jusqu'au bout de l'enquête et nous n'avons rien pu dénicher. Le dossier a été classé parmi les affaires non résolues. Et voilà."

Marc n'avait effectivement pas songé à ce qui ne figurait pas dans le rapport. Pour quelqu'un qui passait son temps à retracer des faits, à résumer des contenus en phrases concises, lire entre les lignes n'allait pas de soi. Et tout ce qui ne pouvait pas être mis en relation avec un objet ou un fait, tout ce qui n'était pas de l'ordre du concret se situait au-delà des frontières de l'entendement. Il regarda Ferrer. Il avait encore des choses à apprendre.

"Vous vous êtes aussi sûrement demandé à qui un réseau proxénète apporterait ainsi son aide, n'est-ce pas ?

— Bien évidemment", répondit Ferrer.

Il devait voir en lui le dernier des imbéciles. Mais comment considérer autrement ce journaliste qui posait des questions comme un aveugle avance à tâtons avec sa canne ?

"Si le meurtrier avait été un homme sans importance, le réseau aurait très certainement tout fait pour qu'il se fasse coincer au plus vite. Un meurtre à caractère sexuel, c'est mauvais pour les affaires. Et ce qu'un réseau veut avant tout, c'est que les affaires marchent. Rien que pour rassurer les prostituées, ils auraient donné la peau du meurtrier. Mais imaginez un instant que le meurtrier fasse partie du gratin, et qu'on ait plutôt l'habitude de le voir en compagnie de son épouse à des galas de bienfaisance en faveur des victimes d'inondations… Dans ce cas, la découverte du meurtre éclipse tout, tout scandale, tout débat, tout ce qui s'est passé jusque-là. Et il faut des semaines, sinon des mois, pour que les choses reviennent au calme. Pendant ce temps : plus de clientèle, parce que tous les glorieux héros tremblent tout à coup et craignent que cette saleté, cette fange, ne les éclabousse et ne salisse leur belle image. Nous avons d'abord pensé que c'était l'un de ses clients réguliers. Mais au fond, je n'y crois pas.

— Pourquoi pas ?

— À cause des bleus sur le torse et la nuque. À cause des déchirures au niveau du vagin et de l'anus. À cause de ce qu'on a pu reconstruire du crime d'après l'autopsie. Elle a été violée. Avec bestialité. Les autres blessures témoignent aussi de la gravité des violences infligées, et elles indiquent qu'elle s'est battue, défendue jusqu'à son dernier souffle.

— Je peux vous poser une question personnelle ?

— Mais bien sûr, dit Ferrer. Allez-y.

— Comment se fait-il que vous vous souveniez aussi bien de cette affaire ? C'était quand même il y a à trente ans.

— Parce que je l'ai sur la conscience. À l'époque, je me suis retrouvé face à une décision difficile. Soit je m'acharne sur cette affaire, soit je sauve un être humain. J'ai choisi la deuxième possibilité, et je ne l'ai jamais regretté. Mais il m'arrive quand même parfois d'avoir mauvaise conscience, assez régulièrement même."

Marc imaginait bien à quoi Ferrer faisait allusion et ce que la "deuxième possibilité" impliquait concrètement : une vie au service d'une personne malade, d'une droguée dont il avait été le gardien, le chauffeur, le cuisinier, le thérapeute et que sais-je encore, pour ne récolter en échange que mensonges, insultes et injures. Mais Ferrer avait réussi, il l'avait sortie de là et s'était construit un foyer dans une banlieue tranquille.

"Vous savez, à un moment, nous en sommes tous arrivés à la même conclusion. Bien sûr, il y a des hommes pour qui le sale boulot aurait été fait. Mais aucun de ses clients n'aurait jamais été violent.

— Il devait bien y en avoir un parmi eux qui avait la réputation de faire parfois preuve d'un peu plus de poigne.

— Oui, mais… si vous lisez son annonce… Ça vous dérange si je fume ?"

Marc secoua la tête, et Ferrer se leva pour aller chercher une cigarette dans le salon, l'alluma sur le seuil, fit quelques pas au soleil, tira une ou deux bouffées, se rassit et poursuivit : "Elle était active, vous comprenez ? Elle était celle qui dominait. Et je ne serais pas surpris qu'elle ait été spécialisée dans les jeux de rôle. (Il jeta un coup d'œil sur Marc, amusé.) Vous ne voyez pas du tout de quoi je parle, je me trompe ? Ce que je veux dire, c'est que la gamine savait parfaitement comment caresser les fesses d'un homme avec un martinet."

Marc dut faire une drôle de tête car Ferrer se mit à rire. "On dirait que vous ne savez pas que certains hommes ont des fantasmes sadomasos. Vous ne vous êtes jamais demandé pourquoi les tenues d'infirmière et d'institutrice faisaient toujours un tabac ? (Ferrer reprit un ton sérieux.) Je ne crois pas que c'était l'un de ses clients. Pour la bonne raison qu'elle a été violée. Et parce que le coupable voulait la faire souffrir. Ça, il y est parvenu."

Marc prit soudain la mesure du fossé qui séparait ces mots du cadre idyllique dans lequel ils étaient prononcés. Il y avait donc des gens qui s'attelaient à faire souffrir un être humain avec la même application, le même enthousiasme, la même persévérance qu'on avait ici employés à faire fleurir un balcon.

"Et l'un de ses clients réguliers n'aurait jamais fait une chose pareille ?"

Ferrer secoua la tête.

"Non.

— Ils se sont peut-être disputés ?

— Disputés ? Une pute et un client régulier ? Ce ne serait pas très malin, vous ne croyez pas ?

— Ou alors ça a dégénéré.

— Aucune d'elles ne risquerait de perdre une source de revenus régulière. Aucune.

— Il a peut-être exigé d'elle quelque chose qu'elle ne voulait pas faire.

— Dans ce cas, pourquoi ne pas commander une fille qui a le profil recherché ?"

Marc ne lâchait pas prise.

“Elle a pu vouloir le faire chanter.

— Du chantage ? Non, non, non. Rien de tout ça ne me paraît imaginable.

— Bon. Mais si ce n’était pas un client régulier, demanda-t-il, qui était-ce ?

— C’est aussi la question que nous nous sommes posée.

— Et la réponse ?

— Ce n’était pas une réponse, dit Ferrer, plutôt une hypothèse de travail. Nous sommes partis à la recherche d’un violeur en série. Les violeurs en série s’en prennent souvent à des prostituées parce qu’ils savent très bien qu’aucune d’elles ne se précipitera au commissariat. Pour quoi faire ? Pour s’entendre dire : « Depuis quand on peut violer une pute ? »

— Et les recherches ont donné quelque chose ?”

Ferrer ne semblait pas pressé de répondre. “Rien. Parce qu’aucune prostituée n’a accepté de coopérer.

— Mais vous êtes quand même sûr de vous ?

— Oui.

— Pourquoi ?”

Ferrer passa outre la question.

“Cherchez un homme qui a du pouvoir. Je dirais : dans la sphère politique. Pas en première ligne, mais quand même dans le camp des décideurs. Cherchez ce salopard.

— Comment pouvez-vous en être aussi certain ?

— Qu’est-ce que vous savez des délinquants sexuels ? demanda Ferrer plutôt que de répondre.

— Seulement ce que doit en savoir un chroniqueur judiciaire qui a rendu compte de quelques affaires.

— Rien du tout, en somme.”

Marc ne releva pas.

“Voyez-vous, je suis celui qui les connaît le mieux. J’en ai coincé un paquet et, pour y parvenir, il faut apprendre à penser comme eux. En gros, il y a deux catégories, ceux qui reconnaissent les faits et ceux qui sont dans le déni. Celui qui est dans le déni nie même avoir violé. Dans son esprit malade, la femme est une garce qui l’allume et, soudain, ne veut plus de lui. Notre type, lui, est de ceux qui reconnaissent les faits. Parce qu’il est violent et s’attaque aux prostituées.

— Je ne comprends pas.

— Celui qui reconnaît les faits n'est pas du genre à perdre les pédales devant une femme avec de gros seins et un décolleté plongeant. Quand il choisit ses victimes, il est guidé par des réflexions très pragmatiques. Pourquoi attaquer une femme sans planifier la chose ? Cela impliquerait des risques inattendus, et le plaisir pourrait être gâché avant même d'avoir véritablement commencé. Non, celui qui reconnaît les faits n'a aucun problème avec la réalité. Il ne se ment pas et, dans une certaine mesure, il n'agit même pas de manière passionnelle. Il recherche sa dose d'adrénaline et pense qu'il a droit à ce petit plaisir. Notre homme savait parfaitement que les prostituées sont des victimes idéales. (Il écrasa sa cigarette.) Alors, je vais vous dire ce que je ferais, moi. J'irais voir s'il y a eu encore d'autres prostituées violées et maltraitées.

— Mais vous l'avez déjà fait, je suppose ?

— Nous avons interrogé quelques femmes qui faisaient le trottoir. Le temps n'a pas suffi pour plus. Mais qui nous dit qu'il se baladait à Paris ? Est-ce que j'ai dit une chose pareille ?

— D'accord. Alors, que feriez-vous si vous étiez de nouveau de la partie ?

— Si je reprenais l'affaire ? Quatre choses.

— Oui ?

— Je chercherais à savoir si, au cours des trente dernières années, il y a eu des femmes soignées aux urgences pour des blessures génitales et extragénitales, des hématomes à l'intérieur des cuisses et des traces de strangulation. Je ne crois pas que le meurtre fasse partie de son scénario. C'était un dérapage. Pourquoi est-ce qu'il l'a tuée, elle, c'est une question qu'il vous faudra aussi résoudre. Parce que ce type avait besoin de la violence sexuelle. Du rabaissement. Du pouvoir. Il s'en tire alors que les femmes vivent le reste de leur vie dans l'angoisse, et ça, c'est son petit bonus.

— Bien. Et quand j'aurai épluché trente ans d'archives de tous les services d'urgence de France et de Navarre, je fais quoi ?

— Vous pensez que je dis n'importe quoi, c'est ça ?

— Non, mais chez nous, au journal, on est encore en train de faire des coupes de budget. J'ai à peine un stagiaire pour moi, et si je suis sympa, vraiment très sympa, j'en aurais peut-être un deuxième."

Ferrer ne se laissa pas déconcerter par ce genre de lieux communs.

"Ensuite, je regarderais si, à un moment, ça s'est arrêté.

— Vous voulez dire qu'il aurait renoncé à son passe-temps ?

— Exactement.

— Pourquoi ?"

Le vieil enquêteur se tapota le bout du nez.

"L'intuition. Je vous parie n'importe quoi qu'il ne part plus en balade depuis des années. Voyez-vous, il était déjà important quand il a violé, sinon le réseau n'aurait pas volé à son secours, mais il n'était pas encore assez célèbre pour cesser de prendre quelques risques de temps en temps. Maintenant, il est puissant. Un homme comme ça gravit les échelons.

— Et du coup, il aurait arrêté.

— Oui, je suppose. Imaginez qu'il aille voir une prostituée et qu'elle le reconnaisse, ce ne serait pas très bon pour sa carrière, vous ne croyez pas ? Et puis, ni le viol ni le meurtre ne sont très bien vus. Ce qui nous amène au point numéro trois. Je regarderais qui, dans les médias, se retrouve sur le devant de la scène à peu près au moment où les viols ont cessé. Il n'est peut-être pas devenu ministre, mais secrétaire d'État, député, PDG d'un gros groupe… Enfin, vous voyez ce que je veux dire. Pour ce type de violeur, il n'y a qu'une raison d'arrêter : ce qu'il a et pourrait perdre a plus d'importance pour lui que son désir."

Marc s'apprêtait à partir quand il se souvint que Ferrer avait parlé de quatre points.

"Il n'y a pas de numéro quatre ?"

Ferrer lui sourit et ses yeux se voilèrent subitement d'une tristesse indicible.

"Faites attention à vous, mon garçon."

Mon garçon – cela faisait bien longtemps que plus personne ne s'était adressé à lui en ces termes. Le dernier à les avoir prononcés se trouvait près de Clara Haskil et Carlos Fuentes, au cimetière Montparnasse.

DEUXIÈME PARTIE

1

Rousseau dit que "l'homme se reconnaît libre d'acquiescer, ou de résister". Très bien. Mais le philosophe genevois avait-il entendu parler de l'ambivalence des désirs, du labyrinthe des sentiments, des déchirements, des scrupules, des réticences ? Personne ne lui avait-il dit qu'il arrivait à l'homme – l'homme moderne, celui qui avait toutes les possibilités, tous les droits – de ne pas savoir ce qu'il voulait ? Désormais, c'était l'ère des options diversifiées. Ces bons vieux mots – pouvoir, vouloir, devoir – avaient été troqués contre des "peut-être", des "possible" et des "probablement". Il y avait toujours un peu d'hésitation dans les déclarations de Marc ; à vrai dire, il évitait de dire les choses sur le ton de la certitude. Il était passé maître dans l'art de l'hypothétique. Venant de lui, le possible qui ne privilégiait aucune option avait l'allure d'une promesse, d'une perspective prête à s'offrir. Son père avait trouvé une formule pour décrire cette façon de toujours devoir tout remettre en question : avoir les mains libres.

"Tu veux toujours avoir les mains libres, pas vrai ?" avait-il demandé à Marc encore récemment.

Il faisait chaud, c'était la première journée vraiment estivale de l'année ; ils avaient joué au tennis et reprenaient des forces, assis côte à côte sur un banc du vestiaire. Étonné, Marc s'était tourné vers son père :

"Qu'est-ce qui te fait dire ça ?

— Pour quelle raison, en fait ? avait insisté son père, se pliant à l'habitude acquise dans les amphis de fractionner ses phrases : Pour pouvoir disposer… de la plus grande… marge de manœuvre possible ?"

Marc avait réagi à cette question comme aux pires moments de son adolescence : il s'était senti attaqué et avait fermé toutes les écoutilles. "J'en sais rien", avait-il répondu en se redressant, piqué. Non, il n'avait vraiment pas envie d'en discuter dans un vestiaire qui empestait la sueur virile. Discuter de quoi, d'ailleurs ? Menaçait-il l'ordre moral ? Enfreignait-il la loi ? De quoi parlaient-ils, au fond ? De son choix de ne pas se fixer ? Se fixer sur quoi ? De quel droit son père se croyait-il habilité à donner son avis ? Le sujet était clos. Quelques jours plus tard, finalement, il s'était posé la question plus sérieusement. Pourquoi en venait-il toujours à s'affranchir de toute attache ? Était-ce parce qu'il aimait sa liberté plus que n'importe quelle femme ? Sa liberté ? La bonne blague ! Il avait appelé son père. "Qu'est-ce qui t'arrive ? l'avait taquiné celui-ci. Depuis quand les grandes questions existentielles te torturent-elles avant le premier joint ?" Bon, c'était sa petite vengeance, sa revanche sur la rudesse avec laquelle Marc avait coupé court à leur conversation. C'était de bonne guerre. "Tu penses que je ne veux pas d'attaches ? C'est bien à cela que tu faisais allusion ? C'est bien ce que vous avez voulu me dire, toi et madame ton épouse. Alors, vas-y, fais-moi profiter des fruits de ta perspicacité. Pourquoi en est-il ainsi, à ton avis ?

— Parce que tu ne veux pas faire d'effort", avait répondu son père.

Lui, ne pas vouloir faire d'effort ? Lui, Marc Rappaport, le bourreau de travail ? "Tu n'es pas sérieux ?

— Je ne parle pas du journal, avait précisé son père.

— Mais de quoi alors ?

— Je veux dire que tu ne fais pas d'effort pour conserver une relation."

Savourer et jeter, était-ce ce qu'il faisait depuis des années ? Était-ce à cela qu'il avait limité sa vie amoureuse ?

"Essaie quand même, malgré tout ce qui s'y oppose", avait dit son père, et on aurait dit qu'il connaissait d'expérience chacun des arguments que l'on pouvait émettre contre cette entreprise.

Et voilà qu'il essayait, maintenant, sur l'A13. Tandis qu'ils dépassaient Rueil-Malmaison, Saint-Germain-en-Laye, Poissy, il regardait Déborah, calme et souveraine au volant, en songeant qu'il n'avait raisonnablement ni le temps ni les moyens nécessaires de confirmer (ou d'infirmer) les suppositions de Ferrer. Et pourtant, il n'avait qu'une envie : ouvrir la chasse aux indices à partir de la trame qui lui avait été donnée. Mais même si Pierre lui avait concédé tout un bataillon d'assistants, il y avait aussi Déborah. Le cas Déborah. Le trouble qui portait son nom. Ce désordre induit par sa compagne. Ils dépassèrent Mantes-la-Jolie, Vernon, Louviers.

"Tu as réservé ?

— Oui, dit-il.

— Et nous avons une jolie chambre ?

— Vue sur la mer."

Dans la voiture, en repassant la prendre chez son frère, il lui avait promis tout un week-end sans Émilie. "Vingt-quatre heures sans ta petite pute assassinée, c'est possible ? avait-elle demandé comme une enfant qui réclame un cadeau, et il s'était empressé de la satisfaire.

— Oui, c'est possible", avait-il acquiescé, l'air contrit, et il avait réservé une chambre au Royal. Un cadeau de réconciliation plutôt onéreux, et qui n'avait pas manqué de faire son effet.

Marc aimait le Royal, c'était une certitude inébranlable, l'une des rares sur lesquelles il pouvait s'appuyer. Il l'aimait en toute saison, avec une nette préférence pour l'été. Il y avait passé de nombreux week-ends avec son grand-père, de sorte qu'aujourd'hui, le trajet qu'ils faisaient en voiture n'était pas seulement une fuite loin de la chaleur, de la saleté et du bruit dont Paris les gratifiait depuis des jours, mais aussi un voyage dans le passé. Son grand-père, qui y avait eu ses habitudes, avait toujours été un client choyé, et pas seulement grâce à ses pourboires généreux. Le concierge, le portier et le maître d'hôtel, tous avaient vu grandir le petit-fils de monsieur.

Ils contournèrent Rouen et prirent l'A132 à la hauteur de Pont-l'Évêque.

"Vous descendiez toujours au Royal ?

— Oui.

— Vous n'êtes jamais allés ailleurs ?
— Non.
— Pourquoi ?" demanda Déborah.
Et il répondit : "À cause du casino, à côté."

C'était là ce qui faisait tout l'intérêt du Royal, même si son grand-père, bien sûr, avait toujours avancé quantité d'autres raisons. Les trois minutes de marche qui séparaient l'hôtel de la plage avaient souvent été évoquées, tout comme la bonne cuisine, le service et le barman capable de préparer un whisky *sour* digne de ce nom, avec du bourbon évidemment, et pas du whiskey irlandais, dont les notes fumées convenaient mal à l'acidité du citron. Tout le monde, pourtant, savait qu'Hubert Bourgueil avait surtout en tête les tables de roulette et de black-jack qu'il rejoignait après dîner, une fois son petit-fils couché, et personne ne comprenait pourquoi il se croyait forcé de mentionner d'autres arguments. Personne ne l'y obligeait, et même sa fille, plutôt de gauche, n'avait rien à opposer au fait qu'il gaspillât son argent aux tables de jeu. D'ailleurs, si tel avait été le cas, elle n'aurait pas osé aborder le sujet.

Parmi les inébranlables rituels qui précédaient les soirées au casino, il y avait aussi bien la surveillance du brossage de dents (une entreprise ennuyeuse de trois longues minutes) que la possibilité pour Marc d'observer ensuite depuis son lit son grand-père se raser, se parfumer et s'habiller. Il parcourait la pièce en chantonnant, attrapait tel ou tel objet d'un mouvement vif, dissimulant à peine la joie et l'excitation du joueur.

Chaussettes noires, chemise blanche, boutons de manchette en argent, smoking noir, chaussures noires. Jamais il ne serait venu à l'idée de son grand-père d'aller perdre son argent vêtu d'un simple costume. Ce qu'il gagnait en costume, il le perdait en smoking.

Il y avait aussi un autre rituel : "Plaie d'argent…", le lendemain, à la table du petit-déjeuner, quand son grand-père, contre tout bon sens, avait encore gaspillé des sommes astronomiques. Levant le nez de son livre, Marc s'empressait alors de compléter "… n'est pas mortelle", mu par un irrémédiable désir de le consoler, un désir qui ne se nourrissait que de ce sentiment d'attachement profond qu'on appelle amour.

Déborah s'engageait déjà sur le parking de l'hôtel, et les souvenirs refirent surface.

“Donne-lui la clef. Il va garer la voiture”, dit Marc quand on leur ouvrit la portière devant l’entrée tout illuminée de l’hôtel. Le luxe, c’était cette armada de personnes prévenantes et dévouées. Le voiturier à qui l’on confiait la clef du véhicule, le portier qui tenait la porte, le groom qui se chargeait des bagages et les apportait dans la chambre ni vu ni connu, le concierge qui saluait avec un large sourire. Chaque geste : un service, vingt-quatre heures sur vingt-quatre. Il fallait être habitué à ne pas voir les autres ou à ne les voir que sans agacement ni embarras, bref, il fallait les débarrasser de toute individualité. Le luxe consistait à se croire unique quand on était entouré des autres. Et il fallait pour cela, en plus d’un peu d’exercice, une bonne dose d’aveuglement.

Accueilli comme le fils prodigue de retour auprès de son père, Marc dut serrer des mains à la file. Le concierge vint, le directeur se joignit à lui :

“Monsieur Rappaport, comment allez-vous ? Quel plaisir de vous voir ! Ça fait quoi ? Trois, quatre ans que vous n’êtes pas venu ?

— Au moins sept ans.

— Sept ans ? Impossible !”

On les avait installés dans la suite de son grand-père – une petite attention de la maison, sans supplément bien sûr, “en souvenir du bon vieux temps”. Mais cela n’arrangeait pas les choses, bien au contraire : l’impression d’être au mauvais endroit au mauvais moment n’en était que plus forte. Tous ses souvenirs étaient voilés de mélancolie. Autrefois, là où des orchidées semblables à un bataillon de soldats blancs montaient aujourd’hui la garde sur une table en marbre noir, il y avait eu un piano, les fauteuils n’étaient pas recouverts de tissu rouge, mais de chintz rayé, et les clefs étaient attachées à des cordons… C’était insensé et pourtant inévitable : le passé lui masquait la vue, faussait tout.

En rejoignant l’ascenseur sous le regard du directeur, Marc savait que celui-ci engagerait l’ensemble du personnel à se montrer particulièrement prévenant à son égard, et cela non plus n’arrangeait pas les choses, bien au contraire. Il avait quarante ans, des souvenirs, des cernes sous les yeux, des maux de dos et une calvitie naissante, et il s’était catapulté dans le film de son enfance. Il se sentait trop grand, trop maladroit, trop conscient de qui il était.

La chambre impressionna visiblement Déborah, qui s'extasia sur le marbre de la salle de bains, l'arrangement floral, la corbeille de fruits, le champagne et les gentils mots de bienvenue, sur le lit, sa taille, la vue, le calme… tandis que lui se demandait ce qu'il pouvait y avoir de plus grotesque que de se laisser aller à des introspections mélancoliques en ce lieu, avec cette femme.

Ils descendirent manger et arrivèrent au jardin juste au moment où le soleil disparaissait derrière la ligne d'horizon. Un garçon leur indiqua une table, ils s'installèrent. On leur apporta la carte, on leur expliqua les suggestions du chef et ils passèrent commande. La nuit s'emparait du ciel bleu pâle et, dans la pénombre, les convives dispersés dans le jardin se changeaient en silhouettes imprécises. Les garçons s'empressèrent, allumèrent des photophores. Et tandis que les vagues, quelque part au loin, devant eux, venaient lécher le sable puis se retiraient, tandis qu'un chien aboyait et que les haies se resserraient en une épaisse muraille noire, les choses, sans qu'il s'y attende, eurent soudain un sens.

"Tu as froid, chérie ?" demanda Marc en voyant Déborah frissonner et, sans attendre sa réponse, il se leva, fit le tour de la table et posa sa veste sur ses épaules.

Il aurait voulu l'embrasser, mais le sommelier apportait le vin.

"Tu as une nouvelle chemise, fit-elle remarquer quand ils levèrent leurs verres.

— Elle te plaît ?"

Elle hocha la tête, puis se pencha vers lui et lui passa la main dans les cheveux.

"Tu as l'air fatigué.

— Je suis fatigué.

— Il faudrait que tu te reposes.

— Oui."

Un instant, elle sembla réfléchir, puis elle prit son verre et but une gorgée. "Qu'est-ce que tu as ? demanda-t-elle en remarquant son regard, et sa voix était empreinte de tendresse.

— Rien, dit-il. Je suis heureux, c'est tout."

2

Marc ne vit que le lendemain matin avec qui ils avaient partagé les lieux. Ni joueurs invétérés, ni couples d'Anglais, ni tribus juives du secteur vestimentaire, non : l'hôtel accueillait des dermatologues en congrès avec leurs moitiés. Le tout financé par un grand groupe pharmaceutique, au service du progrès, bien sûr, et pour la santé de tous.

L'année passée, Marc avait fait des révélations détaillées sur les méthodes qui permettaient aux laboratoires d'"acheter" les médecins, et il lui aurait suffi de prononcer ici son nom à haute voix pour qu'une douzaine de clients de l'hôtel se jettent sur lui. Que les médecins acceptaient des cadeaux de la part des entreprises pharmaceutiques, en échange de quoi ils prescrivaient certains médicaments, tout le monde le savait depuis belle lurette et il n'aurait jamais écrit cet article s'il n'avait pas reçu un matin cet appel :

"Ça vous intéresse de savoir ce qu'on entend par « souhaits particuliers » dans l'industrie pharmaceutique ?" lui avait demandé sans détour une voix qui n'avait pas l'air toute jeune. Immédiatement sur le qui-vive, Marc avait pris rendez-vous pour l'après-midi même dans un café de la place de Clichy.

"Vous voyez la colonne, ici ? avait demandé l'homme après avoir étalé devant lui un protocole interne au groupe. C'est la colonne des « souhaits particuliers ».

— Qui seraient ?"

Son contact lui avait alors expliqué qu'on accordait trois de ces souhaits par an aux médecins particulièrement efficaces dans leurs prescriptions et que le délégué médical apportait en personne le liquide requis.

"Comment ça, en personne ? Avec une petite mallette ? avait demandé Marc.

— Une mallette, vous y allez un peu fort. Disons : une enveloppe bien rembourrée."

Marc avait appelé Pierre.

"Il est vraiment vrai, ton type ?" avait demandé le rédacteur en chef.

Marc s'était tourné vers son interlocuteur :

"Vous étiez dans quoi, avant d'être à la retraite ?

— Vous pouvez dire à votre patron que pendant trente ans, j'ai été responsable de calculer pour un groupe pharmaceutique les risques des produits et leurs coûts, et que quand je suis parti à la retraite, l'année dernière, on m'a offert une montre. (Il avait remonté la manchette de sa chemise à carreaux et sa voix s'était teintée de fierté.) Une Omega De Ville en or rose huit carats."

"Y a pas plus vrai", avait assuré Marc à Pierre, exigeant une double page qu'il avait d'ailleurs obtenue.

Il s'était donné à fond dans cette histoire, causant tant de remous que son article avait été cité dans tous les médias pendant une dizaine de jours. Rappaport par-ci, Rappaport par là. Son nom était devenu l'emblème du bon vieux journalisme d'investigation. Bien évidemment, l'ordre des médecins, outré, avait protesté contre de telles accusations. Et bien évidemment, une association de consommateurs avait menacé de porter plainte, l'opposition de gauche avait exigé une commission d'enquête, et puis le Festival de Cannes avait commencé, stars et starlettes avaient envahi les premières pages des journaux et l'indignation publique, estampillée "affaire classée", était rapidement passée aux archives.

En tout cas, vue depuis l'un des gros fauteuils rouges du hall de l'hôtel, la vie des médecins en France semblait toujours aussi douce. Tout se déroulait sereinement, dans les limites de la corruption policée. Ils s'amusaient, et Marc les regarda s'ébattre jusqu'à ce qu'ils disparaissent dans la salle de conférences. Il n'était même pas en colère contre eux, même pas révolté contre le naturel avec lequel ils occupaient ici l'espace aux frais d'un groupe pharmaceutique. Il n'était pas bête. Il gardait sa colère pour le prochain sujet, pour le prochain scandale, le prochain article d'envergure. Et pour Émilie Thevenin.

Quand le dernier médecin eut disparu de son champ de vision, il se leva pour aller à la salle à manger désertée et s'assit à l'une des tables inondées de lumière, devant la baie vitrée qui occupait toute la longueur de la pièce.

"Un double expresso et un jus d'orange", dit-il au garçon qui accourait, et il se leva aussitôt pour aller voir le buffet.

Sur la route, il avait déjà vanté à Déborah le petit-déjeuner du Royal, les coupes de confiture, de miel, de céréales, de fromage blanc et de yaourt, les corbeilles de pain frais, de baguettes et de croissants encore chauds, les fruits, les jus pressés, les omelettes, les plateaux de charcuterie, de fromages et de saumon fumé... Enfant, il avait toujours pris très au sérieux le choix des mets et, aujourd'hui encore, il était indécis et resta un moment immobile devant l'abondance de l'offre, avant de déposer sur son assiette un peu de saumon fumé, d'œufs brouillés et de fromage.

Ils avaient fait l'amour à l'aube, puis s'étaient rendormis, et quand Marc s'était réveillé, bien plus tard, Déborah avait déjà commencé sa journée sans lui. *Suis à la piscine*, avait-elle écrit de son écriture ronde et enfantine sur un bout de papier qu'elle avait posé par terre, devant la salle de bains. *Bonjour, mon amour, le paresseux.*

Il engloutit son assiette et, comme quand il était enfant, se leva même pour aller se resservir. Il prit des fraises et, après quelques tiraillements, un croissant et de la confiture.

"Vous désirez encore quelque chose ? demanda un serveur quand il arriva au bout de sa deuxième assiette.

— Non, merci... Ou bien, si : un autre expresso, s'il vous plaît !"

On voulait se débarrasser de lui. Une demi-heure avant, la salle du petit-déjeuner fourmillait encore de monde. À présent, la plupart des tables avaient été débarrassées et de très jeunes garçons en gilets très blancs mettaient le couvert pour le déjeuner.

Il aurait bien fumé une cigarette, mais il aurait fallu qu'il se lève, et sitôt sa chaise vide, le maître d'hôtel qui, depuis le seuil, voyait tout sans en avoir l'air, n'aurait eu qu'un geste à faire pour que les serveurs pleins de zèle s'empressent de débarrasser sa table.

Marc ouvrit son carnet et, perdu dans ses pensées, promena son regard sur une ligne de gazon vert clair, une bande de sable fin et, plus loin, sur la mer, grise comme de l'ardoise liquide.

Déjà, les premières familles trottinaient vers la plage pour y goûter le soleil matinal et, bientôt, il n'y aurait plus un coin de libre. Marc ne verrait la scène que depuis le balcon de leur suite, mais les cris de joie des enfants et les appels angoissés des mères constitueraient la toile de fond de sa journée.

À Paris, il avait déjà prévenu Déborah. "Quand je suis au Royal, je ne fais qu'une seule chose.

— Comment ça ?
— Je reste dans ma chambre et je lis.
— Tu ne vas pas au café ?
— Non.
— Tu ne vas pas à la piscine ?
— Non.
— Tu ne vas jamais à la plage ?
— Non.
— Même pas pour admirer un coucher de soleil romantique ? avait-elle tenté.
— Bon, d'accord, va pour un coucher de soleil romantique…
— Mais à part ça, tu ne veux rien faire de ce que les couples font ensemble ? Je ne sais pas… aller voir une expo, faire du vélo, se promener en ville, pique-niquer, faire les boutiques ?
— Si je ne suis pas obligé, non. À moins que tu n'y tiennes absolument.
— Eh bien, chapeau, avait-elle répliqué, voilà ce que j'appelle un bon week-end en amoureux."

Il eut une petite pensée coupable en décapuchonnant son stylo-plume, lui qui avait promis à Déborah un week-end sans sa "petite pute", puis il se lança et fit une nouvelle fois la liste de ce qu'il savait sur l'affaire Émilie Thevenin : *Père décédé*. De quoi, au fait ? Il faudrait creuser. Il écrivit : *Mère remariée au bout d'un an.* Elle n'était pas restée veuve bien longtemps, la bonne dame. Un an à peine après la mort de son époux, un autre homme avait emménagé chez elle. Comment ne pas trouver cela précipité ? Émilie, en tout cas, avait fait ses valises sitôt son bac en poche. Y avait-il eu des disputes ? Sûrement, puisqu'elle avait coupé les ponts avec sa famille. Il écrivit : *À dix-neuf ans, prostitution. Hypothèse : initiation à l'étranger.* Elle s'était inscrite à la Sorbonne, mais elle n'avait passé aucun examen. Pendant les six mois qui avaient précédé sa mort, elle avait reçu des clients dans son appartement. Elle payait son loyer par virement permanent. C'était donc que ses revenus étaient plus ou moins assurés. Il écrivit : *Clients réguliers. Identité ? Aucune trace. Répertoire, carnet d'adresses, relevés des paiements volés ?*

"Il va encore faire une chaleur terrible, aujourd'hui", dit une voix dans son dos.

Marc ne se retourna même pas. Il écrivit : *La police a-t-elle vraiment cherché les clients réguliers ? Si non, pourquoi ?*

“Regardez un peu à quoi je ressemblais quand j’avais six ans, reprit l’homme assis à la table voisine, et il lui tendit sa tablette. Le petit, à gauche, avec les lunettes.”

Marc écrivit : *Voisins de l’époque susceptibles de faire des déclarations ? Peu probable. À voir quand même.*

Le voisin se tapota le ventre.

“J’ai pris un peu de poids, depuis.”

Marc s’abstint de toute réponse dans l’espoir que l’homme reste une simple voix, mais le bavard, sans y avoir été invité, vint s’asseoir à côté de lui et poursuivit.

“Et la petite, au milieu, avec les tresses, c’est ma femme. À six ans, j’étais déjà amoureux d’elle et, quarante-huit ans et deux épouses plus tard, je l’ai retrouvée sur « Copains d’avant ».”

Marc leva les yeux vers lui.

“Nous sommes en lune de miel, vous voyez. Et nous avons invité tous nos amis d’enfance.”

Un petit bonhomme rond que le bonheur rendait bavard.

“Nous organisons une petite fête, ce soir, et comme vous avez l’air d’être seul, si le cœur vous en dit, ça nous ferait plaisir…”

Mais bien sûr. Marc se leva. Comment n’y avait-il pas pensé avant ? C’était l’écolière Émilie Thevenin qu’il fallait chercher.

“Qu’y a-t-il, qu’est-ce que j’ai dit ?” lança le petit bonhomme, mais Marc longeait déjà le couloir recouvert de moquette. Il devait bien y avoir quelqu’un qui, pour retrouver d’anciens camarades, avait publié sur Internet de vieilles photos de classe datant de sa scolarité à Charfeuil. Il monta quatre à quatre les marches de l’escalier. Évidemment, il aurait aussi pu commencer par Périgueux, où était né Neuhart, mais comme Carletti le lui avait enseigné, il avait mis de côté le suspect et ses motivations pour s’occuper de la victime. Il ouvrit la porte de la chambre, s’assit sur le lit défait et attrapa son ordinateur portable.

3

Il trouva Émilie à la huitième tentative. Fossette sur le menton et cheveux ondulés presque noirs – il n'était pas si difficile de déceler dans les traits de l'adolescente ceux de la jeune femme. Une belle enfant, dont le visage régulier laissait déjà deviner les prémices d'une sensualité à venir. Qui était-elle ? Les indices étaient encore maigres. Sa tenue était soignée, même si elle était la seule parmi les filles à ne pas porter de jupe, mais un pantalon presque trop court pour elle, avec un chemisier à fleurs en coton qui, visiblement, venait d'être repassé. Quel âge avait-elle sur la photo ? Treize, quatorze ans ? Marc observa l'adolescente assise à côté d'elle, qui tenait l'ardoise où était inscrit à la craie *Collège André-Malraux, Charfeuil 1974*. Il fit le calcul. Treize ans, donc. L'âge de la confiance en l'avenir. Un avenir dans une grande ville, bien évidemment. Quelques années plus tard, elle avait d'ailleurs tourné le dos à sa bourgade endormie, ce qui n'allait pas sans courage ni confiance. Marc n'aurait pas su expliquer pourquoi, mais avec ses joues et son front tachés de lumière, elle avait quelque chose de révolté. Ou peut-être n'était-ce que l'air calme et décontracté avec lequel elle fixait l'objectif.

Sur une autre photo prise en 1976 et qu'un de ses camarades de classe – un certain Didier – avait postée, elle se tenait debout sur un banc, au dernier rang, à côté d'un garçon à lunettes. Elle souriait comme après une bonne blague, tandis que le garçon fermait les yeux, la monture noire de ses lunettes lui donnant du coup l'air d'une chouette. D'ailleurs, la plupart des jeunes ne regardaient pas l'objectif, et le photographe avait apparemment eu toutes les peines du monde à les tenir. Ils avaient accepté de se placer gentiment en rangs, mais il ne fallait pas observer longtemps ces visages, les bouches tordues par les rires, les regards distraits par un détail ou un autre, pour comprendre que l'obéissance avait dû être de bien courte durée. Marc écuma aussi les clubs de sport. Il commença par les clubs de hand. Après avoir examiné une vingtaine de clichés, il repéra une photo de groupe prise devant les vestiaires d'un gymnase. Un air de déjà-vu… Oui, c'était la photo qu'il avait trouvée dans le dossier d'Émilie Thevenin. Il survola la légende, s'arrêta net. Il se pencha pour attraper le téléphone et composa le numéro de Carletti.

"Elle était à l'école avec elle", dit-il d'une voix entrecoupée quand le commissaire divisionnaire décrocha.

Le club de hand avait pris soin de mentionner le nom de toutes les joueuses photographiées. Avec, pour celles qui s'étaient mariées, leur nom d'épouse actuel.

"Quoi ?

— Elles ont fait du hand ensemble.

— Mais de qui est-ce que tu parles, bon sang ?

— Émilie et la femme de Neuhart. Elles étaient à l'école ensemble.

— Où est-ce que tu es allé chercher ça ?

— Rends-moi un service et regarde d'où vient la femme de Neuhart."

La vérification dura un moment. Marc s'alluma une cigarette, chercha un cendrier, n'en trouva pas, ouvrit la fenêtre et s'assit sur le rebord, le regard tourné vers la mer qui avait entre-temps revêtu sa robe azur. Il entendait Carletti taper sur le clavier de son ordinateur, quelques enfants glousser de joie, quelqu'un appeler plusieurs fois une certaine Nathalie, puis un léger sifflement, à l'autre bout du fil.

"OK, la femme de Neuhart est effectivement de Charfeuil, confirma Carletti. Tu sais ce que ça veut dire ?"

Marc répondit par la négative.

"Ça veut dire qu'on a le motif. Il a trompé sa femme avec une ancienne camarade de classe à elle, et quand la maîtresse a menacé de dévoiler leur liaison, il l'a étranglée.

— Sa future femme, corrigea Marc.

— Quoi ?

— Ils n'étaient pas encore mariés à l'époque.

— Et alors, qu'est-ce que ça fait ?

— Ça fait qu'à vingt ans, quand tu couches avec la copine de ta copine et qu'elle se révèle être un super-coup, tu changes tout simplement de copine.

— Tout le monde n'a pas ton cynisme.

— Parce qu'étrangler, selon toi, c'est plus délicat ?

— Quatre-vingts pour cent des crimes sexuels sont commis par des membres de la famille ou des proches.

— Mais enfin, ce n'est pas un argument.

— Ce n'est pas censé être un argument, petit con, c'est l'expérience qui parle, répondit Carletti.

— Interroge-la.

— Qui ? La femme de Neuhart ?

— Oui. Elle est peut-être plus loquace que son mari ?

— Et tu crois qu'elle viendra ?"

Marc se tut.

"Je vais te le dire, moi : elle ne viendra pas. Et tu sais pourquoi ? Parce qu'elle n'en a pas l'obligation. Elle n'a aucune obligation. Elle n'appellera même pas pour nous prévenir de son absence. Elle nous posera un lapin, et on sera comme des imbéciles à l'attendre.

— Convoque-la !

— Mais oui, je vais la convoquer. Très bien. Elle va recevoir la convocation, appeler Mesnard, et Mesnard lui dira : « Vous pouvez balancer ce torchon à la poubelle. » Et tu sais ce que dira le juge d'instruction quand je lui demanderai de la convoquer ? Il va me regarder et demander : « Pour quel motif ? Depuis quand est-ce un crime de jouer au handball ? »

— Elle était amie avec la victime.

— Et alors ? Si Mesnard lui déconseille de venir, qu'est-ce que ça change ?

— Mais tu ne veux pas au moins… ?"

Carletti ne le laissa pas terminer.

"Il ne t'est jamais venu à l'idée que je n'avais pas de temps à consacrer à quelque chose qui ne mène nulle part ? Je n'ai pas le temps, trésor, et le juge d'instruction non plus. On croule sous le travail, ici. Les employés de la justice ne sont même pas à jour dans la transcription des minutes. On court comme des imbéciles, tu comprends ça ? Mes gars sont à bout. Et toi, tu me demandes de déposer une requête qui n'aboutira à rien ? Qui plus est dans une affaire qui n'intéresse de toute façon plus personne ? Pourquoi ? Pourquoi faudrait-il que je me farcisse encore plus de paperasse ? Pour faire plaisir à mon vieil ami Rappaport ? Tu sais ce que je lui dis, à mon vieil ami Rappaport ? Je lui dis – parce que c'est dimanche et que je suis poli : Va donc voir ton rédacteur en chef et raconte-lui tout ça. Peut-être qu'il aura envie de te faire plaisir, lui, et qu'il t'offrira une double page pour cette information passionnante."

4

Il descendit à la piscine. Allongée sur l'un des bains de soleil alignés près du bassin, Déborah lisait sous un parasol. Marc, aux côtés du maître nageur musclé qui distribuait les serviettes, bien bronzé dans son polo bien blanc, resta un instant à observer son amie, savourant le spectacle. Elle portait un petit deux-pièces ravissant, et il la regarda agiter le pied, tourner une page de son livre, se gratter l'épaule, se pencher et, sans interrompre sa lecture, tâter le sol de la main gauche à la recherche de la crème solaire. Ensuite, elle posa son livre, s'enduisit les épaules de crème, ajusta son maillot de bain, sortit son portable de son sac et mit sa main en visière. Elle n'avait pas remarqué qu'il l'épiait, et le naturel avec lequel elle agissait ne faisait qu'accroître son désir pour elle. Elle se rallongea confortablement, son corps se détendit. Elle se laissait aller à une paresse ensommeillée qui l'excitait d'autant plus qu'il savait comment l'embrasser et la caresser pour l'en faire sortir.

"Belle femme", entendit-il dire le maître nageur. Et bien que ce fût dit comme un compliment, comme une confirmation de sa capacité à avoir conquis cette beauté, il eut bien envie de remonter les bretelles à cet intrus qui, sans y avoir été autorisé, avait pris part à ce dont il aurait voulu jouir seul.

Il s'avança vers Déborah.

"Tiens, tiens, dit-elle en l'apercevant. Tu sors de ta tanière."

Marc s'assit près d'elle. Elle sentait le soleil et la crème solaire. Il embrassa son cou moite et salé, ses lèvres au goût de café, et elle l'enlaça, colla contre lui son corps chaud et presque nu. L'espace d'un instant, Marc se demanda pourquoi il ne la conduisait pas tout simplement jusqu'à leur chambre ainsi que le désir le lui dictait.

"Où est ton maillot de bain ? demanda-t-elle, puis, de la même voix douce : Tu as déjà déjeuné ?"

Prenant son courage à deux mains, il lui fit part de ce qu'il avait découvert et de son intention d'aller voir Caroline Neuhart.

"Ça ne peut pas attendre lundi ?"

Elle voulait paraître détendue, mais sa bouche était entrouverte et sa respiration saccadée.

"Si, bien sûr…

— Mais ?

— Lundi, elle travaille. Aujourd'hui, je pourrais peut-être la faire parler.

— Oh, pas la peine de te justifier, lança-t-elle avec un mélange de colère et de désespoir, ajoutant que de toute façon, il finissait toujours par saboter leur relation.

— Mais non, ça n'a aucun rapport. Tu vois des sous-entendus compliqués alors que c'est tout simple. Il faut que je continue mes recherches, c'est tout. Ça m'obsède. Quand on commence à tout remettre en question, on ne peut pas s'arrêter comme ça."

Mais elle ne pouvait ni ne voulait le comprendre, exigeant des raisons plus profondes à son comportement. Il en fut quitte pour son petit laïus anthroponymique.

"Quand je dis mon nom, tout le monde pense toujours que je suis juif", commença-t-il, et il songea un instant à son grand-père maternel qui criait toujours à l'ineptie anthroponymique quand le père de Marc se lançait dans l'évocation des patronymes de sa formidable famille d'intellectuels juifs, Rosenkrantz, Altstaedter, Rappaport et Kun, qui avaient traversé la Poméranie, la Silésie et la Galicie pour s'installer à Berlin et s'en faire ensuite chasser.

À en juger par la tête de Déborah, elle se demandait quel était le rapport entre ses petits problèmes d'identité et ce week-end en Normandie qui aurait dû être le sien, mais elle ne l'interrompit pas et il poursuivit :

"Mes parents m'ont mis dans le privé, tu vois, chez les catholiques. Pas parce qu'ils voulaient faire de moi un bon catholique. (Non, ce n'était pas leur intention, et ils n'avaient pas non plus voulu lui compliquer la vie, même si c'était ce que leur décision avait entraîné.) Stanislas est l'un des meilleurs établissements de Paris, c'est pour ça. À Stan, il y a un club de natation dont j'ai fait partie et, pendant cinq ans, j'ai raflé presque toutes les médailles, alors qu'au fond, la natation, je m'en foutais. (Deux cents mètres quatre nages, cinquante mètres brasse, cinquante mètres dos, papillon, cent mètres nage libre… Il avait décroché toutes les victoires qu'il y avait à décrocher.) Pendant cinq ans, j'ai été le héros du bahut. Et tu sais pourquoi ? Parce que dans ma classe, deux débiles m'avaient un jour expliqué que les juifs sont mauvais en sport. J'aurais pu leur répondre : « Hé, je ne suis pas juif, je suis catholique, j'ai une mère catholique, elle ne s'est pas convertie et, chez les juifs, c'est la religion de la mère qui compte », mais j'ai préféré leur montrer. Ce n'est pas pour moi que je nageais, mais pour le peuple juif tout entier. Et quand on nage le crawl pour tout un peuple, on a une sacrée énergie, crois-moi."

Avait-il réussi à leur prouver quelque chose ? Non. Bien sûr que non. Il avait gagné une bataille, mais il avait perdu la guerre : les deux imbéciles avaient fait courir le bruit que son père avait soudoyé les arbitres. Quand il s'agissait de combattre les préjugés, on ne pouvait pas gagner la guerre, mais ce n'était pas une raison pour abandonner. Récemment, dans un restaurant, il avait d'ailleurs revu l'un des deux imbéciles. Par hasard. C'était dans l'un des restaurants préférés de sa mère ; ils examinaient la carte quand un homme au crâne dégarni s'était approché de leur table. "Marc ? Marc Rappaport ? Tu me reconnais ?" Il avait souri poliment. Non, il ne voyait pas du tout qui était ce type qui se penchait vers lui. Mais quand l'homme s'était présenté, la mémoire lui était revenue. Antonin, bien sûr, Antonin Labbé, son ancien camarade de classe et tortionnaire qui commençait à jacasser sur leur prof de natation, ce bon vieux Sokolov. Marc n'en croyait pas ses oreilles. Ce gars avait perdu la tête… Mais non, c'était seulement la nostalgie qui l'avait pris dans ses filets, et il était convaincu de ne rien posséder de plus beau que ses souvenirs. Cela dit, l'aveuglement avait toujours fait partie de son fonctionnement psychique. À l'époque, ne s'était-il pas déjà simplifié la vie en se servant d'abord de l'antisémitisme pour expliquer le monde ?

Sous les yeux de Marc, la poitrine de Déborah se soulevait et s'abaissait. Il songea un instant à ses seins et à l'envie qu'il avait de les caresser, avant de reprendre : "Évidemment, j'ai fini par me rendre compte que c'était ridicule et j'ai quitté le club de natation, quelques mois avant le bac. Je me suis senti plutôt mal pendant un moment. J'ai fait, disons… une mini-dépression. Je ne sortais plus de mon lit."

Étrangement, aucun adulte n'avait fait ce qu'avait fait son grand-père : un matin, il était entré sans prévenir dans sa chambre et lui avait ordonné de se secouer et d'aller prendre une douche. Marc l'avait regardé. Inutile de protester. Il s'était levé.

"Je n'allais vraiment pas bien, mais il y a quand même une chose importante que j'ai comprise.

— Oui ?" demanda Déborah.

Il réfléchit un instant et répondit : "J'ai pris l'opinion publique pour ce qu'elle était : du grand n'importe quoi.

— Et tout ça parce que deux imbéciles ont prétendu que tu ne savais pas nager ?

— Tout ça parce que deux imbéciles ont voulu me dire ce que je devais être sous prétexte que j'étais juif. Et que je devais me contenter d'être ce qu'un juif était à leurs yeux."

S'ils lui avaient accordé la liberté de choix qu'ils croyaient être naturellement la leur, qui leur revenait de droit parce qu'ils étaient catholiques, issus d'un milieu bourgeois, bien éduqués et bornés, il n'aurait jamais remis en cause leur vision étroite du monde. Mais il était juif. D'un milieu aisé, certes, intellectuel ; mais si l'on ne pouvait plus lui prescrire quel métier exercer – ces temps-là, dieu merci, étaient révolus –, il était quand même de ceux dont la place dans la société était circonscrite par d'autres. Et c'était révoltant. Qui étaient les deux imbéciles qui voulaient réduire son espace de manœuvre ? Karl Liebknecht ? Le Mahatma Gandhi ? Alexandre le Grand ? Albert Schweitzer ? Non, seulement deux têtes creuses de sa classe. Si, au moins, ils avaient été plus âgés, ceintures noires ou adulés par les filles… S'ils avaient eu quelque chose pour eux. Mais ces deux gars au visage mangé d'acné ? Avec toute la force et la colère de la jeunesse, Marc avait tenu tête à ce corset.

"C'est à cette époque que tout a commencé, tu comprends ? Avec cette colère. Être ce qu'on attend de moi, je ne sais pas faire. Quand on veut me soumettre, je tiens tête. Quand on me pense grossier et sans vergogne, je suis l'homme le plus courtois du monde. Quand on me demande de faire preuve d'ambition, je gaspille mon temps sur le canapé. Et je le sais, je suis borné et souvent bien trop radical, je sais que je ferais mieux de monter avec toi dans notre chambre au lieu d'aller à Paris – d'ailleurs, c'est ce dont j'ai envie aussi, au fond.

— Mais ?

— Mais je ne peux pas faire autrement, je suis programmé pour m'opposer."

Alors, voilà : il recherchait un meurtrier parce que la police, à l'époque avait bouclé l'affaire trop vite et mis le dossier sur la pile des cas non résolus. Et parce que Carletti était lui-même tellement persuadé d'avoir trouvé le coupable que Marc Rappaport n'avait pas d'autre choix que de vérifier à nouveau tous les faits.

"Eh bien, vas-y, dit-elle.

— Je serai de retour au plus tard à six heures.

— Et tu comptes y aller comment ?

— Je pensais prendre le train."

Elle soupira.

"Tu ne me facilites vraiment pas la tâche… et tu ne te facilites pas la tâche non plus, d'ailleurs. (Elle l'arrêta quand il tenta de répliquer, attrapa son sac, y prit ses clefs de voiture et les lui tendit.) Tiens, dit-elle, et juste pour que tu saches : je ne trouve pas ça correct, mais je n'ai pas envie de me disputer avec toi. (Elle secoua la tête.) C'est vraiment le comble, je te jure."

5

Par ce geste, Déborah lui prouvait qu'il passait sa vie à forcer des portes, qu'il ne prenait jamais le temps de marquer une pause et – avec un peu plus de décontraction, peut-être – d'utiliser la poignée, pourquoi pas même de franchir une porte qu'on lui tenait ouverte poliment. C'était donc ainsi que les choses fonctionnaient ? Sans difficulté ? On offrait quelque chose à l'autre par amour. On lui disait : "Prends la voiture. Et sois prudent." On lui disait : "Sois de retour au plus tard vers six heures." On lui disait : "Comme ça, on pourra encore manger ici, au bord de la mer." C'était aussi simple ? Enfin, peut-être pas simple. Non, "simple" n'était pas le mot juste. Bienveillant et généreux, cela décrivait déjà mieux son geste. D'aussi loin qu'il s'en souvienne, il était toujours passé en force. Se battre était devenu une habitude, et voilà qu'elle lui donnait tout simplement les clefs de sa voiture et qu'il se retrouvait KO sous le coup de son indulgence.

Il fit démarrer le moteur et passa la première, relâcha lentement l'embrayage et dirigea la voiture hors du parking de l'hôtel. Il alluma la radio, trouva une station qui diffusait du jazz, prit le rond-point Louis-Armand au rythme de Bud Powell, le rond-point des Jumelages avec Dave Liebman, celui d'Auguste-Decaens avec Ornette Coleman… Au quatrième rond-point, il cessa de lire les pancartes.

Après plusieurs tentatives, il trouva l'entrée mal indiquée de l'A13, s'inséra dans la circulation fluide et appuya sur l'accélérateur. Il aimait rouler vite et fila entre les champs jaunes et verts jusqu'au premier péage. Il paya, attendit que la barrière se lève et reprit sa route à travers les paysages vallonnés avec Roy Haynes, entre les prés avec Neal Hefti, en zone industrielle avec Billie Holiday et McCoy Tyner au piano. Quelque deux heures plus tard, il passait déjà devant des murs antibruit couverts de graffitis, signe qu'il approchait de la jungle urbaine.

Il trouva sans trop de détours la rue où habitaient les Neuhart et, après un coup de frein sec, se gara directement devant l'immeuble de cinq étages.

Marc descendit de voiture, s'avança jusqu'à l'entrée et sonna à l'interphone. Rien. Il recula d'un pas et leva la tête. Il aurait pu jurer que le balcon orné de fleurs rouges était celui des Neuhart. Il jeta un œil à sa montre. Quatorze heures passées. Il retourna à sa voiture, reprit sa place derrière le volant et attendit. Partout, les mêmes rangées d'immeubles monotones. Plantés à intervalles réguliers par un jardinier municipal, les arbres eux-mêmes (encore jeunes et d'un vert tendre) attestaient d'un penchant omniprésent pour la symétrie.

Elle arriva à pied une quinzaine de minutes plus tard. Elle portait une veste en tricot malgré la chaleur, à l'instar de ceux qui craignent toujours un brusque changement de temps. Il la laissa ouvrir la porte de l'immeuble, monter à son appartement, l'imagina en train de quitter sa veste et de la suspendre dans une armoire. Il sortit ensuite de la voiture en voyant revenir l'un de ses voisins, sorti peu avant faire un tour avec son chien. Il arriva devant la porte de l'immeuble en même temps que l'homme qui marchait avec une canne.

"Merci. (Marc se glissa par la porte ouverte.) Je suis un ami des Neuhart", ajouta-t-il devant le regard de l'homme aux cernes marqués, aussi apeuré qu'était entreprenant son teckel, qui reniflait Marc avec curiosité.

Il se dirigea vers l'ascenseur. Il flottait dans l'air un parfum léger de rôti du dimanche. Arrivé devant la porte de l'appartement, il s'éclaircit la voix. Par nervosité ? Oui. Étrange. Il sonna.

"C'est pour quoi ?

— Mon nom est Marc Rappaport. Je suis journaliste et je travaille pour…

— Je sais qui vous êtes.

— J'aimerais vous poser quelques questions.

— Je n'ai pas le temps.

— Il n'y en aura que pour quelques minutes. S'il vous plaît."

C'était un mensonge.

"Allez-vous-en.

— Je sais que la victime et vous étiez dans le même club de handball."

Rien. Pas un mot. Et puis la porte qui s'ouvre.

"Qu'est-ce que vous voulez ?"

De taille menue, elle faisait néanmoins écran entre Marc et le reste de l'appartement. Elle s'était changée. Elle portait une robe en lin clair de coupe ample, et Marc remarqua que l'étoffe fine laissait entrevoir l'auréole sombre de ses seins.

Il répondit sans fioritures :

"Vous parler."

Le voyait-elle ? L'entendait-elle ? Avait-elle compris ce qu'il disait ? En tout cas, elle n'en laissait rien paraître. Elle continuait de le fixer, lui, ou plutôt un point derrière lui. Les deux voix qui s'échappaient d'un appartement voisin amplifiaient son silence.

"Je suis certain que votre mari est innocent."

Elle aurait pu lui claquer la porte au nez, mais elle n'en fit rien, immobile sur le seuil.

Il reprit : “Je crois que votre amitié avec Émilie a quelque chose à voir avec sa mort.”

Une, deux, trois, quatre, cinq secondes passèrent, puis sans un mot, elle fit un pas de côté et le laissa entrer.

6

Il la précéda dans un couloir étroit qui menait au salon, comme embrasé de lumière alors que les volets à demi fermés étaient là pour limiter le rayonnement du soleil. La bibliothèque était peinte en blanc, le canapé et les deux fauteuils assortis étaient blancs eux aussi, tout comme la moquette. Le blanc était la couleur des Neuhart, et il réverbérait la lumière du dehors avec tant de force que la pièce semblait étinceler.

“Asseyez-vous.”

Marc passa de l’inspection du mobilier à celui de la maîtresse de maison. Les traits de son visage étaient sévères, mais autour de ses yeux, de petites rides montraient qu’elle savait rire et riait volontiers. Elle l’invita à prendre place sur le canapé.

“Vous voulez boire quelque chose ? demanda-t-elle quand il fut assis.

— Je veux bien, oui.”

Elle partit à la cuisine. Marc l’entendit s’affairer et regarda à nouveau autour de lui. L’appartement était soigneusement rangé, rien ne traînait. Rien qui aurait pu troubler cette harmonie programmée jusque dans ses moindres détails. Même les câbles et les rallonges du téléviseur et de la chaîne hifi étaient rangés dans des boîtes blanches prévues à cet effet. Qu’on puisse passer ses après-midis à acheter ce genre d’objets, qu’on puisse même perdre son temps à songer à la manière dont les câbles devaient être dissimulés… Il imagina l’enfance de la fille Neuhart, aujourd’hui âgée de dix-neuf ans, dans ce monde bien ordonné où tout semblait avoir sa place.

Caroline Neuhart reparut avec un plateau.

Elle avançait à pas hésitants, comme si elle craignait de perdre l’équilibre, et il se dit qu’elle prenait sûrement des calmants. Elle posa le plateau sur la table basse en verre, puis se laissa tomber dans un fauteuil face à lui. Marc observa ses bras et ses mollets bronzés. Elle semblait avoir passé toute la matinée au soleil, peut-être sur le balcon aux fleurs rouges, pensa-t-il, et il crut même percevoir encore la chaleur que dégageait sa peau.

"Je vous en prie", dit-elle en voyant qu'il ne faisait pas mine de se servir, et quand il eut versé dans un grand verre un peu de ce qui ressemblait à du thé glacé et qu'il eut goûté (oui, c'était bien du thé glacé, frais et amer, avec une pointe d'agrumes), ce fut elle qui reprit : "Je peux vous poser une question ?

— Oui, bien sûr."

Il reposa son verre.

"Vous allez continuer à écrire sur nous ?"

Elle avait croisé ses bras sur sa poitrine,

"Oui, répondit-il. Si je peux, oui.

— De quoi dépend ce *si je peux* ?

— Du fait que j'aie ou non trouvé quelque chose d'intéressant à communiquer au grand public. Et aussi de l'avis de mon rédacteur en chef sur la question.

— Et ? Vous avez trouvé quelque chose ?"

C'était donc pour cela qu'elle l'avait laissé entrer, elle voulait savoir ce qu'il avait en main. Bon, pourquoi pas ? Avait-il une seule bonne raison de lui cacher quelque chose ? A priori, non.

"J'ai par exemple découvert qu'Émilie et vous étiez amies.

— Et selon vous, demanda-t-elle, c'est suffisamment intéressant pour être communiqué au grand public ?

— Non, mais suffisamment intéressant pour que je vienne sonner chez vous.

— Comment l'avez-vous découvert ?

— Par hasard.

— Par hasard ?" répéta-t-elle, dubitative.

Ses mains avaient-elles tremblé ? C'était un frémissement à peine perceptible – elle avait ses émotions sous contrôle ; rien d'étonnant chez une femme dont l'intérieur était si bien ordonné –, mais maintenant qu'il s'en était aperçu, il savait qu'il n'avait pas à regretter d'avoir pris la voiture de Déborah pour venir jusqu'ici un dimanche.

Il insista : "Est-ce que ça vous dérangerait si j'écrivais là-dessus ?

— Sur quoi ?

— Sur le fait que vous étiez une amie d'enfance de la victime."

Cette fois-ci, elle fit preuve d'une plus grande maîtrise. Les ailes de son nez ne frémirent même pas. Elle avait l'air presque détendu en disant :

"Si j'étais vous, je n'écrirais pas sur nous.

— Non ?

— Croyez-moi, personne ne veut rien lire sur des gens comme nous.

— Il ne s'agit pas de gens comme vous, il s'agit de gens qui ont assez d'influence et de pouvoir pour vous mettre un meurtre sur le dos. Je me trompe, Caroline ?"

Elle tressaillit. Elle semblait étonnée qu'il connût son prénom.

"Aidez-moi, c'est tout ce que je vous demande. Donnez-moi quelque chose. Un tout petit os que je pourrais ronger."

Il était évident qu'elle n'en ferait rien. Elle n'avait aucune raison de lui faire confiance.

"Et vous me promettriez de ne plus rien écrire sur nous ?"

Il hésita. Pouvait-il lui faire une promesse pareille ? Non. Voulait-il la lui faire ? Non plus. Pourquoi hésiter dans ce cas ? Parce qu'il flairait sa peur.

"Vous ne voulez pas que votre mari soit acquitté ?

— Accuser n'est pas condamner, monsieur Rappaport. Et sur la base des preuves que la police a réunies, une condamnation est impossible.

— Comment le savez-vous ?"

Elle répondit par un sourire, le premier depuis le début de l'entretien.

"Nous avons un bon avocat, dit-elle, et l'expression de son visage redevint sérieuse. J'ai une fille de dix-neuf ans, monsieur Rappaport…

— Je sais que vous avez une fille, et je m'efforce toujours de faire en sorte que les membres de la famille…"

Elle ne le laissa pas achever.

"La seule chose qui m'importe, c'est que notre vie continue."

Que la vie continue ? Avec un homme soupçonné de meurtre ? Cette femme n'avait pas toute sa tête.

"Je pourrais disculper votre mari.

— Je ne veux que le calme. Le calme, monsieur Rappaport. Rien de plus."

Le calme ? À croire qu'elle ne comprenait vraiment pas de quoi il retournait.

"Et votre mari, qu'en pense-t-il, lui ?"

Elle ne répondit pas tout de suite.

"Mon mari, dit-elle enfin, ne voudrait pas non plus qu'on nous inquiète."

Dans sa bouche, le terme "inquiéter" prenait toute sa signification.

"Que *qui* vous inquiète ? Moi ? (Faisait-elle allusion à autre chose ?) Caroline, c'est moi qui vous inquiète ? Ou bien est-ce que vous essayez de me dire que l'on vous inquiéterait si j'écrivais sur vous ? C'est ça ? Je vous mets en danger ? (Il était tout ouïe. Sur le qui-vive. Tous sens en éveil.) Caroline, en quoi est-ce que je vous mets en danger ?"

Au bout d'un moment, elle répondit doucement :

"Tout le monde n'est pas aussi fin limier que vous, monsieur Rappaport.

— Comment ça ?"

Pas de réponse.

"Sur quoi ai-je mis le doigt ?"

Pas de réponse. Il fit une tentative prudente.

"Est-ce ce que je vous ai mis en danger avec mon article ?"

Elle réagit enfin, en secouant simplement la tête.

"Mais je pourrais si je continuais à écrire."

Pas de réponse.

"Je pourrais ?"

Elle hocha la tête.

"Si j'écrivais par exemple qu'Émilie et vous étiez amies ?"

Pas de réponse.

"Caroline, si j'écris cela, je vous cause des ennuis ?

— Non", laissa-t-elle fuser.

Impitoyablement, il poursuivit sa percée.

"Les autres ne savent donc pas qu'Émilie et vous étiez amies ?"

Les autres, les autres, quels autres ? Pourquoi ne voulait-elle pas le lui dire ? Ces gens étaient-ils donc si dangereux ? Il fallait croire que oui.

“Ils ne le savent pas parce que vous êtes mariée et que vous avez pris le nom de famille de votre mari.”

Caroline Neuhart ne réagit pas, mais c'était désormais inutile : il avançait seul.

“Les *autres* ne vous connaissent que sous votre nom de jeune fille. Tout ce qui s'est passé a eu lieu avant que vous n'épousiez votre mari. Les *autres* croient que votre mari n'était qu'un client tout à fait normal qui a eu la malchance de tomber sur une prostituée assassinée. (Des enfants jouaient dans la cour, Marc entendait leurs cris joyeux.) Vous ne voulez pas me dire quelle est la faute qu'Émilie et vous avez commise à l'époque ?

— La faute ?” Un cri d'indignation.

Il corrigea : “Me dire ce dans quoi vous avez été embarquées.”

À quoi ces deux jeunes filles s'étaient-elles retrouvées mêlées ? Et pourquoi ? Pourquoi, c'était son refrain, son tube de l'été.

Elle se leva. La conversation était visiblement terminée. Dommage. Il ne pouvait pas se résoudre à en rester là. Il se demanda comment prolonger encore un peu l'entretien et s'il avait encore quelque chose à lui offrir. Mais finalement, il se leva avec un soupir. Dans le couloir, il suivit son intuition et demanda encore :

“Et s'ils l'apprenaient autrement ?

— Quoi donc, monsieur Rappaport ?

— Votre nom de jeune fille.

— Non, dit-elle, ils n'en sauront rien.”

Il avait visé juste. Ce nom de jeune fille, c'était bien ce qui l'inquiétait.

“Comment pouvez-vous être si sûre qu'ils ne sont pas déjà au courant ?

— Au revoir, monsieur Rappaport”, dit Caroline Neuhart en lui tendant la main.

Il ne lâcha pas prise.

“Qu'est-ce qui vous fait croire qu'ils ne connaissent pas votre identité ? (Mais bien sûr, quel imbécile !) S'ils avaient votre nom de jeune fille, ils vous auraient déjà fait une petite visite depuis longtemps, c'est ça ?”

Évidemment, elle ne répondit pas, se hâta au contraire de le reconduire jusqu'à l'ascenseur.

“Ils n'apprendront rien de moi. Je vous le promets.”

Non, il ne livrerait pas les Neuhart aux *autres* ou à leurs sbires. Il ne ferait pas ça. Pas à cette femme dont l'épuisement était soudain si visible qu'il dut se retenir de ne pas la serrer dans ses bras.

Tout phénomène qui se produit est nécessairement produit par quelque chose ; il vient de quelque chose, et il devient telle ou telle chose.

Mais comment trouver ce quelque chose qui aboutit à un meurtre ? Comment chercher sans avoir la moindre idée de ce qu'on cherche ? Son intuition lui disait : Commence par Charfeuil. Elle lui disait : Cherche un beau petit scandale.

7

Dans la rue, il appela Déborah et, les yeux rivés sur les haies d'arbres bien taillées, il l'imagina, allongée au soleil dans son maillot de bain sexy. À la troisième sonnerie, elle décrocha dans un rire. Aussitôt, toute l'affaire "Émilie" passa au second plan : il était clair que ce rire n'avait aucun rapport avec son appel et qu'elle ne le partageait pas avec lui. Bien, très bien. Elle se débrouillait sans lui. Elle s'amusait même. N'avait-il pas toujours souhaité d'avoir à ses côtés une femme souveraine, sûre d'elle ? Sauf que cette indépendance, s'il s'aventurait à l'imaginer dans tous ses détails dangereux, lui était tout simplement insupportable.

"Tu n'es pas seule ?

— Non.

— Tu es avec qui ? demanda-t-il, aussitôt honteux d'avoir posé la question.

— J'ai rencontré des amis.

— J'ai fini maintenant, je viens te chercher.

— Oh, ce n'est pas la peine, dit-elle, on me ramènera."

On me ramènera ? Qui ça, "on" ? La question lui brûlait les lèvres, mais il se contenta de demander :

"Mais qu'est-ce que je fais de la voiture ?

— Tu n'as qu'à la garer devant chez moi."

Il chercha une pirouette sans en trouver et finit par proposer sur un ton qu'il espérait détaché :

“Alors, je passe chez toi vers neuf heures, ça te va ?”

Non, ça ne lui allait pas. Elle avait encore du travail, et elle ne savait pas exactement à quelle heure on la raccompagnerait, il valait mieux ne pas l’attendre : s’il n’était pas trop tard, elle l’appellerait.

Il perçut dans ce “trop tard” la punition ; non pas la légèreté, l’amusement, mais la mesure éducative. Tu t’es mal comporté, tu n’auras pas de dessert. Tu m’as laissée en plan, maintenant je m’amuse avec quelqu’un d’autre. Mais pourquoi faisait-elle cela ? Il constatait avec étonnement qu’elle savait aussi être mesquine. Qu’elle était capable de le torturer. Elle, si aimante, si pleine de sollicitude, était soudain sans pitié. “Trop tard”, quelle déception. Il se sentait repoussé, mais aussi trompé. “Trop tard” – un désenchantement.

Il n’y eut évidemment pas de coup de fil. Ni à neuf heures, ni à neuf heures vingt, ni après. Il sombra dans la spirale de la gamberge, des hypothèses, de l’obsession. Dix fois, il prit son portable, caressa dix fois l’idée de l’appeler et dix fois l’abandonna. Pris dans des errements interminables, il sentait sa jalousie empirer jusqu’à devenir insupportable – une corde tendue prête à céder. Ne savait-elle pas qu’il souffrait ? Bien sûr que si, elle le savait. C’était bien pour cela qu’elle se taisait.

Vint enfin le lundi, le travail à faire, les textes à livrer, les factures à payer, les coups de fil à passer, les mails à traiter. Et Pierre qu’on ne pouvait pas tout simplement contredire comme au bon vieux temps, Pierre qui n’était pas un mauvais rédacteur en chef, au fond, même s’il avait annoncé pendant la conférence de rédaction qu’il voulait un papier sur une guerre des gangs et que c’était Marc, justement Marc, qui irait à Marseille.

“Tu sais que tu m’as accordé un congé et que je voulais aller à Charfeuil ?” demanda-t-il à Pierre quand ils furent seuls dans le bureau.

Pierre se contenta de le regarder. Et son regard en disait long. Ai-je vraiment à me justifier devant toi ? Es-tu vraiment trop immature pour ne pas avoir encore saisi la hiérarchie professionnelle ? Nous ne sommes plus dans la cour de l’école depuis longtemps. Nous sommes dans le monde des adultes. Et tu devrais te faire à l’idée qu’ici, c’est moi qui décide.

La petite voix de la sagesse disait bien sûr qu'il était préférable de ne pas se disputer avec son supérieur. Marc savait qu'il aurait été plus intelligent d'obtempérer, pas seulement pour des raisons stratégiques, mais aussi parce qu'on pouvait y voir un signe de maturité. Mais quelque chose l'empêchait de tourner les talons et de sortir du bureau. Il n'y avait rien de plus simple et, pourtant, il en était incapable.

"Tu vois, je ne suis pas convaincu de l'intérêt journalistique de quelques nez en sang et d'une ou deux mâchoires fracturées. (Avait-il vraiment prononcé cette phrase ? Mis en doute la compétence de son rédacteur en chef ? Et ce n'était qu'un début.) D'ailleurs, je suis censé traiter le sujet comment ? demanda le crâneur renfrogné en lui. Quelles sont les tentatives d'explication que je dois fournir ? Dois-je transformer ça en une allégorie sur la dissolution des structures familiales traditionnelles ? Ou alors, que dirais-tu de : « L'influence négative des médias » ? (Pierre, au lieu de répondre, se leva pour quitter la pièce, l'abandonnant à sa colère.) Je peux aussi caser le taux d'immigration élevé dans une subordonnée. Ah, mais non, j'oubliais : nous sommes un journal de gauche… De gauche ? Mais pourquoi écrire sur des sujets d'extrême droite, alors ? Pourquoi détourner l'attention des vrais sujets politiques, des sujets importants, pertinents, et faire un article sur une guerre des gangs ? (Il suivit Pierre dans le couloir.) La plupart des informations ne sont même pas traitées comme des dépêches et là, on gaspille quoi ? Une page, deux pages, combien est-ce que tu veux consacrer à cette niaiserie ?

— Pour éviter qu'on perde notre temps, dit Pierre qui s'était immobilisé, et qu'on dise trop de bêtises : c'est moi qui décide de la valeur ou non d'une information pour l'impression. Et autre chose : je pourrais te virer. Sur-le-champ, même."

Ils passèrent devant Anaïs qui jeta un regard inquiet à Pierre.

"Tu ne me vireras pas.

— Ah non ?

— Non.

— Tu es un salopard, Marc.

— Je sais.

— Tu es agressif et chiant.

— Si tu le dis, c'est que ça doit être vrai.

— Putain, Marc, pour *une* fois, tu ne peux pas la fermer ?
— C'est un sujet à la con.
— Ce n'est pas un sujet à la con.
— Ça diabolise tout un tas de gens.
— Pas si c'est toi qui écris sur le sujet. Tu y vas, c'est tout. Et tu sais quoi, Marc ? Pour ce qui est de la sociabilité, tu as vraiment besoin d'un cours de rattrapage."

Tandis qu'Anaïs lui imprimait son billet de train, il faisait encore mine d'être en colère, mais son humeur avait changé. Il savait pourquoi, quitte à envoyer quelqu'un, c'était lui que Pierre envoyait à Marseille. Parce qu'il ne travestissait jamais la réalité. Parce qu'il n'en voyait pas l'intérêt. Grandir auprès d'un homme (il était bien sûr question de son père) qui réduisait tout ce qui l'entourait à sa propre vision du monde l'avait armé contre les tentations de l'idéologie. Et surtout, il évitait une chose : il ne cherchait pas d'images schématiques pour simplifier une réalité complexe. Les gamins en sweat à capuche, les poubelles brûlées, les chiens de combat et les familles détruites, la mauvaise connaissance de la langue, les logements sociaux et le taux de chômage élevé, l'alcoolisme des parents, le manque de débouchés professionnels et de perspectives d'avenir, les arrêts de bus couverts de graffitis, les dealers drogués de moins de dix-huit ans… Il laissait tout cela aux pastellistes.

Il écrivait sur les méchants. Ce qui les rendait méchants ? Leur propension à la violence. Est-ce que la propension à la violence avait un lien avec la couleur de peau ? Non. Avec la religion ? Non. La nationalité ? Non. Avec l'environnement social et la situation familiale ? Sûrement. Mais pas seulement. Pas en première ligne. Pas en substance. Si l'on en croyait Max Weber, tout État consistait en un rapport de domination fondé sur le moyen de la violence. Pour Marx, l'État n'était même rien d'autre qu'un instrument d'oppression aux mains de la classe dirigeante. Quant à Hannah Arendt, elle voyait dans la violence l'ultime et la plus radicale expression du pouvoir. Pour supposer que ces jeunes saccageaient une rame de métro par calcul politique ou qu'ils faisaient brûler des voitures en guise de protestation contre la société de consommation, il fallait avoir été nourri au kitsch des films hollywoodiens. Ces gamins étaient trop durs à cuire pour se croire ne serait-ce qu'une seconde en mesure de changer le système. Ils savaient que, dans le meilleur des cas, il ne s'agissait que d'un changement de joueurs. Quand ils paralysaient le trafic, ce n'était pas parce qu'ils planifiaient une révolte des esclaves. Ils laissaient cette niaiserie idéalisée aux fils à papa qui avaient de l'instruction. Ce qu'ils voulaient, c'était goûter le vertige qui naît de la destruction. S'enivrer de la manifestation de leur propre puissance. Ce qu'ils cherchaient, c'était leur dose d'adrénaline. Et ils la trouvaient dans chaque nouvel excès de violence. La destruction pure et dépouillée de toute justification, la destruction dans sa forme virginale, authentique et abstraite, tel était le jeu auquel les enfants des banlieues s'adonnaient pour passer le temps ; et c'était un jeu dangereux, sacrément dangereux. Si, au moins, ils avaient demandé quelque chose, on aurait pu négocier. Mais cette génération ne protestait pas, n'exigeait rien, n'était en quête de rien. Elle avait depuis longtemps gobé et digéré la certitude de n'intéresser personne. Et même les nouveaux croyants qui fricotaient en prison avec des groupes islamistes radicaux et se laissaient persuader d'être des guerriers saints, même ces déracinés qui jugeaient la vieille Europe vouée à la ruine ne se servaient finalement de cet islam fait maison que pour se donner le sentiment d'avoir de l'importance.

Que faisait-on d'enfants que plus rien ne liait à la société civile ? Honnêtement, il n'en savait rien.

Bien, très bien, il irait donc à Marseille, il écrirait un article sur les guerres entre les gangs, cela le distrairait de Déborah et de sa jalousie. Ses collègues, eux, n'auraient qu'à s'occuper des tensions sociales partout perceptibles. Artisans en grève, enseignants indignés, agriculteurs en colère, sages-femmes en révolte, notaires, pharmaciens, médecins dans la rue… Ce n'était de toute façon pas le plus gros problème du pays. L'Histoire ne se répétait jamais. L'Histoire n'était même pas du domaine de l'Histoire, elle se métamorphosait dans la lumière du présent. Ceux qui craignaient qu'on en vienne à une deuxième prise de la Bastille s'étaient laissé aveugler par leur passé.

8

Marc arriva à Marseille un peu avant treize heures. À seize heures, il avait devant lui toutes les notes qu'il comptait utiliser et se lança dans la rédaction de son article. Une heure plus tard, il envoyait le texte. Ensuite, il appela Pierre pour s'excuser en bonne et due forme. Il s'était trompé. Il avait pensé devoir écrire les stupidités de mise sur les gangs de dealers, mais il s'était trouvé face à une réalité tout autre : cette fois-ci, on ne guerroyait pas à coup de couteaux et de poings américains, mais avec des kalachnikovs. Ce qui (il en convenait lui-même) était une différence infime, mais non négligeable.

Marseille avait toujours été le théâtre d'affrontements sanglants, mais personne, même au plus noir des guerres entre mafias corse et maghrébine, n'aurait jamais osé abattre son ennemi en pleine rue comme du vulgaire gibier. C'était ce côté "au vu et au su de tous", cette évidence et cette nonchalance avec laquelle un dealer, à un croisement, avait abattu d'une douzaine de rafales son concurrent de vingt et un ans qui l'intriguait. Non, impossible de banaliser cela sous l'étiquette du phénomène marginal. Ce n'était pas un épiphénomène aux confins de la prospérité, pas une petite étincelle de violence qui jaillissait pour s'éteindre ensuite, c'était quelque chose qui redéfinissait la norme. Une poignée de petits jeunes avaient rapporté au cœur de la ville le virus de la violence que toutes les promesses voyaient déjà éradiqué.

"Mais ils se battent pour quoi ? demanda Pierre.

— Pour le territoire où ils dealent.

— Avec des kalachnikovs ?

— Fraîchement importées de Libye. En ce moment, ça vaut dans les trois cents euros sur le marché noir."

Pour un dealer, c'était une broutille, ils le savaient tous les deux.

"Tu as parlé à la famille de la victime ?

— Oui, à sa sœur.

— Et ?

— Rien."

Elle lui avait raconté leur enfance à la Visitation, un quartier où trente pour cent des habitants vivent en dessous du seuil de pauvreté. À neuf ans déjà, son frère, de six ans son cadet, gagnait cent euros par jour comme guetteur, deux fois plus que leur père, un maçon qualifié. “La rue a avalé mon frère”, avait-elle dit en conclusion, et ces mots révélaient toute sa souffrance, et son fatalisme. C’était ce fatalisme, cette certitude que son frère n’avait jamais eu le choix, qu’il ne pouvait connaître d’autre destin que celui, tragique, du fils d’immigrés pauvres forcément condamné à finir en cadavre troué par les balles, cette certitude qu’il n’aurait jamais pu se relever, s’en aller et oser une autre vie ; c’était cette représentation du misérabilisme et de la fatalité qui avait poussé Marc à n’écrire du défunt que cela : qu’il était connu de la police comme appartenant au milieu des dealers.

“Mais pourquoi est-ce que tu ne veux rien dire de lui ?” avait demandé Déborah quand il lui avait raconté sa rencontre avec la sœur. Il avait quand même fini par l’appeler. “Tu ne m’en veux pas ? avait-il demandé.

— Mais non, bien sûr que non. Où est-ce que tu es ?

— À Marseille”, avait-il répondu, étonné lui-même de ce besoin qu’il avait de partager ses impressions avec elle.

Dans une cage d’escalier où l’on refaisait l’installation électrique, entre quatre ouvriers qui s’activaient, il lui avait raconté les dessins d’enfants accrochés par des aimants au frigidaire de la sœur, au milieu des bons de réductions, des recettes et des numéros de téléphone – des dessins comme des symboles. En les regardant, il avait vu le quotidien de cette femme, il l’avait vue réveiller ses deux filles le matin, leur peigner les cheveux, leur préparer un petit-déjeuner, les amener à l’école. Il l’avait vue travailler, faire ses courses, aller à son cours de yoga, préparer les repas, prévoir des vacances, payer des factures… Il avait aussi décrit à Déborah le salon et les meubles bien astiqués, le téléviseur flambant neuf et les fleurs coupées dans un vase. Même ce bouquet lui avait fait l’impression d’un acte d’accusation écrit à l’encre rouge. “Elle travaille comme comptable. Elle a une formation de technico-commerciale. C’est l’inverse de son frère et la preuve qu’il a failli.

— Tu es en colère contre elle ? s’était étonnée Déborah.

— Non. Qu’est-ce qui te fait dire ça ? Bien sûr que non. C’est seulement… C’est ce qui est, ici et maintenant, tu comprends ? Les enfants regardaient des dessins animés, elle m’a offert du café et j'ai goûté ses biscuits aux amandes, ils étaient délicieux, je le lui ai dit, et elle a fumé une cigarette en soufflant la fumée par la fenêtre de la cuisine entrouverte. Ce n'est pas une tragédie jouée en l'honneur de Dionysos. C'est Marseille à l'ère du génie génétique, des nanotechnologies, de la globalisation et des marchés mondiaux."

Et il ne voulait pas endosser le rôle du chœur qui, comme dans la *Médée* d'Euripide, raconte ce qui doit irrémédiablement se produire. Il n'avait pas choisi ce métier pour réduire le destin de ce dealer à quelques paroles édifiantes. Ce n'était même pas qu'il ne voulait pas : il ne pouvait pas limiter son travail de journaliste au simple fait d'écrire sur un jeune dont tous pensaient qu'il n'avait pas eu d'autre issue que de sacrifier à la violence et de succomber aux conséquences terribles de son choix. Certes, ces petits gars étaient assez souvent dotés de chacune des forces et faiblesses de caractère propres au héros tragique. Ils étaient aussi naïfs qu'impitoyables, aussi égarés que dénués de scrupules, aussi courageux qu'avides d'argent facile, aussi confiants en l'avenir qu'autodestructeurs. Et surtout, quand ils s'imaginaient pouvoir passer à travers les mailles du filet, ils n'étaient pas moins "innocemment coupables" ni moins aveugles qu'un Œdipe roi. Seulement, il ne s'agissait pas ici d'une tragédie grecque. Personne n'avait été condamné "d'en haut" à se glisser dans le rôle du dealer et encore moins dans la peau de celui qui mourait de mort violente. Oui, oui, l'immigration et la pauvreté, la pauvreté et la criminalité, la criminalité et la violence étaient liées les unes aux autres comme les maillons d'une chaîne, mais il n'irait quand même pas gagner son pain à raconter les faits comme s'ils étaient une suite d'implications contraintes les unes par les autres. Pouvait-on se débarrasser de ses schémas de pensée, de sa manière de fonctionner, pouvait-on se réinventer ? Il n'avait pas les clefs pour répondre à cette question. Mais sans qu'il en fût étonné, ce fut précisément dans ce contexte qu'il avoua son amour à Déborah. "Je rentre toujours dans ma coquille, mais il faudrait qu'on réfléchisse à un moyen d'y remédier", avait-il dit avant de raccrocher. Dans le genre déclaration d'amour, c'était un peu crypté. Mais il faisait de son mieux.

En tout cas, ici, à Marseille, il n'y avait plus rien à faire pour empêcher la catastrophe : la mort violente d'un jeune dealer allait allumer de nouveaux foyers de violence, c'était couru d'avance.

“Il y aura sûrement des représailles dès demain, dit-il à Pierre.
— C’est vraiment si grave ?
— Un guetteur se fait 4 800 euros par mois, celui qui stocke la drogue 5 000, le dealer dans les 9 000, et le bénéfice net va chercher dans les 110 000 euros par mois, soit 1,3 million par an, en liquide et non imposable. Alors si tu me demandes si ça va dégénérer, dans un quartier où les entrées d’immeubles puent la pisse, je te le dis : oui.
— Pourquoi est-ce que tu ne restes pas quelques jours de plus ?”
Parce qu’après les représailles, il y aurait forcément une riposte. Et après la riposte, une contre-attaque. Et après la contre-attaque, d’autres représailles. Parce qu’il n’était pas à la hauteur de cette spirale de la violence. Et parce que pendant ses études, on lui avait appris qu’un acte, même au sens le plus strictement utilitariste, n’est considéré comme bon que lorsque ses conséquences sont positives. Parce que même les utilitaristes n’entendaient finalement par “conséquences positives” que celles qui servaient le bien commun, et non la vengeance.
“Parce que je vais à Charfeuil. Tu te souviens, tu m’as accordé un congé”, répondit-il.
Il attendit une parade. Mais Pierre se montra clément : “OK, fit-il, d’accord.”

9

Il roulait trop vite, sans faire attention, sans mesurer les risques, et se contentait de réduire sa vitesse quand l’application installée sur son portable repérait un radar. Les tempes en feu, le sang battant au creux de ses oreilles. Et devant les yeux, les images incessantes de la violence. Il ne parvenait pas à s’en débarrasser, elles s’imposaient à lui, se mêlaient au paysage autoroutier, long et gris comme le canon d’une arme à feu.
Il n’avait pu déceler qu’une seule fois, brièvement, la présence de cet être incontrôlable en lui. Une découverte qui n’avait pas effrayé que lui. Avec Carletti, ils ratissaient le 19ᵉ arrondissement à

la recherche d'un indic. Ils étaient entrés dans l'un des immeubles délabrés qui servaient de plaque tournante de la drogue et ils les avaient trouvées, pas plus de seize ans, allongées sur un matelas dégueulasse, complètement défoncées, à côté d'un sachet d'héroïne vide. Marc s'était jeté sur les deux hommes en train d'abuser d'elles. Quand il les avait vues nues, sans défense, avec ce regard vide, quelque chose en lui avait déraillé. Il avait fallu trois policiers pour le séparer des hommes. De leurs corps, ils avaient formé un rempart autour de lui et l'avaient immobilisé.

"Du calme, du calme", lui avait répété Carletti, et sa voix, d'abord lointaine, était peu à peu parvenue jusqu'à lui et l'avait finalement apaisé. Un peu plus tard, dans la voiture, Carletti lui avait demandé : "Tu n'as jamais songé à une carrière de casseur professionnel ?

— Quoi ? (Marc avait bien saisi le ton ironique de la question, mais sans la comprendre.)

— Chapeau ! Tu as dû leur détruire la mâchoire et plusieurs côtes. Je ne te savais pas capable de ça."

Chapeau ? Carletti était-il vraiment en train de vanter ses capacités ? Quelles capacités ? Il frappait vite et fort, et c'était admirable ? Mais que fallait-il avoir au fond de soi pour pouvoir ainsi passer deux types à tabac ? Son arrière-grand-père avait été architecte, son grand-père l'une des têtes pensantes du pays et son père était un philologue reconnu. Tous les Rappaport et tous les Bourgueil avaient travaillé dur et supporté de nombreuses privations pour leur ascension sociale. Pour quel résultat ? Pour que leur piètre descendant se rabaisse au rang d'animal en faisant acte de violence ! En regardant par la vitre les passants du samedi soir, joyeux et insouciants, Marc avait senti la honte le submerger.

Quelques heures plus tard, quand il descendit de voiture, quelque part au fin fond de la province, il faisait froid et tout était calme. La première chose qu'il *entendit* en ouvrant la portière, ce fut le silence, bien plus imposant que la plus pénétrante des rumeurs quotidiennes de la grande ville. Il regarda sa montre. Vingt-deux heures quarante-cinq, et tout dormait déjà. En tournant en voiture dans les trois ou quatre rues du centre-ville (il n'y avait rien de plus), il avait vu quelques restaurants, un cinéma, quatre bars, un centre de bronzage, une onglerie, un fleuriste et un salon de beauté, mais presque personne. Trois promeneurs avec leur chien et, devant une brasserie qui proposait un menu du jour à huit euros, un groupe d'hommes qui riaient en se séparant. Un monde à l'abri de tout changement, un monde qu'Émilie avait fui.

Marc prit son sac dans le coffre, ferma la voiture et rejoignit l'entrée par un vieux chemin gravillonné. À Paris, la vie nocturne s'animait à peine.

Il entra dans l'hôtel, se planta devant la réception et attendit. L'avait-on entendu ? Il prit une pomme dans la coupe à fruits et croqua dedans, feuilleta la brochure d'information sur la ville, prit connaissance des différents services aux citoyens qu'on y proposait, des offres d'emploi et des manifestations à venir. Au bout d'un moment, une femme sortit du débarras, une caisse dans les bras. Sa démarche était vive, énergique, et sa voix jeune, mais il aurait pu jurer qu'elle avait dépassé les soixante ans depuis longtemps.

"Monsieur Rappaport ?" demanda-t-elle avec enjouement.

Bienvenue dans un monde sans peur ni méfiance. Bienvenue à Charfeuil, petite bourgade industrielle au milieu de nulle part, qui vantait dans sa brochure de présentation l'exposition de cactus organisée dans les nouveaux locaux du centre culturel.

Il hocha la tête.

"En personne.

— Laissez-moi juste le temps d'aller porter ça à la cuisine", dit-elle.

De retour, elle reprit aussitôt : "Vous avez fait bon voyage ? (Elle poursuivit la conversation tandis qu'il remplissait le formulaire qu'elle lui avait tendu.) Il fait plutôt frais aujourd'hui. Mais demain, le temps sera meilleur. (Elle prit sa carte de crédit.) Il y a de magnifiques chemins de randonnée dans la région. (Elle lui rendit sa carte.) Je vous ai mis la chambre la plus lumineuse avec balcon. Nous avons rénové il y a un an. Ça vous va ?

— C'est parfait", dit-il.

Dans les escaliers, elle parlait toujours, si attentive et pleine de prévenances que cela en devenait agaçant. D'où venait-il ? De Marseille. Et il habitait là-bas ? Non. Ce qui l'amenait dans leur jolie petite ville ? Oui, bonne question, que diable venait-il faire ici ? Est-ce que cela servait même à quelque chose ? Que cherchait-il ? Et pourquoi, sans crier gare, se sentait-il soudain si seul ? Comme si elle lisait dans ses pensées, elle annonça qu'en dehors d'une femme venue avec ses deux fils pour la confirmation du neveu de son mari, il était le seul client de l'hôtel. Il ne l'écoutait plus, gagné par une fatigue épaisse à laquelle il s'abandonnait. Elle voulait bavarder avec lui, mais lui ne voulait qu'une chose : prendre une douche chaude, se laver de Marseille. Il avait fui la ville avant qu'elle ne puisse lui transmettre le virus du désespoir. Il n'était pas vacciné contre. Après une seule journée dans les barres d'immeubles qu'on avait érigées pour les oublier aussitôt en même temps que leurs habitants, après une journée dans les quartiers des enfants au regard farouche, il craignait déjà que sa vie ne prenne une mauvaise tournure.

10

Marc se réveilla en sursaut avant l'aube : quelque chose tambourinait contre le bois des volets à demi fermés. Il pleut, songea-t-il dans une douce somnolence, sans suivre le fil de cette pensée, sans devoir en déduire quoi que ce soit. Il pleut. Enfin. Il aimait le bruit de la pluie. Surtout en été, quand elle dépoussiérait les feuilles qu'elle laissait brillantes et parfumées. Il ferma les yeux. Sa respiration redevint plus profonde, les mouvements de sa poitrine qui se soulevait et s'abaissait retrouvèrent leur régularité, puis quelque chose le ramena brusquement à la surface. Il chercha sa montre, qui n'était pas à la place habituelle. Il tâtonna dans le vide, étonné, et se rappela qu'il était à Charfeuil.

Sept heures dix. La luminosité gagnait du terrain. Des sabres de lumière tombaient sur une chaise, sur sa couverture, sur la table, et faisaient scintiller un verre d'eau à moitié plein. Il se leva, alla à la fenêtre, ouvrit les volets en grand et découvrit un arbre dont le feuillage abritait l'entrée, puis un ciel presque complètement dégagé. La journée promettait d'être belle. La chasse était ouverte.

Il aurait aussi pu prendre son petit-déjeuner à l'hôtel, mais il voulait se faire une idée de la ville. Il trouva un petit café qui lui sembla idéalement situé, se mit au comptoir, but un expresso et bavarda avec le patron en songeant avec nostalgie à celui qui lui avait enseigné l'art de poser des questions l'air de rien. Ce n'était pas sa famille juive hautement intellectuelle, mais le fils terre à terre d'un quincaillier d'Auvergne qui lui avait inculqué qu'en donnant une longueur d'avance à celui qui le détenait, le savoir n'était pas seulement un moyen de grimper plus haut, mais aussi – et c'était ce qui intéressait et avait toujours intéressé son grand-père – de devenir riche.

"Débrouille-toi pour savoir, peu importe comment. Peu importe ce que cela implique." Marc avait si souvent entendu ce dogme qu'il lui semblait insensé de le remettre en cause. Une seule fois, l'incorrigible sceptique en lui avait prudemment demandé : "Mais savoir *quoi* ?" Ils passaient sous les arcades de la rue de Rivoli pour aller boire chez Angelina l'un de ces délicieux chocolats chauds bien épais qui avaient fait la renommée du café. "Tu ne vois pas ?

— Non.

— Et tu n'es pas en train de me mener en bateau ?

— Mais non", avait-il assuré.

Ils s'étaient mis dans la queue, devant le café. Son grand-père s'était penché vers lui. "Ce qui est important, évidemment", lui avait-il chuchoté en faisant un petit signe à un serveur.

Avec le deuxième café qu'il buvait maintenant sur la petite terrasse – en réalité, seulement trois tables que le patron avait posées sur le trottoir –, il avait aussi commandé, tenté par l'odeur, un croissant tout chaud qu'il savourait en observant les allées et venues des passants. Jusqu'à la fin des années cinquante, la région de Charfeuil avait été une zone typique d'extraction du minerai de fer. Avec la fin de la sidérurgie, les problèmes habituels avaient commencé. Mais à la différence d'autres petites villes où le chômage était resté endémique après la fermeture des hauts-fourneaux et des aciéries, Charfeuil avait réussi à attirer de nouvelles entreprises. Dans cette ville qui n'était ni centrale ni bien desservie s'était installée une usine chimique qui dominait le bourg depuis les années soixante-dix. Charfeuil n'était pas riche, mais la plupart des ménages y percevaient un salaire imposable. Et c'était déjà beaucoup. Les infrastructures fonctionnaient. On pouvait aller chez le coiffeur, au cinéma, et ce matin-là, alors que la journée promettait d'être caniculaire, pas moins de trois livreurs barraient la route avec leurs camions. Le boucher réceptionna un quart de bœuf, un bistrot prit livraison de légumes, et l'épicerie de tout un tas de babioles. Les petits commerçants ouvraient leurs boutiques. Les parents tiraient leur progéniture en direction de l'école, sans doute toute proche à en juger par les piaillements des enfants. Marc entendit la cloche sonner, et le silence se fit. Pendant un moment, il fut seul, assis là comme sur une scène illuminée peu avant l'entrée des comédiens. On n'entendait que les bruits entrechoqués de la vaisselle qu'on lavait et rangeait dans la cuisine du café. Ensuite, le facteur fit son entrée, et dans les gestes habitués de l'homme aux cheveux roux qui sortait les lettres et les paquets de sa sacoche pour les trier, Marc reconnut une routine de plusieurs années. Vers neuf heures, enfin, une jeune mère passa devant les magasins avec une poussette. Non, on ne faisait pas de lèche-vitrine à Charfeuil, on ne flânait pas dans ses rues par plaisir, on ne cherchait pas à y être vu, on n'y attendait rien ni personne. Un jour ouvrable, terne et dépourvu de toute insouciance. Il paya l'addition quand le premier alcoolo commanda sa première bière au comptoir. Le soleil inondait maintenant toute la largeur du trottoir. Marc avait chaud, et il quitta sa veste pour traverser la ville désertée en direction du lycée.

L'établissement se révéla être une construction préfabriquée, avec d'immenses fenêtres qui renvoyaient tellement la lumière qu'en montant le large escalier en béton jusqu'à la porte d'entrée, Marc plissa les yeux.

Un jour, son père et son grand-père avaient eu des mots à propos de ce type de bâtiments, mais de toute façon, quel que soit le sujet, même le plus dérisoire, ces deux-là finissaient toujours par se faire la guerre. Ils étaient au minigolf : Marc, l'adorable petit prince héritier, en avait émis le désir. Il tenait à la main un bloc sur lequel il avait écrit *Grand-père, Maman, Papa, Moi*, quand son père avait commencé : “Il paraît que tu te lances aussi dans la rénovation de l'habitat social, maintenant ?

— Et tu as quelque chose à y redire ?

— Si ça signifie que tu rénoves des immeubles bien situés pour les revendre plus cher…

— Bien situés ? Quand est-ce que tu es allé à Maubeuge pour la dernière fois ? Tu n'y as jamais mis les pieds, j'imagine.

— Mais ce doit quand même être plutôt rentable, non ?" avait répliqué son père, qui peinait à maintenir le ton nonchalant sur lequel il avait commencé la passe d'armes.

Ils étaient arrivés à la troisième piste. Hubert Bourgueil, en position pour le coup suivant, s'était délibérément adressé à sa fille : "Aurais-tu la gentillesse d'expliquer à ton époux que je mets des appartements de location à disposition des ménages à faibles revenus ?

— Et qui paie la rénovation ? La commune ? Le département du Nord ? Ou peut-être plutôt tes chers amis de la Chambre des députés ?

— Mais qu'est-ce que tu insinues ? Qu'est-ce qu'il insinue, Sibylle ? s'était emporté son grand-père, s'éloignant de quelques pas avant de revenir à la charge : Je dirige un grand groupe, mon ami. J'ai trente-trois mille employés. Je fais vivre trente-trois mille personnes.

— Tu ne m'impressionnes pas, avait répliqué son père. Pas toi.

— Et toi, tu en es où ? Que fait mon cher gendre pour le bien de tous ? Tu as fait quoi l'année passée, à part juger du bien et du mal ? Et l'année d'avant ? Et encore avant ?

— S'il vous plaît, pas devant le petit ! avait supplié sa mère, mais son grand-père avait poursuivi, inflexible :

— Monsieur écrit des articles que personne ne lit. Monsieur tient des séminaires auxquels assistent quatre étudiants et demi. Moi, au moins, je sais ce que je fais. Six milliards de chiffre d'affaires l'année dernière, voilà ce que je fais.

— Tout le monde sait très bien ce que tu fais, avait crié son père sans plus aucune retenue, et une grosse veine était apparue sur sa tempe.

— Est-ce que tu sais, Marc, que ton père n'a encore jamais travaillé dans une entreprise ?

— Laisse mon fils en dehors de tout ça ou…

— Ou bien quoi ? l'avait défié le vieil homme en rage. Ou bien quoi ?"

Marc avait senti la main rassurante de sa mère sur son épaule. “Je crois que c’est à moi de jouer, mon chéri, non ? avait-elle demandé, et le cœur battant, il avait regardé sur son carnet et hoché la tête. Bien, alors nous allons voir si je suis aussi douée que ton grand-père”, avait-elle dit et, saisissant la petite balle blanche, elle l’avait placée sur la piste, avait empoigné le club de minigolf et frappé avec détermination.

Quelques jours plus tard, Marc avait pu admirer dans toute sa splendeur le déclencheur de la querelle. “Il y a quoi, là-dedans ?” Il montrait du doigt le petit écrin Cartier recouvert de cuir rouge posé sur la table de nuit de sa mère. “Une broche. Tu veux la voir ? (Sa mère avait ouvert la boîte et lui tendait un perroquet en or serti de saphirs jaunes et orangés, de diamants et d’émeraudes.) C’est grand-père qui me l’a offerte pour mon anniversaire.”

Du haut de ses neuf ans, il n’avait évidemment pas vraiment compris ce que c’était de pouvoir dépenser cent mille francs pour un cadeau. Mais au regard gêné de sa mère, il avait saisi que, pour un foyer qui avait choisi de se contenter de deux salaires de professeur, le cadeau était démesuré. “Mais elle est jolie, non ?” avait-il demandé, comme pour prendre la défense de son grand-père. “Oui, bien sûr, s’était-elle empressée de répondre. Mais peut-être un peu trop jolie.” Et avec sa sensibilité déjà à fleur de peau, Marc avait compris cette réponse aussi. N’était-il pas lui aussi tiraillé ? Partagé entre ces deux hommes qu’il aimait ? N’était-ce pas chaque fois un déchirement ? Le bijou toujours entre les mains, il avait su qu’elle rendrait la broche. Il avait grandi dans la croyance qu’on devait choisir son camp. Droite ou gauche. Pauvre ou riche. Noir ou blanc. Qui avait ainsi partagé le monde ? Son père ? Son grand-père ? Il n’en savait rien. Sa mère, en tout cas, estimait avoir fait le choix d’une vie qui ne lui permettait pas d’accepter cette broche. Pendant des années, Marc l’avait vue aux prises avec cette existence – son existence – qui lui demandait des sacrifices qu’elle jugeait insensés, mais consentait quand même à faire parce qu’elle croyait devoir s’interdire tout ce qui ne correspondait pas aux possibilités des gens qu’ils fréquentaient. Ces principes sévères qu’elle s’était imposés, son fils, lui, en était libéré. Elle ne le sacrifiait pas sur l’autel de ses exigences morales. Il n’avait à nier ni ses origines ni son grand-père. Il était autorisé à être tout ce qu'il était. Si cette broche avait été un cadeau pour lui, il aurait pu la garder, et même la perdre. Elle, en revanche, l'avait rendue, et Marc, assis sur le rebord du lit dans la chambre à coucher de sa mère, le bijou dans les mains, avait commencé à comprendre qu'elle prenait sur elle toutes ces privations non pas pour se sentir libre, mais pour expier une faute dont la teneur restait pour lui mystérieuse.

11

De Paris, il avait pris rendez-vous avec la directrice de l'ancien lycée d'Émilie. Elle l'attendait dans le hall d'entrée et discutait avec le concierge d'un problème quelconque en montrant du doigt une porte voisine.

"Par ici", dit-elle en le voyant. D'un pas rapide, elle guida Marc le long d'un couloir dont le sol était recouvert de lino, et il constata que son aversion pour les établissements scolaires était demeurée intacte. Il abhorrait les plantes vertes qui poussaient dans des jardinières en béton censées rendre l'atmosphère plus agréable, tout comme les œuvres d'art des élèves qui décoraient les murs et, plus encore, l'odeur de sueur qui régnait dans les couloirs. Mais ce qui lui déplaisait le plus, c'était l'idée que derrière chacune de ces portes fermées, on modelait du matériel humain.

Ils montèrent au deuxième étage tandis que la directrice, d'un mouvement de tête ou d'un sourire, saluait les collègues selon le rang qu'ils occupaient dans la hiérarchie de l'école.

"Nous sommes un lycée professionnel, dit-elle alors qu'ils passaient devant le CDI, notre objectif est de préparer les élèves au monde du travail."

Marc jeta un coup d'œil dans la salle. Devant le comptoir d'emprunt, un petit gars trapu à peine sorti de l'enfance tenait un très petit livre dans sa très grosse main.

"Nous travaillons en étroite collaboration avec les entreprises de la région ; il faut éviter que les jeunes ne s'inscrivent au chômage à peine sortis du lycée.

— Quels sont les secteurs que vous proposez ?

— « Professions sociales et de santé » et « Génie chimique ». Le plus gros employeur de la région est un groupe chimique, et c'est aussi l'entreprise qui forme le plus d'apprentis depuis des années. Par ici, je vous prie."

Elle tourna au coin du couloir, ouvrit la porte de son bureau, s'excusa du désordre et l'invita à prendre place.

Marc attendit d'être assis pour l'examiner brièvement, constatant avec surprise qu'elle n'était pas laide, et même plutôt jolie. Elle avait le teint clair, des traits fins, un nez proche de la perfection. Elle était de ces vraies blondes aux cheveux longs chatoyants, et, sous sa robe en coton ample qui ne soulignait rien parce qu'il aurait été déplacé de le faire, on devinait un corps musclé. Une beauté intemporelle, mais dépourvue de sensualité. Ce qui, justement, la rendait désirable en cet instant.

"Donc, vous voulez écrire un article sur notre établissement ?" demanda-t-elle.

Notre établissement – adjectif possessif. L'appropriation ne pouvait pas être établie plus clairement. Il allait devoir la décevoir. Il ne s'intéressait qu'à une seule élève, et celle-ci n'avait aucun lien d'appartenance, ni même aucun autre lien avec cette femme qui le regardait de ses grands yeux bleus attentifs.

"Je fais des recherches sur une ancienne élève. (Encore un peu, et il aurait dit « détenue ».) Émilie Thevenin. Elle a passé son bac ici en 1983."

Elle attendit la suite, mais Marc avait décidé d'y aller doucement.

"En 83, vous dites ? demanda-t-elle finalement.

— Oui.

— Émilie comment ?

— Thevenin."

Elle paraissait déçue. Elle avait espéré qu'il étalerait devant elle quelque chose de sensationnel. Quand même, il avait fait le voyage depuis Paris ! Marc ne se laissa pas déconcerter par son soudain manque d'intérêt.

"Je suppose que vous avez un fichier pour chaque classe et chaque année.

— Oui, nous avons ça."

Il la dévisagea avec une curiosité non dissimulée. Quel âge avait-elle ? Trente-cinq, quarante ans – pas plus. Que pouvait bien faire cette belle diplômée de quarante ans dans un trou dont la seule attraction à des lieues à la ronde était un centre commercial qui ne se trouvait même pas en ville ? S'ennuyer, quoi d'autre ?

"Vous vous demandez sûrement pourquoi je m'intéresse à cette élève ?"

Un peu d'émotion ne pouvait pas lui faire de mal.

"Pour être franche, c'est la question que je me pose, oui.

— En réalité, je n'ai aucun lien personnel avec Émilie Thevenin (introduction en douceur). Je ne la connais pas. Je ne connais même pas sa famille. Je ne l'ai jamais vue et je ne la verrai jamais (d'accord, c'était un peu gros). Elle a été étranglée à Paris il y a trente ans.

— Vous ne voulez quand même pas dire…" Elle n'alla pas jusqu'au bout de sa pensée.

Marc n'aurait pas su dire si l'idée d'avoir peut-être pour voisin un assassin lui déplaisait ou non.

"Je ne pense pas que le meurtrier vive à Charfeuil, précisa-t-il, mais je pense que c'est ici que l'histoire a commencé. Seulement, je ne sais pas exactement ce qui a été mis en branle ici ni ce que je cherche. Mais comme il faut bien commencer quelque part, j'ai décidé de me pencher sur sa scolarité. (Évidemment, il aurait pu lui dire que la victime et l'épouse du meurtrier supposé avaient fréquenté ce lycée en même temps, mais il ne le fit pas.) J'aimerais retrouver ses camarades de classe pour leur poser quelques questions. Avec un peu de chance, il en ressortira quelque chose, et sinon, eh bien… j'aurais fait ce long voyage pour rien."

On frappa à la porte, et une jeune fille très intimidée parut, accompagnée d'un professeur. En une fraction de seconde, la belle quarantenaire redevint directrice corps et âme.

"Vous m'excusez un instant", dit-elle en changeant de ton, et elle se leva pour rejoindre les visiteurs à la porte.

Tandis qu'elle s'entretenait avec le professeur d'une voix ténue, mais ferme, Marc regarda autour de lui. Des dossiers étaient empilés sur le bureau, ainsi qu'à gauche et à droite de son fauteuil, de sorte qu'elle devait franchir une montagne de documents pour aller s'asseoir. Sur le bureau, à gauche, une paire de lunettes d'homme était posée sur une pile de livres. Quatre noyaux d'abricots dans un cendrier et un pot de yaourt vide indiquaient qu'elle avait pris son petit-déjeuner en travaillant ; le bouquet de fleurs fanées, quant à lui, disait qu'elle n'avait pas le temps de s'occuper, en plus de tout le reste, de la décoration de son bureau.

Quand elle revint d'un pas sonore, Marc remarqua que les talons de ses chaussures étaient usés de manière irrégulière. Avec les boutons manquants et les vêtements décousus, les chaussures usées étaient l'un des péchés capitaux que sa mère, sans revendiquer leur expiation éternelle aux enfers, jugeait néanmoins impardonnables. Cette femme qui se fichait bien des règles de bienséance, Marc la trouvait bien sympathique. Et si ce qu'il supposait d'elle était juste, elle ne négligeait pas seulement ses chaussures, mais aussi toute sa vie privée.

"Je sais que vous n'avez aucune raison de m'aider.

— En effet, répondit-elle.

— Mais vous n'avez aucune raison non plus de ne pas m'aider, si ?

— Tout dépend de ce que vous voulez savoir exactement.

— Vous pourriez me laisser consulter le fichier qui concerne la classe d'Émilie Thevenin ?

— Nous ne faisons de saisie numérique que depuis vingt ans.

— Et où sont stockés les dossiers plus anciens ?"

Elle ne répondit pas tout de suite.

"À la cave.

— Il me faudrait juste la liste des camarades de classe d'Émilie. (Certains étaient peut-être restés à Charfeuil et s'il n'attendait pas d'eux de révélations sensationnelles, il espérait au moins pouvoir se faire une idée à partir des fragments de vérité qu'on voudrait bien lui fournir.) Est-ce que vos professeurs sont tenus de donner leur impression sur les élèves ? demanda-t-il encore, suivant une autre inspiration.

— Comment ça ?

— Je veux dire : est-ce qu'en plus des résultats scolaires, il y a aussi des appréciations sur le caractère de l'élève et sur ses problèmes, s'il en a ?

— Je ne sais pas si je suis autorisée à vous les faire lire."

Il y avait donc des indications de ce type. Très bien.

“Émilie est morte. Elle a été assassinée. Et je crois qu’elle n’aurait pas vu d’inconvénients à ce qu’on communique ses données personnelles à quelqu’un qui veut élucider le meurtre dont elle a été victime”, dit Marc d’une voix qu’il trouva lui-même un peu trop grandiloquente.

Mais la directrice dut ressentir les choses différemment puisqu’elle répondit :

“D’accord, je vais voir ce que je peux faire.”

12

Marc la suivit jusqu’à un vaste sous-sol, un dédale de couloirs et de recoins à l’inverse du hall d’entrée qui formait au-dessus d’eux un grand espace ouvert et lumineux.

“Qu’est-ce que vous stockez là-dedans ?” demanda-t-il en montrant les portes fermées.

Un petit sourire moqueur passa sur le visage de la directrice.

“De la boîte de conserve aux équipements de sport, tout ce qu’on garde pour ne plus jamais s’en servir, dit-elle, et quand ils arrivèrent devant une porte en acier : Nous y voilà.”

Elle ouvrit la porte avec sa clef, alluma le plafonnier, et il se retrouva face à un labyrinthe de boyaux débordant de boîtes à archives. Toute la pièce était occupée par des étagères qui couraient d’un mur à l’autre à distance égale les unes des autres.

La Bibliothèque nationale de Russie, à Saint-Pétersbourg, abritait plus de trente millions de volumes. Celle du Trinity College, à Dublin, comptait quatre millions de livres, et la bibliothèque Mazarine plus de cent mille ouvrages. Pendant des siècles, les monarques et les souverains avaient réuni manuscrits et livres précieux en signe de leur puissance ; mais à quoi diable les directeurs de cet établissement avaient-ils pensé en conservant les dossiers de leurs élèves dans des boîtes à archives grises trouées d’un cercle où glisser le doigt pour les attraper ?

“Vos prédécesseurs étaient collectionneurs ?”

Elle laissa enfin échapper un rire.

“Ils s’intéressaient à tout ce qui jaunit.

— Quand ces archives ont-elles été créées ?

— Aucune idée.

— Et *pourquoi* ont-elles été créées ?

— Ça aussi, c’est un mystère.

— Vous savez comment c’est classé ? Par années ? demanda-t-il avec un brin d’anxiété.

— En théorie, oui, répondit-elle. Mais ici, c’est souvent la loi de la paresse qui prévaut.”

Marc savait malheureusement ce que cela signifiait pour lui.

Elle lui annonça qu’elle devait remonter pour une réunion, mais promit de redescendre dès que possible, et il resta seul dans la cave, face à ce qu’elle avait appelé dans un élan lyrique “la mémoire de l’établissement”.

Il avait onze ans quand son père, pour des raisons pédagogiques, avait eu l’idée de lui verser son argent de poche sur un compte d’épargne. Une autre mesure éducative avait été de lui offrir un classeur de la marque Leitz et de l’inciter à tenir ses comptes. *Loisirs*, *École*, *Économies*, avait écrit Marc de sa plus belle écriture sur les intercalaires que son père lui avait donnés, soucieux qu’il puisse “mettre de l’ordre dans ses affaires”. Un peu plus tard, Marc y avait ajouté les mots-clefs *Appareil dentaire*, *Langues* et *Vacances*. Le classeur qui devait encore prendre la poussière dans la maison familiale n’avait pas su faire entrer les notions d’ordre, d’économie et d’application dans son esprit précoce et malmené par les hormones, pas plus que les boîtes qu’il avait maintenant devant lui ne renfermaient sous leur couvercle gris quelque chose qui aurait pu ressembler à *la mémoire de l’établissement*. Il n’empêche : jour après jour, des jeunes gens avaient fréquenté ce lycée. Jour après jour, ils y avaient forgé et abandonné des projets, causé et réglé des problèmes, ils y avaient souffert et fait souffrir, y avaient tissé et déjoué des intrigues. C’est ici qu’avaient eu lieu les expériences dont ils se nourrissaient encore aujourd’hui ; ici qu’ils étaient tombés amoureux pour la première fois, qu’ils avaient rompu, puis réparé les pots cassés et continué leur chemin. C’était dans cette cour, très probablement, qu’Émilie avait fumé sa première cigarette, soupiré après son premier amour, échangé son premier baiser.

Marc s'approcha d'une étagère et saisit une boîte à archives au hasard. *1974*. Il avança jusqu'à trouver l'année *1980* et sortit de la boîte une chemise sur laquelle quelqu'un avait écrit à l'encre bleu foncé *Seconde 2, 1980-81*. Il parcourut la liste des élèves. Rien. Il remit la chemise à sa place et saisit la suivante. Toujours rien. À la troisième chemise, il trouva ce qu'il cherchait. Émilie Thevenin comptait parmi les vingt-trois élèves de la seconde 3. Il s'adossa à l'étagère et commença à lire, parcourut le programme d'enseignement, l'emploi du temps, les conseils pour choisir ses options et les remarques des professeurs. Suivait une liste des entreprises visitées. Chapeau, ils avaient fait toutes les boîtes du coin, visité une boucherie de gros, une boulangerie, un abattoir, une menuiserie, des entreprises de dix, cent, trois cents salariés et, bien sûr, le plus gros employeur du département, le groupe chimique. Chaque fois, un élève plus ou moins dégourdi avait rédigé un rapport.

Aujourd'hui, nous sommes allés chez A. Nous avons été chaleureusement accueillis par monsieur B. Notre classe a été répartie en deux groupes, et la visite a commencé.

Aujourd'hui, nous étions chez C. Monsieur D. nous a consacré plus de deux heures de son temps et donné l'occasion de faire une visite très détaillée et complète de tous les secteurs de l'entreprise.

Aujourd'hui, nous avons eu la possibilité d'en apprendre plus sur E. et de mener un entretien avec F., le chef de filiale.

Aujourd'hui, nous avons pu découvrir tout G., à commencer par la réception des marchandises.

Pas un mot sur le chômage partiel, les salaires, les licenciements. L'esprit critique ne faisait pas partie des matières enseignées au lycée de Charfeuil. Venaient ensuite cinq pages concernant l'organisation d'une fête. Enfin, Marc arriva aux bulletins et trouva celui d'Émilie Thevenin.

"Sans histoire" fut la première chose qui lui vint à l'esprit quand il eut refermé le dossier. Une élève tellement "sans histoire" que dans un dossier de plus de cent pages, seul un bulletin lui était consacré, qui ne contenait lui-même que des remarques on ne peut plus vagues : *Satisfaisant. Résultats convenables. Correct. Élève conforme aux attentes*. Les professeurs avaient-ils vraiment *vu*

Émilie ? Mais pourquoi se seraient-ils souciés plus que ça d'une élève en tout point conforme aux attentes ? Dans la boîte à archives datée de l'année suivante, les choses étaient déjà différentes :

Émilie est une élève très éveillée.
Émilie apprend avec plaisir et s'entend bien avec ses camarades.
Émilie Thevenin est appréciée de toute sa classe pour son ouverture d'esprit et sa gentillesse.

Que s'était-il passé ? Était-elle tombée amoureuse ? Peut-être. Peut-être avait-elle simplement trouvé son chemin. Au chapitre *Orientation professionnelle* (un entretien auquel un certain Jean-Robert Gigois convoquait tous les élèves l'année avant le bac), elle avait non seulement formulé ses projets d'avenir de manière claire, mais les avait aussi défendus contre toutes les réticences opposées.

Ai fait remarquer à Mlle Thevenin qu'elle ne disposait pas du budget lui permettant de faire des études dans une autre ville,

avait noté Jean-Robert Gigois, qui avait jugé nécessaire de consigner cette conversation jusque dans ses moindres détails.

Ai fait remarquer à Mlle Thevenin que Paris n'entrait pas dans le cadre des possibilités financières de sa famille. Ai demandé à Mlle Thevenin si elle pensait avoir le niveau requis pour entreprendre des études à Paris. Ai expliqué à Mlle Thevenin que les bourses n'étaient accordées que pour une durée limitée.

Le grand-père paternel de Marc aurait dit de M. Gigois : *"Wenn er iz tzvey mol azoy klug, wollt er geweysen a goylem !"* Même deux fois plus intelligent, ce M. Gigois serait resté un pauvre sot frustré, de ceux qui trouvaient à chaque solution un problème adapté. De loin la plus dangereuse catégorie d'êtres humains.

Émilie Thevenin, avait noté Gigois en conclusion de son discours résolument pragmatique (et si réfractaire qu'il en devenait presque risible), avait décidé de ne pas assujettir le choix de son métier aux paramètres régionaux et économiques. Mais par quoi s'était-elle laissé guider dans ce cas ? Par son entrain. Sa curiosité. Par sa joie de vivre. Son appétit juvénile. Par Paris.

La dernière boîte à archives – *Année scolaire 1982-83* – donnait à voir un changement radical : *Émilie Thevenin ne participe que rarement en cours* (au chapitre Comportement social). *Émilie doit constamment être rappelée à la tâche* (Motivation). *Les devoirs rendus par Émilie sont trop souvent incomplets* (Application).

Que s'était-il passé ? Qu'était-il advenu de ses ambitions, et de son désir de faire des études d'histoire à la capitale ? Elle qui avait vaillamment défendu sa position face à Gigois le chicanier, elle avait renoncé ? Pourquoi ? Marc poursuivit sa lecture et finit par tomber sur une explication elliptique : dans le bulletin du premier semestre, Mme Rodier, le professeur d'anglais, invitait la directrice à *faire preuve d'indulgence compte tenu de la situation familiale difficile*.

Cette Mme Rodier devait faire allusion à la mort du père. Et apparemment, elle avait voulu venir en aide à la jeune fille. Que savait-elle exactement ? Marc comptait bien le lui demander. Il ouvrit son carnet et écrivit : *Mme Rodier*. Puis il se replongea dans les archives. Le professeur d'anglais avait donné des cours de soutien à Émilie dans plusieurs disciplines. Ce qui signifiait que la direction de l'époque, elle aussi, avait épaulé Émilie. La jeune fille avait-elle pu combler ses lacunes ? En tout cas, elle avait obtenu le nombre de points requis et réussi son bac. Même si ce n'était que de justesse.

Marc nota les noms de tous les élèves de la classe, puis se mit en quête des chemises qui concernaient la scolarité de Caroline Neuhart, née Lisfranc. Elle avait pu fréquenter un établissement de Rosaires, le lycée technique ou encore le lycée catholique qui préparait au bac ainsi qu'aux métiers de l'hôtellerie et de la restauration, mais Marc n'y croyait pas trop. Trois quarts d'heure de trajet tous les jours : à moins de vouloir absolument devenir chef cuisinier, ce n'était pas le genre d'option qu'on choisissait s'il y en avait d'autres.

Trois lycées professionnels se disputaient les élèves de cette zone géographique, offrant tout ce qu'on appelait volontiers "une solide formation pratique". L'expérience du chômage était trop ancrée dans cette région, elle avait trop profondément modifié son patrimoine génétique pour que l'enseignement s'attarde sur des matières qui n'apportaient pas aux jeunes la garantie d'un revenu sûr. Telles étaient les règles de l'institution. Et Émilie s'était insurgée contre ces règles, sans reconnaître les mécanismes invisibles et silencieux qui poussaient la nouvelle génération à se conformer sagement au rôle social qu'on lui attribuait.

Non, ce n'était pas à Charfeuil qu'on formait la relève intellectuelle. Pas plus qu'on y formait une jeune historienne. Les enfants n'avaient pas cette liberté d'action. Ils avaient visité toutes les entreprises possibles, mais pas une seule université. Quels modèles auraient-ils pu imiter ? À quoi les avait-on préparés, sinon à continuer de vivre la vie de leurs parents ? Si Émilie avait choisi une profession convenable, prothésiste dentaire ou secrétaire trilingue, personne ne l'en aurait empêchée. Mais des études d'histoire !

Marc prit soudain toute la mesure de la révolte d'Émilie. Du scandale que représentait le choix de la réflexion comme seul métier et emploi. Du scandale qu'il y avait à se croire autorisée à réfléchir. À se juger prédestinée pour la pensée alors qu'elle n'avait rien à faire valoir : ni héritage culturel, ni argent, ni même de bons résultats !

Émilie, celle qui s'en alla pour connaître la peur. Dans le conte des frères Grimm, le héros arrivait dans un château hanté qu'il débarrassait des mauvais esprits, ce qui lui valait d'épouser la fille du roi. Mais dans les contes, il suffisait pour être récompensé d'être assez téméraire, ou même assez insouciant, et d'affronter les dangers auxquels aucun être sensé ne voulait se mesurer. Sauf qu'ici, ce n'était pas un conte, c'était la France, et de telles transgressions n'y avaient pas toujours l'effet espéré.

Marc connaissait l'immense volonté qui pouvait animer les jeunes filles et ce dont elles étaient capables. Que l'une de ces filles discrètes, invisibles, prenne une décision, et elle surmontait alors toutes ses craintes, tous les obstacles qui se présentaient sur sa route, et n'avait plus d'yeux que pour son objectif. On pouvait arrêter un moment ces filles et rendre leur avancée plus difficile, mais on ne pouvait jamais les empêcher de continuer. À moins… À moins de quoi ? De se débarrasser d'elles ? Émilie avait tenté quelque chose, elle avait aspiré à un résultat, s'était mis en tête d'atteindre un objectif, et quoi que ce fût, elle avait fait preuve de détermination. Elle avait fait tout son possible, ça oui – et échoué.

13

Caroline Lisfranc, apparemment, n'avait pas plus intéressé ses enseignants qu'Émilie, de deux ans son aînée. Personne ne s'était plaint de cette élève, personne n'avait non plus fait son éloge. Une gentille petite provinciale, trop réservée pour être seulement remarquée. Marc étudia les différentes chemises, mais ne trouva rien d'autre que le déroulement monotone d'une scolarité sans éclat. Une seule fois, Caroline s'était retrouvée sous les feux de la rampe en remportant le deuxième prix d'un concours de lecture en langue étrangère.

Où Émilie et Caroline s'étaient-elles rencontrées ? Au club de sport, sûrement. Mais encore ? Quel lien y avait-il eu et, d'une certaine manière, y avait-il encore entre elles aujourd'hui ? Les archives n'en disaient rien.

Assez. Il avait passé suffisamment de temps dans la cave. Il n'y avait plus rien à y apprendre. Marc remit les boîtes à archives en place, éteignit le plafonnier et, en remontant, dut affronter le tumulte bruyant d'une récréation. De toutes les classes, les élèves affluaient vers la cour. Il se fraya un chemin à travers le bruit, les rires, les coudes, les torses, parvint finalement à atteindre la porte de la directrice, frappa et fit jouer la poignée, mais le bureau était fermé à clef. Il trouva la directrice dans le jardinet que les élèves avaient aménagé juste derrière la cour de l'école.

“Nos tomates sont pleines d'araignées rouges, dit-elle en le voyant, avec ce narcissisme qui était parfois le propre des personnes soucieuses. Clément, Clément ! (Elle fit signe d'approcher à un garçon au nez fin et pointu.) Les araignées rouges sont revenues, va le dire à M. Perrin… C'est le concierge”, précisa-t-elle pour Marc.

Avant de s'éloigner en courant, Clément prit la peine de dévisager Marc avec une curiosité non dissimulée et de se demander s'il avait devant lui un nouveau professeur ou le petit ami de la directrice.

“L'année dernière, elles ont eu raison de nos myrtilles. Et maintenant, les tomates ! Regardez. (Elle tendit une feuille à Marc.) Retournez-la. Vous voyez ? On repère déjà bien leurs toiles.”

Il prit la feuille, y jeta un coup d'œil, puis demanda :
"Vous connaissez une Mme Rodier ?
— Rodier ?"
Elle voulait se plaindre de ses malheurs, mais il n'avait pas fait tout ce chemin jusqu'à Charfeuil pour deviser avec elle sur les araignées rouges.
— Elle a été professeur d'anglais ici.
— Monique Rodier ?
— Si cette Monique Rodier a enseigné l'anglais ici, alors oui, c'est la Mme Rodier dont je parle.
— Je la connais, dit-elle, oui. Pourquoi ?
— Vous savez comment je peux la contacter ?"
La directrice avait aperçu le concierge.
"Monsieur Perrin, appela-t-elle, monsieur Perrin !", et elle partit dans sa direction.
Marc la suivit.
"Je suppose qu'elle est déjà à la retraite ?
— Oui, mais elle s'occupe de notre club de lecture.
— Dans ce cas, vous avez certainement son adresse."
La directrice s'immobilisa et le regarda.
"Pourquoi ?
— Parce que je voudrais l'interroger sur Émilie Thevenin. Elle a été son enseignante."
C'était un bras de fer. Et il ne faisait aucun doute qu'il en sortirait gagnant.
"Ou un numéro de téléphone. Un numéro de téléphone, ça me va aussi."
Elle sembla hésiter, mais quand M. Perrin, la mine soucieuse, s'avança vers eux, elle ne tarda plus à prendre sa décision.
"Allez au secrétariat et dites-leur que je suis d'accord, qu'elles peuvent vous donner le numéro et l'adresse de Mme Rodier."
En s'éloignant, Marc les entendit encore débattre de la meilleure façon de combattre les parasites sans insecticide, et l'idée que deux adultes tentent de sauver quelques pousses dans le jardinet d'une école le mit de bonne humeur.
Marc les laissa à leur discussion et prit la direction du secrétariat. Quelle entreprise absurde comparée à l'échelle de l'évanescence, songea-t-il en montant l'escalier d'un pas vif. Mais que dire

de son projet de sauver une morte ? Avait-il davantage de sens ? Il sourit à la secrétaire de son plus beau sourire, obtint ce qu'il voulait et sortit. Il transpirait tellement que sa chemise lui collait dans le dos. L'idée lui traversa l'esprit de rentrer prendre une douche à son hôtel, mais il préféra tenter sa chance tout de suite. Il s'assit sur les marches, devant le lycée, et observa un groupe de jeunes qui fumaient. Le meneur de cette petite bande hétéroclite plaisantait et récoltait les rires conquis des filles.

Marc composa le numéro.

Elle décrocha à la troisième sonnerie.

"Oui ?

— Monique Rodier ?

— Un instant, je vous prie", répondit-elle.

Elle avait une voix agréable, et elle écoutait au volume maximal le *Concerto pour piano nº 21 en ut majeur* de Mozart.

"Oui, allô, qui est à l'appareil ? demanda-t-elle après avoir baissé le son.

— Mon nom est Marc Rappaport. Je suis journaliste et j'enquête sur la mort d'Émilie Thevenin. Vous avez été son professeur d'anglais, il y a trente ans ; j'aimerais bien venir vous voir pour vous poser quelques questions."

14

En arrivant devant chez elle, Marc était encore tout étonné de la rapidité avec laquelle la vieille dame avait accepté qu'il lui rende visite. Elle aurait pu se montrer distante, donner un prétexte quelconque pour se débarrasser de lui, au lieu de quoi, elle avait dit : "Vous n'avez qu'à passer."

Une femme pleine d'obligeance, songea-t-il alors que la porte s'ouvrait, mais quand l'ancienne enseignante parut et lui tendit la main, il eut un moment de flottement. Elle dut remarquer son hésitation et lui demanda si tout allait bien.

"C'est juste que… vous ressemblez beaucoup à quelqu'un que je connais, répondit-il.

— Ah bon, et je peux vous demander à qui ?
— À ma tante."

Lucette. Ce n'était pas à proprement parler sa tante, mais la cousine de son grand-père paternel. Comme Lucette, Monique Rodier semblait avoir une passion pour la bonne chère, mais contrairement à celle-ci, elle n'avait pas honte de ses formes, et sa robe, sans être moulante, avait un profond décolleté en V et une longue boutonnière qui se tendait ici et là, au niveau de la poitrine et des hanches pour être précis. Ses cheveux courts d'un blanc lumineux mettaient en valeur son teint bruni par le soleil et ceignaient son visage comme une couronne.

"Entrez", dit-elle, et elle guida Marc le long d'un couloir si propre qu'il ne put s'empêcher de se demander si elle payait une femme de ménage ou astiquait elle-même le sol à quatre pattes. "Je fais du soutien scolaire, il me faudra peut-être aller à la cuisine pour contrôler les devoirs, dit-elle quand ils furent dans le salon. Mais installez-vous, jeune homme."

Elle devait avoir un faible pour les photos de classe, qui s'alignaient par dizaines sur les étagères.

"Vos élèves ? demanda Marc.
— Oui, et j'ai déjà regardé si j'avais une photo d'Émilie Thevenin. Tenez."

Elle lui tendit le cadre avec la photo de classe. Le photographe avait placé les élèves sur trois rangées. Les grands étaient derrière, les petits assis tout devant en tailleur et, entre les deux, on avait assis les autres sur un banc qu'on devait – se dit-il – sortir chaque année du gymnase pour l'incontournable photo de classe en plein air.

"Je me souviens bien de la petite Thevenin, commença-t-elle avant Marc, quand elle se fut assise sur une chaise face à lui. Sa mort a longtemps été un sujet de conversation dans notre ville."

Elle ne perdait pas de temps. Tant mieux. Il se lança.

"À l'époque, vous avez conseillé à la directrice de l'établissement de prendre en compte la situation difficile de la famille.
— Comment le savez-vous ?
— C'est ce que vous avez mentionné dans le bulletin du premier semestre, répondit-il.

— Ah, vous avez vu les entrailles, dit-elle, avant d'ajouter devant son regard interrogateur : La cave. Oui, c'était bien le moins qu'on pouvait faire pour cette petite. Son père était mourant.

— De quoi était-il atteint ?

— Un cancer. Il est mort à peine un an après le diagnostic.

— Vous avez organisé des heures de soutien gratuites pour Émilie.

— Oui, je suis un peu intervenue. (Et dans sa bouche, cet *un peu* laissait entendre qu'elle avait dû pour cela se compromettre.) Émotionnellement, elle était complètement dépassée par la situation. Elle s'était à peine remise du choc de l'annonce de sa maladie qu'il était déjà mort et enterré. Je voulais qu'elle passe au moins son bac pour pouvoir s'éloigner.

— S'éloigner ? De quoi ?"

Elle réfléchit un instant avant de demander : "Vous êtes de Paris ?

— Oui, j'y suis né.

— J'imagine que c'est aussi là que vous avez grandi ?

— Oui."

Marc sentit qu'elle avait quelque chose à lui révéler, mais qu'elle jugeait nécessaire, pour une raison qui n'appartenait qu'à elle, de prendre les choses par leur commencement. Elle ne quittait pas la route, elle empruntait un détour qui devait permettre d'arriver au but. Il ne l'interrompit pas.

"Quand vous vivez dans une petite ville, et je vis ici depuis que j'ai fini ma formation au CPR – c'est dire que je ne suis pas jeune : à l'époque, l'IUFM n'existait pas encore… Donc, quand vous vivez dans une petite ville comme Charfeuil, vous savez forcément tout sur tout le monde. Il suffit d'aller acheter le pain, et vous êtes déjà au courant de tout. Les bavardages, c'est la seule distraction ici. Et c'est ce qui fonde notre communauté. À l'époque, il y avait des rumeurs, et si elles ne s'étaient pas confirmées par la suite, je ne vous en parlerais pas maintenant…

— Qu'est-ce qui se disait ?"

Mme Rodier hésita.

"Que la mère d'Émilie avait un amant. Monsieur Rappaport, reprit-elle en constatant qu'il n'était guère impressionné par cette révélation, dans cette ville, c'est quelque chose de scandaleux, surtout quand on a un mari en train de mourir.

— Donc, elle avait un amant.

— Oui, et quelques mois après la mort de son mari, ils ont emménagé ensemble. Ils n'ont même pas attendu la fin de l'année de deuil. Je peux vous dire qu'ici, ça n'est pas passé inaperçu. Tout le monde ou presque les évitait, et quand en plus, la nouvelle a circulé qu'Émilie…"

Elle n'acheva pas sa phrase.

"Est-ce qu'Émilie avait des amis ?

— Vous savez comment sont les enfants."

Non, il n'en savait rien. Il était fils unique, il avait toujours été solitaire, et célibataire de surcroît.

"Que voulez-vous dire par là ?

— Elle s'est de plus en plus refermée sur elle-même. Et les adolescents sont sans pitié dans ce cas. Ils ne tolèrent aucune faiblesse. Quand ils sentent que quelqu'un souffre, qu'il est sans défense ou trop déprimé pour faire un pas vers eux, eh bien, ils l'évitent. C'est comme s'ils avaient peur d'être contaminés. Regardez un jour ce qui se passe dans une cour de récréation, c'est édifiant. On reconnaît l'enfant à problèmes rien qu'à l'espace vide autour de lui.

— Donc, elle n'avait pas d'amis ?

— Ce n'est pas non plus ce que je dirais. Elle s'est repliée sur elle comme tous les gens qui souffrent. Mais elle a quand même eu un petit ami pendant un temps, le fils d'un menuisier du coin. Il a repris l'affaire de son père. Mais je ne crois pas qu'elle se soit confiée à lui. Non, ça m'étonnerait.

— Pourquoi ?

— Parce qu'ils ont *cassé* assez vite. (Mme Rodier avait mis une pointe d'ironie dans le terme.) Le garçon est venu me voir à plusieurs reprises pour me demander conseil. Il ne savait pas non plus quoi faire. Il ne voulait pas la laisser tomber, mais elle le repoussait toujours. C'était sans espoir, en fait. J'ai aussi essayé de parler à Émilie, mais ça n'a rien donné."

Un petit garçon d'environ six ans parut dans l'encadrement de la porte.

"Tu as terminé, Rémi ?" demanda la vieille dame.

L'enfant hocha la tête.

"La page vingt-cinq aussi ?

— Oui.

— Tous les exercices ?"

Le petit garçon rougit de fierté.

"Ça alors ! Eh bien, dans ce cas, tu peux y aller. Attends, dit-elle en se levant. Je viens, donne-moi une minute, le temps de prévenir ta mère que tu arrives."

De retour au salon, Mme Rodier reprit aussitôt la conversation là où elle l'avait laissée.

"Nous nous sommes tous sentis coupables, ici, l'année d'après, quand nous avons appris qu'Émilie..."

Cette fois encore, elle n'acheva pas sa phrase.

"Elle a été enterrée à Charfeuil ?

— Oui, répondit-elle. À côté de son père. Normalement, c'est la place de l'épouse, pas celle de la fille.

— Sa mère est toujours en vie ?

— Oui, mais elle n'a plus toute sa tête. Alzheimer, Parkinson, je ne sais pas. Je ne suis pas croyante, mais si je l'étais, je dirais que... Enfin, passons. Elle vit dans une maison de retraite, à Rosaires."

Marc sortit la liste des camarades de classe d'Émilie.

"Y en a-t-il que vous voyez encore aujourd'hui ? J'aimerais rencontrer ceux qui vivent toujours à Charfeuil.

— Attendez voir. (La vieille dame se leva pour aller chercher ses lunettes, puis revint examiner la liste.) Roussel est kiné ici. Et Vaquin a un salon de coiffure. Martinez est assistante dans un cabinet dentaire, rue Jean-Jaurès. (Elle lui rendit la liste, hésita, puis reprit d'une voix rauque.) Je me suis toujours demandé ce qui s'était passé. Tout est allé si vite.

— Que voulez-vous dire ?

— D'abord le père d'Émilie qui meurt, et puis Émilie, tout juste un an après. Mais c'est toujours comme ça, ici. Quand le destin frappe, ce n'est pas une seule personne qui accuse le coup, c'est toute une famille qui est décimée. À peine le temps de se retourner, et c'est l'hécatombe. Il suffit qu'un membre de la famille tombe malade, fasse des dettes, commence à boire ou soit victime d'un accident du travail, un seul événement, et c'est toute la famille qui est emportée. Je ne sais pas si les choses se passent de la même manière à Paris, mais ici, c'est comme ça. Il n'y a pas de zone tampon qui pourrait se déformer en cas de collision et sauver les passagers : ici, tout le monde est en première ligne, et quand il y en a un qui y passe, tous les autres y passent aussi.

— Et vous, vous êtes où dans tout ça ? ne put s'empêcher de demander Marc.

— Moi ? Je ne suis nulle part. Je ne suis pas du coin. Ce n'est pas le genre de choses qui s'oublient, ici. Et puis, je suis la vieille prof d'anglais à la retraite. (Mme Rodier fit un geste de dénégation.) Mais pas de pitié, jeune homme, je vous en prie. Je vais trois fois par semaine au cours de gymnastique du troisième âge, je dirige le club de lecture de mon ancien lycée, je donne des cours de soutien à des enfants du voisinage et, tous les étés, je vais au festival de musique d'Aix-en-Provence avec mon club senior. Merci, je vais très bien. J'ai une vie bien remplie. J'ai décidé depuis longtemps que je n'avais aucune raison d'aller mal, et je mets cette décision en pratique. Et puis quand je regarde toutes ces familles, je me dis que si je ne me suis pas mariée, c'est parce que je n'aurais pas pu supporter de perdre quelqu'un que j'aime. (Elle se leva.) Un petit rafraîchissement ?"

Peu après, elle reparut avec deux verres.

"Tenez ! Goûtez-moi ça."

Elle lui tendit un verre, puis reprit sa place en face de Marc.

"Alors ? demanda-t-elle. Vous aimez ?

— C'est délicieux, dit-il.

— Des fleurs de sureau de mon jardin, ramassées de ma blanche main et séchées sur ma table de cuisine. (Elle le regarda.) J'ai pensé à Émilie pendant de longues années, et puis un jour, j'ai renoncé. Et maintenant, vous êtes là.

— À quoi avez-vous pensé ?"

Elle ne répondit pas tout de suite.

"Ce n'était pas vraiment mon élève préférée. N'allez pas croire que je ne l'aimais pas ! C'est seulement… Émilie n'avait pas ce qui fait qu'on se souvient volontiers d'un élève des années après, voilà tout. Humour, intelligence, vivacité, parfois même seulement un certain charme : elle n'avait rien de tout cela, ou plutôt pas dans des proportions qui lui auraient permis de sortir du lot. C'était juste une élève tout ce qu'il y a de plus normale. Et pourtant, tout était là, prêt à éclore. Comme un bourgeon qui n'a pas pu se développer. Si elle avait aimé, si on l'avait aimée en retour, si elle avait appris un métier et eu du succès… Je ne sais pas, je l'aurais bien vue revenir dans sa ville d'origine quelques années plus tard, avec un mari, des enfants, une vie… Pas comme ça… Pas dans un cercueil.”

Elle regarda l’heure.

“Oh, déjà midi et demi !”

Marc comprit où elle voulait en venir. Il était temps pour elle de se consacrer au moment le plus important de la journée : le déjeuner.

“Je ne vais pas vous déranger plus longtemps.”

Il se leva.

“J’ai quatre-vingt-cinq ans, dit encore Monique Rodier. Il y a vingt ans, j’ai eu un cancer du côlon, stade quatre, et comme vous voyez, je m’en suis tirée. J’ai eu une vie riche, même sans mari. Si je dis ça, c’est parce qu’aujourd’hui, il faut presque s’excuser de ne pas avoir élevé d’enfants. (Ils étaient arrivés à la porte.) J’ai longtemps réfléchi à ce que j’aurais pu faire pour qu’elle ait elle aussi la chance d’arriver à l’âge que j’ai aujourd’hui.

— Et ?

— Vous connaissez Wittgenstein ?

— J’ai fait des études de philosophie, répondit Marc.

— Hou, alors il faut que je fasse attention ! Si c’est comme ça, vous devez savoir que Wittgenstein fait la distinction entre les propositions sensées, pourvues de sens, et les propositions insensées, dépourvues de sens.

— Je sais, oui.

— Est-ce que vous vous souvenez de la définition de ces propositions sensées et insensées ?

— Bien sûr. Avec les propositions sensées, on devrait toujours pouvoir poser la question « du vrai et du faux ». Wittgenstein le formule en disant : « La réalité doit être fixée par oui ou par non grâce à la proposition. »

— Donc, quand je dis : « Émilie Thevenin a été assassinée… »

— Alors, répondit Marc, c’est une proposition sensée parce qu’elle décrit l’existence d’un fait.

— Et quand je dis : « Émilie Thevenin n’aurait pas dû être assassinée » ? demanda-t-elle.

— C’est une proposition insensée, dit-il, parce qu’elle ne rend pas compte d’une réalité, mais d’un souhait.

— Et qu'en est-il de : « Qu'aurais-je pu faire pour sauver Émilie Thevenin » ?

— Là encore, répondit-il, selon Wittgenstein, c'est une proposition insensée. Les propositions sensées sont des images de la réalité, pas des constructions de l'esprit."

Elle considéra que leur conversation était terminée et lui tendit la main.

"La menuiserie, c'est Bukowinski.

— Pardon ?

— Si vous voulez parler au petit ami d'Émilie, expliqua la vieille dame. C'est sur la route de la Brande, un peu en dehors du centre. Si vous vous dépêchez, vous pourrez encore le voir avant sa pause déjeuner."

Marc prit congé et, sur la route qui le menait à la menuiserie, il se demanda pourquoi il n'avait pas contredit Monique Rodier. Pourquoi ne lui avait-il pas expliqué qu'elle citait bien Wittgenstein, mais qu'elle ne se fondait que sur le jeune philosophe, le philosophe des débuts, le Wittgenstein qui avait encore eu assez de mesure pour vouloir délimiter la pensée. Le philosophe dépressif et vieillissant que le doute avait souvent poussé au bord du suicide avait dû s'avouer, lui, que le langage n'était pas ce fondement solide sur lequel on pouvait s'appuyer sans crainte. Souvent, la réalité se révélait plus impénétrable et complexe qu'on le pensait, et pas seulement pour Wittgenstein. Mais Monique Rodier avait trop faim pour que Marc veuille entamer une discussion. D'ailleurs, même repue, elle n'aurait sans doute pas trouvé très plaisant de découvrir que sa conception du monde reposait sur une erreur de lecture.

15

S'il avait pensé tomber sur des ouvriers en bleu de travail, il aurait été surpris, mais comme il n'avait encore jamais mis les pieds dans une menuiserie, il ne fut pas trop étonné d'entrer dans un *open space* où huit employés assis devant des ordinateurs portables étaient occupés à faire ce qu'on appelait de la planification, du conseil et de la vente. Ce qui se faisait ici n'avait pas grand-chose à voir avec la pose de parquets.

"Je cherche M. Bukowinski."

Un jeune homme à barbichette leva la tête.

"Hall 5, dit-il, et, devant le regard interrogateur de Marc : Vous passez devant la fabrication, l'atelier fenêtres, la réserve de bois et la serrurerie."

Marc sortit du bureau. Partout, on s'activait. Il traversa un bout de pelouse et arriva au premier entrepôt. L'idée de débarquer sans prévenir et de gêner un inconnu dans son travail en lui posant des questions sur une petite amie morte trente ans auparavant lui sembla soudain risible et, qui plus est, contre-productive. Il passa devant l'atelier fenêtres. Ce M. Bukowinski dirigeait une affaire florissante, et il avait sans doute autant besoin de lui et de ses questions qu'une poule d'un couteau. Il approcha de la réserve de bois. Si Bukowinski était un être normalement constitué, il avait dû en finir avec son adolescence, et même enterrer sous la naphtaline les souvenirs de cette période, rangés pour l'éternité là où ils ne pouvaient plus nuire. Marc arriva devant le hall 5. Non, Bukowinski n'avait aucune raison valable de tout laisser en plan pour tailler une bavette avec lui.

Un homme d'une cinquantaine d'années vint à sa rencontre.

"Voilà le monsieur qui me cherche.

— Monsieur Bukowinski ? demanda Marc.

— Lui-même."

L'homme avait dû être un sacré sportif dans sa jeunesse : il avait toujours du muscle, quasiment pas un gramme de graisse et, sans paraître arrogant, suffisamment d'assurance pour poser sur Marc le regard avenant de ceux qui avaient longtemps et souvent eu la confirmation d'être au-dessus de la moyenne. Il dépassait Marc d'une demi-tête, et comme si ça ne suffisait pas, il était aussi doté des attributs – pommettes saillantes et mâchoire proéminente – devant lesquels se pâmaient sûrement toutes les femmes ayant grandi sous le règne d'Hollywood. Bref, il avait ce qu'il fallait pour être la coqueluche du lycée, le genre qui faisait soupirer les filles de désir, et Émilie, qui avait conquis ce spécimen, se présentait soudain sous un tout autre angle.

Jusqu'à présent, tout le monde l'avait décrite avec une sorte de mépris sous-jacent, et Marc l'avait imaginée comme une fille sans signes particuliers que la vie avait rudoyée. Mais une fille insignifiante ne rapportait pas chez elle le premier prix. Une fille insignifiante ne s'emparait pas de la "marchandise" que tout le monde s'arrachait ni ne mettait le grappin sur un gars pareil, à moins d'avoir des qualités insoupçonnées.

Elle avait donc été amoureuse, et pas de n'importe qui. L'information jetait sur elle un jour nouveau. La clef du drame n'était peut-être pas ici, mais si Marc était assez fin et prudent pour faire parler Bukowinski, le bellâtre en chemise bleu pâle, avec son regard amène, ses cheveux épais et son sourire aux dents blanches, lui livrerait des aspects de la personnalité d'Émilie que seul un jeune homme amoureux était en mesure de révéler, voire, dans une certaine mesure, d'éveiller.

"Marc Rappaport, dit-il en tendant la main à Bukowinski.

— Enchanté.

— Vous avez un moment ? J'aimerais vous parler.

— Oui, bien sûr.

— Je ne suis ici que pour deux jours, malheureusement. Du coup, je suis venu sans prévenir. Je ne suis pas de la région.

— Ah bon. (Bukowinski pensait visiblement avoir affaire à un bavard, mais il était trop poli ou suffisamment commerçant pour ne pas mettre Marc à la porte sans plus de manières.) C'est toujours agréable de savoir que notre réputation va au-delà des frontières de la ville. Qui nous a recommandés ?

— Monique Rodier."

Un bref éclat amusé au fond de ses yeux.

"Bien, et de quoi s'agit-il ? Si vous le souhaitez, Isabelle, mon épouse, peut vous donner un rendez-vous."

Il était poli, mais il n'avait pas que ça à faire.

"Ce ne sera pas nécessaire, j'ai seulement besoin de quelques informations.

— Des informations ?

— Je suis journaliste. À vrai dire, je voudrais juste vous poser une ou deux questions. Mais je vous dérange, il me semble ?

— C'est à cause de la nouvelle raison sociale ? Écoutez, je ne sais pas ce qu'on vous a raconté, mais depuis que j'ai repris l'affaire de mon père, j'ai triplé la surface de l'entreprise. Triplé ! Vous comprenez ? En vingt ans. Et des trois employés que mon père avait, nous en sommes arrivés à une équipe de trente-neuf personnes. J'ai payé sa part au frère de mon père, à l'époque.

— Non, non, il ne s'agit pas de ça, et d'ailleurs on ne m'a rien dit de mal sur vous, bien au contraire."

Un jeune homme, pas plus de vingt ans, s'approcha d'eux. La version blond foncé de la coqueluche du lycée.

"Bon ben, on y va, dit le fils.

— Vous êtes combien ?

— Je pense qu'à six, on est assez.

— Nous sommes en train de refaire les fauteuils d'un amphithéâtre, expliqua Bukowinski. Puis, se tournant à nouveau vers son fils : Tu emmènes aussi Marciano ?

— Oui.

— Parfait, alors."

Marciano devait être une sorte d'arme secrète.

"Regardez-le. (Bukowinski tendit le menton vers son fils qui s'éloignait.) À peine vingt ans, et il dirige notre atelier ! s'exclama-t-il, débordant de fierté paternelle. Puis il revint à Marc : Alors, de quoi s'agit-il ?

— Je fais des recherches sur la mort d'Émilie Thevenin.

— Ah."

En entendant le nom de son ex-petite amie tant d'années après, Bukowinski ne laissa pas paraître la moindre surprise.

"Parce que je rouvre l'enquête.

— Et vous m'avez dit que vous travailliez pour quel journal ?"

Marc donna le nom du journal et se lança dans des explications, accélérant son débit au fur et à mesure que l'intérêt de son interlocuteur décroissait.

Enfant, il avait souvent été confronté à l'indifférence bienveillante des adultes, par exemple quand il voulait discuter avec son père d'une ouverture aux échecs ou tentait de faire valoir à son grand-père sa collection de petites voitures, mais depuis qu'il chaussait du quarante-trois, les choses étaient différentes. Alors, comment expliquer que cet homme ne s'intéresse pas à ce que disait Marc ? Pourquoi faisait-il comme si l'assassinat de son ex-petite amie n'était qu'une bagatelle ? Qu'y avait-il de plus important que d'aider un journaliste spécialement venu de Paris pour comprendre le meurtre brutal dont avait été victime celle qu'on avait aimée ? Et d'ailleurs, qu'exigeait-il de Bukowinski ? Qu'il lui serve de guide à travers la ville ? Qu'il l'héberge ? Que demandait-il ? Des réponses à quelques questions, rien de plus, quelques minutes de son temps si précieux. Et visiblement, c'était déjà trop demander à M. Mâchoires.

"Émilie avait-elle des problèmes ?

— Vous voulez dire : en dehors du fait que son père était en train de mourir ? rétorqua Bukowinski, sarcastique.

— Elle avait des ennemis ?

— Des ennemis ? On est où, là ? Au cinéma ?

— Elle a été assassinée, quand même.

— Non, elle n'avait pas d'*ennemis.*"

Marc ne renonça pas.

"Elle a peut-être eu un différend ? Même pour une broutille ?

— Je ne sais vraiment pas ce que vous allez imaginer, c'est une petite ville sans histoires, ici…

— Qu'avez-vous pensé à l'époque ?

— Comment ça ?

— Quand Émilie a été assassinée, vous avez fait le lien entre sa mort et un autre événement ?

— Non", répondit Bukowinski.

Marc aurait pu jurer qu'il mentait. Il tenta une autre question.

"Vous vous souvenez d'autres amis que fréquentait Émilie ?

— C'était il y a longtemps, vous savez.

— Une certaine Caroline, peut-être ?

— Caroline ? Oui, ça me dit quelque chose.

— Elles faisaient du hand ensemble. Vous vous rappelez ?

— Vraiment, je ne sais pas.

— Bon sang, creusez-vous un peu les méninges, siffla Marc avec une impatience plus que manifeste.

— Dites donc ! Je vous rappelle que vous êtes ici *chez moi.*

— Et alors ? riposta Marc. Depuis quand la propriété est-elle une entrave à la pensée ?

— Non, mais vous vous êtes entendu ? Vous vous prenez pour qui ?

— Pour celui qui veut élucider le meurtre de votre petite amie, dit Marc, et vous, vous êtes celui qui n'en a visiblement rien à cirer."

C'était sans espoir. Marc tourna les talons. Au bout de quelques pas, il fit volte-face et ajouta : "Si jamais vous changez d'avis, je loge au Lion d'Or."

16

Quand on demandait à Marc pourquoi il avait choisi d'être journaliste, il répondait toujours : "Parce que je m'ennuie vite et que j'aime le changement." Dire que ses recherches lui donnaient l'occasion de rencontrer des gens de tous les horizons sociaux était un peu simpliste, et pourtant : cette possibilité de s'immerger dans des univers toujours nouveaux était pour lui ce qui faisait le principal attrait de son métier. Cela dit, il aurait volontiers fait l'impasse sur l'univers de la maison de retraite et, en chemin, il se demanda plusieurs fois ce qu'il pouvait bien espérer d'un entretien avec une vieille femme démente, la mère d'Émilie, et s'il n'aurait pas mieux fait de renoncer à cette visite.

Il descendit de voiture et traversa un parc bien entretenu pour rejoindre la maison de retraite, prit son courage à deux mains et poussa la porte. Non, personne ne choisissait de vivre ici de son plein gré. On ne venait y habiter que parce que les proches étaient dépassés. C'était le lieu de la fin, l'antichambre expiatoire où les flammes étaient remplacées par des séances de travaux manuels et des quiz en chansons. Un feu purificateur, un purgatoire terrestre, et on n'en sortait qu'allongé dans un cercueil.

Qui avait pris soin de la mère d'Émilie ? Qui s'était occupé d'elle ? Et qui l'avait placée ici ? Qu'était devenue cette femme qui avait perdu son mari et sa fille en un an à peine ?

Marc avança jusqu'à l'accueil où une femme d'une quarantaine d'années en blouse d'un blanc éclatant mordait dans un sandwich.

"Bon appétit, dit-il en posant sur le comptoir le bouquet de fleurs qu'il avait acheté pour parfaire son identité de membre de la famille. Je cherche une cousine de ma mère, Camille Thevenin. Non, non, je vous en prie, finissez d'abord de manger", dit-il quand la femme qui portait un badge fit mine de s'excuser.

Brigitte. Vêtements décents, maquillage discret. À côté du téléphone, un carnet sur lequel elle avait gribouillé et quelques trombones tordus qui traînaient : Brigitte pouvait donc être distraite et négligente.

"Je suis de passage, alors je me suis dit que j'allais venir lui faire un petit bonjour. Je ne viens pas en dehors des horaires de visite, j'espère ?

— Chez nous, on peut venir quand on veut, répondit Brigitte, non sans une pointe de fierté, puis elle s'essuya la bouche avec une serviette en papier et lui sourit. Votre nom, c'était ?

— Marc. Marc Thevenin.

— Bien, très bien. Elle a si peu de visites. Un instant, vous voulez ? Je vais prévenir les infirmières."

Elle composa un numéro, patienta un moment, puis raccrocha.

"Elles ne répondent pas, dit-elle, avant de trancher : Je vous accompagne à l'étage."

Marc la suivit dans les escaliers où régnait une odeur de cantine.

"Comment va-t-elle ? demanda-t-il.

— Oh, ça dépend vraiment des jours. Voilà, nous y sommes."

Le bureau des infirmières était vide. Dans le couloir, ils croisèrent un infirmier avec un appareil qui se révéla être une balance pour fauteuils roulants.

"Je fais la pesée", dit-il en se hâtant vers la salle de séjour.

Un jour, en faisant ses courses, Marc avait eu affaire à un boucher dont le front était bandé. Quand il lui avait demandé ce qui lui était arrivé, le boucher avait répondu : "J'étais pressé et je suis rentré dans une cuisse de veau", comme si c'était la chose la plus banale du monde, après quoi il avait demandé si monsieur, en plus de son steak, désirait encore autre chose. "Ce sera tout", avait répondu Marc, et le boucher avait tendu le ticket de caisse à sa femme pour se consacrer au client suivant. Chez les journalistes, on n'était pas non plus à l'abri de ces spécialistes enfermés dans leur bulle, de ces experts bornés qui n'étaient plus capables de voir le monde que par la lunette de leur profession.

Quel était le quotidien d'une vieille dame prise en charge par des professionnels de santé qui considéraient le fait de ne plus pouvoir marcher, s'asseoir, se lever et monter sur une balance non pas comme un cataclysme, mais comme quelque chose de tout à fait normal ? Il préférait ne pas l'imaginer.

"Je vous ai déjà retenue assez longtemps. Je vais attendre l'infirmière…

— Héloïse, dit-elle en souriant, puis elle prit congé et s'éloigna.

Héloïse. Il faut croire que ses parents avaient lu *Julie ou la Nouvelle Héloïse*, le roman de Rousseau qui avait passionné les lecteurs du XVIIIe siècle et ennuyait à mourir ceux d'aujourd'hui. Marc s'assit devant le bureau. Sur un cahier ouvert, quelqu'un avait noté à l'encre bleue qui avait mangé ou bu quoi et quand : M. Untel 200 millilitres de thé, une tartine et une demi-pomme à huit heures, Mme Unetelle 150 millilitres de bouillie d'avoine, une autre pensionnaire du jus de fruits et un yaourt. L'un des patients avait refusé de s'alimenter.

Marc attendit. Le temps passait. C'était la première fois qu'il avait à se rendre dans une maison de retraite, ses deux grands-pères étaient morts relativement jeunes, et il n'avait pas connu ses grands-mères. Sur un chariot, on avait méticuleusement ordonné tout ce qui pouvait être nécessaire aux soins dispensés aux personnes âgées. *Une prise en charge professionnelle dans un environnement chaleureux*, avait-il lu en bas, sur une affiche. À voir les pansements, les bandages, les compresses, les désinfectants, les gants en caoutchouc et les sachets plastique, Marc avait des doutes quant à cet "environnement chaleureux". L'espace d'un instant, il songea à se lever et à partir. Mais il se ressaisit.

"Monsieur Thevenin, je présume ?"

Marc ne comprit pas tout de suite que la question lui était adressée.

"Héloïse", répondit-il en se levant, et il la dévisagea.

C'était une femme noire au teint plutôt clair, les yeux bleus, les cheveux épais et noués en une longue tresse. Même en blouse, pantalon et sabots, elle était magnifique. Une femme pleine d'assurance, qui s'était donné pour mission de s'occuper des autres. Elle lui serra la main et le débarrassa de son bouquet. Ce prénom lui va bien, finalement, songea Marc tandis qu'elle cherchait un vase. Quand on y pensait, elle ne pouvait porter que l'un de ces prénoms un peu vieillots, Héloïse ou Léopoldine.

Elle regarda dans le tiroir du bas, puis dans celui du haut, et Marc passa sa vie en revue. Un prénom, il ne lui en fallait pas plus pour faire galoper son imagination. Ce qu'il voyait ? Une éducation sévère, et les bonnes notes qu'elle se sentait obligée de rapporter à la maison. Et en arrière-plan, bien sûr, l'une de ces mères toutes-puissantes qui veillait à ce qu'elle arrive à l'heure et bien mise à l'endroit où elle était attendue, qui exigeait d'elle qu'elle dise gentiment merci et au revoir, qu'elle apporte un petit présent quand elle était invitée chez une amie et qu'elle dise toujours bonjour aux voisins qu'elle croisait dans les escaliers, même à la vieille toupie arrogante du quatrième qui ignorait tout le monde. Héloïse, c'était un prénom que portaient ceux qui avaient grandi dans le respect de la culture et de la langue françaises. Un prénom qui disait le désir de s'intégrer dans cette société et d'en être considéré comme membre. Tout un programme.

"Depuis combien de temps vous n'avez plus vu votre tante ? demanda-t-elle en interrompant un instant ses recherches pour le regarder.

— Longtemps.

— Ne soyez pas trop surpris, dans ce cas. Ah, fit-elle en extirpant un vase dissimulé derrière des tasses, je le savais bien ! (Elle alla au lavabo, remplit le vase d'eau et y mit les fleurs.)

— Ça fait peut-être quinze ans. J'étais à l'étranger, ajouta Marc, croyant devoir se justifier.

— Qu'est-ce que vous savez de la démence sénile ? demanda Héloïse en arrangeant les fleurs dans le vase.

— Rien.

— La démence ne recouvre pas que des troubles de la mémoire. C'est une maladie qui affecte tout l'individu. Mais ne vous inquiétez pas, s'empressa-t-elle d'ajouter, elle va bien.

— Comment ça, « bien » ?

— Elle a oublié qu'elle oubliait. Elle n'est plus aussi déprimée qu'au début. Elle n'est plus du tout déprimée, d'ailleurs. Elle ne se sent plus incapable. Elle ne se compare plus avec celle qu'elle était avant. Et nous devrions aussi éviter de le faire", conclut-elle.

Elle le regarda et il répondit : "D'accord, je comprends", alors qu'il aurait voulu lui dire que pour la comparer avec celle qu'elle avait été, il aurait d'abord fallu qu'il la connaisse.

“Laissez-vous tout simplement porter. Vous verrez, elle est très agréable, très gentille. (Héloïse se leva.) On y va ?

— Oui, répondit-il. Allons-y.”

Elle lui fit signe de la suivre. Et il s’avança dans le couloir confiné, aux côtés d’Héloïse qui tenait le vase comme on tient un sceptre. Ils s’arrêtèrent devant une porte semblable à toutes les autres.

“C’est ici, dit Héloïse en toquant. Camille (elle entrouvrit la porte), Camille, vous avez de la visite, votre neveu est là.”

La vieille dame était assise dans un fauteuil à la fenêtre, les yeux fermés, le visage inondé de lumière. Sa respiration était régulière. Elle dormait.

17

La ressemblance avec sa fille était étonnante.

“Camille, dit Héloïse d’une voix douce, presque tendre, en allant vers la mère d’Émilie. (Elle approcha son visage de celui de la vieille dame.) Camille, regardez, votre neveu est venu de… (Elle se tourna vers lui.)

— Paris, compléta-t-il.

— Votre neveu est venu vous voir de Paris.”

Elle fit signe à Marc de s’approcher et il lui obéit d’un pas hésitant. Planté près du mur, à côté du lit, les doigts coincés dans les poches arrière de son jean, il regarda autour de lui. Sur la table de nuit, sur un petit napperon tel que les vieilles dames en crochetaient autrefois par centaines, était posé un cadre : un portrait de trois quarts. Émilie.

“Attendez, je vais chercher une brosse. Vous êtes tout ébouriffée.”

Héloïse disparut dans la salle de bains et Marc resta un instant seul avec la mère d’Émilie. Il lui sourit, mais elle ne réagit pas. Elle le dévisageait en tripotant les boutons de son chemisier. L’infirmière reparut avec la brosse à cheveux.

“Nous allons vous faire belle pour votre neveu, dit-elle.

— Qu’est-ce que c’est ?” demanda la mère d’Émilie en pointant le doigt sur lui.

L'infirmière lui adressa un petit clin d'œil.

"C'est Marc, dit-elle, puis s'adressant à lui : Asseyez-vous, asseyez-vous près d'elle. Tenez, prenez la chaise, là. (Elle montrait une chaise dont l'assise et le dossier étaient revêtus de cuir synthétique bleu, près de la table, mais il ne pouvait s'y résoudre.)

— Qu'est-ce que c'est ?" demanda la mère d'Émilie en pointant à nouveau le doigt sur lui.

Elle n'était pas malpolie dans sa façon de demander. Pas même craintive. Elle posait sur lui un regard cordial et intéressé. Sa question était celle d'un entomologiste confronté par un collègue à une nouvelle espèce de papillon. Oh, mais qu'est-ce que c'est ? On dirait un croisement entre un tabac d'Espagne et un petit nacré, je n'ai encore jamais rien vu de pareil.

"C'est votre neveu, répondit Héloïse.

— Le mien ? (Elle haussa les épaules.) Ça m'étonnerait.

— Regardez, il vous a apporté des fleurs. (Héloïse prit le vase qu'elle avait posé sur la table et le lui montra.) Regardez comme elles sont belles."

La mère d'Émilie examina brièvement les fleurs, puis détailla à nouveau Marc de haut en bas.

"Il s'appelle comment ?

— Marc, répéta Héloïse pour la deuxième ou troisième fois.

— Jamais entendu.

— Il ne faut pas vous vexer, lui souffla l'infirmière, et il se dit qu'il était encore temps de partir, de mettre fin à cette mascarade. Il est venu de Paris, dit-elle encore à la vieille dame. C'est par là-bas. (Elle indiqua une direction par la fenêtre.) Et maintenant, il est ici pour passer un moment avec vous. N'est-ce pas, Marc ?"

Il hocha la tête. Il ne savait pas quoi dire, mais Héloïse mit sa gêne sur le compte de l'émotion et lui vint en aide.

"Il voulait vous emmener faire un tour au jardin. Elle adore le jardin, ajouta-t-elle à l'intention de Marc. N'est-ce pas, Camille, que vous aimez le jardin ? Voyons voir si vous êtes assez couverte ? Qu'est-ce que vous en dites, un chemisier, c'est assez chaud ? Ou bien vous préférez que Marc emporte votre veste ? Marc, vous pourriez prendre dans l'armoire la veste en lin de Camille ? Elle est grise. Ça vous va, comme ça, Camille ? C'est une bonne idée, non ?

— Je ne sais pas", dit la mère d'Émilie, n'opposant au flot de paroles de l'infirmière que cette seule réponse laconique.

Héloïse ne se laissa pas décourager.

"Marc va prendre votre veste dans l'armoire, dit-elle quand il se trouva devant l'armoire. Et quand il y replaça le cintre vide : Voilà, Marc nous apporte votre veste. Quand il la lui tendit, elle poursuivit : Merci bien, Marc. Et maintenant, il nous faut encore les chaussures de Camille. Où sont vos chaussures, Camille ?"

La mère d'Émilie haussa les épaules.

"Marc, où sont les tennis de Camille ? Il me semble les avoir vues sous le lit. Camille, vos chaussures sont sous le lit ? (Elle se pencha.) Oui, c'est bien ça. Marc, dit-elle en se tournant vers lui, vous voulez bien attraper les tennis de Camille ?"

Elle parlait sans s'arrêter, elle parlait pour trois. Ses mots expliquaient chaque geste, introduisaient chaque mouvement, les encadraient, leur donnant un poids et une signification qu'ils n'avaient pas par ailleurs. Elle parlait pour abattre les murs que la maladie avait dressés tout autour de la mère d'Émilie, et chaque mot était une nouvelle tentative de pénétrer dans son univers clos. Ce n'étaient que des paroles sans importance, et pourtant, parce qu'elles témoignaient de la détermination de l'infirmière, elles recelaient une force exceptionnelle, particulière, et laissaient entrevoir une énergie mentale devant laquelle on ne pouvait que s'incliner. Oui, Héloïse l'impressionnait, elle l'intimidait même un peu, mais cela ne l'empêchait pas de penser qu'il devait mettre un terme à cette comédie. Tourne les talons et va-t'en. Qu'est-ce que tu attends ? Dis que tu as oublié quelque chose dans la voiture et prends le large. Pourquoi tout ce cirque ? Tu crois que tu vas apprendre quelque chose de nouveau ? Non, bien sûr que non. Tu perds ton temps, c'est tout. Et si c'est parce que tu as des scrupules : tu ne lui manqueras même pas. Elle ne sait pas qui tu es. Vous ne vous êtes jamais vus. Tu n'existes pas dans son cerveau délabré, se dit-il. Tu n'es même pas une image susceptible de devenir un souvenir. Mais ensuite, sur l'étagère de la table de nuit, il aperçut un album photo.

"Je peux emporter l'album ? demanda-t-il.

— Mais oui, c'est une très bonne idée, répondit Héloïse. Parfait, oui." Puis, en se tournant vers la mère d'Émilie : "Maintenant qu'il est ici, nous n'allons quand même pas le renvoyer chez lui ! (Elle prit la vieille dame par le bras.) Venez, dit-elle en la guidant, bras dessus, bras dessous, vers le couloir. Vous allez descendre au jardin avec Marc et vous asseoir sur le banc, près des rosiers. Vous aimez bien cet endroit."

Marc les suivit, et Héloïse se retourna pour lui dire : "Je serai dans la cuisine, et je garde un œil sur vous. (Ils sortirent par la porte de derrière.) Vous verrez, elle est très gentille. N'est-ce pas, Camille, vous serez gentille avec Marc ? (Marc s'assit sur le banc auprès de Camille Thevenin.) Je reviens dans une demi-heure, ça vous va ?

— Oui.

— Vous voulez mon numéro de portable ?

— Mais non, allez-y, tout ira bien.

— Juste au cas où…

— Ne vous inquiétez pas", dit-il à l'infirmière.

Quand, enfin, elle se fut éloignée, quand il n'y eut plus autour d'eux que le silence du jardin, Marc ouvrit l'album. On y voyait Émilie bébé dans les bras de sa mère, dans un salon aux meubles flambant neufs que la famille Thevenin avait sans doute achetés à crédit. Il tourna les pages une à une. Toutes les étapes de la vie familiale avaient été scrupuleusement documentées. Mariage. Naissance de la fille. Baptême. Noël. Vacances d'été. Première voiture. Rentrée à l'école. Deuxième voiture. Communion.

"Quelle jolie robe, dit-il en regardant Émilie qui posait sur le parvis de l'église comme une fière petite mariée – couronne de myrte dans les cheveux, souliers blancs assortis à son petit sac blanc et longue robe en organza.

— Elle s'appelle comment ? demanda la mère d'Émilie en posant le doigt sur la photographie de sa fille.

— Émilie. C'est ta fille, expliqua-t-il. Et ça, poursuivit-il en désignant une autre photo, c'est ton mari.

— Il s'appelle comment ?"

Oui, comment s'appelait-il ? Marc n'en savait rien. Y avait-il quelqu'un pour se souvenir de lui et le nommer par son prénom en l'évoquant ou en pensant à lui ? Pour Marc, en tout cas, il était seulement "le père d'Émilie", un carreau minuscule dans la mosaïque qu'il tentait de reconstituer.

“C’est le père d’Émilie”, dit-il devant le visage fier du quarantenaire. Il avait les traits durs, et un costume visiblement neuf dans lequel il semblait mal à l’aise. “Et toi, tu es la mère d’Émilie. Vous êtes mariés. C’est ton mari.

— Mon mari ? Ça m’étonnerait.”

Marc continua de feuilleter la vie de la famille Thevenin.

“Regarde, là, vous êtes tous en vacances.

— Et ça, c’est qui ? (Elle montrait Émilie, le sourire mutin, dans un bikini trop petit sur fond de mer bleu azur. Bientôt, ses seins pousseraient et l’étoffe réduite à sa plus stricte expression paraîtrait, sinon aguicheuse, du moins provocante.)

— Émilie.

— Jamais entendu.

— Et là, dit Marc en montrant une femme souriante qui soufflait sur un serpentin, un chapeau de Pierrot blanc à gros pompon noir sur la tête, c’est toi.

— Moi ?

— Oui. (Il hocha la tête.) Tiens, ici, reprit-il en montrant Émilie déguisée en Indienne, c’est encore Émilie.”

Elle restait impassible. Marc comprit soudain qu’elle n’avait personne, qu’elle était seule, absolument seule. Elle pouvait voir mais sans reconnaître, sentir mais sans se souvenir, entendre sans associer, voir sans juger. Elle avait fait telle ou telle expérience, elle était capable de ressentir telle ou telle émotion, et ce qu’elle percevait faisait naître tel ou tel sentiment, mais aucun sentiment, même le plus bouleversant, n’était transposé en signification. Était-elle contente ? Elle semblait paisible, et même de bonne humeur. Ce qu’elle avait, c’était ce qui se passait ici et maintenant : être assise à côté de lui dans le jardin. Et cela lui plaisait. Elle ne savait pas qui il était ? Et alors ? Demain, ils seraient morts tous les deux. Quelle importance y avait-il à connaître son nom, son métier, ses origines ? Il était ici, à côté d’elle, et elle parlait sans avoir conscience de sa propre détresse. Rien, elle n’avait rien sur quoi se retourner, aucun souvenir en elle auquel se raccrocher comme certains de ces grands fous sensibles, comme tout le monde, à vrai dire, à condition de vivre assez longtemps. Et ce qui était effrayant, vertigineux, pour peu qu’on ait le courage de faire l’expérience de voir un instant le monde par ses yeux, c’était qu'elle ne disposait pas de cette mémoire qui aurait pu lui servir de fondement et l'aider à surmonter le quotidien, qu'elle n'avait pas cette compréhension qui lui aurait ouvert les portes du monde. Sa maladie l'avait débarrassée du poids des mots. La joie, la douleur. Ça, oui. Mais ni le souvenir de la joie, ni le souvenir de la douleur. Ni l'intellectualisation de la joie, ni celle de la douleur. Qu'avait-elle à la place ? La réalité simple des besoins immédiats. Et Marc, assis sur un banc à côté d'elle en ce début d'après-midi. Il lui prit la main, la caressa doucement. Lui passa le bras autour des épaules. La retint quand deux pensionnaires armés de déambulateurs croisèrent leur chemin. À cet instant-là, il était pour elle comme un phare dans un univers qu'elle ne comprenait pas et qui était pourtant le sien. Lui, un phare ! Lui, justement choisi par le destin pour venir en aide à cette famille ! Formidable. Quel duo, quel duo magnifique ils formaient tous les deux !

"Tu as froid ? demanda-t-il.

— Froid ? Non.

— Moi non plus", dit-il, et il se tut.

Que pouvait-il dire de plus ? Pourquoi ? Voilà, songea-t-il, nous sommes assis tranquillement l'un à côté de l'autre, chacun dans ses pensées. Et ils restèrent ainsi jusqu'à ce qu'Héloïse vienne chercher Camille Thevenin pour le thé.

"Vous voulez monter et passer encore un peu de temps avec nous ?" proposa-t-elle, et Marc, devant cette prière perceptible, faillit céder.

Quelque chose l'obligeait à faire face à cette responsabilité, lui disait d'endosser le rôle qu'on voulait lui attribuer. "Je suis navré, répondit-il cependant, mais je dois reprendre la route." Il eut un pincement au cœur devant le regard déçu de l'infirmière. Il lui rendit l'album, puis se tourna vers la mère d'Émilie. "Je trouverai, dit-il sur un ton un peu trop sérieux, un peu trop pénétrant et lourd de signification, mais il n'avait pas pu s'en empêcher. Je te le promets.

— Alors comme ça, on me cache des choses ? plaisanta l'infirmière.

— Des choses ? demanda Camille Thevenin.

— Vous avez des petits secrets, pas vrai ? Qu'est-ce que c'est, ces petits secrets ?" poursuivit Héloïse.

La vieille dame haussa les épaules.

“Je ne sais pas trop.”

L’infirmière éclata de rire et tendit la main à Marc.

“Mais vous, vous le savez, j’espère.”

Il hocha la tête et prit congé d’une courte poignée de main.

“C’est bien que vous soyez venu”, dit l’infirmière, puis elle regarda l’heure et s’excusa : si elles voulaient encore avoir un petit bout de gâteau, elles devaient vraiment y aller.

Marc les regarda s’éloigner. Elles marchaient lentement, et il entendit Héloïse qui plaisantait toujours. “Ça par exemple, des cachotteries ! Et avec un monsieur, en plus. Et vous ne me dites rien. À moi !”

Marc attendit que les deux femmes aient disparu derrière la porte pour sortir la lettre et la lire. Il l’avait trouvée entre deux pages de l’album photo et, sans avoir le moindre scrupule, l’avait fait disparaître dans la poche de son pantalon. On aurait dit un brouillon de lettre à sa fille. Avait-elle envoyé la lettre achevée ? Avait-elle changé d’avis ? Si Émilie l’avait reçue, elle l’avait en tout cas jetée par la suite : on ne l’avait pas trouvée dans son appartement. Mais on n’avait rien trouvé du tout dans son appartement. Rien de rien.

Chère Émilie,

Je sais bien que tu ne veux plus me parler. Et je comprends ta colère. Je t’écris parce que je suis malheureuse.

Elle avait barré les premières phrases et recommencé.

Chère Émilie,

Mamie m’a dit que tu allais bien et que tu commençais à te plaire à Paris. Ça me fait plaisir pour toi. Je sais que tu ne veux plus me parler. Et ça me rend malheureuse.

Suivait une pause sous la forme d’une petite tache, comme si elle avait arrêté son geste et réfléchi tandis que l’encre s’épaississait pour former un point.

Tu as dit à Mamie que tu ne pouvais pas me pardonner. Mais pourquoi ? J’ai aimé ton père. Et je l’aime toujours. Mais je me suis sentie seule, à cette époque. Je sais, ça ne justifie rien.

Ces phrases-là, elle les avait barrées aussi. Elle avait dû comprendre qu'on pouvait exiger beaucoup de son enfant, mais pas ça. Pas de comprendre les motifs qui poussaient une femme à tromper son mari mourant.

Tu as dit à Mamie que tu ne pouvais pas me pardonner. Et je comprends ta décision de ne pas vouloir me parler, même si j'espère que tu changeras d'avis.

C'était déjà mieux.

Émilie, si au moins tu acceptais de prendre l'argent. C'est ce que ton père aurait voulu. Mamie me dit que tu en ferais bon usage. Moi, je n'en ai pas besoin. Je n'en veux pas. Je ne veux rien. Je suis seulement malheureuse.

Cette dernière phrase était barrée. Et le brouillon se terminait brutalement. Marc remit la lettre dans l'enveloppe et sortit du jardin. Quel argent ? De quel argent était-il question ? Émilie l'avait refusé. Elle avait préféré faire le trottoir plutôt que d'utiliser la somme que sa mère la suppliait presque d'accepter. Pourquoi avait-elle fait ce choix ? La colère qu'elle éprouvait envers sa mère pesait-elle plus lourd que les humiliations auxquelles elle avait dû faire face chaque jour ? Était-ce seulement possible ? N'avait-elle pas déjà eu son lot de souffrances ? Avait-elle voulu, dans un élan de – de quoi, oui ? –, se punir de la mort de son père ? Suppositions. Psychologie de bas étage. Rien qui ne correspondait vraiment à la personnalité qu'il avait entrevue dans ses grandes lignes. Alors, pourquoi n'avait-elle pas accepté l'argent de sa mère ? Il manquait un élément. Marc le sentait. Il manquait un petit carreau à cette mosaïque. L'énoncé, la raison, l'argument qui aurait pu expliquer le choix d'Émilie.

18

Certains jours, il n'y avait plus qu'à espérer le lendemain. Et à rester calme. Marc avait passé toute la matinée à retrouver les anciens camarades de classe d'Émilie, et l'après-midi à leur poser des questions. Sans aucun résultat. Il avait fait face à un mur d'indifférence. Ils l'avaient écouté, oui, tous. Ils avaient répondu à l'une ou l'autre de ses questions, lui avaient offert quelques minutes d'attention, mais ensuite, Roussel était retourné à son cabinet, Vaquin à son salon de coiffure et Martinez à sa fille malade, clouée au lit avec de la fièvre.

Ce n'était pas qu'il avait fait irruption dans leur quotidien sans prévenir, c'était surtout qu'ils considéraient tous cette affaire comme définitivement close. Mais comment Marc pouvait-il conserver son ardeur quand ce qui lui paraissait important, ce pour quoi il avait même demandé un congé, était considéré par tous les autres, y compris les protagonistes de l'histoire, comme une affaire de second rang ? Déstabilisé, il avait commencé à douter de son intuition. Tout cela n'avait peut-être aucun sens. Il avait appelé Déborah : elle seule, comme si souvent ces derniers temps, avait pu remettre de l'ordre dans ses idées.

“Il faut que tu délimites les choses, lui avait-elle conseillé après avoir écouté ses doléances sur sa journée.

— Comment ça ?

— Il faut que tu décides à l'avance du temps que tu vas consacrer à cette affaire. Comme ça, après, tu n'auras pas l'impression d'avoir traîné pour rien. C'est toi qui détermines le moment où tu jettes l'éponge, avait-elle dit, et il n'avait pas pu s'empêcher de penser qu'elle usait aussi de cette règle à son égard.

— Et *moi*, tu as décidé de me donner encore combien de temps ? avait-il demandé.

— Toi, quoi ?

— Combien de temps avant d'annoncer à tes amies que cette relation est sans issue ?” avait-il ajouté, et même si c'était dit en passant, avec ce flegme routinier qui ne trompait personne et surtout pas Déborah (sans quoi une femme comme elle ne serait pas restée une seconde avec un homme comme lui), il avait senti que si elle décidait maintenant de le quitter, il en souffrirait réellement. "Il faut que tu sois patiente avec moi", avait-il dit, lui-même surpris. Était-ce vraiment lui ? Était-il vraiment devenu ce pauvre bougre exigeant, avide de compréhension ? Mais depuis quand ? "Que dirais-tu d'une petite compensation ? s'était-il empressé d'ajouter pour diriger vers d'autres cieux la conversation qui menaçait de déraper.

— Pour compenser quoi ? avait-elle demandé.

— Le fait que je sois au point mort.

— Depuis quand te laisses-tu décourager si vite ?

— Appelle ça une récompense, si tu préfères. Que dirais-tu d'une petite récompense ?

— Attribuer des récompenses n'est pas de mon ressort, monsieur Rappaport.

— Tu es où ? Au salon, sur le canapé ? Tu es habillée comment ? En robe ?

— Si tu commençais par rentrer, avait-elle répliqué en riant, bien consciente de la direction dans laquelle il voulait faire évoluer la conversation.

— Tu veux que je te dise tout ce que j'imagine faire avec toi ?

— Vous m'excuserez, monsieur Rappaport, avait-elle dit, mais là, je n'ai pas le temps pour le téléphone rose.

— Ah, et pourquoi pas ?

— Il faut que je me change et que je me maquille. Je vais chez les Rachlin."

Marc ne connaissait les Rachlin qu'à ce que lui en avait dit Déborah – un grand gars sans intérêt, qui pouvait mettre à son crédit d'être né riche, et sa femme, présentée comme la plus belle des amies d'enfance de Déborah. Monsieur dirigeait l'entreprise familiale et s'engageait corps et âme pour le Fonds national juif, déblatérant sans relâche sur le fleurissement du désert du Néguev. Madame soutenait de jeunes talents israéliens et s'épanouissait dans sa fonction de maîtresse de maison. Outre un génie désargenté directement importé de la Terre promise, on comptait parmi les habitués de la maison les incontournables médecins, avocats, banquiers et architectes juifs qui, après avoir fait le tour de l'actualité, passeraient aux vrais sujets de fond : les enfants et l'antisémitisme. Marc n'avait rien contre une petite dose d'ethnocentrisme éclairé, rien non plus contre l'égotisme juif ; après tout, chacun avait ses œillères, et les membres de la communauté juive auxquels il avait eu affaire jusque-là, s'ils pouvaient difficilement être qualifiés de palpitants, étaient au moins à classer dans la catégorie des honnêtes gens. Ils travaillaient dur, fondaient une famille, éduquaient leurs enfants, et si l'on faisait abstraction de leur crainte – cette crainte de la persécution inscrite dans les gènes de tous les juifs d'Europe –, ils pouvaient donner l'illusion d'appartenir à la classe moyenne supérieure. Plus que la tradition juive, plus que tous les principes de la Halakha (bien peu d'entre eux suivaient encore les préceptes religieux), c'était cette peur qui caractérisait le judaïsme européen. Une peur qui les rendait attentifs, sensibles, mais pas forcément paranoïaques. Depuis 2006, depuis qu'Ilan Halimi, un vendeur de téléphones portables de vingt-quatre ans, avait été torturé à mort parce qu'il était juif, l'antisémitisme de la jeunesse musulmane des banlieues les préoccupait tous. Même quand l'ambiance était à la fête, il arrivait toujours un moment où était abordée cette nouvelle haine du juif. Marc avait fait un article sur l'affaire, à l'époque. Il avait vu le corps du pauvre garçon, brûlé à quatre-vingts pour cent à l'acide. Et cette vision monstrueuse l'avait profondément déstabilisé, lui, le journaliste dur à cuire. C'est dans cet état d'ébranlement qu'il avait rendu compte du procès et fait le portrait de chacun des membres du gang. Ils étaient tous au chômage, tous enfants d'immigrés venus de pays africains, tous citoyens français, tous sans repères et frustrés, tous acculés, tous endoctrinés et pervertis par une littérature islamiste radicale, tous braqués contre les juifs devenus leur obsession. Et tous, à l'aide de cet islam de bric et de broc qui n'avait plus rien de commun avec la religion de leurs pères, dont ils méprisaient la volonté d'intégration et la faiblesse, s'étaient construit une identité de remplacement qui leur faisait miroiter une grandeur réalisable seulement dans la violence. La violence impitoyable. Avant toute autre chose, c'était ce qu'ils étaient : impitoyables. Ces jeunes de dix-sept, dix-huit, vingt ans, à peine sortis de l'enfance, étaient déjà des barbares. En criblant Halimi de coups de couteau, en lui infligeant la brûlure de leurs cigarettes, ils récitaient des vers du Coran. Et c'est au nom d'Allah qu'ils lui avaient coupé un orteil et une oreille. Marc s'était plus particulièrement intéressé au chef du gang, tombé sous l'emprise d'un délire haineux. Il avait écouté ce jeune homme dont les parents venaient de Côte d'Ivoire et pensé : en voilà un qui a transplanté dans les banlieues françaises toute l'histoire de la violence de son pays, nourrie au lait de la traite des esclaves et de l'exploitation, de la dépossession culturelle et de l'usurpation, du despotisme, de l'arbitraire et de l'humiliation, de la guerre civile et de la corruption. Mais comment était-ce possible ? Et que faisait-on de cet héritage du colonialisme ? Comment se libérait-on du ressentiment ? Et pourquoi un vendeur de téléphonie mobile de vingt-quatre ans était-il tenu responsable de toute cette misère – lui plutôt que les véritables acteurs qui, s'ils ne chantaient plus dans leurs quartiers chics les louanges du bon vieux temps en célébrant leur domination comme un acte civilisateur, s'arrogeaient néanmoins toujours le privilège d'intervenir dans les affaires politiques et économiques des pays africains afin de s'assurer un accès aux ressources stratégiques. Pourquoi un juif devait-il en porter les conséquences ? Parce que les faibles faisaient une proie plus facile que les puissants, voilà tout.

Pendant trois semaines, dans la cave d'un immeuble HLM, le "gang des barbares" s'en était donné à cœur joie avec Ilan Halimi. Des voisins et des connaissances étaient passés voir. Ils étaient venus, ils avaient assisté au spectacle, et aucun d'eux n'avait songé à informer la police. C'était ce qui avait anéanti Marc, ce qu'il n'avait plus pu, plus voulu comprendre, parce qu'il y voyait explicitée toute l'insignifiance de ladite culture humaine, de la génétique de la morale. Une poignée de dingues qui voulaient torturer, passe encore. Chaque époque produisait ses psychopathes. Il fallait les enfermer. Point à la ligne. Mais que faisait-on des badauds qui se rinçaient l'œil ? Où était l'instance suprême de leur conscience ? Construisait-on une société sans conscience, dans laquelle l'impulsion archaïque de tuer n'était plus neutralisée par l'impulsion contraire de la conscience qui l'interdisait ? En était-on vraiment arrivé à cette culture du divertissement dont le seul et unique objectif était de satisfaire les pulsions, cette culture contre laquelle son père ultraconservateur l'avait toujours mis en garde ? Et si oui, qui était à l'origine de la faute ? Lui, nous, eux, vous, l'époque, l'élite, les autres ? D'où venait cette haine ? Et comment la dépasser ? À l'époque, Marc n'avait pas su répondre à cette question. Il était capable d'observer les gens, oui, d'analyser leur comportement et leur environnement, de réfléchir à leur caractère et à leurs motivations et d'en rendre compte, mais il lui manquait l'assurance d'un Montaigne, d'un Pascal ou d'un Montesquieu pour mettre le doigt sur ce qu'était la nature humaine.

Il bavarda encore pendant un quart d'heure avec Déborah et lui demanda tout ce qui lui passait par la tête, juste parce que cela lui faisait plaisir d'entendre sa voix. Oui, elle était sa joie. Et c'était nouveau. Elle n'avait pas seulement éveillé son appétit sexuel, elle avait aussi augmenté sa ration quotidienne de joie.

Ensuite, il décida de se faire couler un bain, retourna dans la chambre et sortit son modeste dîner du sac en plastique. Plutôt que de manger au restaurant, il avait préféré s'acheter un sandwich et une bière dans une boulangerie. Il déballa le sandwich, l'examina, mordit dedans. La baguette était croustillante, et le poulet mariné dans une sauce au curry n'était pas mal non plus. Il ouvrit la bière, but quelques gorgées avides, avala une autre bouchée de pain.

Enfant, il avait préparé des tas de sandwichs avec son grand-père et développé une certaine adresse manuelle et gustative en la matière. Pour ce dîner frugal, ils recouraient toujours au même rituel. Son grand-père, à six heures sonnantes, l'envoyait d'abord en éclaireur au rez-de-chaussée tandis qu'il jetait encore un coup d'œil au courrier, dans son bureau du premier étage.

"Va voir si elle est partie, maintenant", lui donnait-il pour mission et, chaque fois, Marc dévalait les escaliers pour s'assurer que la cuisinière quittait bien la cuisine, éteignait la lumière, prenait son manteau dans l'armoire et l'enfilait. Il tenait consciencieusement son rôle de maître de cérémonie et respectait toutes les instructions à la lettre. "Elle est partie, criait-il comme on le lui avait demandé, dès que l'imposante porte de la maison se refermait sur l'imposant derrière de la cuisinière.

— On peut y aller ?

— Oui.

— Tu es sûr ?

— Mais oui, oui, sûr et certain !" criait-il, tout excité, en sautant d'un pied sur l'autre.

Jamais il ne s'écoulait plus d'une ou deux minutes avant que son grand-père se lève, mais l'attente était si insupportable qu'elle exacerbait ses sens jusqu'à rendre sa perception presque douloureuse. Debout en bas de l'escalier, aux aguets, comme écorché vif, il s'efforçait de saisir ce que faisait son aïeul. L'avait-il entendu s'éclaircir la voix ? Et ça, n'était-ce pas le bruit que faisait la chaise quand il la repoussait ? Était-ce maintenant son pas ? Son ombre ? Enfin, son grand-père descendait tranquillement l'escalier. "Eh bien, allons-y", disait-il, et ils allaient à la cuisine où le couvert était mis pour deux personnes. Toujours de la porcelaine fine, des couverts en argent, un verre à eau pour Marc, un verre à vin pour monsieur. Ils inspectaient les casseroles dans lesquelles le délicieux dîner officiel, prêt à être servi, attendait d'être réchauffé.

"Et si nous mangions plutôt un sandwich ? Il n'y a rien de bien passionnant là-dedans, pas vrai ? décidait chaque fois Hubert Bourgueil. (Et Marc battait des mains.)

— Oui, oui, oui !

— Alors, que dit le menu d'aujourd'hui ? demandait son grand-père en ouvrant le frigidaire. Œufs ?

— Oui, des œufs, c'est cool.

— Jambon ?

— Bof.

— Comment ça, pas de jambon ? Pourquoi ça ? Qu'est-ce que tu as contre du bon jambon cuit ? Enfin, c'est toi qui vois. Fromage ?"

Clayette après clayette, tous les aliments étaient passés en revue et appréciés.

Ils avaient créé quelques sandwichs de légende : rémoulade, rosbif, salade, tomates – c'était son préféré. Thon, œufs, oignons, câpres, mayonnaise, cresson – celui de son grand-père. Poulet, lardons, tomates, avocat, mayonnaise leur plaisait à tous les deux. Marc, expert ès sel et poivre, donnait à l'ensemble la touche finale de l'assaisonnement. Ils menaient des négociations serrées : cresson ou laitue d'hiver, beurre ou rémoulade, avec ou sans fromage… Dans le réfrigérateur, les œufs étaient déjà cuits et pelés, les oignons déjà émincés, la salade lavée et essorée, le poulet découpé, les lardons grillés… et, bien sûr, Marc ne s'en était jamais étonné.

Un soir, tandis qu'ils préparaient leurs sandwichs, il avait abordé avec son grand-père l'affaire du bijou :

"C'est à cause de la broche que vous vous êtes disputés ?

— Qui ça, vous ? avait demandé Hubert Bourgueil en empilant de la salade, des tomates et des lardons sur sa tranche de pain.

— Papa et toi.

— Tu veux parler de la broche que je voulais offrir à ta mère ?

— Oui.

— Quand est-ce que nous nous sommes disputés à ce sujet ? (Hubert Bourgueil l'avait regardé avec étonnement.)

— Au minigolf.

— Tu nous as entendus parler de la broche ?

— Non.

— Mais tu penses quand même que c'était la raison de notre dispute ?"

Marc avait haussé les épaules.

"Tu es un petit bonhomme futé, avait dit le vieil homme en tartinant l'autre tranche de pain de moutarde. Tu comprends tout. Mais comment est-ce qu'on devient si intelligent ? C'est à force de manger des harengs ? C'est ce qu'on dit chez *vous*, non, que ça rend intelligent de manger du hareng ? Alors, tu veux quoi ? Hareng ou rosbif ?"

Bien sûr, Marc avait relevé le "vous" et compris ce que son grand-père entendait par là – "vous, les juifs", cette communauté à laquelle appartenait son père –, tout en sachant qu'Hubert Bourgueil ne refusait pas les juifs en tant que tels, ni même le judaïsme, mais uniquement son père. Son père, rien que son père. Sans réserve ni écart. Non pas que l'idée eût été plus facile à digérer que celle d'un racisme ordinaire.

Marc jeta les restes de son repas dans la corbeille à papiers et alla se déshabiller à la salle de bains. Il aurait bien bu un whisky, mais un bain ferait aussi l'affaire. Il entra dans l'eau chaude, ferma le robinet et s'allongea, les paupières closes, avant de mettre la tête sous l'eau. Ensuite, il se lava les cheveux, se savonna et se rinça. Dans la chambre, la sonnerie du téléphone retentit. Il noua une serviette autour de sa taille et sortit de la salle de bains, dégoulinant d'eau et jurant.

“Monsieur Rappaport, j’ai ici une dame qui aimerait vous parler.

— Une dame ?

— Je la fais monter ?

— Non, je descends.”

Il se sécha et s’habilla en vitesse.

Une dame ? Ici ? Allons bon.

19

Debout près des fauteuils groupés à l’entrée, elle feuilletait un vieux journal pris sur la pile posée sur une table basse en verre. Elle avait des boucles blond foncé et des traits fins qui semblaient s’être affaissés, comme si elle avait perdu beaucoup de poids d’un seul coup. Elle était bien faite et mettait en valeur sa silhouette dans un jean moulant et une chemise moulante elle aussi. C’était la première chose que remarqua Marc, et la première chose qu’il devait remarquer. Il s’approcha d’elle.

“Isabelle Bukowinski, se présenta-t-elle. Vous avez vu mon mari à midi.

— Venez, dit-il, puis, à l’intention de la gérante de l’hôtel qui ne les quittait pas des yeux : Nous allons nous mettre au jardin.

— Je vous apporte quelque chose à boire ?” demanda l’hôtelière, sa curiosité piquée au vif.

Aucun doute : elle brûlait d’envie de savoir ce qui se tramait et les raisons de cette entrevue entre Isabelle Bukowinski et son client.

“Je prendrai un whisky, s’il vous plaît, *single malt*. Et pour vous ?

— Une tisane au tilleul. Non, un verre de blanc. Ou bien non, une liqueur, décida finalement la visiteuse.

— Mirabelle, quetsche, cerise, poire ? demanda la gérante de l’hôtel.

— N’importe”, répondit Marc, et il emmena Isabelle Bukowinski à l’extérieur.

Ils suivirent un petit chemin bordé de pierres pour rejoindre les tables, sous un arbre à larges feuilles.

“Je vous en prie, asseyez-vous”, dit Marc en approchant une chaise en fer forgé. Il s’assit en face d’elle et attendit. Elle était venue pour parler, inutile de faire pression.

Une voiture passa en trombe, puis le silence revint. Marc examina plus attentivement la visiteuse, remarqua ses cheveux vigoureux, ses mains soignées. Un peu d’entretien domestique et la comptabilité de l’entreprise, ces mains manucurées n’en font pas plus, se dit-il. Mais elle n’avait pas non plus eu qu’une vie calme et monotone, sans quoi elle ne se serait pas trouvée là, face à lui.

“Vous vouliez me voir, dit-il en guise d’introduction.

— Oui.

— Que puis-je faire pour vous ?

— Mon mari m’a parlé de la conversation que vous avez eue aujourd’hui.

— Dans ce cas, vous savez pourquoi je suis allé le voir.”

Elle hocha la tête.

“Et vous avez quelque chose à me raconter, c’est ça ?

— Oui.

— De quoi s’agit-il, Isabelle, demanda-il prudemment. Ça ne vous dérange pas que je vous appelle par votre prénom ?

— Non.”

Elle se tut pendant un moment, puis se décida enfin : “Nicolas, mon mari, a souffert pendant des années. (Sa voix tremblait.) Il se faisait constamment des reproches.”

Elle se tut, et Marc insista : “Pourquoi ? Qu’avait-il donc à se reprocher ?

— Rien, protesta-t-elle, rien du tout. Si vous le connaissiez comme je le connais… C’est la personne la plus correcte… Il a payé son oncle, et pourtant il n’était qu’employé, il ne possédait rien. Et maintenant aussi, si vous saviez comment il est, comme patron… À l’époque… Il voulait aider Émilie, mais son père l’en a empêché.

— Il voulait l’aider à quoi ?”

Elle passa outre la question.

“C’était juste au moment où il intégrait l’entreprise, et tout le monde savait qu’il était le fils du vieux Bukowinski : la dernière chose dont ils auraient eu besoin, c’étaient des embêtements inutiles.

— Il voulait l’aider à quoi faire ? répéta Marc.

— Le père de mon mari venait de prendre un crédit et il avait obtenu ce marché…

— Isabelle, persista Marc, vous me dites que votre mari voulait aider Émilie. En quoi aurait consisté cette aide plus précisément ?”

La gérante de l'hôtel s'approcha de leur table avec un plateau et servit les boissons.

“Pour vous, j'ai mis des olives, et pour toi, Isabelle, des biscuits à tremper. C'est notre meilleur whisky. Moi, je n'y connais rien, mais il paraît qu'il est très bon.”

Marc but une gorgée. Il était fort, légèrement fumé.

“Bon, eh bien, je vous laisse alors, dit la gérante sans faire mine de s'en aller. Si vous avez besoin de quelque chose, je suis là pendant une bonne demi-heure encore. Ah ! Avant que j'oublie : si vous ne me voyez plus en bas, monsieur Rappaport, vous serez gentil de fermer la porte d'entrée avec la clef de votre chambre.”

Enfin, elle s'éloigna, et Marc résuma ce qu'Isabelle Bukowinski lui avait raconté jusque-là : “Donc, votre beau-père avait pris un crédit. Et votre mari, qui travaillait à l'époque dans l'entreprise de son père, craignait que les commandes ne se fassent rares si…

— Oui, oui, voilà.

— Si quoi, Isabelle, si votre mari faisait quoi ?

— Émilie pensait que… Au fait, je la connaissais, j'étais dans le même lycée, dans une autre classe, mais au même niveau…

— Émilie pensait quoi ? demanda Marc pour la ramener vers son fil rouge.

— Elle pensait que son père avait été empoisonné.”

Marc avait émis beaucoup d'hypothèses, mais pas celle-là.

“Par qui, par sa femme ?

— Mais non, répliqua Isabelle Bukowinski, étonnée. Qu'est-ce que c'est que cette idée ?”

Il y eut un nouveau silence et, à nouveau, il dut insister.

“Donc, Émilie pensait que son père avait été empoisonné.

— Elle n'avait absolument aucune preuve. C'était une idée fixe. Elle nous a tous rendus dingues avec ça. Elle était comme possédée.”

Marc sentit qu'il valait mieux ne plus l'interrompre. Il fallait la laisser parler comme elle l'entendait. Il serait toujours temps de mettre ensuite de l'ordre dans ce qu'elle disait.

“Plus l’état de son père empirait, et plus elle s’entêtait dans cette voie. Elle ne pensait plus qu’à ça, elle en parlait tout le temps. Je crois qu’elle ne voulait pas faire face à la maladie de son père. Il lui fallait ça, sa colère, je veux dire. Elle voulait absolument parler avec la direction.

— La direction ? Quelle direction ?

— Elle pensait que le cancer de son père était dû à son travail au sein du groupe.

— Vous voulez dire qu’il avait été en contact avec des substances cancérogènes ?

— Oui. C’est ça, exactement. Nicolas a essayé de l’en dissuader. Il y avait beaucoup de choses en jeu. Le père d’Émilie était toujours salarié du groupe, en plus. Qu’est-ce qu’elle croyait ? Qu’elle pouvait se pointer et dire : « Vous avez empoisonné mon père » ? Et qu’ils allaient avouer et s’excuser ? Au moins, Nicolas a réussi à la convaincre de ne pas s’adresser directement au groupe, mais de prendre contact avec un député.

— Et elle l’a fait ?

— Oui.

— Vous vous rappelez le nom du député ? demanda Marc.

— Non.

— Il était à l’Assemblée nationale ?

— Je ne sais pas.

— Au conseil régional ?”

Elle haussa les épaules.

“Vraiment, je n’en sais rien. Je veux dire, je n’ai pas suivi ça de près.

— Et votre mari, vous pourriez lui poser la question ? Il se souvient peut-être encore de son nom.

— Non.”

Le “non” était si catégorique que Marc sut qu’il était inutile d’insister.

“C’était quand, exactement ?”

Elle réfléchit.

“Avant notre bac.

— En 1983, donc.

— Oui.

— Bon, Émilie a parlé avec ce député, et après ?

— Il ne l'a pas crue non plus. Il lui a dit que même si elle avait raison, elle ne pourrait pas faire grand-chose, à son âge et sans preuves ! (Elle posa sur Marc un regard insistant.) Après ça, Émilie était déchaînée. Elle était aussi en colère parce que sa mère…"

Elle hésita.

"Je sais que sa mère avait un amant."

Isabelle Bukowinski le regarda, d'abord interdite, puis poursuivit comme s'il était parfaitement normal que Marc fût au courant d'un scandale qui, trente ans auparavant, avait secoué une petite ville de province.

"Elle a reproché à Nicolas d'être lâche. Il s'était occupé d'elle pendant des semaines et, en guise de remerciement, elle l'a traité de lâche. Elle lui en voulait parce qu'il refusait de la croire. Mais on ne peut pas forcer ces choses. Et qu'est-ce qu'il aurait dû faire ? L'encourager dans sa folie ? Contre la volonté de son père ? À supposer qu'il l'ait crue, qu'est-ce qu'il aurait dû faire ? Allez voir avec elle la direction du groupe ? On les aurait mis dehors, de toute façon. Et le père de Nicolas n'aurait plus eu de commandes. De personne."

Voilà donc ce qui depuis trente ans, à défaut d'empêcher Nicolas de dormir, lui pesait néanmoins sur la conscience. Il suffisait de voir son épouse tirée à quatre épingles tremper les lèvres dans son verre de liqueur, il suffisait de songer au corps d'athlète du mari pour comprendre que Nicolas Bukowinski exigeait beaucoup de lui-même et de son entourage, et que les erreurs, ou même l'ombre d'une tare, étaient peu compatibles avec ses exigences élevées. Être lâche, pour un homme de cette trempe, c'était plus qu'un petit défaut cosmétique, c'était une vraie marque de Caïn. Sans compter qu'il n'était plus possible d'arranger ou de clarifier les choses puisque celle qui lui avait reproché de ne pas la soutenir par couardise était morte.

"Alors du coup, un an plus tard, quand nous avons appris que… quand Nicolas a appris… qu'elle…

— Vous voulez dire : qu'elle avait été assassinée ?

— Oui, murmura-t-elle. Et au moment de l'enterrement, ici… c'était horrible. Nous étions tous très choqués.

— Bien, fit Marc en constatant qu'elle ne comptait pas continuer. Je résume. Le père d'Émilie tombe malade. Émilie croit qu'il a été exposé à des substances cancérogènes. Comment lui est venue cette idée ?

— Quelle idée ?

— Que son cancer était lié à son travail.

— Parce que le frère d'une autre élève du lycée est tombé malade à peu près au même moment.

— Et le frère, j'imagine, travaillait dans la même entreprise ?

— Exactement.

— Cette entreprise, elle s'appelle comment ?

— Nutrissor."

Nous y voilà, songea Marc, le plus gros employeur de la région.

"Et l'autre employé, vous vous souvenez de son nom ?

— Non.

— De celui de sa sœur, peut-être ?

— Non, je ne m'en souviens pas non plus."

Marc tenta le tout pour le tout.

"Caroline ?

— Oui. Oui, voilà. Caroline. Comment vous le savez ?"

Le puzzle, lentement, prenait forme.

"Et cette Caroline, elle pensait aussi que la maladie de son frère était une maladie professionnelle ?

— Je crois que oui.

— Pourquoi ?

— Parce qu'Émilie avait le don de convaincre les gens."

Bukowinski père et fils mis à part.

"Ce n'est qu'une supposition, conclut-il. Vous n'avez pas de preuve concrète.

— Elles étaient toujours fourrées ensemble.

— Pour quoi faire ?

— Elles se parlaient. Elles passaient leur temps à se parler."

Elles s'étaient trouvées. Chacune avait reconnu en l'autre quelqu'un avec qui partager ses craintes, quelqu'un qui pouvait comprendre et était en proie aux mêmes angoisses. Pour ces deux jeunes filles privées de leur insouciance depuis le jour où la maladie avait percuté leur vie de plein fouet, cette rencontre avait dû être un cadeau du ciel. Entourées de naïfs, elles étaient sans doute devenues indispensables l'une à l'autre. (Et comment Isabelle aurait-elle pu comprendre le sentiment d'impuissance absolue que la maladie et la proximité de la mort suscitaient chez les patients et leurs proches ? À tous les coups, Mme Bukowinski goûtait encore aujourd'hui le luxe de pouvoir se plaindre de ses deux parents.) Donc, elles s'étaient parlé. Bien. La seule chose qu'on pouvait en déduire, cependant, c'était qu'elles s'étaient soutenues, rien de plus. Et si l'on songeait à l'entourage proche d'Émilie – une mère qui avait fui dans une relation extraconjugale, un petit ami qui s'était débarrassé d'elle et de ses soucis avec l'efficacité d'un futur petit entrepreneur –, il était plutôt normal qu'elle se soit raccrochée à cette planche de salut qu'était Caroline.

"Donc, elles se parlaient. Et c'est tout ?

— Je ne suis au courant de rien d'autre.

— Je ne sais pas, elles n'ont pas essayé de contacter ensemble l'Inspection du travail ?

— L'Inspection du travail ?

— L'unité qui contrôle les installations tous les ans ou tous les semestres.

— Je ne sais pas.

— Ou le médecin de l'entreprise ?"

Isabelle Bukowinski ne voyait pas du tout de quoi il parlait. Mais Marc avait suffisamment d'informations pour pouvoir faire des recherches.

"À ce moment, est-ce qu'Émilie était encore avec Nicolas ?

— Oui.

— Donc, si elle avait fait des démarches quelconques, il aurait été au courant?

— Je suppose, oui.

— Quand se sont-ils séparés ?

— Juste avant le bac."

Le salaud. Il avait veillé à ce que les états d'âme de sa petite amie ne lui fassent pas rater son petit baccalauréat de rien.

"Le père de Nicolas lui a interdit de voir Émilie. Elle n'avait plus le droit d'aller chez eux. Du coup, ils se sont affreusement disputés : Émilie ne comprenait pas pourquoi Nicolas ne s'imposait pas face à son père. Il faut connaître son éducation pour comprendre… Si vous aviez connu son père…

— Isabelle, l'interrompit Marc, je ne suis pas ici pour juger votre mari ni qui que ce soit."

Vraiment ? Avait-il aussi peu de préjugés qu'il le prétendait ? Non. Loin de là. Il n'y avait pas plus partial et subjectif que lui. Elle était venue obtenir le pardon pour son mari ? Il n'était pas d'humeur généreuse. Elle voulait recevoir le sacrement de pénitence pour ce fumier ? Il n'était pas prêtre, et ce jardin n'était pas un confessionnal. Il faudrait qu'elle s'adresse à quelqu'un d'autre. Désolé.

"Racontez-moi simplement ce qui s'est passé", dit-il.

Elle but une petite gorgée et continua :

"Nicolas et Émilie ont passé leur bac. Et puis Nicolas a rejoint l'entreprise de son père et Émilie a déménagé à Paris pour faire ses études.

— Émilie et votre mari sont-ils restés en contact par téléphone ou par courrier ?

— Non.

— Est-ce qu'Émilie venait à Charfeuil pour les vacances ?

— Pas que je sache.

— Ils n'avaient donc plus aucun lien ?

— Non.

— Et quand est-ce que Nicolas et vous avez commencé... (Marc hésitait soudain sur la façon de nommer les choses.) Quand êtes-vous devenue la petite amie de Nicolas ?"

L'avait-il vue rougir ? Tiens donc. Isabelle avait succédé à Émilie et joué les lots de consolation. Marc avait entendu dire un jour que les meilleures relations commençaient ainsi, par un succédané. Il se demanda un bref instant si Émilie, à supposer que son père ne soit pas tombé malade, se serait contentée d'avoir décroché le plus joli garçon de la ville. Se serait-elle accommodée de devenir l'épouse respectable d'un respectable petit entrepreneur ? Qu'aurait été sa vie si la maladie de son père ne l'avait pas déstabilisée ? Il reprit :

"Jusqu'à sa mort, vous n'avez donc plus eu aucune nouvelle d'elle ?

— Non.

— Ni d'informations sur elle ?

— Comment ça ?

— Les gens parlaient-ils d'elle ? Je veux dire, vous savez bien comment Émilie gagnait sa vie.

— Non.

— À Charfeuil, il n'y avait pas de rumeurs sur elle ?

— Non.”

Évidemment. Elle avait fréquenté un tout autre milieu, même si ce n’était qu’en tant que prestataire. Elle avait exercé un métier dit “malhonnête”, mais dans un certain sens, elle avait monté l’échelle jusqu’à des sphères inaccessibles aux gens de Charfeuil.

“Elle n’était donc en contact avec personne ici ?

— Non.

— Même pas avec Caroline ?

— Ça, je ne sais pas.

— Et vous ? Quand avez-vous à nouveau entendu parler d’elle ?

— Après sa mort, murmura-t-elle.

— Qui vous en a parlé ? demanda Marc.

— Tout le monde.”

Marc imaginait sans peine que la nouvelle s’était répandue comme une traînée de poudre. Que les gens avaient transmis et répété l’information, inlassablement, comme une litanie. Vous êtes déjà au courant pour la petite Thevenin ? C’est effroyable. Et vous savez ce que la petite devait faire pour gagner sa vie ? C’est bien terrible. Enfin ! Avec une mère comme ça ! Imaginez un peu : étranglée. La pauvre gamine. Des choses pareilles, c’est un monde. Mais que voulez-vous, voilà ce que c’est, Paris !

Ils restèrent assis encore un moment et vidèrent leurs verres dans un silence tacite. Ensuite, Marc raccompagna la visiteuse à sa voiture.

“Isabelle, dit-il alors qu’elle était sur le point de monter dans le véhicule, je peux vous poser encore une question ?

— Bien sûr.

— Votre mari sait-il que vous êtes ici ?

— Non.

— Et vous n’avez pas peur qu’il l’apprenne ? C’est une petite ville, quand même.”

Elle sourit enfin.

“Vous n’êtes pas marié, j’imagine ? dit-elle.

— Non.

— Je suis mariée depuis vingt-cinq ans. Et vous savez ce que c’est, notre secret ? Ne pas poser de questions auxquelles nous pourrions avoir des réponses déplaisantes.

— Je m’en souviendrai.

— Sage décision", dit-elle avec un large sourire un peu moqueur.

20

Pour commencer sa journée, Marc fit sagement ses devoirs et chercha tout ce qu'il pouvait trouver sur Nutrissor. Il demanda qu'on lui serve dans sa chambre une grande cafetière pleine de café, du pain frais et de la confiture, mangea sur le balcon, puis rentra dans la pièce fraîche, encore ébloui par le soleil, et s'assit sur le lit avec son ordinateur. D'une oreille distraite, il écoutait en même temps la gérante de l'hôtel qui discutait sous ses fenêtres avec un jeune garçon.

"Maxime ne demande que huit euros de l'heure pour tondre le gazon.

— Oui, mais j'ai deux ans de plus que lui.

— Ce n'est pas la question, Gauthier, répondit la gérante de l'hôtel avant de capituler. Bon, très bien, dit-elle, je te donne dix euros, mais tu enlèves aussi les mauvaises herbes."

L'espace d'un instant, Marc songea à cette femme aux cheveux teints en roux flamboyant et à la vie qu'elle menait. Il la voyait, année après année, préparer les chambres d'hôtel pour les estivants, envoyer des factures et en payer, noter des réservations, ramasser les feuilles mortes, se réjouir de la neige tombée au premier matin blanc de l'hiver, décorer son sapin de Noël et se demander comment elle pourrait améliorer la fréquentation de l'hôtel, au moins le week-end. Année après année, les mêmes gestes et les mêmes soucis qui se succédaient jusqu'à former un tout si dense qu'on aurait pu le croire fait pour résister au temps.

À ce que disait son site Internet, Nutrissor fabriquait des vitamines et des minéraux pour l'élevage. L'entreprise avait été fondée à Charfeuil en 1939 par un certain Michel Bonnet, chimiste, qui avait anticipé l'industrialisation de l'agriculture dans les pays développés. En ces temps idéalisés où les vaches broutaient encore dans les prés, il avait pris le pari que les exploitations agricoles en viendraient à l'élevage de masse et tiré toutes les conséquences logiques de cette vision : premièrement, les fermes d'élevage intensif ne disposaient pas de la superficie suffisante pour cultiver elles-mêmes la nourriture nécessaire à leurs bêtes. Deuxièmement, on aurait donc besoin d'aliments tout prêts. Et troisièmement, ces aliments devraient être enrichis en vitamines et en minéraux afin de pouvoir couvrir de manière optimale les besoins nutritifs des différentes espèces. "Mieux nourrir les animaux pour mieux nourrir les hommes", telle avait été la devise de Bonnet quand, dans l'entre-deux-guerres, il avait été le premier à mettre au point des nutriments essentiels de synthèse. Il avait commencé par la méthionine, destinée aux élevages en batterie. Très vite avaient suivi vitamines, substances minérales et enzymes, le tout à grande échelle. Un cynique ? Un pragmatique ? Un visionnaire ? En tout cas, Michel Bonnet avait eu suffisamment d'aplomb, de persévérance et de connaissances pour développer au milieu de nulle part quelque chose dont personne ne savait vraiment au début ce que c'était ni à quoi c'était censé servir. M. Bonnet avait-il aussi vu dans ses rêves éclairés les cages surpeuplées, les sas de tri commandés par ordinateur, les gigantesques batteries de ponte ? Peut-être pas dans tous leurs détails choquants. Mais sans doute voyait-il la réalité des faits de sorte qu'elle puisse convenir à ses ambitions. Le ripolinage et la mauvaise foi étaient parties constituantes du succès. D'un point de vue économique, son plan avait été plus qu'une réussite. Chaque année, Nutrissor expédiait par bateau des conteneurs entiers d'additifs pour l'alimentation animale à des clients répartis dans plus de cent quarante pays. Il suffisait de se fier aux estimations des Nations unies, selon lesquelles 55 % de la viande de porc, 72 % de la volaille et 6 % de la viande de bœuf provenaient de l'élevage intensif, pour comprendre comment Nutrissor, avec des vitamines et des oligoéléments de synthèse, parvenait à dégager un chiffre d'affaires annuel de plus de trois milliards d'euros.

Premier acte. – En 1971, l'entreprise familiale de Michel Bonnet est rachetée par le groupe chimique Rohrer, qui s'offre ainsi une entreprise à la pointe du succès dans le secteur très lucratif de la chimie agricole. L'entreprise Michel Bonnet et fils devient Rohrer Animal Division.

Deuxième acte. – Dix ans plus tard, en 1981, François Mitterrand ordonne la nationalisation de la quasi-totalité des banques et compagnies financières encore privées ainsi que des cinq plus grands groupes industriels du pays, dont le géant de la chimie Rohrer.

La France, avec ses deux millions de chômeurs et un taux d'inflation de presque 14 %, célèbre dans la rue "la rupture progressive avec le capitalisme", tandis que Pierre Dreyfus, ministre de l'Industrie, assure aux industriels inquiets que les entreprises continueront d'être dirigées selon les principes de l'économie de marché.

Marc, alors âgé de six ans, n'avait bien sûr pas saisi l'ampleur de cette décision que son père saluait avec un idéalisme entier et une inévitable pointe d'idéologie alors que son grand-père, pour des raisons évidentes, la rejetait catégoriquement. Dans le bureau d'Hubert Bourgueil, le petit garçon autorisé à construire près du canapé en cuir la pelleteuse Lego qu'on venait de lui offrir considérait surtout la nationalisation de l'industrie française comme un élément perturbateur : au lieu d'inventer de nouveaux sandwichs avec lui ou de l'aider à construire son Lego, son grand-père, pendu au téléphone, s'employait à se rassurer et à rassurer ses interlocuteurs.

"Mais enfin, François, qu'est-ce que vous croyez, qu'ils vont nous déposséder de nos biens ? Et comment vont-ils payer ? Avec leur déficit budgétaire ? Comment ? Mais non. Allons. C'est ridicule. Même ces têtes creuses ne peuvent pas croire sérieusement qu'il suffit de saigner à blanc quelques riches."

"Mon cher Xavier, quelle que soit sa vision du monde, notre illustre gouvernement devra lui aussi tenir compte des impératifs économiques. Les règles de l'économie de marché sont les mêmes pour tous. Vous comprenez ? *Pour tous !*"

"Très bien, ils n'ont qu'à devenir le premier employeur du monde. À supposer qu'ils le fassent vraiment, à supposer qu'ils nationalisent, eh bien, nous verrons ce qui se passera quand ils auront sur le dos deux millions de chômeurs qui réclament ce qui leur a été promis. Allons donc ! Personne ne veut se coltiner ça. Avec quoi veulent-ils financer les bonnes actions auxquelles ils se sont engagés ? Croyez-moi, rien ne changera, *absolument rien*, quoi qu'il arrive."

Troisième acte. – La nationalisation entraîne une série de démissions. Le chef du groupe Rohrer rend lui aussi son tablier et justifie sa décision dans une interview : il est impossible, déclare-t-il, de diriger un groupe selon les formules de la politique économique socialiste. Concilier la restructuration nécessaire de branches entières de la production avec le maintien des emplois imposé par le gouvernement, c'est la quadrature du cercle.

Devenu actionnaire majoritaire, l'État redéfinit les règles du jeu. Et l'objectif qu'il fixe n'est pas l'optimisation des gains, mais la solidarité. Le chef veut licencier ? On le limoge. Son poste est confié au directeur de cabinet du ministre de l'Industrie. Quatrième acte ?

Non, une petite minute ! Arrêtons-nous d'abord sur cette nationalisation et ses acteurs. Le grand-père de Marc avait tort et raison tout à la fois. Rien ne changeait, et tout changeait. Mais la métamorphose profonde qui allait se produire en France au moment où les hauts fonctionnaires allèrent se nicher dans les bureaux des directions, dans les anciennes entreprises familiales, personne ne l'avait vraiment prévue, et certainement pas le gouvernement socialiste. Non, aucun de ces serviteurs de l'État n'allait agir en pionnier de l'économie sociale de marché : ils achetèrent, fusionnèrent et désinvestirent comme jamais auparavant. Tandis que tout le pays se consumait en songeant au bon vieux temps et que chacun se racontait sa propre histoire de la France, les technocrates descellaient les entreprises familiales du socle de leur tradition. Sans aucun sentimentalisme, ils abandonnaient des secteurs classiques, réduisaient le personnel, vendaient des sites et créaient entre les entreprises des liens de niveau international. Ironie du sort, une fois que le rêve socialiste eut tourné court, le taux de chômage et l'inflation grimpant en flèche, ce furent eux qui, sous les yeux d'une gauche qui ne comprenait plus rien de ce qui lui arrivait, sonnèrent l'avènement du nouveau libéralisme.

Quatrième acte. – Au bout d'une année seulement, la situation est désastreuse. L'inflation n'a pas été freinée, ni le chômage endigué (rien que dans le secteur sidérurgique, douze mille personnes ont perdu leur emploi). Les groupes nationalisés qui auraient dû devenir le moteur du progrès économique n'ont pas réussi à combler les trous financiers. La sidérurgie et la chimie, surtout, se révèlent être des branches perdantes. Pour sauver les deux secteurs touchés, des aides financières énormes sont injectées à maintes reprises, et le gouvernement atteint bientôt ses limites financières.

La nationalisation des grandes entreprises, la réduction du temps de travail, l'abaissement de l'âge de la retraite, l'augmentation du revenu minimum… les socialistes avaient vu trop grand. Même la dévaluation du franc et la création de nouveaux impôts ne sont plus à même de réduire le déficit budgétaire désormais colossal.

Deux ans à peine après la victoire électorale de Mitterrand, la "France solidaire" se casse les dents sur la réalité.

Cinquième acte. – En 1993, l'idée selon laquelle il est possible de guider l'évolution économique du pays en en détenant les principales industries est définitivement considérée comme caduque. Rohrer est reprivatisée.

Si la direction de l'entreprise recevait auparavant ses objectifs de l'administration centrale, désormais, après la libéralisation des marchés, elle n'agit qu'en faveur des actionnaires privés. Une différence minime, mais décisive. Valeur actionnariale, maximisation des gains, indexation sur la valeur boursière… tels sont les nouveaux mots-clefs. Ce que ce recentrage sur les intérêts des actionnaires signifie concrètement pour Rohrer ? En premier lieu, un passage à la moulinette.

La branche non rentable "Fibres et polymères" est filialisée. La protection phytosanitaire et la santé animale restent ancrées dans l'entreprise.

Les donneurs de fonds propres estiment que l'entreprise doit se concentrer sur ses activités principales. Et, en 1993, les donneurs de fonds ont toujours raison.

Sixième acte. – Avec une augmentation du chiffre d'affaires de 4,2 %, les résultats des années 1994 et 1995 sont en dessous des attentes des actionnaires. En conséquence de quoi, Rohrer se sépare de la chimie agricole devenue bien moins rentable et, en 1996, revend l'alimentation animale à un groupe d'investisseurs du Texas. Le groupe "Alimentation animale" poursuit ses activités sous le nom de Nutrissor.

Septième et dernier acte. – En 2006, les Texans rentabilisent leur investissement en cédant Nutrissor au leader chinois du marché.

En résumé, on pouvait dire que toutes les expériences sociales et économiques des trente dernières années avaient été tentées sur le groupe. Vente, ouverture des capitaux, transfert de pavillon, nationalisation, reprivatisation, révolution technologique, introduction de l'euro… Le groupe avait tout connu. Assis sur le lit, devant la fenêtre ouverte par laquelle lui parvenait l'odeur de l'herbe fraîchement tondue, Marc avait pourtant l'impression que concrètement, pour les travailleurs, les choses n'avaient pas beaucoup changé. Était-ce vraiment possible ? Oui et non. Si l'entreprise avait connu différents investisseurs, elle n'avait jamais cessé de produire ce qu'elle fabriquait depuis toujours. Les managers successifs avaient peut-être apporté de nouvelles idées dans le groupe, mais ce n'étaient que des détails si l'on songeait que la palette de produits était restée inchangée pendant toutes ces années : des additifs pour l'alimentation animale – peu importent les fluctuations de personnel. Des additifs pour l'alimentation des volailles, des bovins et des porcs – peu importe ce qu'on en pensait.

L'autre constante, c'était la peur. À chaque vente annoncée, avant chaque arrivée d'un nouveau groupe d'investisseurs, elle avait su soumettre les travailleurs. Dans un univers où ceux d'en haut décidaient du sort de ceux d'en bas, l'angoisse d'être *mis au rebut* par un technocrate de la grande ville faisait partie du quotidien.

Marc commençait à comprendre pourquoi il avait eu toutes les peines du monde à trouver des gens qui s'intéressent à l'histoire d'Émilie. Elle était persuadée que son père avait été exposé à des substances cancérogènes sur son lieu de travail. Aujourd'hui encore, cette supposition avait assez d'impact pour que les gens tournent plus ou moins poliment le dos à un journaliste qui voulait en savoir plus. Ici, évoquer le Groupe avec un grand G devant quelqu'un comme lui, venu de Paris, ne pouvait que causer des ennuis.

Il voyait désormais mieux comment procéder, et il savait aussi que les informations étaient beaucoup trop nombreuses pour qu'il puisse les recueillir en solitaire. L'idée lui déplaisait, mais il avait besoin de l'aide de son stagiaire. Comment s'appelait-il déjà ? Sans tergiverser, Marc composa le numéro.

"Alex ?" tenta-t-il.

Gagné : le jeune homme, qui avait décroché dès la première sonnerie, répondit : "Oui ?"

21

Marc passa outre les politesses préliminaires, ne prit même pas la peine de mentionner son nom et demanda : "Tu as sûrement un copain étudiant qui fait la paperasse d'un député, non ?

— Oui, pourquoi ?

— Appelle-le. Je voudrais que tu ailles aux archives de l'Assemblée nationale.

— Aux archives de l'Assemblée nationale ?"

Cette manie qu'il avait de tout répéter sous forme de question quand il était sur le qui-vive… Il allait devoir lui faire perdre cette habitude, lui apprendre à noter ce qu'on lui disait et à se taire.

"Écris, dit Marc. Tu cherches un député de la 2e circonscription de l'Allier. VIIe législature.

— Septième quoi ?

— Bon Dieu, Alex, fais un effort. La VIIe législature de la Ve République. Du 2 juillet 81 au 1er avril 86. Tu notes ?

— Oui."

Personne ne laisserait Marc pénétrer sur le site de l'usine. Personne ne voudrait lui parler. Qu'importe, il pouvait aussi accéder à cette histoire autrement, par la porte de service, pour ainsi dire.

"Tu cherches une plainte qu'aurait éventuellement déposée une certaine Émilie Thevenin contre un groupe industriel de Charfeuil. Le groupe a changé plusieurs fois de nom, donc tu te focalises sur ce qu'il vend. Des additifs pour l'alimentation animale. La plainte a été déposée auprès du député ou de son suppléant. OK ?

— OK.

— Deuxièmement : tu vas à la chambre de commerce et d'industrie ou au ministère de l'Environnement, à la direction générale de la prévention des risques. Le groupe est sûrement classé Seveso. Je veux que tu me trouves les rapports de sécurité."

Le jeune homme ne réagit pas, et Marc en déduisit que son stagiaire ne voyait pas du tout de quoi il était question.

"Un site Seveso, ça ne te dit rien ? Tu n'as jamais entendu parler de la catastrophe de Seveso ? Ni des directives mises en place pour éviter les accidents de ce genre ?"

Mais quoi de plus normal ? Chaque décennie avait ses catastrophes et sa mémoire collective. Comment un jeune de vingt ans aurait-il pu avoir en tête l'accident de la dioxine survenu dans les années soixante-dix dans une petite ville d'Italie ?

"Toute entreprise industrielle susceptible de menacer la sécurité des riverains est soumise à l'obligation de déclaration. Et dans l'entreprise dont je parle, on manipule des produits chimiques. Donc, non seulement elle est obligée de déclarer ses activités, mais en plus, elle est contrôlée régulièrement par l'Inspection de l'environnement. Des échantillons d'air, d'eau et de sol sont prélevés, et les bons citoyens que nous sommes ont un droit de regard. D'accord ?

— D'accord. Et je trouve ça où ?

— Je crois que les résultats des tests sont publiés dans les bulletins officiels de la chambre de commerce et d'industrie. Tu n'as qu'à demander. (Mais il changea aussitôt d'avis.) Attends, ça, je peux aussi m'en occuper ici."

Les rapports de l'inspection de l'environnement devaient aussi pouvoir être consultés à la direction régionale, à Rosaires. Il irait y faire un petit tour.

"Toi, tu t'occupes de l'Assemblée. Tu essaies de mettre la main sur cette plainte. Mais je doute que tu trouves quelque chose. Ça m'étonnerait qu'ils gardent ce genre de documents pendant trente ans. Enfin, vas-y quand même, on ne sait jamais."

Marc se rendit soudain compte que son stagiaire n'avait pas la moindre idée de ce qu'il faisait de ses journées. S'il voulait que le jeune homme soit tout feu tout flamme, il faudrait lui donner un peu plus d'informations.

"Il se peut que je te demande aussi de faire la même chose ici, à Rosaires. Alors, tiens-toi prêt !"

D'accord, s'il devait l'envoyer écumer tous les organismes publics de la région, il lui expliquerait pourquoi.

"La même chose à Rosaires ? demanda le jeune homme.

— Oui. Dans ce cas, il s'agira d'aller voir tous les endroits où une jeune femme très déterminée aurait pu se plaindre il y a trente ans. (Et, aurait-il pu ajouter, il y aura de fortes chances pour qu'on t'éconduise comme on l'a sûrement éconduite aussi.) Bureau du président du conseil général, bureau de son vice-président, bureau du responsable territorial, du conseiller général, du conseiller municipal, de la préfecture, de la communauté de communes, du maire…"

Marc entendit le jeune homme soupirer. Il se souvenait encore très bien d'avoir planché sur le système électoral français avec son grand-père paternel, que tout le monde appelait "le juif" pour simplifier. Il n'y avait bien qu'un émigré pour vouloir consacrer toute une semaine, tous les après-midis de cinq à sept heures, à expliquer à son petit-fils un système électoral que personne ne comprenait. Ou plutôt, il fallait avoir été forcé de quitter son pays à cause de la corruption et de la pauvreté, ou des persécutions dont les minorités étaient victimes, pour voir dans les institutions françaises plus que les résidus sclérosés d'une époque révolue depuis longtemps. Marc avait neuf ans, et au bout de deux jours seulement, ces rendez-vous avaient tourné au calvaire.

"Je n'y pige rien du tout, s'était-il rebiffé, brûlant d'envie de quitter l'appartement surchauffé et d'aller courir dans la rue.

— Qu'est-ce qu'il y a là à piger ? avait rétorqué son grand-père, exaspéré. Le Sénat est la chambre haute, et l'Assemblée nationale est la chambre basse. La chambre haute et la chambre basse décident ensemble des lois…

— Oui, ça, j'ai pigé, mais… avait-il protesté, tentant en vain de freiner son aïeul qui continuait sur sa lancée.

— … et les sénateurs sont élus au suffrage universel indirect par un collège électoral composé des députés de l'Assemblée nationale, des conseillers régionaux et des conseillers généraux.

— Justement, était intervenu Marc. Pourquoi est-ce qu'il y en a autant ?

— Autant de quoi, mon garçon ? D'étoiles, de feuilles, de scarabées ? Exprime-toi plus clairement !"

Marc savait que le soir, son grand-père se plaindrait à sa mère du manque d'égards avec lequel il traitait le plus précieux de tous les biens, la langue française. Indigné qu'on l'accuse injustement de laisser-aller, il s'était mis à bégayer. Son regard avait effleuré les yeux bleus et froids de son grand-père qui le toisait, sa peau ridée teintée de gris par la barbe duvetée et ses sourcils broussailleux haussés, avant de fixer la source de ses tourments : la bouche de son grand-père dont la lèvre inférieure rouge et proéminente se pressait, désapprobatrice, contre la lèvre supérieure bien plus fine. Marc avait examiné cette bouche détestable qui n'attendait que de s'ouvrir en un soupir méprisant, et quelque chose en lui était entré en rébellion.

"Pas des-des-des s-s-s-scarabées, avait-il bégayé, au plus fort de son désespoir. (Il n'avait pas de problèmes avec la langue française ; seulement, il ne savait pas comment appeler tous ces gens qu'on élisait tous les cinq ans. Qu'un gouvernement soit composé de ministres, d'accord. Et que l'Assemblée nationale, qui édictait les lois, se compose d'une chambre haute et d'une chambre basse, c'était, sinon simple, du moins concevable. Mais un conseil municipal, c'était quoi, et ça faisait quoi ? Et un conseil général ? Et puisqu'on en était à se poser des questions, en quoi les attributions de tous ces conseils communautaires et généraux se distinguaient-elles de celles des conseils municipaux ou de celles du maire ?) C'est ju-ju-juste qu'il y en a tr-tr-trop.

— Trop *de quoi* ? (La déception devant ce petit-fils qui ne jugeait apparemment pas nécessaire de s'exprimer en phrases complètes avait durci les traits de son grand-père.) À qui penses-tu en disant *trop* ? Trop de ministres ?"

Même si, à neuf ans, il n'avait pas su formuler sa supposition de sorte que son grand-père impatient comprît ce qu'il voulait dire, il était bien sûr dans le vrai. La France était divisée en 36 763 communes, 4 055 cantons, 101 départements et 27 régions, mais seuls quelques privilégiés avaient droit à un morceau du gâteau, car en pratique, plus de 80 % des parlementaires et plus de 70 % des sénateurs cumulaient les mandats. Et que ces représentants du peuple croient pouvoir être efficaces en étant tout à la fois député et président du conseil communautaire, général ou régional, sans se demander si ce casting multiple impliquait peut-être que certaines fonctions étaient superflues, c'était scandaleux. Mais il y avait plus scandaleux encore : la concentration des pouvoirs au sommet de la pyramide.

La jeune Émilie avait peut-être frappé à la porte de plusieurs administrations, mais sa plainte avait sans doute toujours atterri sur le bureau d'une seule et même personne.

22

Le groupe était un site "Seveso seuil haut". Son haut potentiel de risque le classait même comme établissement prioritaire, ce qui signifiait que le site devait être contrôlé régulièrement.

"J'ai un peu de mal avec la nomenclature. Vous pourriez m'aider pour déchiffrer ?" demanda Marc à l'employée du bureau des renseignements de la direction régionale de l'environnement de Rosaires.

Sans se soucier de la température extérieure, elle avait décidé de se préparer un thé. Devant la fenêtre ouverte, elle attendait que la bouilloire s'éteigne automatiquement.

"Qu'est-ce qui vous pose problème ? demanda-t-elle sans se retourner.

— Que signifie la lettre *D* ?"

Marc avait vue sur son dos. Elle était mince, et même maigre : ses os saillaient sous son tee-shirt moulant.

"Le *D*, c'est pour « déclaration »."

L'employée versa de l'eau bouillante dans une tasse rouge.

"Et le *C*, ça veut dire quoi ?

— *C*, répondit-elle, c'est pour « contrôle ».

— Donc, la date qui figure à côté indique quand l'entreprise a été contrôlée, c'est ça ?"

Elle daigna lui répondre par l'affirmative, pressa le sachet de thé avec une petite cuillère, le jeta dans une corbeille à papier et, sans lui accorder un regard, retourna à son bureau avec sa tasse brûlante. Elle l'avait examiné avec beaucoup de curiosité quand il était arrivé, mais dès qu'il lui avait fait part de ce qu'il cherchait, elle s'était aussitôt désintéressée de lui. Il avait même eu l'impression qu'elle le regardait d'un air de reproche. Comme si un étranger frappant à la porte de son bureau pouvait avoir une autre motivation que la seule qui fût logique, à savoir consulter les comptes rendus des contrôles de sécurité. Elle faisait partie de ces gens qui, par principe, abordent toujours la vie comme si on leur faisait offense. Conscient qu'il ne parviendrait pas à s'attirer ses bonnes grâces, il n'essaya même pas.

"Et le *a* en minuscule, c'est pour quoi ?

— Pour « annoncés ».

— Les inspecteurs annoncent leur venue ?"

Une fois encore, elle se contenta d'un "oui" lapidaire.

"Et le *i* ? demanda Marc.

— *I*, c'est pour « inopinés », répondit-elle.

— Donc les contrôles sont parfois annoncés, parfois pas.

— Si c'est écrit.

— Ici, il y a l'abréviation *a. s.* à côté d'une mesure.

— « Autosurveillance », répondit-elle comme pour se débarrasser au plus vite de sa réponse.

— Parce que l'entreprise a elle-même effectué les mesures ?

— Non."

Elle souffla sur sa tasse de thé.

"Je vous pose toutes les questions de terminologie maintenant, comme ça, je n'aurai plus à vous embêter après", dit Marc pour l'amadouer.

Aucune réponse. Compte tenu de la quantité de travail supplémentaire et inutile que cela impliquait, elle ne ferait aucun effort pour l'aider, mais pour la même raison, elle ne l'empêcherait pas non plus de consulter les rapports. Elle le voyait comme un enquiquineur, c'était clair. Mais elle n'exprimait son hostilité qu'en soufflant d'un air maussade sur sa tasse de thé. Elle subirait ses questions comme elle subissait tout ce que la vie lui imposait.

"Si l'entreprise n'effectue pas elle-même les mesures, pourquoi est-il écrit en marge « autosurveillance » ?

— Autosurveillance, cela veut seulement dire que l'entreprise s'engage à faire contrôler régulièrement le respect des directives légales en matière de sécurité et de protection de l'environnement", répondit-elle.

Quelle phrase ! Elle s'était surpassée côté longueur. Avait-il finalement réussi à attirer sa bienveillance ?

"Et qui choisit l'organisme externe ?

— Celui qui paie peut choisir.
— L'entreprise soumise au contrôle, donc."
Au lieu d'acquiescer, elle but une gorgée de thé.
Marc insista.
"Les échantillons d'eau, d'air et de sol sont analysés par un laboratoire indépendant ?
— Oui.
— Ce sont aussi eux qui font les prélèvements ?
— Si c'est marqué.
— Et qui mesure l'air sur les lieux de travail… ?"
Elle avait visiblement épuisé tout son quota de patience.
"Le même laboratoire indépendant ?
— Oui, et l'Inspection du travail.
— Mais où se trouve le rapport ? Je ne vois rien là-dessus."
Elle haussa les épaules.
Cette conversation lui rappelait la seule blague bretonne qu'il connaissait. Son grand-père Hubert la racontait toujours quand il voulait décrire à des investisseurs étrangers la mentalité des Français. Au début de la blague, un journaliste télé interroge un paysan breton taciturne sur son travail : "Racontez-nous un peu à quoi ressemble une année pour vous.
— Les mois d'hiver, commence l'agriculteur, mes blanches sont dans l'étable."
Le journaliste, qui ne voit dans le pré que des vaches noires, demande : "Et les noires, là ?
— Celles-là aussi. Et tout l'été, poursuit le paysan, je laisse mes blanches au pré.
— Et les noires aussi ? demande le journaliste.
— Oui, les noires aussi. Et puis, deux fois par jour, je trais les blanches."
Le journaliste interrompt l'agriculteur : "Vous ne parlez toujours que de vos vaches blanches. Pourquoi ?
— Parce que les blanches sont à moi.
— Et les noires ?
— Les noires aussi."
"Qu'est-ce que tu essaies de dire à tes amis étrangers en leur racontant cette histoire ?" avait un jour demandé Marc à son grand-père. Ils étaient allés au cinéma et dînaient au Dôme après la séance.

“Que les Français ne perçoivent de la réalité que ce qui colle avec leur vision des choses.

— Et toi ? Tu n’es pas français, peut-être ? avait répliqué Marc tandis que le serveur s’empressait de remplir à nouveau leurs verres.

— Non, je suis homme d’affaires.

— C’est-à-dire ?

— Je n’ai pas besoin de me raconter des mensonges sur le monde, je le crée moi-même.”

Marc avait ri. Et puis, oui, une fois encore, il avait admiré ce vieux renard. Six milliards de chiffre d’affaires, si ce n’était pas une performance ! Ce n’est qu’ensuite, chez lui, couché avec une demi-bouteille de chardonnay dans le sang, qu’il s’était rendu compte de l’énormité de cette phrase. Si ce que disait le vieil homme était vrai, si c’était vraiment à lui et à ses semblables qu’ils avaient abandonné le monde par paresse et par aveuglement idéologique, alors il n’y avait pas à donner cher de leur peau.

La fonctionnaire, en tout cas, était aussi taciturne qu’un paysan breton, ce qui n’empêcha pas Marc de continuer à la questionner.

“Mais l’air ambiant sur les lieux de travail a été analysé ou pas ? Parce que je ne vois que des résultats pour le sol, l’eau et l’air hors site, et pas…

— Bien sûr qu’il a été analysé, l’interrompit-elle sans délicatesse.

— Par le même laboratoire indépendant ?

— Et par l’Inspection du travail.

— Dans ce cas, pourquoi les résultats des analyses ne sont consignés nulle part ?

— Parce que les VLEP n’ont pas été dépassées, répondit-elle avant d’ajouter : Les valeurs limites d’exposition professionnelle pour les substances chimiques volatiles et les poussières.”

Marc regarda par la fenêtre. Comment en arrivait-on à ce degré de malheur qui vous faisait considérer tout et tout le monde comme une nuisance ? Quelles étaient les expériences qui forgeaient une telle personnalité ? Il eut tout à coup pitié d’elle.

“Juste une question et, ensuite, je vous laisse tranquille, dit-il. Il y a encore une chose que je ne comprends pas bien.”

Elle ne réagit pas. Elle ne lui offrait rien d’autre que son aversion, et ne recevait rien d’autre en retour que la sienne.

“Les inspecteurs ne doivent-ils pas établir une liste de toutes les substances utilisées susceptibles d’être dangereuses ?”

Elle lui jeta un regard courroucé.

“Non, c’est le rôle de l’employeur.

— Et qui informe les travailleurs des produits dangereux existants ? Toujours l’employeur ?

— Oui.

— L’employeur doit donc tenir ses employés informés sur ces produits ?”

Il ne récolta cette fois encore qu’un bref “oui”.

“Est-ce qu’on contrôle qu’il le fait vraiment ?

— Bien évidemment.

— Mais pourquoi n’est-ce mentionné nulle part ?

— Écoutez, dit la fonctionnaire, vous pouvez bien examiner les rapports aussi longtemps que ça vous chante, mais je ne suis pas le bureau des renseignements.”

Ah ? Apparemment, elle avait oublié ce qui figurait sur le panonceau apposé à sa porte : *Bureau de la direction régionale de l’environnement de Rosaires, Renseignements*. À une époque encore toute récente, Marc se serait fait un plaisir de défier quelqu’un de cet acabit, mais là, il n’avait qu’une envie : quitter ce lieu perclus aussi vite que possible. Il irait quémander toutes les autres informations directement auprès du laboratoire qui se chargeait des analyses depuis plus de dix ans. Ou alors, il contacterait le comité d’entreprise. Ou il irait frapper à la porte des syndicats. Il y en aurait bien un qui finirait par accepter de lui parler. Il nota le nom de l’inspecteur, remercia la fonctionnaire de son aide et sortit.

La ville tout entière dégoulinait de soleil. Quand il sortit du bâtiment, la lumière l’éblouit. Il se dirigea vers la place du marché où il avait repéré un restaurant en venant, en face des étals installés dans le centre-ville rénové. Le matin, devant le restaurant, il avait vu le patron écrire sa carte sur une ardoise, et les plats simples et de saison qu’il proposait – saumon au court-bouillon, blanquette d’agneau à l’oseille, haricots verts et lardons – avaient chatouillé sa curiosité en même temps que son appétit.

À l’adolescence, vers seize ans, “trouver un bon restaurant” était l’un de ses passe-temps favoris. Les garçons de son âge s’intéressaient aux filles, aux voitures et au sport, lui à la bonne chère. Les critiques de restaurants avec lesquelles il avait bombardé ses parents soucieux étaient toujours rangées dans une pochette spécialement prévue à cet effet. “Tu crois que c’est normal ?” avait-il un jour entendu sa mère demander à son père, alors qu’il venait d’acheter son premier Guide Michelin. Son père avait levé la tête de son journal et rendu son verdict : “Depuis quand la normalité est-elle chez nous un critère pertinent ?” Et il s’était replongé dans les pages sport.

Marc fit un tour en ville. Les contrôleurs avaient trouvé du méthane, du protoxyde d’azote et des hydrofluorocarbures dans l’air ambiant, ainsi que deux ou trois autres substances qui n’avaient pas l’air moins dangereuses. Ce qui ne voulait pas dire pour autant que la maladie du père d’Émilie ait été en lien direct avec sa profession.

Marc s’installa sous un parasol qui projetait une ombre verdâtre sur la table et les pavés alentour et s’abîma dans le spectacle du marché. La place ne serait bientôt plus qu’une esplanade qu’on traverserait sans y faire vraiment attention, mais pour l’heure, on s’y affairait toujours. Le moment était venu pour les marchands de charger les invendus dans les camions. On nettoyait les étals avant de les plier, on enroulait les bâches, on empilait les caisses. Les premières camionnettes s’éloignaient et les éboueurs s’attaquaient aux déchets jonchant le sol. Et bien sûr, c’était aussi l’heure des derniers clients – beaucoup de personnes âgées et, depuis peu, quelques jeunes mères – qui venaient à la fin du marché pour acheter à prix réduit les fruits et les légumes plus très frais.

“Deux euros le kilo, deux euros seulement ! criait le vendeur qui voulait se débarrasser de ses fraises. Dix euros la cagette !”

Un boucher, le tablier souillé de sang, courut au tabac s’acheter des cigarettes, ressortit de la boutique avec un paquet, arracha le film plastique en marchant, alluma une cigarette et traversa la place, la clope au bec. Marc retira sa veste et remonta les manches de sa chemise. D’accord, l’air que les ouvriers du groupe avaient respiré pendant des années était tout sauf bon pour la santé, mais le père d’Émilie n’avait pas été le seul exposé aux substances nocives et, mis à part le frère de Caroline, ses collègues n’avaient contracté aucune maladie. Deux employés du même groupe atteints d’un cancer au même moment, pour une jeune fille fragile, il y avait de quoi tirer des conclusions fallacieuses. Mais les gens mouraient du cancer sans plus de raison que cela. En Europe, c'était la deuxième cause de mortalité derrière les maladies cardio-vasculaires.

Le serveur approcha, et Marc commanda le menu du jour avec une bière. À la table voisine, un homme dissertait sur le pittoresque des marchés devant une femme qui l'écoutait religieusement. Les marchés d'Italie étaient très beaux, expliquait-il, mais pas aussi beaux que ceux de France. Quant au Maroc… Y était-elle déjà allée ? Quand il en vint au bazar d'Istanbul, il versa résolument dans la poésie.

D'ailleurs, les deux employés souffraient-ils du même cancer ? Après le déjeuner, Marc irait faire le tour des hôpitaux environnants. Ceux qui disposaient d'une unité d'oncologie ne devaient pas être si nombreux. La durée de conservation légale des dossiers des patients n'était que de dix ans, mais l'administration débordée n'avait peut-être pas trouvé le temps de trier les dossiers et de les faire détruire.

Le serveur lui apporta sa bière et Marc but une gorgée. À côté, son voisin de table annonça qu'il devait partir. "Garçon, appela-t-il, l'addition, s'il vous plaît." La femme qui l'accompagnait sortit son porte-monnaie, mais il refusa d'un geste. "C'est pour moi." Il était d'un monde, dit-il, où les hommes aidaient encore les femmes à enfiler leur manteau.

Le téléphone sonna juste au moment où son assiette arrivait et Marc ne put réprimer un mouvement d'agacement.

"Oui, allô ? dit-il en prenant l'appel.

— Monsieur Rappaport ?

— Oui ? Qui est à l'appareil ?"

D'un signe de tête, il remercia le garçon qui venait de le servir.

"C'est moi, c'est Alex.

— Alex, tu as trouvé sa plainte ?

— Non, répondit le stagiaire, mais j'ai trouvé autre chose. Avec un copain, j'ai interrogé les bases de données des ministères.

— Vous êtes entrés dans leur réseau informatique ?"

Le copain en question était étudiant, mais il travaillait aussi dans une boîte de logiciels qui développait des systèmes de gestion documentaire utilisés par la plupart des ministères. En principe, un logiciel était protégé, mais d'après Alex, il y avait toujours une possibilité d'entrer dans un système, qu'on connaisse ou pas les données utilisateur. Pour les maintenances ou les tests, les développeurs intégraient un mot de passe dynamique qui changeait en fonction de la date et de l'heure.

"C'est comme ça dans tous les systèmes ?

— Presque tous, oui."

Encore un sujet sur lequel il faudrait se pencher un jour, mais pas aujourd'hui.

"Donc, on est entrés par la petite porte, on a saisi le nom du groupe et on a attendu de voir ce que le système recrachait."

Ces gamins ne couraient pas les administrations, ne se coltinaient pas les grincheux représentants de l'État, ne fouillaient pas les caves des écoles à la recherche de vieux dossiers et n'essayaient pas non plus de faire parler d'anciens camarades de classe.

"Et alors, qu'est-ce que vous avez trouvé ?"

Ce qu'Alex avait découvert ? Qu'un certain Gilles Louvel, médecin du travail chez Nutrissor jusqu'à sa retraite, en 1991, avait tenté de lancer une procédure administrative d'évaluation pour l'une des substances utilisées dans l'entreprise. En 1983, le médecin s'était adressé au ministère de la Santé, un an plus tard au ministère de l'Industrie et, pour finir, au ministère de l'Environnement, mais sauf quelques courriers blasés lui confirmant que sa demande serait bien transmise, il n'avait obtenu aucun résultat. De deux choses l'une : soit ce Gilles Louvel ne savait pas quoi faire de son temps libre, soit il était assez sûr de son coup. Assez sûr, en tout cas, pour entrer en guerre contre son employeur, au risque de perdre son emploi.

"Tu as trouvé son adresse et son numéro de téléphone ?

— Affirmatif, répondit Alex. Il habite à Rosaires.

— Alors il ne me reste plus qu'à lui rendre visite, dit Marc, et quand il eut noté l'adresse et le numéro, il ajouta : Alex, tu as vraiment fait du bon boulot !

— Oh, ce n'est rien.

— Si, si, maintint Marc. Tu peux accepter le compliment."

23

Il n'avait pas dû user de persuasion pendant des heures. "Le lundi, je vais toujours voir mes petits-enfants, mais je suis de retour l'après-midi. Vous n'avez qu'à passer me prendre à la gare", avait proposé Gilles Louvel, et Marc l'attendait donc à présent dans le hall de la gare de Rosaires, près d'un couple d'un certain âge cramponné à ses valises dans l'attente du 16 h 45 pour Paris et d'une mère stressée dont les deux enfants pleurnichaient pour qu'elle leur achète quelque chose à la boutique de la gare.

"Je peux avoir des biscuits ? demanda le fils d'environ sept ans.

— Non.

— Mais j'ai faim."

La mère ne répondit pas.

"Je peux avoir des chewing-gums ?

— Non.

— Allez, au moins des chewing-gums", mendia la cadette.

Marc regarda l'horloge au mur. Il était déjà quatre heures et demie passées. Le train allait entrer en gare d'un moment à l'autre.

Il sut tout de suite que le voyageur qui s'arrêtait dans le hall pour regarder autour de lui était Gilles Louvel, et avant même que leurs regards se croisent et qu'ils échangent un sourire, il sut aussi que cet homme de près de quatre-vingts ans, qui portait une chemise aux manches retroussées et un pantalon vert foncé, lui inspirait de la sympathie.

"Monsieur Rappaport, je présume, dit le médecin en lui tendant la main.

— Lui-même."

Ils suivirent le flot de voyageurs qui se dirigeaient vers la sortie.

"Je suis ravi de vous rencontrer, dit Louvel d'une voix posée. (Marc y vit le signe que son interlocuteur avait déjà mûrement pesé le pour et le contre. S'il avait décidé de se confier à un journaliste, c'était qu'il y avait bien réfléchi auparavant.) J'ai bien sûr regardé à qui j'avais affaire, ajouta justement le médecin. Je vous propose que nous allions au café, là. (Ils se tenaient sur le modeste parvis de la gare et le médecin indiquait un bistrot à la façade vert foncé.) C'est un peu bruyant, mais il n'y a pas grand-chose d'autre en ville."

Ils entrèrent dans le bar-tabac et s'assirent dans un coin à une petite table ronde. Des hommes accoudés au comptoir buvaient de la bière et bavardaient avec le patron. Au-dessus de la caisse, le téléviseur presque muet diffusait une course de chevaux. Pendant ce temps, la radio enchaînait les tubes.

"Comment m'avez-vous trouvé ? demanda Louvel.

— Ce n'est pas moi qui vous ai trouvé, c'est mon assistant.

— Un Perrier, s'il vous plaît, commanda Louvel au serveur qui s'était approché et passait un coup d'éponge mollasson sur leur table.

— La même chose pour moi.

— Tranche ?" demanda le serveur, comme dans un bâillement.

Le médecin fit non de la main, et le serveur tourna les talons et s'éloigna.

"Et pourquoi est-ce que vous vous intéressez à moi ? reprit Louvel.

— Parce que de 1982 à votre retraite, vous avez été médecin du travail chez Nutrissor. Et qu'à partir de 1983, vous avez tenté, à plusieurs reprises, d'engager une procédure administrative d'évaluation pour une substance utilisée par l'entreprise.

— Sans succès, ajouta le médecin.

— Vous ne manquiez pas de motivation, en tout cas."

Le produit chimique en question était le chloracétal C5. Introduit en 1982, il était utilisé depuis pour fabriquer de la vitamine A. Plusieurs fois, le médecin avait alerté la direction et exposé ses craintes quant à l'effet cancérogène de cette substance, mais jamais on ne l'avait pris au sérieux.

"Il faut que vous ayez présent à l'esprit le contexte de l'époque, expliqua Louvel. Dans les années quatre-vingt, la chimie était célébrée comme étant la branche d'avenir, en France et dans toute l'Europe. Aujourd'hui, le secteur est a priori suspect, mais autrefois, il était le symbole de la modernité. Quand j'ai parlé de mes craintes à mon directeur, il m'a qualifié de bouseux réactionnaire. « Enfin, Louvel, les ouvriers ne sont même pas en contact avec les produits chimiques, a-t-il dit. Tout est commandé par ordinateur. Ils sont assis devant leur écran et ils règlent deux, trois boutons. » À l'époque, on avait foi en le progrès. De notre perspective actuelle, cela peut paraître ridicule, mais c'était la position d'alors."

Louvel raconta qu'il avait ensuite écrit au ministère de la Santé. Il y avait longuement réfléchi, que Marc veuille bien le croire, le pas n'avait pas été facile à franchir, non, vraiment pas.

Le serveur revint à leur table avec les boissons et ils se turent un instant. Marc écouta sans les voir les deux femmes assises derrière lui, dont les paroles se mélangeaient aux bribes de conversation du café.

“À quoi tu penses ? demanda l'une d'elles.

— Bah, à rien, répondit la deuxième d'une voix distraite.

— À tous les coups, tu penses encore à Joseph, pas vrai ?

— Mais non, pourquoi ?

— Si tu te voyais… s'exclama l'autre.

— Cette tournée-là est pour ma pomme”, beugla un homme au comptoir, et Marc se concentra à nouveau sur son interlocuteur.

“Mais comment se fait-il que vos démarches auprès du ministère n'aient mené à rien ? Ils ne vous ont pas cru non plus ?

— *Croire*, ce n'est pas le mot juste, pas quand on est médecin.”

Marc reformula sa question : “En trois ans, vous vous êtes adressé à pas moins de trois ministères, et chaque fois avec une fin de non-recevoir. Pourquoi ?”

Le médecin hésita, chercha les mots justes et dit finalement : “Après chaque requête, j'ai reçu une lettre d'avertissement du groupe. Quel que soit le ministère auquel j'écrivais, une semaine plus tard, j'avais un torchon dans ma boîte aux lettres. C'était comme une blague. Ma femme portait ma lettre à la poste et, en réaction à ma requête, je recevais les menaces du groupe par recommandé.

— Vous pensez que les ministères étaient en contact direct avec la direction de Rohrer ?

— Ce n'est pas la conclusion à laquelle vous aboutiriez ?

— Si. Certainement, répondit Marc.

— Comme vous le savez, l'entreprise avait été nationalisée. Quand on y réfléchit, en écrivant au ministère, j'agissais donc aussi contre l'État et ses objectifs. Le secteur de la chimie était en plein essor ou devait en tout cas poursuivre sa croissance, et voilà que je venais agiter le drapeau rouge. J'étais un grain de sable dans l'engrenage bien huilé.

— Vous pensez que vos requêtes… Mais que pensez-vous au juste, concrètement ? Que les différents chargés de dossier ont égaré vos requêtes sur ordre de leur hiérarchie ?

— Non, ça non. Mais je suis persuadé que c'est *sur ordre de la hiérarchie* qu'on a choisi de faire fi de mes réserves.

— Et vous avez des preuves de ce que vous avancez ?"

Derrière eux, les deux femmes s'étaient levées et se dirigeaient vers la sortie. Marc les observa et tenta de deviner à leur démarche, à leur posture, laquelle des deux avait été abandonnée par Joseph.

"Non, je n'ai pas de preuves.

— Une simple déduction, donc.

— Quand un médecin du travail exige de trois institutions différentes qu'une substance soit analysée et que sa demande reste chaque fois lettre morte, difficile d'aboutir à une autre conclusion.

— Et le groupe a menacé de vous licencier ?

— Menacé, oui. Mais ils n'ont pas osé.

— Pourquoi ?"

M. Louvel haussa les épaules.

"Honnêtement, je n'en sais rien. Ils ont dû penser que je pourrais porter plainte aux prud'hommes.

— Vous l'auriez fait ?

— Je ne sais pas. Ils voulaient en tout cas éviter que je rende la chose publique. En me gardant, ils avaient l'empêcheur de tourner en rond chez eux. Et vous savez ce qu'on dit : Garde tes amis près de toi, et tes ennemis encore plus près."

C'était logique, oui. Mais il y avait encore une autre hypothèse.

"Monsieur Louvel, je ne veux pas vous fâcher, intervint Marc, mais serait-il aussi possible qu'on ait tout simplement considéré vos arguments comme négligeables ?

— Non.

— Vous pouvez m'expliquer pourquoi ?

— Dans ce cas, il faut que je remonte un peu dans le temps, d'accord ?

— Pas de souci."

Avant de devenir médecin du travail, Louvel avait fait des études de chimie. Par la suite, il avait continué à lire régulièrement des revues spécialisées. Peu avant l'introduction du chloracétal C5, en 1982, il était tombé sur l'article d'un collègue qui avait travaillé sur une substance de structure similaire susceptible d'être cancérogène.

“Vous voyez à peu près où je veux en venir ? demanda Louvel.

— Non, dut avouer Marc.

— Certaines molécules données ont certains effets donnés sur le corps humain. Et les molécules de structure similaire ont des effets similaires. Dans cet article, il était dit qu'une molécule dont la structure était proche de celle du chloracétal C5 était mutagène et cancérogène, d'où ma crainte que notre substance ait le même effet.

— Mais elle se présente comment, cette substance ? C'est un gaz ?

— Un liquide jaunâtre.

— Les personnes que vous avez contactées auraient dû en arriver à la même conclusion que vous, non ?

— Oui, bien sûr. N'importe quel étudiant en première année de chimie ne peut qu'émettre cette hypothèse. La moindre des choses aurait été d'analyser la substance. Sauf que…

— Sauf que quoi ?

— Sauf que le chloracétal C5 permet de fabriquer de la vitamine A en grande quantité. Rapidement, à faible coût et sans difficulté majeure. Nous parlons ici d'un marché qui pèse plusieurs milliards. Les acheteurs de vitamine A, ce ne sont pas les petites exploitations. Ce sont les fermes d'élevage intensif. Et nos concurrents n'étaient pas de bons Samaritains. À l'origine, Nutrissor avait recours à un tout autre procédé de fabrication, mais quand les ateliers ont brûlé, en 1982, la direction a décidé de tout refaire et d'introduire le chloracétal C5. Résultat : le chiffre d'affaires a été multiplié par quatre. Pas par deux, monsieur Rappaport, par quatre. Si nous étions revenus à des produits plus chers parce que basés sur un autre procédé, on nous aurait mis sur la touche, sans pitié.”

Le serveur approcha, expliqua qu'il terminait son service et demanda s'il pouvait encaisser.

“Laissez, dit Marc en sortant son portefeuille de la poche de son pantalon. C'est pour moi.”

Le serveur rendit la monnaie et passa à la table voisine, où une très jeune femme catéchisait un homme d'un certain âge. Elle chuchotait, mais à en croire la mine de l'homme, elle était en train de lui faire des reproches.

Le médecin poursuivit : "Ce qui nous préoccupait, à l'époque, c'était le chômage. Tout à coup, des machines remplaçaient les hommes, dans tous les secteurs. Et tout à coup, il y avait des pays où la main-d'œuvre pouvait produire la même chose à moitié prix. Nous n'avions pas peur d'être empoisonnés, nous avions peur d'être licenciés. Et cette peur muselait les travailleurs et leurs représentants. Les syndicats se battaient pour des emplois, personne ne s'intéressait alors à la protection sanitaire. En 1982, quand j'ai commencé chez Nutrissor, les installations venaient tout juste d'être mises en place. Dans les trois années qui ont suivi, il a régulièrement fallu changer des pièces qui n'avaient pas été utilisées correctement. Les ouvriers ne maîtrisaient même pas vraiment ce nouveau procédé de fabrication. Personne n'avait été formé à cette nouvelle technologie. L'installation a été montée et mise en service. Personne n'a appris à l'utiliser. Si je vous raconte ça, c'est pour que vous compreniez que la sécurité au travail n'était pas une priorité. Il a fallu que j'explique au personnel des choses tellement évidentes, par exemple que sur un site chimique, on devait porter des chaussures fermées et robustes et qu'on ne mangeait pas sur son lieu de travail. Ils déballaient leurs sandwichs juste à côté de substances hautement toxiques, vous imaginez ça ? Aussi fou que cela puisse paraître, le personnel n'avait même pas les connaissances les plus élémentaires sur la toxicité des produits utilisés.

— Que s'est-il passé après que les administrations vous ont débouté ?

— Rien. C'est ce que j'essaie de vous expliquer depuis le début. Les gens avaient du travail. Ils étaient contents. Personne ne s'intéressait aux mises en garde d'un médecin du travail contre un liquide quelconque. J'ai même eu chez moi la visite d'un de ces messieurs de Force ouvrière. Juste après avoir tenté de faire mettre la substance sur la liste noire – une tentative qui a bien évidemment échoué. Ce type assis dans mon salon buvait son café et mangeait de la tarte aux pommes en m'expliquant que ma vision des choses était un peu trop étriquée. En me concentrant sur cette substance, me disait-il, je perdais de vue l'ensemble. « L'ensemble ? C'est-à-dire ? » ai-je demandé. Et lui de m'expliquer que la chimie était l'un des secteurs industriels les plus importants de France. Et qu'en bref, on n'avait pas besoin de mes prédictions de malheur. Je ne peux en faire le reproche aux autres, je n'avais pas de preuves, à l'époque.

— Pas de preuves ? demanda Marc, stupéfait. Et les deux ouvriers morts d'un cancer en 1983, ce n'étaient pas des preuves ?

— Deux ouvriers de mon groupe ? Morts d'un cancer en 1983 ?"

C'était au tour du médecin de le regarder d'un air interloqué.

"Un certain Thevenin, répondit Marc. L'autre, j'ai oublié son nom.

— Non, je ne suis pas au courant.

— Vous êtes sûr ?

— Évidemment. Je n'ai vu aucun dossier sur ces cas. Croyez-moi, je n'aurais pas hésité à utiliser n'importe quel cancer pour servir ma cause. (Avant de poursuivre, M. Louvel but une gorgée de son Perrier.) S'ils sont tous les deux décédés en 1983, ils sont tombés malades avant mon époque. Je veux dire, avant que je commence à travailler pour Nutrissor.

— Mais votre prédécesseur n'aurait-il pas dû vous informer de toutes les maladies survenues dans le personnel ?

— Pas forcément. Seules sont répertoriées les maladies liées à l'activité professionnelle. Par conséquent, s'il était d'avis que ce cancer n'était pas une maladie professionnelle…

— Votre prédécesseur était-il au courant de vos craintes ?

— Oui.

— Il les partageait ?

— Non.

— Et votre successeur ?

— Ça, c'est encore une autre histoire. Parce qu'entre-temps, il y a des documents qui ont disparu. Pendant trois ans, j'avais fait tenir aux ouvriers une sorte de journal de bord, dans lequel ils inscrivaient toutes les étapes de leur travail avec le chloracétal C5 : quand ils l'utilisaient, la quantité et la durée d'exposition. Et quand je suis parti à la retraite, un certain nombre de ces cahiers se sont volatilisés.

— Mais tous les ouvriers avaient été d'accord pour participer ? l'interrompit Marc.

— Oui, tous.

— Et ça n'était pas trop contraignant ?

— Si, effectivement. (Le médecin eut un petit sourire.) Vous vous demandez pourquoi ils ont accepté de faire cet effort pour un médecin du travail emmerdant ?

— Je ne formulerais pas les choses comme ça, mais oui, c'est la question que je me pose.

— Parce qu'en 1988, un test a apporté la preuve que le chloracétal C5 était mutagène. (Le médecin regarda Marc d'un air malicieux et sourit.) Je crois, décida-t-il, qu'il faut que vous me laissiez raconter l'histoire dans l'ordre chronologique, sinon nous allons nous emmêler les pinceaux."

Marc acquiesça, et Louvel reprit le fil de son histoire.

"En 1988, nous avons eu un nouveau chef et, bien sûr, je suis tout de suite allé le voir pour lui exposer mes craintes. Il a été le premier à bien vouloir m'écouter. Il était tout jeune, il sortait d'une école de commerce, et j'ai pu le convaincre de faire faire le test d'Ames, qui permet de déterminer le potentiel mutagène d'un composé chimique. Le procédé est vraiment simple et peu onéreux. Nous avons envoyé la substance à Paris et, deux semaines plus tard, nous avions le résultat noir sur blanc : mutagène. Le chloracétal C5 modifie l'ADN.

— Et ensuite, que s'est-il passé ?

— J'ai essayé de convaincre le directeur de continuer les analyses, par exemple pour déterminer si la molécule était aussi cancérogène, et il y avait de fortes chances qu'elle ie soit puisque le plus souvent, ces substances sont à la fois carcinogènes, mutagènes et toxiques pour la reproduction. L'infâme trinité. Mais le jeune homme s'est fait taper sur les doigts par l'administration de Paris et on lui a fait comprendre que la direction ne souhaitait pas payer d'autres analyses. Il a été muté au bout d'un an à peine, et nous avons eu un nouveau chef qui avait très certainement été briefé sur moi. Je n'avais plus le droit de communiquer que par écrit avec lui. (M. Louvel but une gorgée de Perrier et reposa le verre sur la table.) Après ça, j'ai convoqué une assemblée.

— Vous avez quoi ?

— Je ne pouvais plus continuer seul. Il me fallait du soutien. Alors Polo – c'est le patron d'un restaurant ici – a mis l'arrière-salle à ma disposition et, un soir, nous avons réuni les ouvriers.

(M. Louvel salua un client d'un certain âge qui entrait dans le café.) Merci pour le livre. Ma femme le lit aussi, maintenant, dit-il à l'homme qui avait fait halte devant leur table, et quand celui-ci s'éloigna pour commander une bière au comptoir, il confia à Marc : Notre poète local.

— Donc, vous avez réuni les ouvriers…

— Oui, et j'ai raconté ce qui se passait. « Le nouveau chef a envoyé le produit à Paris pour le faire analyser, c'est ce que je leur ai dit. Nous avons les résultats et nous savons que le chloracétal C5 est mutagène. Il modifie l'ADN, et il y a fort à penser qu'il est aussi cause de cancers. Évidemment, la direction, à Paris, ne veut pas faire faire d'autres analyses, mais la probabilité que nous ayons raison est assez élevée. » J'ai fait le compte de tous ceux à qui je m'étais déjà adressé pour faire analyser la substance. (Le médecin effleura du bout des doigts le rebord de la table, puis le cercle d'eau que le verre avait laissé devant lui.) Je sais ce que vous pensez, dit-il en relevant la tête. Mais la grève, c'était hors de question. Faire la grève dans une région où le taux de chômage est très élevé, avec des familles dont il faut s'occuper, c'était impossible. Bien sûr, ils ont voulu savoir ce que cela signifiait concrètement pour eux, et je leur ai répondu du mieux que j'ai pu. Si cette substance est réellement cancérogène, ai-je dit, alors, dans une dizaine d'années, dix pour cent d'entre vous seront atteints d'un cancer. » Ils m'ont écouté. La salle était remplie d'ouvriers qui avaient une épée au-dessus de la tête. Et j'étais le seul qui n'en dormait pas. Je ne suis pas un révolutionnaire ni quoi que ce soit d'approchant, mais en regardant autour de moi, en voyant tous ces visages sérieux, je me suis dit : Ce qui se passe ici, c'est humiliant. On ne leur témoigne pas le respect qui leur est dû. Je ne parle pas de déférence, je parle de la considération que ces ouvriers méritaient par principe, du droit qu'ils avaient autant que d'autres d'être traités convenablement. J'ai fini par proposer que nous payions les analyses de notre poche. Et quand j'ai vu un ouvrier commencer la collecte, j'ai su que quelque chose avait basculé. J'ai même pu rallier quelques syndicalistes.

— L'analyse est venue étayer vos soupçons ?"

Le médecin eut un petit soupir méprisant.

"Les résultats de l'analyse *in vitro* ont montré que le chloracétal C5 n'était pas seulement mutagène, mais aussi cancérogène.

Après ça, j'ai exigé du groupe qu'ils remplacent cette substance par une autre. Et ils ont refusé, évidemment.

— Évidemment ? répéta Marc, consterné.

— Oui. Cela vous étonne, jeune homme ? Vous ne connaissez pas la réglementation européenne ?

— Si. Bien sûr. C'est bien ce qui me surprend.

— Vous pensez que l'utilisation de substances cancérogènes est interdite.

— Ce n'est pas le cas ?

— Si, si.

— Mais ?

— Pour qu'une substance soit interdite, il faut d'abord qu'elle entre dans la catégorie 1 des substances nocives. C'est-à-dire que son effet cancérogène doit être avéré."

Marc sentait la révolte du médecin sans en comprendre la cause. "C'est plutôt logique, non ?

— Demandez-moi plutôt comment on prouve l'effet cancérogène d'une substance pour l'homme. Et je vous dirai : C'est tout simple, jeune homme, par un cas de cancer chez l'homme. Et maintenant, demandez-moi combien il faut de morts pour que les faits soient jugés statiquement avérés. (M. Louvel secoua la tête.) Nous n'entrions même pas dans la catégorie 2, qui comprend les substances considérées comme cancérogènes pour l'homme parce que leur cancérogénicité a été démontrée dans des études animales de longue durée. Mais ce type d'expérience dure au moins deux ans, et nous n'avions ni l'argent nécessaire ni le temps. Nous n'avions que les résultats du test et quelques analyses in vitro. Et la certitude qu'on nous empoisonnait en toute impunité. La substance a été classée dans la catégorie 3 : substances suspectées d'être cancérogènes pour l'homme.

— Alors c'est comme ça que les choses se passent.

— Oui, c'est comme ça que les choses se passent, répondit le médecin.

— Vu votre tête, j'imagine que la catégorie 3 n'implique aucune obligation directe pour l'employeur."

Le médecin sourit. "Leur seule obligation a été de nous informer que le chloracétal C5 pouvait éventuellement avoir un effet cancérogène. *Pouvait éventuellement.* Vous comprenez ? Une hypothèse. Il y a eu une petite brochure. Quelques lignes. C'est tout."

Le médecin regarda par la fenêtre. Sous les yeux de Marc, cet homme auréolé d'un magnifique ciel bleu prit soudain l'apparence d'un vieux papillon de nuit qui voletait et venait se cogner contre une vitre, encore et toujours.

"Quand nous avons compris que le groupe n'avait pas l'intention de lever ne serait-ce que le petit doigt, reprit M. Louvel, nous avons exigé qu'une échographie de l'abdomen soit réalisée une fois par an chez les ouvriers en contact avec le chloracétal C5. (Il fixa Marc.) Vous vous demandez certainement pourquoi ?

— J'imagine. Vous pensiez que les ouvriers… oui, quoi… qu'ils auraient un cancer de l'estomac ?

— Un cancer du rein. Nous savons aujourd'hui mettre en relation certains métiers avec certains cancers. Les soudeurs de l'industrie du chrome, du nickel et de l'acier sont touchés par le cancer des poumons ; dans la menuiserie, c'est le cancer du nez à cause de la sciure ; les coiffeurs souffrent de tumeurs de la vessie dues à certains colorants ; les mécaniciens auto, qui sont souvent en contact avec le benzène et les effluents de diesel, ont un risque plus élevé de leucémie ; et dans l'industrie chimique, les organes touchés sont le foie, les reins et la vessie.

— Et la direction a accepté sans autre forme de procès ?

— Oui.

— Est-ce que ce n'était pas une façon de plaider coupable ?

— Pas d'un point de vue juridique. Et nous nous sommes gardés de mentionner le chloracétal C5 dans les négociations. Nous avons mis en avant le fait qu'un bon nombre d'ouvriers de Nutrissor avait auparavant travaillé dans la fabrication de PVC. Le chlorure de vinyle, le composé chimique utilisé par cette industrie, est cancérogène, et la maladie professionnelle était déjà reconnue comme telle. La direction avait ainsi le beau rôle, elle s'occupait de ses employés, et nous, nous avions ce que nous voulions : un suivi médical. (M. Louvel fit une petite pause avant de reprendre.) L'échographie est une méthode fiable pour détecter à temps un carcinome du rein. Je voulais qu'on puisse mettre le doigt sur ce cancer à son stade le plus précoce. Un cancer du rein sans métastases, c'est soixante-dix pour cent de survie à dix ans."

Des jeunes sortirent de la gare en faisant les fous et remontèrent la rue. Quand ils passèrent devant le café, le médecin demanda : “Vous me prenez pour un vieux cynique, j'imagine ?

— Non, répondit Marc, qu'est-ce qui vous fait penser ça ?

— Vous vous dites : Comment ce type a-t-il pu vivre en sachant que les gens à qui il avait affaire chaque jour étaient en sursis ?

— Mais vous avez fait ce que vous pouviez.

— Et je n'ai pas fait changer les choses.

— Vous n'avez pas pu faire changer les choses.

— Vous savez ce que c'est de manger tous les midis avec les gars et de se demander lequel d'entre eux va y passer ? Le petit Dris, peut-être ? Ou Pierre, qui vient juste d'avoir des jumeaux ? Ou encore le gros ? On ne se pose pas la question chaque jour, non, mais on a en tête le sang dans les urines, la fatigue, la fièvre, la perte de poids, et on attend, on est aux aguets. Anticiper tout ça sans pouvoir changer le cours des choses, il faut apprendre à vivre avec.

— Quand est-ce que ça a commencé ?

— En 1992. Dix ans après mes débuts dans le groupe, presque jour pour jour. Un premier cas de cancer a été détecté chez un ouvrier et, six mois plus tard, il y en a eu un deuxième. En 1993, deux d'un coup. Et deux aussi en 1994. 1995, 1996, 1997… Des hommes forts comme des arbres, qui n'avaient jamais été malades auparavant, tombaient les uns après les autres.”

Ils restèrent un moment sans rien dire, puis Marc demanda : “Vous les détestez ?” La question le surprit lui-même.

“Qui ? Les gens de la direction ?

— Oui. Vous les détestez ?

— Non. Je suis en colère, ça oui. Mais de la haine ? Non. Je suis médecin. Mon métier, c'est de prévenir, identifier et traiter les maladies, pas de haïr.”

C'était peut-être bien là ce que le médecin se reprochait secrètement : être resté poli. Avoir gardé un comportement civilisé dans un univers où il était le seul à respecter les règles. Marc, lui, connaissait le pouvoir d'attraction de la haine. Il savait à quel point il était facile de se laisser séduire. Il avait fait le portrait d'individus qui passaient leur vie à coller l'étiquette du Mal sur certains groupes humains. Mais le médecin n'avait même pas à s'inventer de cible, et personne ne lui en aurait voulu d'avoir du ressentiment.

Pourtant, après tout ce que le groupe s'était permis, il n'éprouvait que de la colère. Or, la colère, c'était quoi ? Un sentiment qui existait dans des contrées civilisées. Ça ne suffisait pas pour vaincre. Pour vaincre, quand on s'attaquait à ceux qui méprisaient la vie humaine, il fallait s'aventurer sur le sentier sombre de la haine. Mais M. Louvel était trop loyal pour oublier un seul instant qu'il était du côté de ceux qui sauvaient. Un sauveur, pas un casseur. Et Marc comprit ce que son interlocuteur attendait de lui. Après tout, pourquoi pas ? Ça aussi, c'était son métier.

"Que s'est-il passé après le premier diagnostic ? demanda-t-il.

— J'ai pu imposer que la teneur de l'air en chloracétal C5 soit mesurée. Les valeurs étaient impressionnantes. Nous avons exigé et obtenu un système de ventilation. Ensuite, quand le deuxième cancer a été diagnostiqué, nous avons pu mettre en place le port de combinaisons de sécurité pour les ouvriers et le stockage de la substance non plus dans de simples bouteilles, mais dans des réservoirs sous pression.

— Est-ce que tous les malades ont été soignés dans le même établissement ?

— Oui. À Rosaires, il n'y a qu'un seul service d'oncologie vraiment compétent, c'est celui du centre hospitalier.

— Vous avez accès aux dossiers ?

— Bien sûr.

— Comment le comité d'entreprise a-t-il réagi aux cas de cancer ?

— Il n'y a pas eu de réaction, répondit Louvel.

— Aucune prise de position ?

— Non.

— Je suppose que vous avez déclaré chaque nouveau cas.

— Vous pensez bien ! J'ai même envoyé une déclaration aux assurances et au médecin inspecteur du travail.

— Et ?

— Voyez-vous, le problème, c'est que l'instance qui décide ou non de reconnaître une maladie comme professionnelle est aussi l'instance qui doit porter le dédommagement."

Marc siffla entre ses dents.

"À ce qu'on sait aujourd'hui, combien y a-t-il d'ouvriers atteints d'un cancer du rein ?

— Trente-huit.

— Quel est votre objectif ?

— Pardon ?”

Le médecin n’avait pas l’air de comprendre. Marc expliqua : “Pourquoi ce rendez-vous ? À quoi voulez-vous parvenir exactement ?

— Je veux que ce cancer soit reconnu comme une maladie professionnelle. Il est toujours difficile a posteriori d’identifier ces maladies comme telles ; un cancer, il faut des années pour que ça se développe, et la Caisse d’assurance cherchera toujours d’autres paramètres pour minimiser les choses. La cigarette, les facteurs environnementaux, les prédispositions génétiques, la consommation d’alcool… Je ne crois pas qu’ils interdiront cette substance, il y a trop d’argent en jeu. Mais si nous arrivons à faire en sorte que les ouvriers ou leurs familles soient indemnisés…

— Et que le groupe soit poursuivi en justice, ça ne vous intéresse pas ?

— Je ne sais pas, je n’ai jamais réfléchi à la question.

— Il me faut des noms, monsieur Louvel. Et toute la correspondance”, dit Marc.

Il vit que le médecin hésitait.

“Monsieur Louvel, vous voulez que les médias s’emparent de cette histoire pour faire pression. Et vous avez raison. J’appelle mon rédacteur en chef aujourd’hui même. Nous allons nous y mettre à deux, voire trois. Nous allons les appeler et leur demander de s’exprimer sur le sujet – tous : le comité d’entreprise, la direction, le ministère de la Santé, le maire, la Caisse d’assurance. Tous ces fumiers. Et nous allons leur faire peur, nous allons les menacer. Nous allons fouiller leur passé si nécessaire et chercher d’autres immondices pour leur faire du chantage. Nous jouons la carte de la férocité. Nous jouons pour gagner. C’est d’accord ?”

Le médecin le regarda longuement.

“D’accord”, acquiesça-t-il finalement.

24

Il y avait trop d'informations contradictoires. Trop de points de départ. Trop d'histoires. Et pourtant, Marc pressentait que tout se tenait d'une manière ou d'une autre. Mais comment ? Il n'en savait rien. Où commencer ? Quelle piste privilégier ? Quels étaient les aspects les plus urgents et ceux qui pouvaient encore attendre ? La seule personne capable de mettre de l'ordre dans ce chaos, c'était Pierre. Il n'était pas rédacteur en chef pour rien. Il savait définir les priorités. Marc regarda sa montre. C'était l'heure de la relecture finale, et même si son ami n'avait pas en charge le contrôle des articles et de la mise en page, il ne pourrait pas se concentrer maintenant sur l'affaire Thevenin. Marc laissa un message à Pierre. Puis il prit la route du centre hospitalier. Il trouverait bien un moyen d'accéder aux dossiers médicaux des trente-huit hommes qui avaient tiré un carcinome rénal à la courte paille.

Il était en train de se garer quand Pierre le rappela. Marc se lança tout de suite dans son récit et, aux questions que Pierre lui posait, il comprit que son rédacteur en chef prenait des notes.

“Nous avons deux affaires, Marc, et elles sont peut-être liées, dit Pierre, mais contentons-nous d'abord de les considérer comme deux fils parallèles. D'un côté, nous avons le meurtre d'une prostituée commis il y a trente ans, et de l'autre ? Un groupe qui fabrique des additifs pour l'alimentation animale et dont le personnel présente un nombre élevé de cas de cancer du rein. Nous pensons que les deux histoires sont liées parce que le père de la victime et le beau-frère du meurtrier supposé travaillaient dans le même groupe. Nous supposons que la mort d'Émilie a un lien avec l'affaire Rohrer. Mais nous ne savons pas encore lequel. Donc, la première question à résoudre pour toi maintenant, c'est de savoir si le père d'Émilie est effectivement mort d'un cancer du rein et, si oui, si son cancer peut être rapproché des autres cas.

— Et qu'est-ce que je fais des autres malades ?

— Tu ne t'en occupes pas.

— Je ne m'en occupe pas ?”

Pourquoi Pierre exigeait-il cela de lui ?

“Marc, si tu trouves le point de jonction, si tu découvres la petite charnière qui relie ces deux histoires, tu auras aussi très certainement ton meurtrier. Tu as la liste des ouvriers atteints d’un cancer du rein ?

— Je suis garé devant l’hôpital où ils ont été suivis.

— Trouve cette liste, on va mettre le service économie dessus. Anaïïïïïs, hurla Pierre, et quand celle-ci accourut : Appelle Tessa et Antoine. (Puis il revint à Marc.) Ils vont prendre contact avec les familles. Je leur commande des portraits des malades et de leurs proches.

— Tu ne trouves pas que ce serait peut-être mieux si c’était moi qui…

— Marc, dit Pierre, tu sais aussi bien que moi que la solution est ici, à Paris. Tu as passé suffisamment de temps sur place. Trouve ce que tu dois encore trouver, et rentre pour que nous puissions commencer.

— Bon”, fit Marc.

Il pénétra dans le hall d’entrée par un sas, fit un crochet par l’accueil où on lui indiqua que l’unité de cancérologie se trouvait au troisième étage et s’avança vers les ascenseurs. Un jour, il avait accompagné sa marraine dans un service similaire. Au petit matin, il l’avait emmenée à l’hôpital pour une perfusion et avait patienté dans le couloir, comme sa mère l’avait exigé de lui. Il devait avoir une vingtaine d’années, à l’époque ; la mort et la maladie étaient encore des entités abstraites et lointaines, du moins s’en persuadait-il. Assis sur un banc juste en face du secrétariat, il avait vu arriver les patients, plus ou moins endormis, plus ou moins résignés, tous prêts à recevoir l’injection qui attaquerait les cellules cancéreuses et, par la même occasion, empoisonnerait leur corps.

“Vous ne voulez pas rejoindre votre mère ?

— Ma marraine, s’était empressé de corriger Marc, soucieux de tenir la maladie à distance.

— Ça n’a vraiment rien de terrible”, avait répondu l’infirmière, sans doute habituée à ce genre de réactions.

Il s’était levé et, par la porte entrouverte, il avait glissé un regard dans la pièce, constatant avec étonnement que la maladie procédait de manière démocratique dans le choix de ses cibles. Dans la petite pièce où dix patients avaient été mis sous perfusion, tous les groupes d'âge et toutes les classes sociales étaient représentés.

À Rosaires, en revanche, le service semblait désert.

"Je cherche le bureau du docteur Moreau."

Il avait lu le nom du médecin-chef sur un panneau, à l'entrée.

"Vous avez rendez-vous ? demanda la secrétaire à qui il s'était adressé.

— Non.

— Vous venez pour la consultation des proches ?

— Non."

La secrétaire le regarda avec étonnement, mais dut juger que l'interroger plus avant ne faisait pas partie de ses attributions puisqu'elle répondit : "Il doit être dans la cuisine."

Effectivement, le médecin-chef était en train d'avaler un plat tout prêt réchauffé au micro-ondes.

"Bon appétit."

Le médecin leva la tête, fit une grimace, agita sa fourchette, puis se consacra à nouveau à son assiette.

"Oui ? demanda-t-il après deux autres bouchées.

— Je cherche les dossiers médicaux des trente-huit ouvriers de Nutrissor atteints d'un cancer du rein, dit Marc sans détour.

— Ah, c'est vous, le journaliste de Paris.

— Ça se voit ?

— Non, mais je connais tout le monde ici. Et vous, je ne vous connais pas. Je vous imaginais plus âgé.

— Plus âgé ?

— On m'a téléphoné, dit-il lentement.

— Qui ? Le docteur Louvel ?

— Vous faites beaucoup de tapage ici. Pourquoi ? (Le médecin se leva pour aller jeter la barquette vide.) Je n'ai pas de temps à vous consacrer. Ma consultation pour les familles des patients commence dans un instant. (Le médecin dut remarquer le regard étonné de Marc.) Vous savez, les gens ont besoin d'informations quand l'un de leurs proches tombe malade.

— Depuis combien de temps travaillez-vous ici ?

— Onze ans, répondit le médecin et, comme s'il avait lu dans ses pensées, il ajouta : Actuellement, notre cause de cancer numéro un, c'est le tabac. Les dommages qu'il cause sont mentionnés sur tous les paquets de cigarettes, mais cela n'empêche pas les gens de s'acheter leur dose de poison.

— À quand remonte le dernier diagnostic de cancer du rein ?

— 2002."

Date à laquelle le médecin-chef n'était pas encore en poste. Et pourtant, avec les contrôles annuels, il était toujours confronté au fait qu'un groupe industriel avait laissé ses ouvriers tomber malades – pour faire dans la litote – et que ses prédécesseurs avaient regardé sans rien faire. Lourd héritage pour un médecin qui avait fait le serment d'œuvrer conformément aux lois de l'humanité.

"Combien d'ouvriers de Nutrissor suivez-vous personnellement ?

— Trop", répondit le médecin.

La personne qui avait appelé le médecin-chef, qui que ce fût, l'avait en tout cas informé de ce que cherchait le journaliste fouinard et lui avait aussi très certainement suggéré de ne pas ouvrir la bouche. Ce que le médecin faisait pourtant. En province, le maire, qui portait aussi souvent la casquette de parlementaire, régnait en prince. Même l'administration centrale, qui avait besoin des voix qu'il pouvait rapporter, faisait la carpette. Telle était la mécanique provinciale. Et personne, à moins d'être ignare et fou, ne serait allé se disputer avec un prince de province tout-puissant. Or, ce médecin n'avait rien d'un imbécile. Il était médecin-chef, dirigeait un service et savait qui menait la danse. Il savait qu'ici, il n'y avait pas de contre-pouvoir et, pourtant, il ne semblait pas intimidé le moins du monde.

"Vous êtes le seul oncologue compétent à des lieues à la ronde, n'est-ce pas ?

— Pourquoi cette question ?

— Ce n'est pas une question, c'est une déduction.

— Très bien, et comment en êtes-vous arrivé là ?

— On vous a donné l'instruction de ne pas me parler et vous le faites quand même.

— Et vous en concluez que je suis un bon médecin ?

— J'en conclus que vous n'avez pas peur d'être renvoyé, dit Marc avant d'ajouter : Vous voulez savoir ce que je suppose d'autre ?"

Le médecin était allé se chercher un café.

"Allez-y, je vous écoute.

— Qu'il y a beaucoup de cancers du rein dans votre ville.

— Ce n'est pas une supposition, répliqua le médecin. C'est un fait. Nous décrochons le pompon, avec le taux de cancers du rein le plus élevé de France. Vous voulez un café ?

— Non merci, il est déjà trop tard pour moi."

Et nous supposons tous deux, aurait-il pu ajouter, que pendant des années, pour ne pas dire des décennies, les employés de Nutrissor ont été exposés à des substances nocives pour la santé. Que le groupe, qui était pourtant au courant de la toxicité de ces substances, n'a rien fait pour protéger ses ouvriers. Et que vos prédécesseurs ont touché des pots-de-vin pour se taire. Mais c'était peut-être un peu trop à la fois. Il préféra s'en tenir à une simple question :

"Et si vous me laissiez voir les dossiers ?

— Vous plaisantez.

— Ils vont tomber. Je veux dire : vos prédécesseurs et le système", dit Marc, mais cela aussi, le médecin le savait depuis longtemps, car c'était aussi l'une des raisons qui le poussaient à rester discuter avec lui, debout dans la cuisine, au lieu de le renvoyer tout simplement à ses pénates. Ce médecin voulait continuer à grimper plutôt que de s'enfoncer dans les marais de la corruption.

"J'ai cinq personnes qui patientent dans la salle d'attente. Une toute jeune fille qui veut me parler de sa mère. Un homme dont la femme est atteinte de leucémie..."

Pourquoi le médecin lui racontait-il ça ?

"Je vais prendre pour chacun d'eux tout le temps qu'il faudra. Malheureusement, si mon deuxième rendez-vous devait souhaiter que nous fixions une nouvelle date, je serais obligé de lui demander d'appeler le secrétariat demain matin, vu qu'aujourd'hui, exceptionnellement, ma secrétaire part plus tôt et qu'il n'y a donc personne dans le bureau où sont rangés tous les dossiers des patients. (Le médecin tendit la main à Marc.) Désolé de ne pas avoir pu vous être vraiment utile.

— Merci, dit Marc.

— Mais de quoi ?" dit le médecin en s'éloignant.

Marc attendit que la secrétaire soit partie, et même de la voir monter dans sa voiture, puis il jeta un coup d'œil dans la salle d'attente. Il y avait encore trois personnes. Ça lui laissait au moins une heure. Et comme il n'y avait ici qu'une consultation de jour, seul le gardien de nuit pourrait encore le déranger, mais il ne faisait certainement pas de ronde avant neuf heures.

Marc alluma la lumière et regarda autour de lui. Cette secrétaire était une maniaque de l'ordre. Aucun dossier qui traînait. Aucune feuille abandonnée, pas un seul post-it sur l'écran de l'ordinateur. Un casier pour le courrier à lire, un casier à côté pour le courrier à poster et, sur une étagère, ce dont elle avait besoin pour le lendemain. Il démarra l'ordinateur. Verrouillé. Il s'assit au bureau et appela son stagiaire.

"Je veux entrer dans un ordinateur protégé par un mot de passe, dit-il.

— Où est-ce que vous êtes ? demanda Alex.

— Chez un médecin, au secrétariat, répondit Marc.

— Cherchez dans les tiroirs !"

Quels tiroirs ? Encore une expression de programmeurs ?

"Comment ça ?

— Vous êtes assis à un bureau, non ? Il y a des tiroirs devant vous. Généralement, les secrétaires notent quelque part tous leurs mots de passe pour leur chef stressé ou distrait."

Dans le premier tiroir, il y avait une agrafeuse, une perforeuse, des étiquettes, des stylos et des timbres. Il fouilla le deuxième tiroir, le troisième, et découvrit le petit calepin rouge à côté de l'annuaire. Le mot de passe bien lisible figurait sur la première page. Marc lança le système et trouva sans difficulté un fichier intitulé *Carcinome rénal.*

Incroyable. Ils avaient réuni tous les résultats d'examens et toutes les données médicales des patients atteints d'un cancer du rein. Mais comment avaient-ils pu avoir une idée pareille ? Était-ce du laxisme ? Se croyaient-ils au-dessus de tout soupçon ? Ou bien étaient-ils un peu trop sûrs de leur impunité ? Marc saisit l'ampleur de la corruption. Car pour se soucier si peu de la façon dont étaient stockées les informations, il fallait non seulement avoir été soudoyé, mais être en plus convaincu qu'on avait graissé la patte partout où c'était nécessaire.

Il consulta le dossier du premier patient. Parcourut rapidement le diagnostic, le compte rendu opératoire, les soins prescrits, arriva finalement à la fiche d'inscription où figuraient le nom et l'adresse des patients.

Il copia le fichier sur sa clef USB, puis appela Pierre.

"Ils étaient tous embauchés chez Nutrissor…

— Marc ?

— … et ils ont tous eu un cancer du rein.

— D'où est-ce que tu appelles ? demanda Pierre.

— Je suis devant l'ordinateur de la secrétaire, au service d'oncologie, et j'ai devant moi un fichier informatique qui s'appelle *Carcinome rénal*. J'ai enfin trouvé le lien entre les deux histoires ! Il n'y en a pas trente-huit… (Il devait faire un effort pour parler.) Ils sont quarante et un.

— Marc, l'arrêta Pierre, je ne comprends rien du tout."

Franck Prost, tel était le nom du premier patient chez qui un cancer du rein avait été diagnostiqué, au printemps 1982. Suivaient, à l'été 1982, Éric Thevenin, le père d'Émilie, et Thierry Lisfranc, le frère de Caroline. Dix ans plus tard, il y avait ensuite eu tous ceux chez qui le cancer aurait pu être évité, si Émilie Thevenin et M. Louvel avaient été entendus.

"La gamine avait raison, résuma Marc, tu comprends ? Elle avait raison."

25

Marc éteignit l'ordinateur et sortit du bureau. Devant les ascenseurs, un aide-soignant en tenue de travail de couleur claire vint se poster à côté de lui, suivi d'une jeune femme avec un enfant. Pendant qu'ils attendaient, le petit garçon âgé de sept ou huit ans l'examinait de bas en haut avec curiosité, sans aucune timidité.

"Louis, ne regarde pas les gens comme ça !" le semonça sa mère.

L'enfant haussa les épaules avec indifférence. Arrivé dans le hall, Marc regarda autour de lui, repéra une rangée de sièges libres et s'assit. Il ne savait pas qui allait décrocher ni si cela avait un sens, mais il composa quand même le numéro de téléphone mentionné dans le dossier médical de Franck Prost.

"Madame Prost ? demanda-t-il en entendant une voix féminine au bout du fil.

— Oui ?

— Secrétariat du docteur Moreau. Service d'oncologie du centre hospitalier. Pardonnez-moi de vous appeler si tard. Nous sommes en train de trier les dossiers des patients et celui de votre mari Franck…

— Franck Prost était mon beau-père. Je suis mariée avec son fils. (Marc entendit en arrière-plan les vagissements d'un nouveau-né.) Marthe, Marthe, cria la femme en se détournant du combiné, occupe-toi de ton petit frère deux minutes, je suis au téléphone avec l'hôpital. (Puis elle s'adressa de nouveau à Marc.) Excusez-moi, vous disiez ?

— Nous souhaiterions détruire le dossier médical de votre beau-père. La durée de conservation légale est écoulée. Mais nous voudrions quand même avoir l'accord de votre belle-mère.

— Marthe ! appela une nouvelle fois la femme, avant de revenir à lui : Ma belle-mère est décédée."

Bon, il ne s'était de toute façon pas attendu à ce que les choses soient simples.

"Et votre mari…

— Marthe ! tenta-t-elle une dernière fois.

— Pourrais-je peut-être parler à votre mari ?"

Mme Prost décida de reprendre les choses en main. "Un instant, je vous prie, dit-elle avant de lancer à sa fille : La prochaine fois que tu me demanderas quelque chose, je ferai aussi comme si tu n'étais pas là."

Marc n'entendit pas la réponse de Marthe, mais ce que Mme Prost disait à son mari : "Roland, quelqu'un de l'hôpital pour toi.

— Où ?

— Au téléphone. C'est au sujet de Franck.

— Oui, allô ?" fit une voix inquiète.

Marc reprit depuis le début et, comme il le craignait, se retrouva dans une impasse : le fils estimait en effet que la maladie de son défunt père ne le concernait plus.

“Pas de problème, déclara-t-il. Vous pouvez détruire le dossier.

— Dans ce cas, il nous faudrait encore votre accord écrit.

— Pourquoi ? demanda le fils. Je croyais que le délai légal était écoulé.

— C’est à cause de la plainte collective. Juridiquement, nous voulons prendre nos précautions.”

C’était un peu tiré par les cheveux, mais avait-il le choix ?

“Quelle plainte ? demanda le fils en toute logique.

— Votre père travaillait chez Nutrissor, comme tous les autres patients. Et certains proches veulent porter plainte contre le groupe parce qu’ils pensent…”

Le fils l’interrompit : “Mon père a déjà été dédommagé de son vivant.

— Par Nutrissor ? demanda Marc, étonné.

— Évidemment, par Nutrissor, qui d’autre ?

— Vous avez encore des preuves ? Un justificatif. Des lettres.

— Non, bien sûr que non. Mais la maison dans laquelle nous vivons, c’est mon père qui l’a achetée avec son indemnité.

— Votre mère n’a rien conservé non plus ? Des relevés bancaires ? Une correspondance avec le groupe, n’importe quoi ?”

L’homme flaira le coup monté.

“Pourquoi est-ce qu’il vous faut tout ça ?

— Pour les autres patients, s’empressa de dire Marc.

— Ma mère est décédée il y a dix ans. Et nous avons fait entièrement rénover la maison avant d’emménager. Je suis désolé.”

Ils raccrochèrent après les politesses de mise, et Marc resta seul avec ses questions. Pourquoi le groupe, qui avait sacrifié la vie des ouvriers à l’idéal du profit, se serait-il soudain mis à payer des indemnités ? N’était-ce pas en contradiction avec sa manière de procéder jusque-là ? Ce groupe n’était pas un organisme de bienfaisance. Le remords et l’expiation ne faisaient pas partie de ses signes distinctifs.

Quels avaient été les termes de l’échange ? Franck Prost n’avait très certainement pas obtenu cet argent comme ça, sans contrepartie. Sans contrepartie, la seule chose qu’on pouvait espérer du groupe, c’était un cancer.

“Vous venez prendre rendez-vous pour la pose du cathéter ?

— Pardon ?

— Vous êtes ici… (L'infirmière qui avait abordé Marc s'arrêta et se pencha vers lui.) Vous ne vous sentez pas bien ?

— Si, si, s'empressa-t-il de la rassurer.

— Vous voulez un verre d'eau ?

— Non, merci. J'ai juste besoin de me reposer un instant."

C'était vrai, il était épuisé. Ce travail de fourmi le minait et, pourtant, pour rien au monde il n'aurait voulu changer de place avec Pierre ou un autre rédacteur du journal. Ces têtes bien faites, maîtres du journalisme d'idées, ne cessaient de défendre tel ou tel point de vue avec des arguments choisis. Ils savaient *toujours* ce qu'ils pensaient et comment le dire pour en faire un édito dont on débattrait forcément dans les restaurants où ils avaient l'habitude de manger. Seuls peu d'entre eux prenaient le temps d'aller voir ce qui se passait en dehors de la sphère politique et économique. Fouiller dans le quotidien des petites gens, ce n'était pas assez rentable.

Marc se leva et quitta l'hôpital. À quoi Franck Prost avait-il dû s'engager en échange de son indemnisation ? La seule chose que l'homme pouvait offrir, c'était son silence. Ce n'était pas ce qu'il savait qui inquiétait le groupe, mais ce qu'il était. Ce qu'il était ? Plein de choses, sûrement… Mais pour le groupe, Franck Prost n'était qu'un cancéreux condamné à mort. Ils avaient payé pour qu'il crève sans rien dire. Si Marc voyait juste, alors le groupe avait aussi espéré acheter le père d'Émilie et le frère de Caroline. Et dans ce cas, qu'une fille désespérée et entêtée clame ses accusations sur la place publique, cela n'avait pas dû leur plaire.

Marc retourna à sa voiture, ouvrit la portière et s'assit. Une odeur de plastique le submergea. Il n'avait pas eu l'idée de garer la voiture à l'ombre. Il appela Alex et ouvrit la vitre.

"C'est moi, dit-il quand le jeune homme décrocha. Note.

— Un petit instant."

Marc l'entendit se lever, puis revenir à sa place quelques secondes plus tard.

"OK, dit Alex, tout essoufflé. J'écoute.

— Je voudrais que tu fasses des recherches sur le site du cadastre de plusieurs villes.

— Lesquelles ?

— Charfeuil, Rosaires, Paris. (Pour commencer, c'était suffisant.) Tu cherches des achats de maisons ou d'appartements.

— Quelle année ?
— Commence en 1982 et continue sur deux ou trois ans.
— Et à quel nom, ces achats ?
— Thevenin et Lisfranc." Le nom de jeune fille de Caroline.

Si les deux familles avaient vraiment été dédommagées, elles avaient fait un placement sûr. Et l'instinct de Marc lui disait que ces deux familles, comme les Prost avant elles, avaient choisi le placement préféré des Français : la propriété foncière.

"Je voudrais savoir si deux ouvriers, Thevenin et Lisfranc, ont reçu des indemnités de la part de leur employeur. Le délai de conservation des documents dans les établissements de crédit est de dix ans, et comme ces deux hommes, s'ils l'ont été, ont été indemnisés il y a trente ans, nous ne trouverons plus rien chez les banques. Il nous faut donc passer à l'étape suivante et imaginer ce que les familles ont pu faire de cet argent. Je suppose que ces hommes ont voulu mettre leurs familles à l'abri en leur offrant un toit. Enfin, c'est ce que j'aurais fait, moi.
— Et si je ne trouve rien au cadastre ? demanda le jeune homme.
— Eh bien, il faudra songer à autre chose. Le tout, Alex, c'est de voir le monde avec les yeux de tes protagonistes."

C'était ce qu'ils disaient tous : Vois le monde comme je le vois. C'était ce que disaient les victimes, et les coupables eux-mêmes acceptaient parfois qu'on jette un coup d'œil dans leur vie intérieure.

"Autre chose ?" demanda Alex.

Marc sortit de son portefeuille les brouillons de lettre rédigés par la mère d'Émilie. Elle avait demandé à sa fille d'accepter de l'argent. Le refus d'Émilie avait peut-être un sens, désormais.

"Je ne sais pas encore. Il faut que je réfléchisse", décida-t-il finalement.

26

Ensuite, il appela M. Louvel. Si le groupe avait effectivement contraint Franck Prost à la discrétion, seul le médecin serait en mesure de lui en indiquer les raisons.

"J'ai dans la poche la liste des ouvriers malades et j'aimerais bien vous poser encore quelques questions. Je pourrais repasser vous voir ?

— Comment ça, maintenant ? hésita le médecin.

— Il ne me faudra vraiment pas longtemps. Un quart d'heure, insista Marc, et vous êtes débarrassé de moi.

— C'est que… j'ai à faire : je prépare une blanquette de veau pour des amis avec qui je joue aux cartes."

Il y avait un brin de contrariété dans la voix du médecin, mais Marc était sourd à ce genre de sous-entendus.

"Je suis un excellent cuisinier, mentit-il. Je viens éplucher les carottes.

— Bon, très bien, soupira M. Louvel, vous n'avez qu'à passer."

"Les trois premiers cas de cancer ont été diagnostiqués en 1982, commença Marc. (Il se tenait dans une cuisine proprette où tous les ustensiles nécessaires avaient déjà été soigneusement alignés, sirotait un verre de vin blanc et regardait l'ancien médecin cuisiner d'une main de maître le repas du soir.) L'année, justement, où le groupe met en place un nouveau procédé et introduit le chloracétal C5.

— Vous supposez donc, dit le vieil homme en coupant les oignons, que les cancers des trois premiers ouvriers sont en rapport avec les autres cas de cancer ?

— Oui, c'est l'hypothèse que je voulais vous soumettre.

— Si vous avez en tête que les trois premiers ouvriers sont tombés malades en montant l'installation…

— Ça n'est pas vraisemblable ?

— Non, répondit le médecin.

— Mais dans cette phase initiale, ils ont sûrement été exposés à des doses très élevées du produit, non ?

— Très certainement, oui, confirma Louvel. Mais le chloracétal C5 n'a pas pu être le déclencheur.

— Pourquoi ?

— Parce que le cancer, répondit le médecin en faisant revenir la viande, met des années, sinon des décennies, à se développer. (Il fit un geste vers le plan de travail, derrière Marc.) Passez-moi la spatule, s'il vous plaît !"

Marc fit ce qu'on lui demandait

Le médecin déglaça la viande avec du vin blanc, baissa la flamme et laissa la blanquette cuire à petit feu.

"Le chloracétal C5 est cancérogène, mais il n'est certainement pas la cause du cancer des trois premiers ouvriers.

— Alors expliquez-moi pourquoi l'un de ces trois hommes a été indemnisé par Nutrissor, dit Marc.

— Je n'en ai pas la moindre idée.

— Ils ont payé parce qu'on avait diagnostiqué un cancer à ces travailleurs alors qu'ils voulaient introduire le chloracétal C5. Ils ont acheté leur silence.

— Pour quelqu'un qui n'a que des hypothèses, vous êtes quand même bien sûr de vous.

— Je sais comment ces gens-là fonctionnent. (Pourquoi ? Parce qu'il avait grandi à leurs côtés. Ce qui, selon lui, était déjà une bonne base.) Docteur Louvel, est-ce que les trente-huit ouvriers touchés ont été indemnisés ?

— Non.

— Ils auraient dû payer trente-huit fois. Et ils auraient *pu* le faire, mais ils ne l'ont pas fait. Vous voyez où je veux en venir ? Ces gens-là ne veulent rien réparer du tout. Ces gens-là ne paient pas pour des ergotages de moralité. Ils paient quand c'est rentable. Alors, en quoi est-ce rentable de proposer de l'argent à ce Franck Prost, assez d'argent pour qu'il s'achète une maison ?

— Je ne sais pas.

— Moi non plus. Mais je constate qu'au moment où ils ont payé était introduite une nouvelle substance qui, dix ans plus tard, allait se révéler cancérogène. Un hasard ? Je ne crois pas.

— Bon, bon, d'accord, concéda le médecin.

— Qu'est-ce qui vous manque ? demanda Marc en voyant Louvel regarder tout autour de lui.

— Le couteau.

— Derrière vous, sur la planche. (Marc se leva et lui passa le couteau.) Aidez-moi, demanda-t-il, dites-moi toutes les hypothèses possibles.

— D'accord, décida le médecin en goûtant la sauce, à laquelle il ajouta un peu de sel et de poivre avant de s'attaquer à l'épluchage des carottes.

— Si l'on part du principe…" reprit Marc, et tout en rassemblant ses idées, il s'étonna de voir à quel point cette histoire le captivait. *Hooked*, disaient les Américains, "accro". Un jour, on était par hasard confronté à quelque chose qui nous intéressait pour des raisons profondes et inconnues, on se laissait entraîner et, soudain, on se retrouvait tout entier accaparé. "Si l'on part du principe que le cancer a un temps de latence assez long, alors c'est que ces hommes ont dû être mis en contact avec les substances nocives quelques années auparavant. C'est correct ?

— Correct, répondit Louvel.

— Est-ce qu'un seul contact peut entraîner un cancer ?

— Non.

— Donc, ils ont dû subir une exposition régulière.

— Exactement, répondit l'ancien médecin du travail.

— Supposons pour le moment que ces maladies soient professionnelles.

— Oui, jeune homme, supposons.

— Dans ce cas, docteur, où ces trois hommes ont-ils contracté leur maladie ?"

Le médecin fit fondre une noisette de beurre dans une cocotte, retira celle-ci du feu et y saupoudra un peu de farine.

"Vous connaissez le secret d'un bon roux ? La plupart des gens mélangent la farine à feu moyen et laissent gonfler, mais si on ne veut pas faire un roux brun, il ne faut le chauffer que très brièvement pour faire disparaître le goût de farine, dit-il. Puis, une fois son roux mis de côté : Dans la fabrication de PVC.

— Vous pensez à un endroit particulier ?

— Oh que oui. Passez-moi le jus de citron et la crème fraîche, s'il vous plaît.

— Monsieur Louvel, demanda Marc, à quelle entreprise pensez-vous ?

— Poliplast, répondit le médecin après une brève hésitation. Nous avons repris une bonne partie des ouvriers quand l'entreprise a délocalisé son site de production en Roumanie.

— Vous voyez une autre possibilité ?

— Non, en fait non. Où allez-vous ? demanda le médecin.

— Dans le jardin, répondit Marc, j'ai un petit coup de fil à passer."

Il s'assit dehors sur une chaise longue et composa le numéro. La sonnerie retentit trois fois, puis une voix féminine se fit entendre.

"Oui, allô ?

— Madame Prost. C'est encore le secrétariat du docteur Moreau. Service d'oncologie. Est-ce que votre beau-père a travaillé chez Poliplast avant de travailler chez Nutrissor ?

— Oui, pourquoi ?

— Je vous remercie, madame, et le bonjour à votre petite fille."

Il raccrocha avant qu'elle ne puisse se poser des questions, puis regagna la cuisine en triomphateur.

"Oui", déclara-t-il.

Le médecin se tourna vers lui et le regarda d'un air interrogateur.

"Oui, quoi ?

— Ils ont travaillé chez Poliplast.

— Vous êtes vraiment très rapide, monsieur Rappaport.

— Le plus rapide, monsieur Louvel", répondit Marc.

Le médecin fit une grimace.

"Qu'y a-t-il ? À quoi pensez-vous ?

— C'est qu'à l'époque, répondit Louvel, l'intoxication au chlorure de vinyle était déjà reconnue comme une maladie professionnelle. Et le composé chimique était répertorié comme cancérogène.

— Et alors ?

— Alors je ne vois pas pourquoi le chlorure de vinyle aurait pu représenter un danger pour Nutrissor.

— C'est qu'il doit s'agir d'une autre substance utilisée, répondit Marc. Si je vous trouve la liste des composés à partir desquels Poliplast a fabriqué du PVC, ça vous aiderait ?

— Et comment comptez-vous vous y prendre ?" demanda le médecin, sceptique.

Comment il comptait se procurer cette liste ? C'était tout simple : il lui suffisait de retourner voir son amie du bureau des renseignements de la direction régionale, à Rosaires.

"L'entreprise était sûrement classée Seveso, non ?

— Vous n'êtes pas seulement rapide, vous êtes aussi très malin. (Le médecin le regardait en souriant.) Bon, mais pour l'heure, c'est assez. Vous ne pourrez plus rien faire aujourd'hui. Il est temps de vous détendre. Vous restez goûter ma blanquette ?"

Marc ne se fit pas prier. Il se voyait manger un sandwich dans sa chambre d'hôtel ou, guère mieux, entrer dans l'un des restaurants de cette petite ville – il n'y avait rien de plus triste que de dîner seul dans un petit restaurant de province, entre une fête de famille et les habitués de la bouteille.

"Avec plaisir, acquiesça-t-il.

— Dans ce cas, c'est vous qui mettez la table", répliqua aussitôt le médecin.

Après un dîner arrosé et détendu, Marc, assis dans le salon, regardait les autres jouer aux cartes. Il avait un peu trop bu et, après cette journée éprouvante, l'alcool l'avait mis à plat. Il s'abandonna à une rêverie paresseuse.

Les hommes misèrent, puis jouèrent chacun à leur tour.

"Je passe, dit l'un d'eux.

— Ah, il bluffe, dit un autre en augmentant la mise.

— Au fait, comment va la femme de Saitô ? demanda le troisième en se penchant vers son voisin.

— Comme ci comme ça, répondit celui-ci en bâillant de bon cœur. Je crois qu'il m'a dit qu'on l'opérait la semaine prochaine.

— Quelle saleté, répondit son interlocuteur, puis il réfléchit et dit finalement : Moi aussi, je passe."

Marc suivait la partie et la conversation d'une oreille distraite. Il songeait à son grand-père qui l'avait souvent laissé assister à ses parties de cartes quand il était adolescent. À quatorze ans, il l'accompagnait déjà au casino. "Si on te demande, tu dis que tu as dix-huit ans", avait décidé Hubert Bourgueil, et il avait conduit son petit-fils vers les tables de jeu, l'endroit idéal pour se familiariser avec la typologie du genre humain.

"Tu n'avais pas peur que ton adversaire devine ton jeu à cause de moi ? avait demandé Marc à son grand-père, un jour où la mise avait été particulièrement élevée.

— Si, bien sûr, avait répondu celui-ci. Mais j'ai décidé de te faire confiance.

— Juste comme ça ? avait insisté Marc.

— Non, bien sûr, pas juste comme ça. Depuis quand est-ce que je fais les choses *juste comme ça* ?" avait répliqué son grand-père et, quelques semaines plus tard, il lui avait révélé qu'il avait eu une bonne raison d'accepter qu'il s'assoie derrière lui et regarde ses cartes : son regard expressif. “Apporte-moi mon portefeuille, avait dit Hubert Bourgueil alors qu'ils prenaient le petit-déjeuner sur la terrasse.

— Maintenant, tout de suite ? avait demandé Marc en couvant d'un œil avide le toast encore chaud qu'il venait de tartiner de beurre et de confiture de cerises noires.

— Oui, tout de suite”, avait exigé son grand-père. Marc s'était levé pour aller chercher le portefeuille, le vieil homme l'avait ouvert et en avait sorti huit Pascal.

“Tiens, avait-il dit en les tendant à Marc. C'est ta part.”

Marc avait pris les billets – quatre mille francs, une somme phénoménale pour lui, et pas seulement pour lui.

“Ma part pour quoi ?” avait-il demandé.

Et le vieil homme avait avoué :

“Tu te souviens du Canadien contre qui j'ai perdu il y a quelques semaines ?

— Oui, avait répondu Marc.

— Il joue très mal et il est très riche. J'avais envie de le plumer sérieusement, pour une fois.”

Marc avait appris qu'il était beaucoup plus facile de bluffer un bon joueur qu'un mauvais. Le mauvais joueur, avait expliqué son aïeul entre une bouchée de toast et une gorgée de café, n'est même pas en mesure d'évaluer le jeu : il suit sans avoir conscience du danger. “Je voulais me fabriquer un rôle. Il devait croire que j'étais un bluffeur. Et me prendre sur le fait en train de bluffer. C'est ce qui s'est passé, d'ailleurs, grâce à toi : quand j'ai augmenté la mise alors que j'avais un mauvais jeu, tu as eu l'air tellement choqué ! Il ne pouvait pas ne pas le voir. Et moi, j'avais tellement envie de rire.

— Et c'est ce que tu es ?

— Quoi ? Un bluffeur ? Mais non, bien sûr que non. C'est rarement payant.

— Mais pourquoi est-ce que tu voulais perdre ? avait demandé Marc.

— Pour qu'à la partie suivante, il parte du principe que je bluffais encore et augmente la mise. Je voulais le battre à plates coutures avec un jeu vraiment bon.”

“Une petite goutte ? demanda M. Louvel à la cantonade.

— Il fait encore trop chaud, répondit l’homme en face de lui, un pharmacien.

— Il te reste de la mirabelle ? demanda le joueur poupard à sa gauche.

— Non, mais j’ai de la prune, répondit le médecin, et je dois aussi avoir à la cave quelques bouteilles de poire.

— Vous et vos bouteilles”, pesta le pharmacien.

Il était temps de partir. Marc se leva et prit congé.

“Laissez, dit-il avec un geste de refus quand M. Louvel fit mine de vouloir le raccompagner. Je trouverai la sortie tout seul.

— Vous m’appelez demain.

— Oui, répondit Marc, c’est d’accord.

— Alors, quoi ? On la boit, cette goutte, oui ou non ?” entendit-il encore en ouvrant le portail du jardin, et il songea qu’aucun de ces braves bonshommes n’avait sans doute jamais eu l’idée de perdre pour gagner. Il leur manquait pour prendre un tel pari la témérité que permettait l’argent.

27

Les trois hommes avaient tous investi l’argent de leur indemnité dans l’achat d’une maison à Charfeuil. Alex lui fit passer l’information dès le lendemain matin, vers onze heures. De son côté, aux alentours de midi, il avait découvert pourquoi M. Louvel avait hésité à lui donner le nom du fabricant de PVC qui avait employé les trois ouvriers avant Nutrissor. Le médecin n’avait eu qu’un bref instant de flottement, mais il n’en fallait pas plus à Marc pour aller regarder de plus près le profil de l’entreprise. Il n’avait rien trouvé dans la structure des actionnaires – l’entreprise était cotée en Bourse et toutes les actions étaient dans le capital flottant. Les bilans n’avaient rien révélé non plus de suspect. Ce n’est qu’en parcourant les transactions des managers qu’il découvrit ce qui, sans effrayer le médecin, avait pu lui causer quelques sueurs froides. Le 13 juin 1993, un certain Charles Pelletier avait vendu sept mille actions – a priori, rien d'étonnant : ce monsieur était dans le conseil d'administration de l'entreprise et les membres du conseil offraient souvent leurs actions à la vente. Sauf que Pelletier était aussi député-maire. De quelle ville ? Rosaires. L'histoire, peu à peu, prenait forme. Avec un député-maire au conseil d'administration, il n'y avait pas à craindre d'être importuné par quelque autorité que ce soit. Marc connaissait plus d'un procureur qui aurait été ravi de poursuivre l'enquête.

Au bureau des renseignements, il importuna encore une fois la charmante fonctionnaire. Ce jour-là, elle portait une robe informe qui enveloppait mollement son corps maigre et semblait déjà abattue alors que la journée ne faisait que commencer. Un bref regard vers Marc, quand il la salua et lui présenta sa nouvelle demande, et son visage long et morne se tourna aussitôt vers son bureau.

"Les dossiers sont là-bas", dit-elle en montrant le mur – visiblement peu encline à faire plus que tendre le bras sans même lever les yeux vers lui. Les coudes sur son bureau, elle feuilleta ensuite un dossier comme si elle lisait dans les formules codées de la langue administrative toute l'amertume de son existence.

Marc trouva relativement vite ce qu'il cherchait. En dix ans, ils avaient contrôlé l'entreprise quatre fois. Et la liste des composés évalués par les autorités tenait en deux pages. Comment ça ? Les substances dangereuses ne devaient-elles pas être enregistrées au préalable ? N'étaient-elles pas soumises à autorisation ? Deux pages à peine en dix ans, dans un secteur comme l'industrie plastique ?

"C'est tout ce qu'il y a sur Poliplast ?

— Oui.

— Ces quelques pauvres feuillets ?"

Elle ne répondit pas. Le petit jeu recommençait.

"Je vois qu'en dix ans, seules dix substances ont été soumises à une évaluation du risque."

Encore une phrase à laquelle elle ne prit pas la peine de répondre.

"Et vous êtes vraiment certaine que les données sont complètes ?"

Elle haussa ses maigres épaules avec un soupir.

"Dix substances, c'est tout ?"

Du bout des lèvres, elle daigna enfin laisser échapper un "oui" ennuyé.

“Mais pourquoi seulement dix ?

— Parce qu’il n’y avait que dix substances classées comme dangereuses, voilà pourquoi.

— Vous voulez rire.”

La fonctionnaire lui jeta un regard glacial. Non, elle n’était pas du genre à vouloir rire.

Marc recopia rapidement la liste, quitta le bureau et sortit du bâtiment. Il n’était sur place que depuis trois jours, mais la monotonie des lieux commençait déjà à lui taper sur les nerfs. Quelques cafés sur la place du marché, quelques restaurants, une salle de sport, le cinéma, le coiffeur, les commérages des retraités le matin chez le boulanger, les mères qui attendaient devant l’école primaire… S’il avait dû mener la vie fade et monotone de cette fonctionnaire, Marc n’aurait sans doute pas été de meilleure humeur qu’elle.

28

M. Louvel l’avait convoqué à la piscine. Sa petite-fille participait à une compétition de natation, et il ne voulait pas rater l’événement. “Et puis avant de repartir, il faut quand même que vous ayez l’occasion de mieux connaître notre petite ville”, avait-il ajouté.

Il régnait un beau désordre dans les tribunes, et l’ambiance était décontractée. Parents, frères, sœurs, amis se pressaient pour encourager les nageurs. On plaisantait, on riait, on se saluait. Marc mit un moment avant de repérer le médecin dans la foule.

“Votre petite-fille, c’est laquelle ? demanda-t-il quand il parvint enfin à rejoindre M. Louvel.

— Vous voyez la petite, là, avec le maillot de bain bleu clair et des lunettes, à côté de l’entraîneur ?”

Marc aperçut en contrebas une fillette frêle d’environ six ans aux cheveux blond vénitien qui tremblait de froid, les bras croisés sur la poitrine. La tête penchée, elle écoutait les dernières instructions de son entraîneur.

“Qu’est-ce qu’elle nage ?

— Vingt-cinq mètres nage libre, dit le médecin et, quand elle agita la main dans sa direction : La pauvre, elle est gelée.”

Ils encouragèrent tous les deux la petite-fille du docteur Louvel. Quand elle sortit de l’eau et partit se changer aux vestiaires, Marc tendit au médecin la liste des substances préoccupantes.

“Alors ? demanda-t-il quand celui-ci la lui rendit. Vous voyez quelque chose ?

— Non, répondit Louvel. Mais pour être franc, le contraire m’aurait vraiment étonné. Vous vous dites sûrement que le groupe a soudoyé les inspecteurs, n’est-ce pas ?

— Pas vous ?

— Non, pas moi. Je connais encore le contrôleur du temps où j’étais chez Nutrissor. Et je peux me porter garant de lui, ajouta le médecin avec fermeté.

— Mais vous êtes d’accord avec moi pour dire que toutes les substances nécessaires à la fabrication du PVC n’y sont pas ?

— Évidemment”, répondit le médecin.

Il y eut un léger mouvement de foule quand plusieurs mères se levèrent pour aller rejoindre les petits nageurs, une serviette ou un vêtement à la main.

“J’ai appris que le maire de Rosaires était dans le conseil d’administration de Poliplast.

— Laissez Charles en paix, c’est un homme bien.”

Il l’avait appelé par son prénom. Ils se connaissaient.

“Et j’ai aussi appris, poursuivit Marc malgré tout, que M. Pelletier avait vendu sept mille actions du groupe.”

Le médecin laissa échapper un souffle de dédain. “Et ? De l’argent de poche, rien de plus !

— Pas très glorieux, quand on est maire et député…”

Louvel lui coupa la parole : “Vous vous trompez. Vous faites fausse route.

— Indiquez-moi la bonne !”

Le médecin n’eut pas le temps de répondre : d’en bas, sa petite-fille lui faisait signe de la rejoindre. “Venez, dit-il en se levant, un peu de jus de pomme et de gâteau marbré maison ne peut pas vous faire de mal.”

Ils descendirent les gradins, Louvel saluant à droite et à gauche. Cet homme n'était pas seulement connu, il était aussi estimé de tous. Marc resta un peu en retrait à observer l'affairement général tandis que Louvel se mêlait aux autres. Deux femmes installaient le buffet, et des enfants aux cheveux mouillés s'attroupaient autour de la table qui se couvrait lentement mais sûrement de verres, d'assiettes, de jus de fruits et de gâteaux.

"Il va falloir attendre encore un peu, dit l'une des femmes. D'abord le discours."

Enfin, une dame alerte d'environ quatre-vingts ans tint le discours tant attendu, le visage dissimulé derrière ses notes qu'elle consultait sans arrêt. Après les remerciements au maire pour le financement des trophées, le buffet fut finalement inauguré, et les enfants se jetèrent sur les assiettes de bonbons.

"Vous avez dit tout à l'heure que je faisais fausse route", reprit Marc quand Louvel le rejoignit.

Ils s'étaient installés un peu à l'écart, près du bureau de l'entraîneur dont la porte entrouverte laissait voir une pile de planches de natation de toutes les couleurs.

"Oui, parce que vous croyez défier quelques petits escrocs qui soudoient un simple contrôleur. (Le médecin salua un couple d'un petit signe de tête.) Vous ne savez pas à qui vous vous attaquez.

— À qui ?

— À ceux qui font la pluie et le beau temps.

— Vous ne croyez pas que vous exagérez un peu, docteur ?

— Non, je n'exagère pas. Vous arrivez ici, et vous voulez résoudre en trois jours ce pour quoi je me suis battu pendant trente ans. Vous ne croyez pas que j'aurais déjà réussi à les faire tomber si la loi n'était pas de leur côté ? Vous êtes présomptueux et votre outrecuidance repose sur l'ignorance. (Le médecin attendit une réponse et, comme rien ne venait, il poursuivit.) En Europe, d'après les données les plus récentes, l'industrie chimique emploie plus d'un million de personnes. Sans elle, de nombreux autres secteurs ne pourraient même pas exister. La construction mécanique a besoin d'elle, l'industrie automobile, l'électrotechnique, l'agriculture, le secteur de la santé, le textile, l'agroalimentaire... La liste est longue. Ce que j'essaie de vous expliquer, c'est qu'il n'y a aujourd'hui aucun secteur, vous comprenez, aucun, qui puisse faire l'impasse sur la chimie. Tenez, moi, en tant que médecin, je serais à la rue sans le PVC. Je n'aurais pas de gants, pas de cathéter, pas de poches à perfusion, pas de seringues, pas de tuyaux, pas de bandages, pas de poches de plasma…

— Monsieur Louvel, où voulez-vous en venir ?

— Je vais vous dire où je veux en venir : personne n'a été soudoyé, voilà ce que j'essaie de vous dire. Ils n'ont pas besoin d'en passer par là. Il leur suffit de changer les lois. Vous voulez que je vous dise pourquoi il y a si peu de substances dangereuses listées ? Parce que les contrôleurs n'ont vérifié que les substances enregistrées. Certaines substances intermédiaires, par exemple, ne sont pas soumises à enregistrement. Parce que le lobby de l'industrie chimique a réussi à faire en sorte que l'obligation d'enregistrement soit liée à la mise sur le marché."

Marc le regarda sans comprendre.

"Vous ne voyez pas du tout de quoi je parle, pas vrai ?

— Pour être honnête, non, je ne vois pas du tout.

— Seuls les produits chimiques commercialisés sont soumis à une évaluation du risque. Et l'obligation pour le fabricant ou le négociant d'enregistrer la substance n'existe que pour ces produits.

— Je crois que je ne comprends toujours pas très bien.

— Mettons que vous êtes fabricant ou importateur d'une substance et que vous en vendez plus d'une tonne par an. Dans ce cas, vous devez la faire enregistrer auprès de l'Agence européenne des produits chimiques, à Helsinki.

— Et les grands groupes ne le font pas ?

— Si, bien sûr. Sans évaluation, pas de marché. Ils doivent pouvoir prouver l'innocuité des substances qu'ils veulent vendre. Seulement, que se passe-t-il avec une substance qu'ils fabriquent, poursuivit le médecin, mais ne commercialisent pas en tant que telle ?

— Mais pourquoi produire une substance qu'on ne vend pas ?

— Imaginons : vous êtes un grand groupe et, pour fabriquer de la vitamine A, vous avez besoin d'une substance que vous savez mutagène et cancérogène. Vous pourriez aussi utiliser une autre substance, mais la première vous permet de produire la vitamine plus vite et à bien moindre coût.

— Je vois…

— Imaginons que vous ayez besoin de quelques substances vraiment dégueulasses pour fabriquer votre PVC. Que faites-vous, en tant que grand groupe industriel ? Vous fabriquez vos produits chimiques pour votre propre utilisation. Vous n'allez pas les vendre, non. Car si ce truc passait la porte de votre groupe, vous seriez obligé de le faire analyser et alors, il y aurait de fortes chances pour que votre produit soit interdit.

— Alors, c'est ça, leur méthode pour passer à travers les mailles du filet.

— Oui, c'est ça, leur méthode. L'agence d'Helsinki ne se préoccupe que de savoir si la substance met en danger les clients, et tout le monde se fiche de savoir si elle met en danger quelques ouvriers.

— Donc, les groupes n'ont pour seule obligation que de faire analyser le produit fini ?

— Ils doivent aussi enregistrer la substance qu'ils décident de commercialiser. Or *vous*, ce que vous cherchez, c'est un produit intermédiaire cancérogène. Qui, bien évidemment, n'a jamais été enregistré. Au niveau administratif, cette substance n'existe même pas. Elle ne figure nulle part. Et comme elle n'existe pas, son degré de dangerosité ne peut pas non plus être analysé.

— À moins, répliqua Marc, qu'un médecin compétent en chimie envoie la substance à Paris de son propre chef.

— À moins, corrigea Louvel, que les ouvriers d'un groupe et leur médecin du travail fassent analyser par un laboratoire indépendant la substance qu'ils soupçonnent d'être une substance CMR – cancérogène, mutagène et reprotoxique."

Une fillette en robe rouge s'approcha d'eux.

"Je vous présente Zoé, dit M. Louvel avec un sourire attendri pour sa petite-fille.

— Bonjour, Zoé", dit Marc.

L'enfant posa sur lui ses grands yeux verts et félins, puis se tourna vers son grand-père.

"Est-ce que je peux aller jouer chez Laure ?

— Je ne t'ai pas entendue dire bonjour, si ? demanda le médecin en se penchant pour écarter la frange qui barrait le front de la fillette.

— Bonjour, dit Zoé à Marc, puis à son grand-père : Alors, je peux ?

— Il faut d'abord qu'on demande à ta mère. Je vais raccompagner mon ami à sa voiture. Et toi, tu m'attends ici, d'accord ?"

La petite s'éloigna en courant.

"Zoé, gronda le médecin.

— Oui, oui, lança la petite en levant les yeux au ciel, j'ai compris. Je t'attends ici."

Ils sortirent. Un groupe d'hommes passa devant eux. Des visages de travailleurs, étroits, ronds ou allongés, les cheveux taillés court. Marc fut frappé par leur façon de marcher. Ils n'avaient pas la nonchalance des Parisiens. Ils avançaient comme s'ils devaient franchir un seuil à chaque pas, entrer dans une pièce qui leur était inconnue.

"Je ne comprends pas.

— Qu'est-ce que vous ne comprenez pas ? demanda le médecin.

— Je ne comprends pas pourquoi ils ne remplacent pas tout simplement cette substance par une autre.

— Parce que rien ne les y contraint.

— Mais sans être contraint, on peut aussi vouloir, on peut aussi se donner les moyens de."

Sa réaction était celle d'un enfant têtu, mais au fond, il connaissait la réponse du médecin, qui ne se fit pas attendre.

"Sauf que le chloracétal C5 est toujours un produit de classe trois. Il y a des pistes, mais pas d'indices suffisants.

— Combien de morts leur faut-il encore pour que les indices soient suffisants ? Combien de vies humaines doivent-elles être sacrifiées avant que les bureaucrates fassent les démarches nécessaires ?"

M. Louvel ne répondit pas. Il n'avait pas envie de pester contre la perversité de ce bas monde. Pas ici, pas au milieu des enfants, et nulle part ailleurs non plus. Il n'avait pas besoin de Marc pour soutenir son indignation. Il s'était battu toute sa vie. Et il s'était ménagé un espace hors de la colère, hors du combat. Il ne laisserait pas l'emportement d'un journaliste parisien détruire ce refuge, d'autant plus que ce journaliste croyait pouvoir pointer le bout de son nez et régler entre le lundi et le mercredi une affaire à laquelle il avait déjà consacré trente ans de son existence. Non, cet homme ne se laisserait pas entraîner par la colère, quelle qu'elle soit. Il savait que pour avancer, le petit vent frais de l'émotion du moment ne suffisait pas. Il fallait des voiles et un mât solide.

"Au moins, fit remarquer le médecin, nous avons réussi à faire en sorte que le groupe prenne toutes les mesures de protection nécessaires pour éviter de nouveaux cas.

— Oui, concéda Marc. Bien sûr."

Ils étaient arrivés à sa voiture.

"Vous saviez que je ne trouverais rien à la direction régionale. Et vous m'y avez quand même envoyé."

M. Louvel se mit à rire.

"Parce que vous y seriez allé de toute façon ! (Il lui tendit la main.) Au revoir, monsieur Rappaport.

— Encore une question, dit Marc, obéissant à sa curiosité professionnelle. Pourquoi avez-vous dit que Charles Pelletier était quelqu'un de bien ?

— À l'époque, je l'ai informé de la toxicité du chlorure de vinyle, répondit le médecin, et en conseil d'administration, il a tout de suite exigé du groupe que le produit soit remplacé par un autre.

— Et ?

— Ils lui ont ri au nez, qu'est-ce que vous croyez ? Pelletier les a menacés de faire fermer l'entreprise. Et ils lui ont prouvé que son prétendu pouvoir exécutif ne valait rien."

Charles Pelletier, représentant du peuple, avait montré les dents. Et les décideurs, en réponse à ses exigences, avaient délocalisé l'entreprise. C'était un jeu d'enfants. Il leur suffisait d'aller voir ailleurs. Après ça : la dégringolade. Les six cents ouvriers du groupe avaient naturellement tenu Charles Pelletier pour responsable de la perte brutale de leur emploi. Il y avait eu des débordements. On lui avait cherché des crosses. Et sa femme n'avait pas été épargnée non plus. D'abord des insultes au supermarché. Puis, quand les premières pierres avaient fracassé les vitres de leur maison, elle avait fait ses valises et elle était partie. Un an plus tard, Pelletier avait démissionné de ses fonctions. De toute façon, plus personne n'aurait voté pour lui.

"Au fait, vous l'avez vu hier, fit remarquer le médecin après avoir raconté toute l'histoire.

— Ah oui ? Où ça ?

— Vous vous souvenez du joueur de cartes à ma gauche ?"

Le buveur de schnaps. Tiens, tiens. Le vieil homme sympathique en polo bleu pâle.

“Vous pensez que je pourrais le voir ?

— Mais bien sûr, répondit le médecin, il vous attend déjà.”

Ils prirent congé une deuxième fois. Mais il y avait encore autre chose.

“Docteur !” lança Marc.

Le médecin se retourna. “Oui ?

— Est-ce que vous m’auriez donné l’adresse de M. Pelletier si je n’avais pas parlé de lui ?

— Mais vous avez parlé de lui... quoiqu’en des termes peu élogieux.”

Marc regarda le docteur Louvel. Le médecin aurait-il évoqué de lui-même le rôle de Charles Pelletier ? Rien n’était moins sûr. Dans ce cas, lui cachait-il d’autres informations ? Mais non ! Il était seulement d’avis que pour avoir quelque chose, il fallait le mériter. Et Marc l’aimait bien. Oui, il aimait beaucoup ce monsieur.

29

Il y avait une légende juive que Marc appréciait et que Gershom Scholem avait reprise en conclusion de son ouvrage sur la mystique juive. Le récit s’ouvrait sur le rabbin Baal Shem Tov, fondateur du judaïsme hassidique. On racontait que quand il avait une tâche difficile à accomplir, le rabbin se rendait à un certain endroit de la forêt, allumait un feu et se plongeait dans une prière silencieuse. Une génération plus tard, l’élève du Besht, le Maggid de Meseritz, savait encore où se trouvait cet endroit dans la forêt et connaissait le texte de la prière, mais pas le rituel qui présidait au feu. Plus tard, son élève, le rabbin Moshe Leib de Sassov, expliqua à son tour à sa communauté : “Nous ne savons plus allumer le feu, nous ne connaissons plus les mystères de la prière, mais nous connaissons encore l’endroit précis dans la forêt où cela se passait, et cela doit suffire.” Mais quand une autre génération fut passée, quand on demanda à son successeur, le rabbin Israël de Rishin, de se plonger dans la méditation spirituelle de ses ancêtres, celui-ci dit : “Nous ne savons plus allumer le feu, nous ne savons plus dire les prières, nous ne connaissons même plus l'endroit dans la forêt, mais nous savons encore raconter l'histoire."

L'histoire suffisait-elle ? Depuis toujours, les hommes essayaient de nommer et de comprendre ce qui s'était produit. Et depuis toujours, ils cherchaient un réconfort dans les histoires. Charles Pelletier, lui, se méfiait de sa vision du passé. Si l'affaire lui avait appris quelque chose, c'était qu'il avait été pris au dépourvu. En tant que représentant du peuple, il avait pensé jouir d'une certaine autorité. En tant que détenteur de l'exécutif, il s'était cru capable de s'opposer à ceux qui enfreignaient la loi. Mais le système qu'il connaissait, dans lequel il avait grandi, s'était désagrégé sous ses yeux. Son effondrement n'était pas le fruit du hasard, il reflétait la déliquescence de la souveraineté de l'État. Pelletier s'était retrouvé face à un abîme. Le gouffre existait depuis longtemps déjà, mais il ne l'avait pas remarqué. De l'autre côté, il y avait ceux que rien n'arrêtait, ceux qui, dans la sphère économique, les sciences et les communications, formaient déjà une communauté mondiale. Charles Pelletier n'avait rien pu entreprendre contre le groupe, il s'était retrouvé avec six cents électeurs au chômage, leurs femmes et leurs enfants, leurs soucis d'argent, leur désespoir, leurs factures impayées, leurs hypothèques et, bien sûr, leur colère, dont il était devenu la cible parce qu'il n'y avait plus personne d'autre à qui s'en prendre. Les autres avaient quitté le navire, alors que lui était toujours là. Il avait assisté à l'effondrement des structures sociales de sa ville et vu comment, ensuite, on s'"arrangeait". Désormais, aucun représentant du peuple ne voudrait plus tenir tête à un grand groupe. Son exemple avait été plus que dissuasif.

Après coup, Charles Pelletier n'était sûr que d'une chose : il n'existait plus de juridiction, d'État, d'instance régionale ou nationale capable de contrôler la libre circulation des capitaux, de limiter la liberté des marchés. Il y avait eu une redistribution du pouvoir. Et de la liberté. Partout dans le monde. Et personne n'avait pu stopper cette évolution.

"Il y a bien un comptable dont le beau-frère a eu un cancer, répondit Charles Pelletier après un instant de réflexion, quand Marc lui demanda qui pourrait peut-être l'aider.

— Un comptable de Poliplast ?

— Oui, répondit le vieil homme, mais ensuite, il a été embauché chez Nutrissor. C'est quelqu'un de bien. Après ce qui est arrivé, il est souvent venu me voir. Son beau-frère avait commencé la chimiothérapie à ce moment-là, et il a compris mes motivations."

M. Pelletier n'avait pas de terme précis pour nommer *ce qui lui était arrivé*. Même trente ans après, il n'y avait pas de mot capable de résumer sa catastrophe personnelle.

"La maladie de son beau-frère l'a beaucoup affecté. Ils étaient très proches, et il a eu l'impression de l'avoir livré au bourreau.

— Comment ça ? demanda Marc alors qu'il connaissait déjà la réponse.

— Il faisait lui aussi partie du système.

— Et vous croyez qu'il a des informations ?

— Sûrement, répondit M. Pelletier. Mais je ne sais pas si vous pourrez lui soutirer quelque chose. Je crois plutôt qu'il a peur.

— Nous pouvons le protéger."

M. Pelletier secoua la tête.

"Mais non, ce n'est pas ça qui l'inquiète, voyons. Qu'est-ce que vous croyez, que le groupe pourrait le menacer ?

— De quoi a-t-il peur dans ce cas ?"

Le vieil homme le regarda d'un air ébahi, surpris de devoir fournir des explications.

"Il a peur pour la région. Pour ses amis, pour la famille... Nutrissor est le plus gros employeur à des lieues à la ronde, et il appartient à une entreprise chinoise. À votre avis, que se passera-t-il si les Chinois trouvent que les Français leur font trop de problèmes ?"

Marc voulut intervenir, mais Pelletier l'arrêta.

"Laissez-moi d'abord lui parler. Laissez-moi aborder ça tranquillement. Vous ne savez pas comment les choses se passent ici. Je ne vous fais pas de reproche, vous venez d'un autre monde. Les lois en vigueur chez nous ne sont pas les mêmes que chez vous. Il vous parlera, mais pas si vous le brusquez.

— Je vous laisse faire.

— La règle du jeu, c'est : conserver les emplois. Je sais par Gilles, je veux dire le docteur Louvel, que vous envisagez de porter plainte contre le groupe. (Marc allait répondre, mais Pelletier ne permit pas qu'on l'interrompe.) Nous ne pouvons pas nous permettre de laisser partir ce groupe. Nous voulons des indemnités pour les ouvriers. Rien d'autre. Nous n'avons pas besoin que justice soit faite. Un compromis, ça vaut mieux pour nous que la guerre juste. Ce qui se joue pour les gens d'ici, monsieur Rappaport, ce n'est pas une simple partie, c'est toute une existence. Rentrez à Paris, j'ai votre numéro de téléphone. Gilles me l'a donné. Attendez mon coup de fil. Il viendra vous voir à Paris. J'en réponds.

— Je peux aussi le voir ici à n'importe quel moment. Il ne me faut que quatre heures…

— Monsieur Rappaport, dit Pelletier en souriant, il faut être marqué au fer rouge comme moi ou doué d'un véritable courage comme Gilles pour accepter d'être vu avec vous ici. Tout le monde sait qui vous êtes et ce que vous cherchez.

— Bien", acquiesça Marc en se levant. Mais avant de franchir le seuil, il se retourna : "Je vous promets de ne rien entreprendre sans vous en avoir informé, vous ou M. Louvel, ou sans vous avoir demandé votre avis.

— Mon cher, dit le vieil homme en guise d'adieu, c'est un mensonge."

Marc roulait à vive allure. Cette fois, il ne prit pas le temps de mettre un CD de jazz ni de regarder le paysage. Il ne songeait qu'à la manière de procéder. Ils étaient malins, ils avaient des douzaines d'avocats, de juristes financiers, de mathématiciens spécialistes des modèles de risques, d'experts de toutes sortes qui énonçaient toutes sortes de prévisions sur des évolutions prochaines, mais lui, il avait pour lui le monde de la pensée. Il savait par Nietzsche qu'il peut se trouver pour chaque homme un appât auquel il *doit* mordre. L'argent, l'honneur, le pouvoir avaient été des friandises bien attirantes ; ceux contre qui il avait décidé de faire campagne en étaient rassasiés. Face à ceux qui avaient déjà tout, la seule amorce encore utilisable était la peur. Il allait devoir leur faire comprendre qu'ils pourraient perdre ce qu'ils possédaient, et ils mordraient à l'appât. D'Épictète, il savait que ce qui trouble les hommes, ce ne sont pas les choses, mais les jugements qu'ils portent sur les choses. Ce n'était pas la mort, mais le jugement que la mort est redoutable qui faisait trembler les hommes à son approche. Ce qui ferait tomber ces messieurs à genoux, ce ne serait donc pas la ruine dans ses moindres détails, mais l'angoisse de se retrouver sans rien ; ce ne serait pas le rabaissement véritable, mais l'idée de l'humiliation publique ; ce ne serait pas le châtiment, mais la peur d'être pris dans les filets du régime pénitentiaire. Il voulait proférer des menaces crédibles. Il lui fallait les bonnes cartes. Non, il ne blufferait pas. Il rassemblerait toutes les informations nécessaires à leur chute. Et ensuite, quand ils se seraient égarés dans le labyrinthe de leurs craintes, il leur présenterait des engagements. Hobbes lui avait enseigné que les deux armes principales des hommes en guerre étaient la force et la fraude. Il n'avait qu'à choisir l'un de ces salopards. Un seul suffirait. Et Marc négocierait avec lui en toute discrétion. Car l'harmonie invisible, *dixit* Héraclite, était supérieure à l'harmonie visible.

Il était à deux heures de Paris. Et de Déborah. Il n'avait pas beaucoup pensé à elle ces derniers jours. Mais maintenant qu'il approchait de la ville, il la voyait à nouveau en pensée, et cette vision aiguisait son désir. Ils ne s'étaient pas vraiment quittés en bons termes. Il l'avait appelée quelques fois, oui, mais elle n'avait pas eu la patience de l'écouter parler de son affaire.

“Ton affaire, ton affaire. Tu n'as rien d'autre à raconter ? Tu ne pourrais pas dire que tu appelles parce que je te manque ? lui avait-elle demandé.

— Tu voudrais que je te mente ?”

Non, évidemment, ce n'était pas ce qu'elle voulait. Ce qu'elle voulait, c'était qu'il saisisse l'occasion. Elle lui offrait une vie. Et lui, que faisait-il ? Il picorait çà et là quelques moments, comme un enfant difficile devant son assiette pleine. Elle finirait par se lasser de lui et de son incapacité à se décider. Mais qu'un homme dans sa situation, avec les libertés dont il jouissait, ne sache pas vraiment ce qu'il voulait, c'était plutôt normal, non ? Il lui arrivait de penser que seuls les froussards et les hystériques se liaient durablement. Seuls les hommes incapables de gérer leur vie eux-mêmes. Pierre était de ceux-là. Il avait besoin d'une structure fixe pour s'épanouir. Il détestait les changements. Et s'il avançait avec tant de facilité et d'insouciance, c'était parce que sa femme avait quadrillé au millimètre près l'espace qu'il pouvait explorer. Elle était le secret de son succès professionnel. Pierre partait en campagne, conquérait le monde, et rentrait le soir auprès d'elle. Il la trompait parfois, oui, mais il ne la quitterait jamais : avec ces petites habitudes, ce quotidien, ces menus plaisirs – les enfants, la maison de vacances, le chien, et même le rôti chez la belle-maman cordialement détestée –, elle tissait le filet de protection sans lequel il aurait été perdu.

Patrice Carletti, au contraire, rejouait sans cesse la comédie de l'amoureux. Cette jeune policière avec laquelle Marc l'avait vu flirter la dernière fois, il devait même croire la désirer comme jamais il n'avait désiré aucune autre femme. Alors que son désir n'était toujours que le désir du désir. Carletti le savait, d'ailleurs, mais il avait besoin de ce moment hypnotique qui était de tous les préludes, il avait besoin de l'éblouissement, de l'enivrement et sans doute même aussi de l'ennui et de la prise de conscience qui venaient ensuite.

Et Marc ? Il pressentait que Déborah était une chance dans sa vie. Et ça ne rendait pas sa décision plus facile, au contraire. À ses côtés, il se sentait relié au monde. Sans elle, il vivait comme derrière une vitre. Elle le savait. "Tu t'intéresses à ceux qui ont été éjectés du système, lui avait-elle dit récemment. Tu écris sur eux parce que les autres les jugent sans intérêt."

Il avait regardé sa compagne, allongée à côté de lui, nue, occupée à enrouler une mèche de cheveux autour de son doigt. "Oui, avait-il répondu, c'est vrai.

— Est-ce que tu t'intéresserais à eux si ce n'étaient pas des marginaux ? (Elle s'était retournée vers lui en prenant appui sur un coude et, les yeux rivés sur ses seins lourds, il avait tendu le bras vers elle, mais elle lui avait immobilisé les deux mains.) Réponds, avait-elle exigé.

— Maintenant ? J'avais plutôt envie de te mettre dans mon lit.

— J'y suis déjà, trésor. (Elle avait basculé sur le ventre, et il s'était mis à lui caresser le dos.) Qu'est-ce qui te fascine chez eux ?

— Je ne réfléchis pas trop à mes motivations, d'habitude. (Il avait progressé jusqu'à ses fesses rebondies, mais elle lui avait attrapé la main avant qu'il ne puisse la glisser entre ses cuisses.)

— Tu ne voudrais pas me parler, pour une fois ?

— Pas quand je suis nu dans le lit avec toi."

Il lui avait fallu un petit moment pour accepter le dialogue et avouer, tant à Déborah qu'à lui-même : "Ce qui m'intéresse, c'est leur cas", bien conscient de ce que cela signifiait. Il voyait surtout des mouvements, des histoires, des liens – rarement des individus.

30

Réveillé par la lumière qui lui chatouillait le visage, Marc se leva sans bruit, alla à la fenêtre et se pencha au dehors. L'air était frais, agréable. Il regarda en bas. La concierge sortait les poubelles. Le gardien de l'immeuble voisin plaisantait avec elle. Le camion des éboueurs arrivait. Un homme en jogging remonta la rue au pas de course, puis s'arrêta devant une porte cochère et reprit son souffle, plié en deux. La bouche de métro avalait les premiers passagers. Paris commençait sa journée.

Marc se rendit à pied à la rédaction et traversa la fourmilière déjà en action – rues embouteillées, bus pleins, marchands ambulants en place sur les trottoirs et mères maquillées à la va-vite traînant leurs enfants vers les écoles du quartier. Il avait été absent moins d'une semaine, et tout lui semblait étranger. Irréel. Le hall d'accueil vitré et la réceptionniste, le canapé en cuir pour les visiteurs, les collègues dans l'ascenseur qui débattaient d'un scandale politique dont il n'avait même pas eu vent : une autre réalité.

“Il est là ?

— Devant son cappuccino”, répondit Anaïs à Marc, posté sur le seuil de son bureau.

Depuis que sa femme lui avait offert le must absolu, une cafetière Nespresso avec mousseur à lait, Pierre avait été estampillé “gauche caviar” par la rédaction. Même la si loyale Anaïs se moquait de sa mousse de lait de soja.

Marc entra dans le bureau sans frapper.

“On descend ?” demanda-t-il à son rédacteur en chef qui étudiait son agenda, une tasse à la main.

Marc regarda Pierre et ne put s'empêcher de sourire. Son ami avait pris quelques kilos, mais par coquetterie, il préférait être engoncé dans sa chemise et son pantalon plutôt que de passer à la taille au-dessus. Pierre était un jouisseur qui s'entourait sans complexe d'objets à même de lui procurer un plaisir enfantin, ludique. Comme cette machine à café. Encore récemment, Marc aurait tourné en dérision l'enthousiasme qu'elle suscitait chez lui, mais désormais, la joie de Pierre faisait écho à tout ce qui motivait depuis peu son propre ravissement : le poids de la main de

Déborah sur son épaule, l'odeur de ses cheveux sur l'oreiller, la vue de ses sous-vêtements sur le carrelage, dans la salle de bains, la silhouette de son corps nu derrière la vitre de la douche.

"Il me faut un quart d'heure de ton attention la plus complète", dit-il.

Son ami leva la tête.

"Pourquoi ?

— Il vaut mieux qu'on sorte. Ici, on n'est jamais tranquille. S'il te plaît !" ajouta Marc.

Pierre le dévisagea, sourcils froncés.

"Bon", décida-t-il, et il se leva de son fauteuil en soupirant.

Dehors, ils se dirigèrent vers le square et s'assirent sur un banc. Des fêtards étaient venus pendant la nuit. Le sol était jonché de mégots de cigarettes ; bouteilles de vin et canettes de bière vides avaient été abandonnées à proximité des poubelles.

"Tessa a déjà commencé à passer des appels ? demanda Marc.

— Oui, mais la plupart des ouvriers ne sont pas ce qu'on peut appeler bavards. Et leurs proches le sont encore moins.

— Ils ont peur, expliqua Marc.

— Peur de quoi ?"

Aussi étonnant que cela puisse paraître, aucun des deux hommes pourtant si sensés n'avait songé que les gens se souciaient tout simplement de leur existence.

"Peur de perdre leur travail. Nutrissor appartient aujourd'hui à un groupe chinois et les gens craignent la fermeture du site français. Ils ont déjà dû faire face à cette situation, il y a quelques années, avec une autre entreprise, et toute la région en porte encore les séquelles. Les gens du coin vivent sous cette menace."

La peur du lendemain était un compagnon discret, mais constant. Cette peur, on l'emportait toujours avec soi, au bar, au bowling, chez sa belle-mère, au lit.

"Est-ce que ça vaut la peine de creuser encore ?" demanda Pierre.

Tout dépendait de ce qu'on entendait par "valoir la peine". Marc n'était même pas certain que ses recherches mèneraient à un article, mais il s'abstint de le dire.

"J'ai découvert une donnée qui change complètement ma vision des choses, une donnée qui confère aussi à cette affaire un retentissement politique, déclara Marc en guise de réponse.

— Oui ?

— Le cancer a un temps de latence d'au moins dix ans."

Pierre le regarda avec perplexité.

"Et alors ?

— La substance cancérogène n'a été introduite qu'en 1982 chez Nutrissor.

— Ça t'embêterait de décrypter ?

— Le père d'Émilie Thevenin, le frère de son ami Caroline et un certain Franck Prost sont décédés en 1983. Fais le calcul toi-même : si le cancer a un temps de latence de dix ans et qu'ils n'ont été exposés qu'un an au chloracétal C5, alors...

— Tu veux dire que le cancer de nos trois bonshommes ne peut pas avoir son origine chez Nutrissor, c'est ça ?

— Exactement. Tous trois travaillaient chez Nutrissor au moment de leur diagnostic. Et tous trois ont été indemnisés par le groupe. Sauf que le chloracétal C5 ne peut pas être la substance à l'origine de leur cancer."

Pierre le regarda, décontenancé par cette nouvelle information.

"Mais dans ce cas, pourquoi est-ce que Nutrissor a payé ?

— C'est bien la question que je me suis posée aussi, répondit Marc. Surtout quand j'ai appris que les trois ouvriers avaient auparavant travaillé pour Poliplast, un groupe qui fabrique du PVC, et qu'ils y ont sûrement été en contact avec un produit chimique cancérogène."

Au loin, un marteau-piqueur se mit à pilonner. Distrait, Marc se laissa happer un moment par son rythme avant de se ressaisir. Il était épuisé, cette histoire lui usait les nerfs.

"Mais alors, je ne comprends vraiment pas pourquoi...

— J'étais comme toi. Est-ce que tu sais ce qu'on appelle une relation structure-activité en chimie ? Sans doute pas, si ? Chaque substance a une structure chimique dont découlent des effets bien déterminés. Ce qui signifie que certaines structures ont toujours les mêmes effets biologiques. Quand on sait d'un produit chimique qu'il augmente le risque de cancer, par exemple parce que trois ouvriers ont développé un cancer du rein, on peut en déduire qu'une substance dont la structure est similaire sera également cancérogène. Bien. Et maintenant, on reprend tout depuis le début. Trois ouvriers dans la fabrication de PVC se trouvent en contact avec une substance qui provoque l'apparition de cancers et meurent dix ans plus tard de tumeurs rénales. Bon. Sur ce, l'année de leur mort, une substance dont nous savons qu'elle sera à l'origine du même cancer est introduite dans un autre groupe.

— Et d'où est-ce que nous tenons ça ?"

Marc regarda son ami, ébahi.

"D'où est-ce que nous le tenons ? Enfin, Pierre ! Parce que depuis, trente-huit cas de cancer du rein ont été diagnostiqués.

— Ah oui, c'est vrai, dit Pierre. D'accord, continue !

— Ils savaient que leur liquide jaune était cancérogène, mais ils avaient besoin du succès, de l'argent et des emplois, et c'est pour cette raison qu'ils ont payé les trois hommes et sacrifié les autres.

— Tu veux dire qu'ils savaient que ce truc, le chloracétal C5, avait une structure similaire à celle de la substance qui avait généré un cancer du rein chez les trois ouvriers de Poliplast ?"

Il aurait pu embrasser Pierre. Enfin, ils étaient sur la même longueur d'onde, et Marc avait quelqu'un avec qui il allait pouvoir parler.

"C'est ça.

— Est-ce que ce n'est pas un peu tiré par les cheveux ?

— Rohrer, le groupe mère, va mal, l'État va mal, tout le secteur est au bout du rouleau et, tout à coup, ils découvrent ce liquide jaune qui leur permet de maximiser considérablement les profits. Pierre, pour comprendre les gains qui sont en jeu, il suffit de voir qu'ils n'ont pas changé leur procédé de fabrication alors que de nombreux ouvriers sont tombés malades depuis.

— Mais comment connaissaient-ils les substances utilisées chez Poliplast ? Tu y as réfléchi ?

— Parce que quelqu'un de Poliplast est allé voir Nutrissor, ou plutôt Rohrer.

— Quelqu'un est allé voir Nutrissor ?" répéta Pierre.

Marc hocha la tête.

"Pour les informer des dangers d'un produit intermédiaire qui n'était répertorié nulle part.

— Donc, nous cherchons quelqu'un qui était embauché chez Poliplast.

— Oui, voilà, dit Marc. Quelqu'un qui s'y connaisse en produits chimiques, qui soit capable de déduire de la structure chimique d'un produit l'effet biologique qu'il peut avoir sur l'être humain.

— Mais attends, comment ce quelqu'un aurait-il pu être au courant de l'existence du chloracétal C5 ? C'est aussi un produit intermédiaire non répertorié.

— Ce quelqu'un connaissait forcément l'existence du chloracétal C5, précisa Marc, sans quoi il n'aurait pas pu faire le lien entre les deux produits chimiques.

— Et ce quelqu'un est censé être ? demanda Pierre, peu convaincu.

— Une personne qui a travaillé pour les deux groupes. D'abord pour Poliplast, puis, quand l'entreprise a été délocalisée, pour Nutrissor. Dans la région, il ne doit pas y avoir tant d'experts en chimie.

— Je mets Antoine sur le coup, dit Pierre. Il saura bien trouver les listes des employés du labo de chaque groupe et les comparer.

— Je penche plutôt pour un laboratoire indépendant, rétorqua Marc, un labo qui a fait des analyses pour les deux groupes. Très certainement dans la région.

— Ce n'est qu'une question de jours. Nous trouverons. (Pierre le regarda.) Tu sais ce que ça signifie ?"

Marc hocha la tête. "Si nous parvenons à nous procurer les résultats des tests, nous avons la preuve que Nutrissor, alias Rohrer, alias l'État, a empoisonné ses ouvriers pendant des années.

— Homicide involontaire, résuma Pierre, et tous deux se rendirent subitement compte de l'énormité de ce qui s'était tramé pendant des années.

— Ils ont nationalisé parce qu'ils pensaient qu'en possédant les industries-clefs, ils pourraient créer des emplois, dit Marc, plus pour lui que pour son ami. Et pour y arriver, ils ont fait un énorme trou dans les caisses de l'État. Évidemment, en 1983, quand il a commencé à y avoir des émeutes et qu'ils ont dû faire des coupes partout, ils n'ont pas osé avouer aux électeurs que leur plan avait été un fiasco. Et puis ils ont découvert l'arme magique. Le chloracétal C5, un liquide qui permet de fabriquer de la vitamine A à moindre coût et à grande échelle. Ils ont pensé détenir le sésame qui leur ouvrirait enfin les portes du succès tant attendu."

D'excitation, le cou de Pierre s'était couvert de plaques rouges. Il humait déjà le parfum du scandale, un scandale, en plus, qui tombait en plein été et permettrait à son journal de parler d'autre chose que des festivals de musique de province. Pierre aimait les scandales. Surtout ceux qui contribuaient à faire monter le tirage, à calmer les actionnaires mécontents et à augmenter son prestige. Il voyait déjà la série d'articles avec lesquels il tiendrait les lecteurs en haleine jusqu'à la fin de l'été. Trois auteurs. Le grand Rappaport sortirait son numéro à la "J'accuse", Tessa ferait des portraits de famille émouvants et Antoine s'occuperait de retracer en termes clairs le contexte historico-politique. Pierre se frotta les mains. Marc aurait pu jurer qu'il réfléchissait déjà au titre.

"Il y a encore quelque chose.

— Quoi ? demanda Pierre en revenant soudain au présent.

— La liste de l'hôpital que je t'ai envoyée…

— Eh bien quoi ?

— Ils ont tout simplement regroupé dans un seul et même fichier tous les patients atteints d'un cancer du rein.

— Et alors ? (Pierre le regardait sans comprendre.)

— Ils n'ont peur de rien."

Mais leurs victimes, elles, vivaient dans l'angoisse.

"Tu veux dire qu'ils sont un peu trop sûrs d'eux ?" demanda Pierre.

Marc approuva de la tête.

"Soit ils sont trop bêtes pour être prudents, soit ils savent qu'ils n'ont absolument rien à craindre."

Pierre se frappa les cuisses des deux mains, puis se leva.

"On va demander à un ou deux stagiaires d'éplucher les revenus secondaires des députés de la région, dit-il, puis en regardant sa montre : Allez viens, il faut vraiment qu'on remonte, maintenant."

Tandis qu'ils traversaient la rue, Pierre sifflotait l'air de Guglielmo dans le premier acte de *Così fan tutte.* Oui, il commençait à vraiment s'amuser.

31

Deux jours. Deux jours que Marc et Alex passaient au peigne fin les déclarations de revenus des députés, qu'Antoine appelait les laboratoires et que Tessa tentait de convaincre les familles des ouvriers touchés d'accepter qu'on fasse leur portrait. Ils avançaient comme des escargots. Avec quelques résultats quand même : Tessa avait réussi à persuader cinq familles d'évoquer leur vie désormais placée sous le signe de la maladie, Antoine était maintenant en mesure d'affirmer avec certitude qu'aucun des laboratoires à proximité géographique du groupe n'avait été chargé de faire les analyses, et avec Alex, Marc avait pu isoler deux députés qui avaient perçu des honoraires faramineux pour des conférences et profité de dîners hors de prix et de voyages luxueux. La plupart des députés exerçaient des activités secondaires rétribuées. Si l'on ne voulait pas avoir que des politiciens de métier parmi les représentants du peuple, c'était incontournable. Mais ces deux-là avaient touché des compléments de salaire vraiment généreux.

"Dans les deux cas, on peut supposer qu'il s'agisse de cadeaux de remerciement, expliqua Marc un peu plus tard, dans le bureau de Pierre.

— Preuves ou suppositions ?" répliqua son ami, occupé à picorer les noix du Brésil dans le mélange qu'il avait acheté chez l'arabe du coin, ce qui pouvait donner l'impression qu'il n'écoutait pas. Mais l'impression était trompeuse.

"Il y a un lien direct entre Nutrissor et une députée, mais je ne crois pas que ce soit elle.

— Pourquoi pas ? (Pierre passa aux noix.)

— Trop évident."

Marc raconta néanmoins ce qu'il savait de Marie-Ange Perrichon. Mme Perrichon portait un nom bien français de la province historique d'Anjou. Diminutif de "pierre", le nom faisait référence au paysage de cette région vinicole et horticole, dont les vallonnements n'étaient pas sans rappeler les accidents de terrain qu'on trouvait dans le curriculum vitae de la députée. Pendant ses dix années à la tête du conseil général, plusieurs groupes de la région, dont Nutrissor, l'avaient soutenue à travers des subventions, qu'elle avait mentionnées avec le nom et l'adresse du donateur. Quant à savoir ce qu'elle avait dû fournir en échange, on ne pouvait qu'émettre des suppositions. Comme le sénateur Saulnier, deuxième candidat sur la liste de Marc, le mari de Mme Perrichon siégeait au conseil d'administration de trois entreprises. Chez Saulnier, on recensait en outre plusieurs missions de conseil et d'expertise grassement rémunérées. Bref, au cours de leur mandat, les deux candidats avaient usé de toutes les possibilités que leur offrait la vie politique, mais en ne s'éloignant qu'à peine du cadre de la légalité, de sorte qu'ils avaient pu goûter toutes les saveurs du miel sans se faire prendre les doigts dans le pot.

Marc et son grand-père avaient eu une discussion sur le sujet, un jour qu'ils étaient allés ensemble chez le tailleur pour hommes. M. Bourgueil choisissait du tissu pour un nouveau costume et – *old habits die hard* – ils s'étaient disputés à propos de l'article d'un confrère. Un article sans grande qualité rédactionnelle, à vrai dire : le journaliste s'était borné à faire la liste des cadeaux que certains députés avaient reçus d'un industriel.

"Rien n'est prouvé, tout n'est que suggéré. Je n'appelle pas ça du journalisme. Ce n'est même pas un article, c'est de la propagande pure et dure, s'était emporté son grand-père, et Marc, même s'il approuvait au fond son grand-père, avait défendu son confrère :

— Dans la mesure où ils font partie des pouvoirs publics, la loi interdit de soudoyer les élus, avait-il tempêté tandis que le tailleur, impassible, présentait à Hubert Bourgueil une étoffe pour qu'il puisse la palper.

— Mais qu'est-ce que c'est, la « corruption » ? avait répliqué son grand-père. Des billets pour la Coupe du monde de football, c'est de la corruption ? Et une invitation à dîner ? C'est aussi de la corruption ? (Hubert Bourgueil avait disparu dans la cabine pour les mesures, suivi du tailleur équipé d'un mètre, d'un crayon et d'un carnet.) Combien d'invitations faut-il pour que cela pose problème ? (Il avait passé la tête hors de la cabine.) Trois repas, ça va ? Ou bien quatre ? Et qu'en est-il des conjoints, monsieur l'apôtre de la morale ?

— Ne fais pas l'hypocrite, tu sais très bien de quoi je parle, s'était emporté Marc.

— Moi, hypocrite ? Moi ? (Son grand-père avait bondi hors de la cabine sans se rhabiller et s'était planté devant lui dans son slip rayé bleu et blanc, les poings sur les hanches.) Est-ce que Gaume a eu à subir des poursuites pénales ? Est-ce que l'un de vous a pu prouver que ses *bienfaits* avaient influé sur des décisions officielles ?

— Mais c'était ce qu'il voulait.

— Évidemment, avait dit Hubert Bourgueil en repartant dans la cabine. Mais Gaume est assez malin pour rester dans une zone de flou juridique. C'est ce que nous faisons tous. Tous ceux qui veulent maintenir des emplois. Je le sais, Toulouse le sait, ta mère le sait, même tes cousines cinglées le savent…

— Mais pas moi. Et je ne compte pas laisser passer ça.

— Ah tiens ? Mais tu es membre du directoire, viens donc jeter un œil aux livres de compte ! Participe ! Le groupe Bourgueil est une entreprise familiale. À l'époque, quand j'ai été introduit en Bourse et que j'ai vendu plus de cinquante pour cent du capital social, j'ai créé une société en commandite par actions pour que le contrôle de l'entreprise reste dans la famille. Les décisions de l'assemblée générale sont autant soumises à ton accord qu'à celui des actionnaires principaux. Seulement, toi, tu te contentes d'assister aux réunions une fois par an, l'air ennuyé, et puis d'aller avec tes cousines cinglées dans un restaurant chic où tu pourras te saouler. La sale besogne, tu la laisses à ce bon Toulouse. Ah, c'est sûr, c'est plus agréable de décider du bien et du mal que de se farcir les livres de compte.

— C'est bien facile de se défiler comme ça !

— Moi, j'essaie de me défiler ? (Son grand-père avait éclaté de rire.) Celui qui se défile, c'est plutôt toi."

Marc était bien conscient que sa colère, son jean usé et ses baskets détonnaient dans cet univers feutré et que si son opinion était considérée comme une faute de goût, c'était d'abord parce qu'il s'était trop emballé et avait haussé le ton plus que de raison.

Marc confisqua à Pierre son mélange de noix.

"On pourrait continuer à creuser chez Perrichon ou chez Saulnier, il y a même sûrement quelque chose à trouver, mais je ne crois pas qu'ils se soient laissé acheter par Nutrissor.

— Ah non ?”

Marc réfléchit un instant avant de poursuivre : “Non. Ni l’un ni l’autre ne risquerait des poursuites pénales. Ils sont toujours plus ou moins dans les limites de la légalité. Ils veulent se remplir les poches, c’est vrai, mais un homicide involontaire, c’est la dernière chose avec laquelle ils voudraient être mis en relation. Qu’ils se soient fait payer pour garder le silence, ça ne colle pas – mais ils étaient peut-être au courant de ce qui s’est passé pendant des années, oui. Le problème, tu vois, c’est que depuis le début, Nutrissor n’est qu’une filiale. Le véritable décideur, c’est Rohrer. Nous… Je cherche au mauvais endroit depuis le début. J’aurais dû commencer mes recherches un étage plus haut.

— Tu veux dire : pas au niveau local, mais national ?

— Je veux dire : là où les décisions sont prises. Cette substance aurait dû être interdite et ne l’a pas été. Pourquoi ? Elle n’a même pas été soumise à une évaluation du risque alors qu’un médecin du travail en a fait plusieurs fois la demande. Pourquoi ? Plus généralement, les produits intermédiaires ne sont pas soumis à autorisation et ne doivent donc pas être contrôlés non plus. Pourquoi ? Je pense qu’on devrait chercher un spécialiste de la communication politique.

— Un quoi ?

— Un lobbyiste. Et plutôt un bon, à mon avis. Quelqu’un qui n’a pas seulement ses entrées à Paris, mais aussi à Bruxelles. Quelqu’un qui connaît tous les décideurs. Qui sait comment ils fonctionnent et ce dont ils ont besoin. Qui connaît leurs forces – et leurs faiblesses. Pense un peu à la chronologie de Rohrer : le groupe a été nationalisé, donc il connaît aussi les hauts fonctionnaires. Et le plus important : c’est un spécialiste de la régulation européenne.

— Tu as quelqu’un en tête ?” demanda Pierre.

Marc secoua la tête.

“Non, mais je sais à qui demander.

— Alors, en piste ! dit Pierre en reprenant son sachet de noix. Qu’est-ce que tu attends ?”

32

Marc avait fait la connaissance de Sonia Bensimon à un moment où le monde dans lequel elle évoluait menaçait de s'effondrer. Et s'il était la cause de ses ennuis, il l'avait aussi aidée à sauver sa peau à la dernière minute. Elle se serait bien passée de ses articles sur l'industrie pharmaceutique. Et surtout de celui qui apportait la preuve que le groupe dont elle dirigeait le service de communication récompensait grassement les médecins aux prescriptions zélées. Au fil de leurs rencontres, ils s'étaient liés d'amitié. Originaires du Maroc, les parents de Sonia avaient émigré à Marseille avec les dernières familles juives, un peu après la guerre des Six Jours. À Casablanca, son père avait été pharmacien : elle venait d'un milieu plutôt favorisé, mais l'émigration les avait déclassés, et avec ses quatre frères et sœurs, elle avait grandi dans un deux-pièces de Belsunce. Les récits de son enfance étaient pourtant dépourvus de toute amertume. Quand elle évoquait un voisin, un certain M. Charles, juif polonais de Będzin, propriétaire dans la même rue d'une mercerie, qu'elle décrivait son arrière-boutique remplie de boutons et de rubans où les enfants Bensimon étaient autorisés à faire leurs devoirs, ou qu'elle racontait le vendredi soir – quand toute la famille, baignée, peignée et vêtue de chemises blanches empesées, remontait la rue pour aller à la synagogue –, son visage rayonnait. Et au souvenir des merveilles culinaires que sa mère avait su mitonner dans leur petite cuisine de cinq mètres carrés, elle ne tarissait plus d'éloges. Marc l'écoutait, toujours charmé : quand Sonia racontait, on croyait avoir sur le bout de la langue le goût de la cannelle et du gingembre des plats qu'elle évoquait. Toute la fratrie avait fait son chemin. L'éducation avait été la clef de la réussite des enfants Bensimon. L'éducation était toujours la clef de la réussite juive.

Évidemment, Sonia avait employé tout son charme pour le dissuader de publier ses articles. Il les avait quand même publiés, mais en la prévenant une heure avant. Il lui avait donné la possibilité de rédiger un communiqué de presse. Ce n'était pas grand-chose. Mais ce n'était pas rien non plus.

Marc l'appela sur son portable. Il savait que s'il prononçait son nom sur son téléphone fixe, elle serait obligée de mettre le haut-parleur. Pour l'industrie pharmaceutique, le nom de Rappaport était annonciateur de soucis.

"On peut se voir, aujourd'hui ? demanda-t-il.

— Serait-ce le plus charmant ashkénaze que je connaisse ? demanda-t-elle en retour.

— Lui-même.

— J'ai un déjeuner au Caviar Kaspia. Qu'est-ce que tu dirais de nous y rejoindre ?"

Le Caviar Kaspia était un restaurant russe où se retrouvait volontiers le Paris nanti. Le rez-de-chaussée était réservé à la vente de saumon et de caviar, tandis qu'au premier étage, une clientèle d'hommes d'affaires, de politiciens, de stars et de touristes riches se régalait d'une pomme de terre au caviar pour la modique somme de cent cinquante euros.

Pour ce que Marc avait à demander à son amie, le restaurant était trop fréquenté.

"Juste à côté, il y a un bar à vin, L'Écluse. Si tu pouvais y être une demi-heure avant ton déjeuner, tu me rendrais un grand service."

Elle hésita, sans doute penchée sur son agenda.

"D'accord, dit-elle ensuite. Mais sois à l'heure."

Marc arriva même avec un bon quart d'heure d'avance. Les deux serveurs, l'aide-cuisinier et le cuisinier étaient encore en train de déjeuner.

"Bon appétit, dit-il, et quand l'un des deux garçons se leva pour le servir, il ajouta : Je ne suis pas pressé. Finissez tranquille."

Il commanda ensuite un verre de vin blanc dont il ne but qu'une petite gorgée et une assiette de jambon fumé. Il surveillait la porte d'entrée et, quand Sonia entra, il la vit avant qu'elle le repère au fond du bar. Elle avait vieilli et pris du poids. Elle était bien partie pour devenir une vraie matrone juive ou sicilienne.

Elle se laissa tomber avec un soupir sur la banquette à côté de lui.

"J'ai pris un sacré coup de vieux, pas vrai ? demanda-t-elle en guise d'introduction.

— Tu parles ! dit-il pour la rassurer. Tu es superbe, comme toujours.

— Menteur.”

Ils échangèrent quelques compliments, se firent des papouilles sur les joues, puis Marc se lança : “Je cherche un lobbyiste du secteur de la chimie en activité dans les années quatre-vingt et quatre-vingt-dix.”

Elle en vint tout de suite aux faits.

“Talentueux ?

— Très.

— Il a travaillé pour qui ?”

Elle posait sur lui ses yeux marron qui pétillaient d'intelligence.

“Soit pour le lobby de la chimie, soit plus spécifiquement pour Rohrer.

— Tu sais qu'à cette époque, Rohrer était une entreprise publique ?

— Oui, bien sûr. (Il avançait prudemment.) Ce que je cherche, ce n'est pas exactement le genre sympathique qui rédige des communiqués de presse et invite ses vieux amis à déguster du caviar.”

Elle ne comprit pas tout de suite où il voulait en venir.

“Mais tu cherches quoi, alors ?

— Quelqu'un qui gère les *frais commerciaux extraordinaires.*

— Les frais commerciaux extraordinaires ?

— Quelqu'un qui sait comment s'assurer des avantages par rapport à la concurrence.”

Elle refusait de comprendre, ou n'en était pas capable.

“Je cherche le type avec l'attaché-case, Sonia. Quelqu'un qui se charge du paiement des dessous-de-table pour le compte d'un groupe.”

Elle secoua la tête. “Mais enfin, Marc, tu crois que ces types ont un CV en plusieurs langues et qu'ils font du porte-à-porte avec ? Et puis qu'est-ce qui te fait croire que je suis au courant de ce genre de choses ?

— Sonia, tu connais tout le monde ! Et tout le monde te raconte toujours tout. Tu es la personne la mieux informée de Paris. Alors, que disent les rumeurs ?

— Parce que tu crois que les gens parlent de ça ? Mais dans quel monde vis-tu, Marc ?”

Il eut soudain une idée. “À propos, est-ce que Tessier brûle toujours d'envie de faire ma connaissance ?”

Pierre-Emmanuel Tessier était un homme politique de l'opposition de droite qui allait sur ses soixante ans. Il avait été porte-parole du bureau exécutif de son parti à l'époque où il était encore étudiant en droit, ce qui revenait à dire qu'il avait bien consacré quarante années de sa vie à la politique – sans avoir jamais été élu. Il était tout ce que Marc méprisait : un apparatchik tel que seule la bureaucratie des partis était en mesure d'en produire. Il avait réussi à faire une carrière politique en échappant aux fatigues et aux dangers d'une élection. Tessier devait sa position sociale à ses amitiés politiques. Il avait fait ses études avec Sonia et, pour une raison obscure, elle l'aimait bien. Mais Sonia aimait tout le monde.

"Pourquoi est-ce qu'il tient tant à faire ma connaissance ? avait demandé Marc à Sonia, un jour qu'elle lui rebattait encore les oreilles avec ce Tessier.

— Parce que tu es le petit-fils d'Hubert Bourgueil."

D'accord, son grand-père avait été un personnage marquant de la Ve République. Gaulliste de la première heure, ami de Pompidou, de Malraux, de Louis Joxe ou de Michel Debré, pour ne citer que quelques-uns des hommes politiques de haut rang habitués de ses dîners. Il avait fait ses premiers bénéfices sous Pompidou et consolidé sa fortune sous Giscard d'Estaing. La rumeur disait même que c'était lui qui avait soufflé à Pompidou l'idée d'encourager la modernisation du pays à travers la construction d'un réseau de voies rapides, ce qui, soit dit en passant, lui avait rapporté quelques contrats juteux. C'était connu. Mais l'étiquette qui collait à Marc, réputé pour cracher dans la soupe, était tout aussi connue. Ses cousines et leurs chers maris faisaient des héritiers bien plus présentables et, pourtant, c'était lui que Tessier voulait rencontrer, le chouchou de monsieur.

"S'il te plaît, dis-lui que je veux bien le voir. C'est tout ce que je te demande.

— C'est pour te servir de moi que tu m'as fait venir ? Tu te prends pour qui ?"

Elle ne se donna même pas la peine de lui dire au revoir. Elle était tellement en colère qu'elle en oublia son sac sur la banquette et dut faire demi-tour pour revenir le chercher.

"Si tu crois que j'ai réussi en jouant les intrigantes…

— Mais mon Dieu, non, ce n'est pas du tout ce que je pense.
— Là où je suis, il n'y a presque que des hommes,
— Sonia, je suis désolé. Écoute, je ne voulais pas te vexer…
— Non, c'est toi qui vas m'écouter, coupa-t-elle. Je m'occupe de toute la communication d'un groupe pharmaceutique alors que je n'ai pas de compétences scientifiques. Et tu sais pourquoi ? Parce que j'ai du caractère. Parce que je suis une personne ouverte et rompue à toutes les cultures. Parce que je sais communiquer avec les gens du milieu universitaire et que je comprends les règles qui régissent le monde de l'entreprise. Parce que je suis en mesure de parler avec des collègues de tous les pays."

Elle attrapa son sac à main et sortit sans lui accorder un seul regard. Marc savait qu'elle appellerait Tessier. Et elle le savait aussi, c'était bien ce qui la mettait en colère. Mais sa colère s'apaiserait, car Sonia, par essence, faisait confiance aux êtres humains, y compris à des gens comme lui.

Un groupe de touristes entra dans le bar après son départ. Marc but une gorgée de vin blanc, puis demanda l'addition au serveur.

"Ah, les femmes", dit celui-ci avec mépris en voyant l'assiette de Marc restée intacte. Et il lui rendit la monnaie en le consolant d'un : "Ça va s'arranger, allez."

33

Elle avait dû joindre Pierre-Emmanuel Tessier juste après le déjeuner : Marc reçut un coup de fil en début d'après-midi. Il était à la caisse du supermarché quand son téléphone sonna.

"Vous avez la carte du magasin ?" demanda la caissière.

Il répondit par la négative.

"Aujourd'hui, avec la carte, vous auriez eu des points bonus sur la marque maison", lui expliqua une cliente alerte, derrière lui dans la file.

Marc soupira et décrocha.

"Allô, oui ?

— Monsieur Rappaport, Sonia m'a dit que vous souhaitiez me rencontrer", commença Tessier.

Quoi que Sonia lui ait raconté, cela avait en tout cas éveillé sa curiosité puisqu'il avait appelé le jour même.

"Quand pourrait-on se voir ? demanda Marc en tendant un billet de cinquante euros à la caissière.

— Que diriez-vous de… la semaine prochaine… le…

— Que diriez-vous d'un rendez-vous tout de suite ?" tenta Marc.

Mais Tessier prétexta qu'il avait encore à faire et qu'ensuite, il allait dîner.

"Vous savez bien, le dernier mercredi du mois, c'est le dîner du Siècle."

Une fois par mois, le fameux dîner du Siècle réunissait les membres du club Le Siècle pour leur permettre d'échanger de manière informelle. Parmi ses membres, uniquement acceptés par cooptation, sur la recommandation de personnes déjà membres, se trouvaient des personnalités de l'économie, de la politique, des médias, des sciences et de la finance, bref, un concentré de ce qui comptait dans le pays.

"Mais vous pourriez venir me rejoindre à mon club de sport. Disons dans deux heures ?" proposa Tessier.

Marc accepta.

Bien sûr, il aurait pu retourner à la rédaction, mais il préféra faire quelque chose qu'il n'avait pas fait depuis des semaines. Il s'assit au soleil, but une bière et regarda les passants aller et venir. L'espace d'un instant, il retrouva cette légèreté dont Déborah avait tant déploré l'absence ces derniers temps. Il n'était plus qu'un homme encore jeune dans une belle ville. Ensuite, il prit un taxi.

Pierre-Emmanuel Tessier avait déjà annoncé la visite de Marc, et quand celui-ci se présenta à l'accueil, on le conduisit à un vestiaire pour qu'il puisse quitter ses chaussures de ville. Il refusa les sandales qu'on lui proposait, préférant marcher pieds nus, si c'était permis.

"Vous désirez boire quelque chose ?" lui demanda encore la responsable de l'accueil.

Marc refusa.

Il trouva Tessier sur un rameur. Aujourd'hui, expliqua celui-ci en étendant, puis en repliant les bras, c'était le tour des épaules. Il y a deux jours, il avait fait le ventre. Son coach lui avait concocté un programme de trente minutes. Il avait l'air de s'excuser. Marc indiqua que cela ne le dérangeait pas et regarda autour de lui. Ici, pas de musique en continu comme dans les salles de sport bon marché. Les machines semblaient neuves et performantes. Le personnel, reconnaissable à son jeune âge, était aimable. Tessier se leva.

"J'ai presque fini", dit-il, et il fit signe à Marc de l'attendre sur le banc, près du mur, avant d'aller s'installer à une autre machine.

Depuis qu'une nouvelle génération de personnalités politiques faisait sa promotion à vélo, en baskets ou sur un terrain de golf, même un apparatchik comme Tessier avait découvert les joies du sport. Si l'on ne voulait pas être mis au rancart, il fallait s'être montré au moins une fois dans les atours du grand sportif.

"Alors, pour quelle raison vouliez-vous me voir ?" demanda Tessier en rejoignant enfin Marc. Il s'assit sur le banc à côté de lui et s'essuya le visage avec une serviette.

Partant du principe que Sonia avait dû lui expliquer les tenants et les aboutissants, Marc ne tourna pas longtemps autour du pot.

"Vous avez été secrétaire d'État au ministère de l'Économie sous Chirac et responsable du portefeuille de la politique industrielle. Je m'intéresse à Rohrer. Je sais que l'entreprise a été reprivatisée en 1995 et qu'elle n'était donc plus sous votre surveillance, mais vous avez bien dû être au courant d'une chose ou d'une autre.

— Et à quelles *choses* avez-vous pensé plus précisément ?

— Aux caisses noires."

Tessier le regarda d'un air incrédule, avant d'éclater de rire. Il rit un long moment.

"Vous êtes encore plus dingue que ce que je croyais, finit-il par dire quand il eut retrouvé son sérieux.

— Écoutez, il me faut le nom de l'agent fiduciaire qui a fourni à Rohrer sa structure offshore et lui a permis de faire sortir des capitaux.

— Rien que ça ? demanda Tessier, ironique.

— En échange de cette information, je suis prêt à faire quelque chose pour vous, ajouta Marc. Vous voulez prendre la direction de votre parti, n'est-ce pas ? Et votre adversaire est très apprécié."

Le politicien le regarda, soudain vigilant. La conversation commençait à l'intéresser.

"Continuez, dit Tessier.

— Vous n'avez aucune chance de l'emporter contre un ancien Premier ministre, vous le savez, j'imagine ? À moins que…

— À moins que quoi ?

— À moins qu'un journaliste d'investigation ne découvre sur Rossi quelque chose qui le rende inéligible.

— Et qu'est-ce que ce journaliste pourrait découvrir ?

— C'est à vous de me le dire, vous le connaissez mieux que moi.

— Et vous seriez prêt à publier ces informations ?

— Sans la moindre hésitation.

— Suivez-moi."

Marc accompagna Tessier jusqu'aux douches. L'homme politique avait la peau rose et pas une once de pudeur. Le grand-père de Marc, lui aussi, avait eu pour habitude de recevoir ses visiteurs dès le matin, à demi-nu, et de faire patienter ces messieurs, venus le plus souvent solliciter quelque service, dans un coin de sa chambre à coucher où ils transpiraient à grosses gouttes tandis qu'Hubert Bourgueil s'habillait.

"Passez-moi une serviette."

Tessier montra du doigt un panier qu'un employé avait rempli de serviettes propres. Il n'essayait même plus de se montrer charmant. Sa bouche avait pris une expression méprisante. Ils en étaient déjà arrivés à une relation de prestataires de services. Bien, c'était donc que le marché se ferait.

"Il a une maîtresse, annonça le fonctionnaire du parti.

— Et c'est avec ça que vous voulez le faire tomber, ici, en France ?

— Il lui a trouvé un poste à l'Assemblée nationale.

— Ça, c'est cinq lignes, pas plus, lui opposa Marc. Non, pour que Rossi tombe, il faut quelque chose de plus grande envergure. La mèche doit brûler trois jours pour que le scandale éclate.

— Son fils. Son fils, c'est son talon d'Achille. Il a un fils qui joue.

— Oui, je sais, répondit Marc. Et ?

— Je vais trouver quelque chose.

— Faites, dit Marc, mais faites vite, avant que je ne change d'avis."

34

Le fils de Rossi était un habitué de Monaco. Il jouait aussi à Londres et à Las Vegas, mais c'était dans la principauté qu'il avait gaspillé les plus grosses sommes. Rien qu'en 2011, il avait joué sept millions d'euros et quitté le casino avec une montagne de dettes : deux millions.

"Vous m'écoutez ?" demanda Tessier avec impatience quand Marc, à l'autre bout du fil, ne réagit pas.

Marc était planté au beau milieu d'une salle de séjour pleine de convives. Le matin, en partant de chez Déborah, il lui avait promis de l'accompagner à la fête qu'organisait son amie de lycée. Il savait que c'était une mise à l'épreuve, et il avait décidé d'en sortir gagnant.

Il avait lui aussi grandi dans cette ville, il y avait fait ses études et n'avait jamais vraiment quitté Paris, sauf pour un tas de séjours linguistiques inutiles en Angleterre. Mais il n'avait pratiquement pas gardé de contacts avec les gens qu'il avait fréquentés pendant sa scolarité et ses études. Déborah, au contraire, était un vrai "millefeuille". Couche après couche, les connaissances, les amis et les collègues rencontrés à différents moments de sa vie et dans différentes situations se rassemblaient auprès d'elle. Voilà pourquoi il était maintenant planté dans le salon de Marie, avec qui elle avait fait prépa. Contrairement à ladite Marie, Déborah n'était pas allée jusqu'à l'examen oral et avait dû poursuivre ses études à l'université. La mortification de ne pas avoir été reçue à l'École normale supérieure n'avait pas eu raison de leur amitié. Mais Déborah n'était pas de ceux qui ressassent indéfiniment le passé. C'était aussi ce qui la rendait si attirante. D'autres étaient tellement absorbés par leurs ruminations qu'ils ne remarquaient plus ce qui se passait autour d'eux, se cassant sans arrêt la tête sur ce qu'ils auraient pu faire, sur ce qu'ils avaient encore à faire, sur ce qu'ils devaient, pouvaient, étaient en mesure de faire, mais Déborah, elle, était dans le présent. Elle savait savourer ce que l'instant lui offrait : une conversation, un dîner, une promenade, une douche… et, depuis peu, la présence de Marc.

"Où êtes-vous, d'abord ? demanda Tessier. Qu'est-ce que c'est que ce raffut ?

— Attendez."

Marc chercha un coin calme dans le couloir, sans succès, puis se fraya un passage jusqu'à la salle de bains. Il alluma la lumière, ferma la porte, s'assit sur le rebord de la baignoire et sortit son carnet de la poche de sa veste.

"Est-ce qu'on sait d'où vient l'argent ?

— Non, répondit Tessier.

— Qui est votre informateur ?

— Je ne peux pas vous le dire.

— Écoutez, dit Marc en haussant le ton, je ne suis pas rédacteur en chef. Ce n'est pas moi qui décide des articles qui seront publiés. Si vous voulez que j'écrive quelque chose sur le sujet, il faut d'abord que j'obtienne le feu vert en conférence de rédaction. Et croyez-moi, avec cette minuscule mise en bouche, je n'aurai même pas une ligne.

— Attendez !"

À l'autre bout du fil, on chuchotait, on négociait. Puis, une femme prit l'appareil. Sa voix grave, éraillée par la cigarette, suffit à semer l'émoi chez Marc. Elle vibrait et donnait aux mots plus de portée qu'ils n'en avaient. La femme s'exprimait en termes choisis et il en déduisit qu'elle avait dû faire des études – ou qu'elle étudiait encore. Elle lui raconta que le fils de Rossi décrochait toujours de nouveaux crédits. Et qu'on effaçait parfois même ses dettes quand elles étaient trop élevées.

"Est-ce qu'il y a des contreparties de son père ?

— Non.

— Vous en êtes sûre ?

— Oui.

— Mais pourquoi exonérer le fils de ses dettes, dans ce cas ?

— Qu'est-ce que j'en sais ?

— D'où connaissez-vous Tessier ? tenta-t-il encore de lui faire dire.

— Cela n'a aucune importance.

— Et le fils de Rossi ?

— Je ne le connais pas.

— Mais comment avez-vous eu ces informations ?

— Par Rossi.

— Confidences sur l'oreiller ?"

Elle ne répondit pas. Marc en conclut qu'elle avait aussi été rémunérée pour passer une soirée avec le fonctionnaire du parti.

"Comment puis-je vous contacter ?

— Inutile, répondit-elle.

— Et si je paie ?"

Elle ne releva pas.

"Qu'est-ce que je fais si j'ai besoin d'autres informations ?

— Vous vous cherchez un autre informateur. Je vous ai raconté tout ce que je savais."

Elle rendit le téléphone à son compagnon de lit.

"Alors ? demanda Tessier. Ça peut vous servir ?"

Marc réfléchit un moment. "Il me faut un nom au casino, quelqu'un que je puisse interviewer.

— Mais comment pourrais-je vous trouver ça ? demanda Tessier.

— En donnant encore un billet à la dame à côté de vous. (C'était insultant, il le savait.) Peut-être se souviendra-t-elle du nom de la personne qui a informé Rossi des soucis d'argent de son fils.

— Qu'est-ce qui vous fait penser que Rossi a été prévenu par un tiers ?"

Tessier avait avalé sans sourciller sa remarque outrageante. Mais pour tenir quarante ans en politique, il fallait bien avoir la peau dure.

"J'imagine difficilement le fils courir chez son papa Premier ministre et lui raconter qu'il a perdu quelques millions dans la soirée, répondit Marc, avant de faire part de ses conditions : En échange de cette campagne de diffamation, j'attends une enveloppe. Pas seulement un nom, mais des preuves. Je veux voir des contrats de conseillers, des relevés de banque, des courriers… Tout ce que vous avez trouvé."

L'homme politique se mit à rire. Un rire comme un aboiement.

"Qu'est-ce qui vous dit que je suis en possession de quoi que ce soit ?

— Allons. (Marc se leva, rangea son carnet dans sa poche, s'approcha du lavabo et se regarda dans le miroir. Il avait vieilli. Ou alors, c'était la fatigue.) Vous ne vouliez certainement pas payer pour les manquements d'une autre administration. (Il passa en revue les savons et produits de beauté alignés sur l'étagère, au-dessus du lavabo.) Au moment de prendre vos fonctions, vous avez sûrement pris vos précautions. Votre ministère a bien dû vous donner comme consigne de veiller à ce que rien ne puisse lui nuire ou nuire au gouvernement. Et vous avez préparé un petit dossier au cas où. Je me trompe ?"

Il devait être dans le vrai, puisque Tessier mit un terme à la conversation en disant : "Écrivez quelque chose qui tienne la route ; ensuite, nous aviserons."

Marc resta encore un moment à réfléchir dans la salle de bains, puis il partit à la recherche de Déborah. Il la trouva occupée à faire la vaisselle dans la cuisine.

"Tu veux que je t'aide ? demanda-t-il.

— Je veux bien, répondit-elle en souriant. Tu peux apporter ça au salon ?"

Elle lui indiquait du doigt des couverts et des assiettes propres, et il s'exécuta, puis revint chercher un plateau de fromages et de poissons qu'il déposa sur la table du buffet déjà bien chargée.

"Tu veux t'en aller, pas vrai ?" demanda-t-elle quand il reparut.

Il fit oui de la tête.

"Tu ne t'es pas du tout amusé ?"

Il était surtout resté planté à côté du buffet à manger des crudités : des carottes, du chou-fleur, du céleri. Ensuite, il était passé aux mini-brochettes de tomates-mozzarella. Et puis il avait attaqué les ramequins de cacahuètes et d'olives en faisant poliment la conversation. Le premier invité avec lequel il avait tout de suite échangé quelques mots était un collègue de travail de Marie, tout comme son deuxième interlocuteur, dont l'épouse avait préparé un gâteau. Le troisième, dont il avait déjà oublié le nom pendant les présentations, avait fait une quiche. Le quatrième souffrait d'une intolérance au gluten. Le cinquième lui avait demandé si le métier de journaliste était excitant. Le sixième lui avait expliqué qu'il était grippé depuis deux semaines.

"Mais si, je suis content d'être ici avec toi", répondit-il.

Elle le regarda attentivement. "Tu as déjà la tête ailleurs, pas vrai ?

— Non, pas du tout.

— Menteur", lui chuchota-t-elle à l'oreille, et Marc pensa aussitôt à Tessier, à Rossi et au fait qu'il allait tenter de mettre fin à la carrière d'un homme politique de qualité. Allait-il vraiment traîner Rossi dans la boue pour permettre à un homme comme Tessier, qu'il n'estimait en rien, d'accéder au pouvoir ? Oui, cela ne faisait aucun doute. Marc s'abîma dans cette constatation : il était prêt à détruire quelqu'un. Sans en éprouver le moindre remords. C'était cette indifférence qui l'effrayait. Ce n'était pas la trahison, non, c'était l'indifférence qui dessinait une tache sur le veston immaculé de son système de valeurs.

35

L'article sortit un mardi. Le mercredi, ils publièrent une brève interview du croupier du casino dont Pierre-Emmanuel Tessier avait pu "trouver" le nom. Le jeudi, Marc révéla à ses lecteurs que le fils de l'ancien Premier ministre, qui n'avait eu aucun revenu à déclarer ces dernières années (encore une information de Tessier) possédait dans un quartier en vue un appartement luxueux de deux cents mètres carrés pour lequel il avait payé plus de trois millions d'euros de sa poche, les quatre millions restants lui ayant été alloués par la banque Monte dei Paschi dans le cadre d'un prêt plus qu'avantageux. Vendredi, juste après la parution de son article laissant entendre que la justice pourrait engager contre le fils de l'ancien Premier ministre une procédure pour suspicion de fraude fiscale et de blanchiment d'argent, Tessier lui fit enfin passer une enveloppe avec des documents et une photo.

"Est-ce qu'il vous a fait signer quelque chose ? demanda Marc à la réceptionniste qui avait pris le paquet pour lui.

— Qui ? Le coursier ?… Non.

— Et ça ne vous a pas étonnée ?"

La jeune femme haussa les épaules, blasée.

Marc tourna les talons et repartit vers les ascenseurs. Devant la machine à café, deux collègues échangeaient à voix basse les dernières rumeurs, et Marc passa devant eux, tenant l'enveloppe qui lui brûlait les doigts. Dans l'*open space*, tout le monde travaillait concentré. Chacun était occupé à son prochain article, chacun s'appliquait à aligner de petits signes noirs sur fond blanc, à formuler avec des mots le fragment de réalité dont ils avaient décidé de rendre compte en conférence. Sujet, prédicat, objet. Principales, subordonnées, jusqu'à faire naître le sens. Marc fit signe à Alex de le rejoindre. Il n'aimait pas les grands bureaux où l'on savait tout de tout le monde.

"Suis-moi", dit-il en emmenant le jeune homme dans une salle de réunion simplement meublée d'une table et de cinq chaises. Depuis qu'on s'était plaint en conférence de rédaction des odeurs de nourriture sur les lieux de travail, cette pièce était devenue la "salle à manger", où de nombreux collègues déballaient et mangeaient tranquillement ce qu'ils avaient acheté dans un snack des alentours. Marc ouvrit la fenêtre pour chasser une vague odeur de kébab de la veille, puis s'assit et étala devant lui le contenu de l'enveloppe.

Deux contrats. Une pile de relevés de compte. Une photo.

Marc lut le premier document, puis le second, après quoi il fit passer les deux imprimés à son stagiaire. Il s'agissait de contrats de conseil conclus entre Rohrer et la société anonyme Alpha. Ce qui était moins courant, c'étaient les honoraires versés.

"Tu as vu la somme que Rohrer a payée à cette SA pour une mission de conseil ?"

Le groupe avait déboursé cinq millions de francs, soit huit cent mille euros, par mission.

"Qu'est-ce que tu dirais d'aller chercher ton ordi ?" demanda-t-il à Alex.

Le jeune homme s'exécuta aussitôt.

Marc, pendant ce temps, examina les relevés de compte. Ils émanaient de différentes banques et il dut faire une liste des dates et des sommes pour démêler l'entrelacs des virements bancaires. La façon de procéder était toujours la même : ils faisaient passer l'argent d'un compte à l'autre jusqu'à ce que plus personne ne voie d'où il venait.

"Il faut que tu nous trouves cette société Alpha, dit-il quand Alex revint s'asseoir à côté de lui. C'est une société de conseil inscrite au registre du commerce du Luxembourg. Je veux le nom du gérant."

À tous les coups, le bonhomme en question était le seul et unique membre du directoire, et la société elle-même se résumait à un bureau tout juste équipé d'une table, d'une chaise et d'un téléphone, voire à une boîte postale.

"Il s'appelle Anton Seidel, déclara le jeune homme, il habite à Vaduz."

Les relevés de compte montraient que la SA Alpha, aussitôt ses honoraires encaissés, les virait sur un compte de l'Allied Irish Bank, à Dublin, puis les transférait le jour même à Gibraltar, au Crédit suisse. De là, l'argent passait par deux autres comptes avant de revenir en Suisse où, après une visite éclair dans une banque américaine, il atterrissait sur un autre compte de Gibraltar.

La personne qui avait commandité la recherche s'était visiblement adressée à des experts. Mettre au jour ce système opaque de virements en chaîne avait dû leur prendre des mois, mais ils y étaient arrivés. En mai 1999, Rohrer avait déboursé trente millions de francs – presque quatre millions et demi d'euros – pour des missions de conseil. Et cette somme considérable avait certainement servi à influencer la décision d'une administration publique, quelque part dans le monde. Trouver à qui les pots-de-vin avaient été versés était un jeu d'enfant. Il suffisait de demander à Alex de fouiller un peu dans la presse. Il devait bien y avoir quelque part quelques lignes disant que Rohrer avait obtenu tel ou tel contrat mirobolant. Mais d'abord, la photo. Deux hommes attendant un taxi devant un aéroport.

"Dans l'enveloppe, il y avait aussi cette photo. (Il la tendit à Alex.) Tu reconnais l'homme qui porte la rosette au revers de sa veste ?"

Le jeune homme hocha la tête.

"Bien sûr… Comment il s'appelle, déjà ? C'est un ministre.

— Jean-Frédéric Guérin, répondit Marc.

— Oui, voilà.

— Tu vois autre chose sur la photo ?"

Ne t'arrête pas aux à-côtés. Commence toujours par le cœur des choses et progresse ensuite pas à pas vers les détails. Marc avait mis du temps à se défaire de cette règle que lui avait enseignée son prof de philo, en cours d'introduction à la méthodologie : elle valait peut-être pour un raisonnement philosophique, mais quand il s'agissait de travail d'investigation, elle permettait rarement d'arriver à un résultat. Depuis des années, il dirigeait consciemment son regard sur les petits riens, car c'était là qu'il y avait quelque chose à dénicher.

"Tu ne remarques vraiment rien d'autre ?" demanda encore une fois Marc à son apprenti sorcier.

Alex se prit immédiatement au jeu.

"Les deux hommes sont photographiés devant un aéroport. Ils reviennent sûrement de l'étranger. Ils ont effectué un paiement, peut-être rencontré quelqu'un…

— Concentre-toi sur la photo, dit Marc. Sur ce que tu vois, et rien d'autre.

— Ils n'ont pas l'air angoissé.

— C'est vrai. Qu'est-ce que tu en déduis ?"

Le jeune homme haussa les épaules.

"Tu n'as pas remarqué que la photo était floue ?"

Il regarda son stagiaire d'un air amusé.

"Si. Bien sûr.

— Et tu ne t'es pas demandé pourquoi ?

— Parce qu'elle a été prise avec un téléobjectif ?" proposa Alex.

Marc hocha la tête.

"Celui qui a pris la photo était assez loin et les a zoomés. Et maintenant, je te demande : pourquoi ?

— Pour qu'ils ne sachent pas qu'on les suivait ?"

Marc lui fit signe de poursuivre, mais le jeune homme était à court d'idées.

"La raison profonde, Alex. Cherche la motivation ! Pourquoi se mettre à une centaine de mètres du stand de taxis pour photographier un ministre avec une personne qui nous est encore inconnue ?

— Je ne sais pas.

— Je ne vois que deux possibilités, dit Marc. La première, c'est qu'il s'agissait de confondre un ministre corrompu. Mais comme il n'y a pas eu d'enquête, ce doit plutôt être la deuxième possibilité.

— Qui serait ?

— Quelqu'un a voulu se prémunir. Quelqu'un a craint que cette affaire de corruption puisse être découverte et a pris cette photo pour se protéger.

— Mais qu'est-ce qui nous dit que le ministre est corrompu ? intervint Alex.

— Parce que la photo se trouvait dans une enveloppe contenant aussi des relevés de compte et des contrats de conseil, Alex. Et parce que ces relevés prouvent que l'un des plus grands groupes industriels de France a payé des pots-de-vin. Mais tu as raison. Il nous manque un élément important. Il nous manque une photo de ce M. Seidel. Nous ne savons pas si la personne qui se trouve à côté du ministre est réellement le porteur de valise. (Il sourit à son stagiaire.) Qu'est-ce que tu dirais de nous trouver un portrait de ce monsieur, hein ? Il n'a peut-être pas de compte Facebook, mais tu sais comment chercher.

— OK, dit Alex, pas de problème."

Tout en observant le jeune homme penché sur son ordinateur, Marc songeait à Tessier. Pourquoi le politicien avait-il soudain décidé de rendre publics ces documents ? À moins de n'y rien comprendre en politique, on ne pouvait pas croire sérieusement que c'était là la contrepartie de ses articles. Alors, pourquoi avait-il obtenu ces documents ? Pierre-Emmanuel Tessier se servait de lui. Mais comment ? Et dans quel but ? Quel rôle lui avait-on assigné dans ce jeu ?

Alex ne trouva pas une seule photo de Seidel. Rien de bien étonnant : les prête-noms étaient des plantes d'ombre.

"Ça ne fait rien, dit Marc devant le visage déçu d'Alex. Je m'y attendais."

De toute façon, il serait bien obligé d'aller au Luxembourg. Dès qu'il aurait vu les documents, Pierre l'enverrait trouver le bonhomme et lui demander des explications.

"Est-ce que je regarde si Seidel est inscrit au registre du commerce d'autres pays ?" demanda Alex.

Excellente idée. Il fallait s'attendre à ce que ce M. Seidel ait fondé d'autres entreprises, à Dubaï, à Panama, à Hong Kong, à Malte, en Irlande, à Chypre… bref, dans un environnement sans impôts. Son stagiaire était en passe de devenir un excellent journaliste.

"Non, répondit-il.

— Non ? (Le jeune homme le regarda avec étonnement.)

— Je préférerais que tu fasses autre chose."

Marc pressentait la voie qu'ils devaient prendre, c'était instinctif. L'intuition était-elle supérieure à la raison ? En matière d'investigation, absolument, oui. On n'avançait qu'en tâtonnant dans l'obscurité. A posteriori, on pouvait réorganiser le tout de manière rationnelle, mais au beau milieu du processus, on ne cherchait pas les raisons d'une supposition, on ne perdait pas son temps à vouloir comprendre les tenants et les aboutissants, on avançait tout simplement dans une direction, car le subconscient traitait bien plus d'informations que le conscient n'était capable d'en enregistrer.

"Je veux que tu me retraces la vie de Guérin, dit-il.

— Sa vie ?

— Oui. Je veux tout savoir sur lui. De sa jeunesse à aujourd'hui.

— Mais je cherche quoi ? demanda le jeune homme.

— Rien. Tout. Tu ne hiérarchises pas, tout est important. Je veux savoir qui sont et qui étaient ses amis. Qui sont ses ennemis. Où habite sa secrétaire. Ce qu'il mange et où. Quel sport il pratique. S'il a une maison de vacances. Une passion, des amis d'enfance, une maîtresse. Si ses parents sont encore en vie. Où il a grandi, l'école qu'il a fréquentée. Bref, tout. Et tu passes aussi sa carrière politique au peigne fin. Pour commencer, tu me fais une liste de toutes les fonctions qu'il a occupées, avec le lieu et la date. Il me faut aussi le déroulement exact de ses journées.

— Le déroulement de ses journées ?

— Oui, je veux savoir dans quelles villes il a séjourné. Avec les dates exactes. Tu passes en revue tous les articles sur lui. Et pour ses jeunes années, tu cherches autour. Ces hommes-là commencent toujours leur carrière politique dans l'ombre de quelqu'un, comme chargé de quelque chose dans un ministère, comme directeur de cabinet. Ah oui, et encore une chose, Alex : tu fais tout ça le plus discrètement possible.

— Mais pourquoi ?" demanda le jeune homme, consterné.

Parce que nous sommes sur la piste d'un délinquant sexuel et d'un meurtrier, pensa Marc avant de répondre :

"Je te raconterai ça à l'occasion."

36

Il resta encore un instant immobile, perdu dans ses pensées, puis rangea tous les documents dans l'enveloppe. Tous, sauf la photo. Encore un pressentiment : cette photo avait plus d'impact qu'il ne pouvait en juger a priori et, pour l'instant, il préférait la garder pour lui.

Marc rejoignit son chef dans son bureau. Assis sur le rebord de sa table de travail, Pierre était d'excellente humeur. Il plaisantait avec Anaïs, manifestement à son aise dans le rôle du joli cœur.

"Je dérange ?" demanda Marc en se laissant tomber sur le canapé, dans un coin de la pièce, qui servait surtout de rayonnage pour les livres. Pierre se tourna vers lui, et Marc aperçut encore dans son regard une lueur vive qui, sans s'éteindre vraiment, s'assombrit aussitôt.

Marc se leva pour aller déposer l'enveloppe sur le bureau.

"Qu'est-ce que c'est ?

— Je te laisse le plaisir de le découvrir."

Il se rassit et, pendant que Pierre entreprenait de lire les documents qu'il avait sortis de l'enveloppe, il regarda autour de lui. Le mobilier du bureau était passe-partout et, à y regarder de plus près, les cadres qui décoraient les murs n'étaient pas moins insignifiants. Des dessins d'enfants, une photo de famille, des clichés agrandis, des distinctions sous verre. Marc avait vu ça mille fois, dans mille bureaux, sur mille murs. Pierre avait du succès, c'était indéniable. Il était en tête de tous ses amis, il était allé plus loin que tous les autres. Mais le prix à payer pour cette ascension professionnelle était élevé : il ne s'était jamais écarté de la voie prescrite. Même pas dans ses rêves les plus fous.

"C'est de la dynamite", déclara Pierre après avoir examiné le dernier relevé avec attention.

Marc hocha la tête.

"D'où est-ce que tu tiens ça ?

— Je ne peux pas te le dire.

— Et ta source accepterait qu'on l'interviewe ?

— Non, répondit-il.

— Est-ce qu'on aura autre chose ?

— Je ne crois pas.

— Combien de personnes ont vu ces documents ?

— Tu veux dire, depuis que j'ai ouvert l'enveloppe ? Le stagiaire et moi. Ne t'inquiète pas, ajouta-t-il devant la moue de Pierre, le petit ne dira rien.

— Tu sais ce que tu as à faire ?" demanda Pierre.

Marc hocha la tête.

"Anaïs, appela Pierre, et quand elle passa la tête par la porte entrouverte : Prends un billet de train pour Marc, pour Luxembourg.

— Tu veux partir quand, Marc ? demanda-t-elle.

— Le plus tôt possible", répondit Pierre à sa place.

Anaïs retourna en hâte à son bureau et lança de là :

"Le 12 h 07, c'est jouable ?

— Bien sûr que c'est jouable", répondit Pierre.

Marc eut l'impression de retomber en enfance, quand son père et sa mère, sans tenir compte de sa présence, discutaient de ce qui était bon pour lui. Dans ces cas-là, il se levait, allait dans sa chambre et les laissait se chamailler tranquillement. Quand il s'agissait de lui et de son éducation, la guerre que se livraient ses parents était totale.

Il attrapa son train de justesse, rejoignit sa place, essoufflé et dégoulinant de sueur, et mit un bon quart d'heure à retrouver une fréquence cardiaque à peu près normale. À cette heure-ci, le compartiment était vide, et il somnola jusqu'à Metz. Des champs défilaient, des forêts, des ponts, des villes, des bourgs… Ils s'arrêtèrent longuement à Thionville, fief de l'acier. Marc ne comptait même plus les ministres et présidents qui, au cours des trente dernières années, avaient annoncé au journal télévisé qu'ils s'engageraient personnellement pour le maintien des emplois sur ce site en faillite de l'industrie lourde. Il avait en mémoire au moins cinq hommes politiques, casque sur la tête, sourire aux lèvres, assurant devant les caméras que les hauts-fourneaux, bientôt, chaufferaient à nouveau.

Il arriva à Luxembourg en début d'après-midi et se rendit directement à l'immeuble de bureaux où siégeaient pas moins de cinq sociétés. Une adresse commerciale passe-partout. Il sonna chez la société Alpha. Quelques secondes plus tard, il fut bien surpris d'entendre une voix féminine répondre à l'interphone.

“Oui ? demanda la voix métallique.
— M. Seidel est à son bureau ?
— Il est en pause. Vous avez rendez-vous ?
— Non, je n’ai pas pu le joindre par téléphone, ou plutôt je n’ai pas voulu le faire. Je suis venu spécialement de Paris. C’est confidentiel.
— Il est à l’Oberweis.
— Pardon, où ça ?
— Au café Oberweis. Il est parti il y a cinq minutes.”
Elle donna l’adresse à Marc, qui la remercia et se mit en quête du café.

Au rez-de-chaussée de l’Oberweis, une pâtisserie qui s’étendait sur plusieurs étages, à voir les biscuits, gâteaux, pralines et truffes exposés dans des vitrines sur toute la longueur de la salle, il n’était pas difficile de deviner à quel péché capital Anton Seidel avait l’habitude de s’abandonner.

Marc monta au premier étage, où l’on servait les pâtisseries. La salle était pleine. Seidel, assis sur une banquette en cuir à l’une des tables peintes en beige, lisait le journal. Marc le reconnut aussitôt. Il avait pris un peu d’embonpoint, mais dans l’ensemble, le camarade convoyeur de fonds n’avait pas changé. Mêmes cheveux grisonnants coiffés avec une raie, même costume bleu foncé un peu étroit – jusqu’à la cravate, qui était la même que sur la photo. Il attendit que Seidel fût servi pour venir s’installer sur la chaise en face de lui.

“Bon appétit, dit-il en examinant le contenu de l’assiette. Je vois que vous aimez les tartes aux fruits. La prochaine fois que vous serez à Paris, je vous conseille de faire un détour chez Gérard Mulot pour goûter sa tartelette au citron.
— Nous nous connaissons ?” demanda Seidel.
Il n’avait pas l’air effrayé. Ni même étonné. Il avait plutôt l’air de s’ennuyer.
“Pas encore, répondit Marc.
— Vous permettez ?” demanda Seidel, et il commença à manger sans attendre la réponse. Il avala sa première part de gâteau en quatre bouchées. Puis il releva la tête. “Je peux vous proposer quelque chose à boire ? Ou un dessert ?” Il fit signe à la serveuse.

Oh oui, cet homme avait du sang-froid.

“Un double expresso, commanda Marc.

— Vous ne voulez rien manger ?

— Et un sandwich jambon-fromage, ajouta-t-il.

— Bien. En quoi puis-je vous être utile, monsieur…?” demanda Seidel, une fois la serveuse partie.

Était-il judicieux de mentionner son nom ? Peut-être pas. Marc se pencha en avant, prit appui sur ses bras croisés et regarda son interlocuteur.

“Nous avons quelque chose qui pourrait peut-être vous intéresser.

— Tiens donc. Et de quoi s’agit-il ?”

Marc ne répondit pas à la question.

“Nous aimerions bien vous le proposer à la vente.

— Me direz-vous qui est ce *nous* ?

— Cela n’a aucune importance, dit Marc.

— Dans ce cas, dites-moi ce que vous mettez en vente.

— Du savoir”, répondit Marc.

La serveuse apporta son café et son sandwich. Et la conversation cessa avant même d’avoir véritablement commencé. Quelqu’un qui les aurait observés aurait pu les prendre pour un père et son fils, ou pour un oncle et son neveu, en tout cas pour deux personnes qui se connaissaient déjà depuis assez longtemps pour pouvoir manger face à face sans se parler.

“Dans ma branche, finit par dire Seidel après s’être essuyé la bouche avec sa serviette en papier qu’il replia soigneusement et reposa sur son assiette vide, on rétribue le savoir avec de l’argent.

— Dans la mienne aussi, répondit Marc.

— Vous ne voulez pas me dire ce que vous avez à vendre ?

— Nous avons reçu des informations de nature *sensible*.

— Ah bon.

— Par exemple, des preuves indiquant que Rohrer a, avec votre aide, payé des pots-de-vin… Oh, nous avons notamment les relevés de compte de l’Allied Irish Bank de Dublin, du Crédit suisse de Gibraltar, de la banque américaine… précisa Marc quand son interlocuteur voulut intervenir.

— Qu’envisagez-vous de faire avec ces relevés de compte ?”

Seidel ne niait même pas sa culpabilité. Les choses étaient étonnamment simples.

"Cela dépend entièrement de vous", répondit Marc.

Il fallait l'avouer, il se plaisait assez dans le rôle du maître chanteur.

"Je suis le premier que vous venez voir avec cette information ?

— Le premier et le dernier si nous parvenons à un accord qui nous satisfasse.

— Vous savez bien que je ne compte pas parmi les décideurs.

— Oui, répondit Marc, je le sais.

— Et à quelle somme approximative aviez-vous songé ?

— Cette révélation attirerait une attention considérable, avança encore Marc.

— Dites-moi donc ce que vous voulez."

Y avait-il là un premier soupçon d'inquiétude ? Mais oui.

"Nous laissons toujours la primauté de l'offre à la partie adverse. Si elle ne nous satisfait pas, nous contactons d'autres acheteurs."

Seidel balaya sa réponse d'un geste de la main.

"Ni les administrations fiscales françaises ni le ministère public n'ont d'argent.

— Qui vous parle d'administration fiscale, monsieur Seidel ? dit Marc avec superbe. Nous songions plutôt à un concurrent de Rohrer, soucieux – dans l'intérêt de tous – de révéler des abus.

— Et de discréditer le groupe en passant, compléta l'autre.

— Il n'est pas rare que le prix double quand nous ouvrons le cercle à d'autres intéressés. Une mise aux enchères, pour ainsi dire.

— Qu'est-ce qui me garantit que vous n'allez pas vendre ces informations deux fois ?

— Nous ne mettons jamais notre réputation en jeu, monsieur Seidel.

— Votre réputation ? Vous êtes en train de me faire chanter, répondit l'homme avec sarcasme.

— Le chantage est notre fonds de commerce comme la corruption est le vôtre. Le chantage et la corruption, monsieur Seidel, se font dans l'ombre. (Et divisent le monde entre ceux qui savent et ceux qui ne se doutent de rien, entre les escrocs et les pigeons.) Notre succès, comme le vôtre, se fonde sur la discrétion."

Marc se leva.

“Comment puis-je vous contacter ? demanda Seidel.
— Inutile. Je vous ferai signe dans vingt-quatre heures, et j’espère que vous me ferez une offre digne de ce nom.”

Seidel marcherait-il dans sa combine ? Sans doute pas. Mais ça n’avait pas d’importance. De toute façon, Marc n’avait rien à vendre. Il avait simplement semé et enfoncé dans un terreau fertile la petite graine de la peur qui, s’il avait vu juste, germerait très bientôt.

Il descendit au rez-de-chaussée sans se presser et quitta le café. Quand il eut tourné au coin de la rue, quand il se sut hors de portée de Seidel qui ne pouvait désormais plus le voir même en se levant, en courant à la fenêtre et en se penchant au dehors, il se mit à trembler. Et il tremblait encore dans le bus pour la gare, puis dans le train qui le ramenait à Paris.

37

Quand Marc sortit de la gare, il pleuvait, mais l’air était si lourd que sa chemise et son pantalon séchèrent sitôt l’averse passée. Paris était triste et sale. Marc héla un taxi et se fit conduire chez Pierre. Ils étaient tous là. Lisa, les enfants, Pierre et le chien. Il caressa le dos de l’animal. Embrassa Lisa, dit quelques mots au plus âgé des enfants dont il avait failli être le parrain. À l’époque, Marc avait eu une histoire avec la meilleure amie de Lisa. Pendant six mois, ils s’étaient vus à quatre. Le ventre de Lisa s’arrondissait, la date prévue pour l’accouchement approchait, et il se sentait de plus en plus à l’étroit dans cette relation. Ils vivaient tout à quatre, du moins était-ce l’impression qu’il avait. Il tremblait avec Pierre à l’idée de la naissance. Et Lisa était si sensible au désir de son amie de convoler elle aussi en justes noces qu’elle guettait sans arrêt les moindres gestes de Marc. Il n’avait pu que décevoir leurs attentes : Lisa était en salle de travail quand il avait mis fin à sa relation avec son amie. Ils venaient de faire l’amour. Elle s’était levée pour aller à la salle de bains et, comme elle ne revenait pas, il était allé voir et l’avait trouvée assise sur la cuvette des toilettes, en larmes. “Je n’aurais peut-être pas dû le lui dire au lit. Mais une chose en a entraîné une autre. Elle a demandé si on allait bientôt emménager ensemble, et du coup…” avait-il tenté de se justifier devant Carletti, le lendemain. “Il n’y a pas de bon moment pour quitter quelqu’un”, l’avait tranquillisé Carletti en lui commandant une bière. Désormais, c’était du passé et on l’avait pardonné. Mais autrefois, ses amis l’avaient taxé de brutalité, de goujaterie, et l’avaient qualifié d’immature. Or, un type immature, ce n’était pas celui qu’on choisissait pour être parrain.

“Alors ? Qu’est-ce que Seidel a craché ?” demanda Pierre quand ils se furent réfugiés dans son bureau. Il ne demanda même pas *si* Seidel avait craché quelque chose. Expliquer à Pierre qu’il ne comptait pas écrire cet article risquait d’être plus difficile que prévu.

Pendant des années, Marc avait cru que sa vocation était de faire avancer le débat sur la société, et son rôle d’attirer l’attention sur ses dysfonctionnements. Le pouvoir d’influencer le comportement et la pensée d’autrui existait, oui, mais il y avait aussi un autre pouvoir, un pouvoir destructif qui ne craignait pas d’écraser les êtres humains et de détruire leur cadre de vie. Face à ce pouvoir destructeur, les impuissants étaient faits comme des rats. Marc en était là. Ses mots, sa colère, toute sa verve et son intelligence ne pourraient rien contre le fait qu’une fois l’indignation publique retombée, les ouvriers de Nutrissor se retrouveraient seuls. Et comme, pour la première fois, il se rendait compte des limites de son champ d’action (vaincre par les mots un groupe capable de délocaliser ses sites de production du jour au lendemain était impossible), il entendait bien agir autrement. Cette fois, il ne serait pas le petit berger qui attaque ses adversaires au lance-pierre. Cette fois, il battrait les Philistins avec leurs propres armes.

“Je n’ai pas demandé à Seidel de s’expliquer.”

Pierre le fixa d’un drôle d’air. Orage en vue ? Oui, les nuages s’amoncelaient.

“Tu n’as pas *quoi* ?

— Je me suis dit que, de toute façon, il ne dirait rien.

— Ah bon, tu t’es dit ça ? Et je t’ai envoyé là-bas pour quoi, à ton avis ?

— Pour faire avancer l'histoire. Et c'est ce que j'ai fait. En le menaçant.

— Tu l'as… menacé ? Mais pour qui tu te prends ?

— J'ai fait semblant de vouloir le faire chanter. Je lui ai fait la liste de ce que je savais, j'ai parlé des relevés de compte et je lui ai dit que j'attendais une petite subvention de la part de Rohrer, et que si je trouvais leur offre trop pingre, j'irai proposer les documents à un autre client."

Pierre secoua la tête. Mais il n'avait plus l'air si fâché.

"Qu'est-ce qui t'arrive, Marc ? Pourquoi tu fais ça ?

— Pour faire peur au groupe.

— Oui, j'imagine que tu as sûrement un super-plan en tête. Mais tu vas trop loin, tu ne vois pas ?

— Je veux résoudre cette affaire…

— Mais enfin, ce n'est pas une affaire, l'interrompit Pierre. Ces ouvriers ne sont pas juste des carreaux dans ta mosaïque. Trente-huit ouvriers, Marc, ce n'est pas une note de bas de page dans un scandale politique de grande envergure, ce sont aussi des êtres humains et des familles. Ce sont trente-huit destins, trente-huit façons d'affronter la mort et la douleur. Tessa a rendu son premier portrait ce matin, tu l'as lu ? Est-ce que tu t'y es intéressé, est-ce que tu as au moins fait semblant de t'y intéresser ?"

Marc avait rarement eu le sentiment d'être traité si injustement.

"J'étais dans le train, tu te rappelles ? Tu m'as envoyé à Luxembourg. Tu ne vas quand même pas me reprocher maintenant d'avoir suivi les instructions de mon…"

Mais Pierre l'interrompit encore : "Elle raconte l'histoire d'un homme simple qui a essayé cinq types de traitement au cours des dix dernières années. Elle raconte sa peur de tenter un nouveau traitement, parce que chaque fois, ce ne sont pas que de nouveaux espoirs, ce sont aussi de nouveaux effets secondaires inconnus jusque-là. Elle raconte l'histoire de cet homme et la façon dont il se prépare avec sa famille, la discipline admirable avec laquelle ils se battent. Mais ce n'est pas assez grandiose pour toi, pas vrai, Marc ? Ce n'est pas ce qui pourrait passionner le petit-fils d'un Hubert Bourgueil. Tu vois, c'est ce qui fait la différence entre nous. Moi, je viens d'un milieu modeste. Mes parents étaient tous les deux enseignants. Et je trouve cette histoire passionnante.

— Qu'est-ce que tu me reproches au juste, Pierre ? De ne pas m'occuper des victimes ? C'est *toi* qui as réparti les tâches. C'est *toi* qui as chargé Tessa de…

— Tessa t'a envoyé son premier article. Tu n'as pas reçu son e-mail ? Trente-huit ouvriers sont atteints d'un cancer du rein. Elle a convaincu cinq familles de raconter le quotidien des cancéreux. Est-ce que tu as songé une seule fois à ce que c'était de vivre avec un cancer ? Est-ce que tu t'es seulement intéressé à la question ? Tu as découvert que le groupe empoisonnait ses ouvriers, et puis tu as pris la poudre d'escampette… Pour aller où en fait, Marc ? Où est-ce que tu vas, qu'est-ce que tu cherches ?

— Je me répète, mais tu me reproches quoi exactement ?

— Ce que je te reproche ? Ta soif de vengeance, ton besoin viscéral et impitoyable de vaincre… Ce que je te reproche ? Ton Moi grandiose et exhibitionniste."

Marc ne releva pas.

"Je veux obtenir un dédommagement pour ces ouvriers, dit-il.

— C'est ce que nous voulons tous, Marc. Mais toi, tu veux aussi autre chose : tu veux faire tomber un groupe industriel à genoux, tu veux faire la guerre. Alors que cet ouvrier, cet homme à qui on a enlevé un rein et fait endurer tous les traitements possibles, tu ne t'en soucies même pas quand il figure en pièce jointe d'un e-mail."

Marc s'abstint encore une fois de tout commentaire.

"Je te prépare le terrain pour que tu puisses négocier avec eux.

— Négocier avec eux ? (Pierre secoua la tête.) C'est pire que ce que je croyais. Depuis quand ça fait partie de nos missions ? Nous décrivons des faits, Marc. Nous rendons compte. Ni toi ni moi ne sommes habilités à négocier avec ces gens-là.

— Dans ce cas, les ouvriers n'auront jamais rien.

— Alors là, tu te mets le doigt dans l'œil. Je dépêche Tessa pendant une semaine comme envoyée spéciale en province. Et tu verras la pression qu'on peut faire sur ce groupe."

Marc regarda son ami. Il croyait à son métier, à son mariage, et bien qu'il eût dépassé les quarante ans, il croyait toujours au pays des merveilles. C'était bien le fils de ses parents, le fils d'enseignants au système de valeurs solide quoique naïf. Marc, quant à lui, avait grandi dans l'ombre de son grand-père, ce qui l'avait rendu plus méfiant, et quelque part plus aguerri.

"Ils ont la peau dure, Pierre. Ce que Tessa écrit, l'indignation de tes lecteurs, leur courrier, tout ça, ils s'en fichent.

— Si nous nous y prenons bien, en développant…

— Le groupe appartient à une multinationale chinoise. Sur leur carte du monde, l'Europe est une petite tache insignifiante. (Et cette tache, quand on y regardait de plus près, était composée de nombreuses taches plus petites, dont l'une s'appelait Charfeuil.) Tu sais ce qui se passera si, comme tu dis, il y a une « vague d'indignation » ? Eh bien, ils fermeront boutique et ils iront s'installer ailleurs. En Pologne, en Roumanie, en Italie. Ce n'est pas plus difficile que ça. Le facteur de production « être humain » est remplaçable à l'envi, ce n'est pas nouveau. D'ailleurs, dans une semaine au plus tard, même tes lecteurs auront oublié ce brave ouvrier que Tessa a persuadé de raconter son chemin de croix.

— Tu es cynique.

— Pas du tout.

— Mais qu'est-ce que tu fais dans ce journal si tu penses qu'on ne sert à rien ?

— Ce n'est pas ce que je pense.

— Tu peux changer de métier si tu n'es pas convaincu de la nécessité de ce que nous faisons.

— Je voudrais que tu négocies une compensation pour ces gens.

— Tu me fais peur, Marc. Tu es en train de te fourvoyer et tu ne t'en aperçois même pas.

— Je veux que tu améliores la qualité de vie de trente-huit familles.

— Tu divagues.

— Mais écoute-moi. S'il te plaît, écoute !"

Pierre ne voulait pas écouter, mais il écouta quand même, et Marc expliqua ce qu'il avait en tête. Dans le couloir, les fils de son ami se disputaient pour savoir qui irait prendre son bain en premier.

"Cette idée, commença-t-il, je l'ai eue en lisant que Rohrer avait une double cotation. Le titre est aussi coté à Wall Street.

— Et alors ?

— Toutes les entreprises qui sont cotées en Bourse aux États-Unis sont contraintes de respecter les directives du Foreign Corrupt Practices Act…

— Mince, dit Pierre quand Marc lui eut résumé son plan en quelques mots, ça pourrait même marcher.”

38

Le lendemain, quand ils se retrouvèrent dans le bureau de Pierre, tous deux lavés et rasés de frais, Marc appela le mari de sa cousine. Il l'avait connu avant le bac et, depuis toujours, ils se repoussaient comme les deux pôles ennemis d'un aimant. Leur antipathie était solide, réciproque et même plus profonde avec le temps. Ils venaient du même milieu bourgeois. Ils appartenaient tous deux à cette jeunesse dorée, présomptueuse, avide de jouissances, riche. Ils s'étaient affrontés sur les cours de tennis du Racing Club, au bois de Boulogne, avaient slalomé crânement sur les mêmes pistes noires de Megève. Et bien sûr, la cigarette à la main, ils avaient discuté des mêmes films et des mêmes romans dans les mêmes cafés de Saint-Germain et tenté de séduire les mêmes filles dans les mêmes rallyes. Leurs jeunes années avaient été pareillement insouciantes, mais les expériences identiques qu'ils avaient faites alors les avaient conduits à des constats différents. Toujours élégamment bronzé, le pendant de Marc semblait avoir même surpassé les attentes de son entourage : non seulement il avait épousé la femme qu'il fallait (la cousine de Marc), mais en plus, il occupait une position de leader dans un groupe leader. Alors que Marc, lui, avec son célibat endurci et son métier de journaliste mal payé, avait clairement déçu les espoirs qui avaient été placés en lui. On aurait pu l'ignorer – si on ne l'avait pas soupçonné d'avoir renoncé à tous les privilèges que seul un imbécile aurait pu refuser dans le seul but de traîner plus facilement sa tribu dans la boue. Cette nouvelle génération, plus avide d'aventure que de richesse, ne voulait ni ne pouvait comprendre qu'il ne faisait aucun cas du luxe ni des événements auxquels ils se pressaient avec une euphorie un rien exaltée, et que ni la consommation ni la course à l'expérience ne venaient en première position dans la hiérarchie de ses besoins. Ils le jugeaient malin. Donc son renoncement devait forcément avoir des raisons viles. Jamais, même en rêve, ces assoiffés n'auraient songé que son bonheur n'avait pas besoin de plus, qu'il ne se nourrissait pas de plus de pouvoir, de plus de jouissances, de plus de biens, de plus d'intensité, de plus de consommation, et certainement pas de places VIP à Roland-Garros.

Il était leur bête noire, et surtout celle de Robert. Marc aurait pu tout simplement appeler Bébé (comme son épouse, la cousine de Marc, l'appelait tendrement) sur son portable, mais il choisit la voie officielle qui passait par la secrétaire, juste pour pouvoir apprécier leur degré d'antipathie actuelle. Si Robert le rappelait rapidement malgré son agenda toujours bien rempli, c'était que leur bonne vieille aversion, qui ne se nourrissait désormais plus que de l'arrière-goût d'un passé commun, n'avait pas faibli.

Leurs divergences sous-tendaient de nombreuses scènes de leur jeunesse étudiante, et notamment un souvenir qui en était devenu l'allégorie. Marc avait loué à Juan-les-Pins un appartement où passer quelques jours avec sa cousine. Ils avaient roulé une partie de la journée pour arriver à Nice dans la soirée. Avant même de la voir, Marc avait senti la mer, et il avait assisté de justesse au coucher de soleil, grosse ampoule rouge posée sur les flots immobiles. Cela avait suffi à le mettre en joie. Une bonne heure plus tard, ils arrivaient à destination et récupéraient les clefs du trois-pièces chez la concierge. Ils prirent l'ascenseur, Marc ouvrit la porte et entra, suivi de sa cousine. "Je vais voir s'ils ont laissé quelque chose à boire et à manger, dit-il en prenant aussitôt le chemin de la cuisine. Il y a des olives et un rosé qui a l'air très bien. Tu veux un verre ?" Sa question resta sans réponse, et Marc courut jusqu'à la chambre où il trouva sa cousine éplorée. Inquiet, il lui demanda ce qui se passait, et elle montra le sol. "Il y a du lino dans tout l'appartement." Il essaya de la consoler, mais elle était inconsolable. La moindre déception prenait pour elle les dimensions d'une catastrophe. Elle avait appelé son Robert, avec qui elle était à l'époque fiancée depuis peu, et Robert avait pris le premier avion. Dès le lendemain, il l'avait libérée et relogée dans un hôtel cinq étoiles. “Si tu te sens coupable d’être né riche, avait dit Robert à Marc en partant, c’est ton problème, pas celui de ta cousine. Elle ne souhaite pas qu’on l’arrache à son monde.

— Qu’on l’arrache à son monde ? Mais enfin, ce n’est pas un bouge, c’est un appartement de location tout ce qu’il y a de plus normal.

— Tout ce qu’il y a de plus normal, ce n’est pas assez bien pour nous”, avait rétorqué Robert.

Robert rappela au bout de quatre minutes seulement. S’il y avait une chose que Marc appréciait particulièrement chez le mari de sa cousine, c’était la constance de ses sentiments.

“J’ai besoin de ton aide, dit-il en visualisant parfaitement la moue de son interlocuteur. Je fais des recherches sur Rohrer, le groupe chimique. Ou plutôt sur l’une de leurs filiales, l’entreprise Nutrissor. Ils fabriquent des additifs pour l’alimentation animale. En 2001, ils ont été vendus par Rohrer à un groupe d’investisseurs américains, et aujourd’hui, ils appartiennent au leader chinois du secteur. Je voudrais que tu prennes contact pour moi avec l’un des membres du directoire de Rohrer.

— Ah tiens, monsieur a ses petites exigences.

— Vous vous connaissez tous, non ? Tu les vois sûrement aux dîners du Siècle.

— Viens-en au fait, siffla Robert.

— J’aimerais que tu fasses passer un message à Rohrer…

— Dis donc, tu me prends pour qui ? s’emporta son interlocuteur, cependant trop curieux pour raccrocher.

— J’en suis encore à fignoler mon article, à corriger les dernières virgules et les adjectifs.

— Dis plutôt ce que tu as sur le cœur.”

Robert était tellement agacé que sa voix était devenue rauque, presque menaçante.

“Pendant des décennies, Rohrer a exposé ses ouvriers à une substance cancérogène, le chloracétal C5. Le médecin du travail a alerté plusieurs administrations sur la dangerosité de cette substance, mais rien n’a été fait pour faire analyser ce produit chimique ou l’interdire. Résultat : trente-huit ouvriers sont aujourd’hui atteints d’un cancer. Ça me rend triste, tu vois. Et ça me met en colère, très en colère. (Marc échangea un regard avec Pierre, assis à côté de lui, qui suivait la conversation avec attention.) Si tu pouvais dire à Rohrer que j'ai fait hier l'acquisition de quelques documents importants. Dis-leur qu'ils sont désormais en ma possession et que je les ai montrés à mon rédacteur en chef. Il est assis à côté de moi, d'ailleurs, et il te passe le bonjour.

— Quel genre de documents ?"

Robert n'avait pas pu s'empêcher de poser la question.

"Ils sauront de quoi je parle. Ce sont des documents qui leur ont été proposés à la vente hier. Dis-leur simplement que j'ai été plus rapide. (Marc regarda Pierre, puis sortit sa deuxième flèche.) Au cas où ils auraient oublié, tu peux toujours leur rappeler qu'il s'agit des documents qui prouvent qu'ils ont payé des pots-de-vin pendant des années."

Robert explosa. "Tu es malade. Pourquoi tu fais ça ? Qu'est-ce que c'est que cette idée ?"

Marc poursuivit, imperturbable : "Je sais comment fonctionne la caisse noire de Rohrer. J'ai les relevés de compte qui attestent de l'ensemble du montage financier qui a permis le paiement des pots-de-vin. Et en bonus, j'ai aussi quelques contrats de conseil pipeau avec un agent fiduciaire du Luxembourg. Tu peux dire aux membres du directoire que je n'ai jamais aussi bien investi l'argent de grand-père.

— Mais qu'est-ce que tu crois ! Tu, tu…

— Nous sommes en train de vérifier les informations. Mon premier article paraîtra demain, au plus tard après-demain. Pierre, mon rédacteur en chef, m'a promis la page deux tous les jours pendant une semaine. Ah oui, une chose encore, Robert : s'il te plaît, rappelle-leur que Rohrer est coté à la Bourse de New York.

— Espèce de pourriture, beugla le mari de sa cousine dans le téléphone.

— Je vais leur faire la peau, Robert, comme eux ils ont laissé crever leurs ouvriers. Quand il s'agit de corruption, la Securities and Exchange Commission et le département de la Justice des États-Unis ne connaissent pas de pardon. Si les enquêteurs américains ont vent des agissements de Rohrer, le groupe risque une amende à hauteur de plusieurs milliards. Quelle ironie du sort, tu ne trouves pas, que d'être poursuivi en justice par les Américains ?

— Tu n'oseras pas ! Personne n'est assez dingue pour faire un truc pareil, même pas toi !

— Ah, je n'oserai pas ? Ne me tente pas trop, mon ami : je pourrais aussi envoyer directement mon article à un collègue du *New York Times* en lui demandant de faire suivre à la SEC.

— Pauvre fou. Tu mets des emplois en jeu.

— Je m'en fiche.

— Tu es encore plus dingue que ce que je croyais.

— Mais dis-leur ! (Marc s'était mis à crier lui aussi.) Dis-leur tout ce que tu penses de moi !"

En raccrochant, il tremblait de rage. Et il tremblait encore en sortant prendre l'air, Pierre dans son sillage. Ils firent le tour du square. Les trois clochards assis sur les bancs à cette heure-ci les regardaient tourner autour de la place où on avait installé un bac à sable, une cage à singes et un toboggan. Un, deux, trois tours. Marc, peu à peu, retrouva son calme.

"À ton avis, qui va rappeler ?" demanda-t-il à son ami.

Pierre se contenta de hausser les épaules.

"On verra bien !"

39

Qu'est-ce que la défense ? Parer un choc. Quelle est sa caractéristique ? L'attente du choc. *Dixit* Carl von Clausewitz. Marc et Pierre attendaient déjà depuis deux heures, et si le théoricien militaire de Prusse avait effectivement émis l'idée que les temps morts pesaient dans la balance de celui qui attendait, l'attente de ce choc n'en était pas moins insupportable. Marc connaissait cet état, il avait passé la moitié de sa vie à réfléchir à la stratégie qu'emploieraient ses ennemis. Son esprit débordait de spéculations. Il avait beau leur montrer la porte, elles revenaient par la fenêtre, il les mettait dehors, mais elles trouvaient toujours un interstice par où se faufiler pour revenir. Comment allait-on procéder, chez Rohrer ? Ils allaient faire pression sur Pierre, bien sûr. Ils allaient trouver des arguments solides pour inciter son ami à ne pas publier l'article. Pierre ferait des manières, puis céderait – à la condition qu'on dédommage les ouvriers de Nutrissor. C'était ce que Marc avait en tête. C'était la feuille de route. Ce que ni l'un ni l'autre n'avait envisagé, en revanche, c'était ce que le groupe tenterait contre un journaliste assez nanti pour payer de sa poche les informations dont il avait besoin. Ne craindraient-ils pas qu'il envoie toutes les preuves au *Canard enchaîné* s'il ne pouvait pas publier son article dans son propre journal ? Ou qu'il le mette en ligne ? Si, bien sûr, c'était le risque. Et comme ils le tenaient pour imprévisible, comme Marc avait la réputation d'être un fanatique qui partait en guerre, la lance levée, il devenait un problème pour le groupe. Or, ces gens-là n'hésitaient pas à enfreindre la loi pour régler un problème. En appelant Robert, il ne s'était laissé guider que par sa colère. Maintenant, il entendait la sonnette d'alarme. Il était possible qu'ils cherchent à lui porter préjudice, oui. Ce qui le rendait fou, ce n'était pas la peur ; ce qui le rendait fou, c'était de ne pas savoir.

Marc était embourbé dans ses hypothèses quand Antoine lui apprit qu'il avait trouvé le laboratoire chargé des analyses pour Poliplast et Nutrissor. Il comprit ce que son collègue lui disait, comprit chacun des mots prononcés, mais sans parvenir à s'y intéresser. Ils étaient à deux doigts de négocier un dédommagement, Antoine arrivait trop tard.

"Tu ne comprends pas ? (Antoine le dévisageait avec surprise.) J'ai trouvé le laboratoire."

Marc dut faire un effort pour regarder son interlocuteur en face. Se concentrer sur ce que lui racontait Antoine n'allait pas de soi, mais il fit un effort.

Antoine expliqua sobrement qu'il avait passé deux jours à appeler un tas de laboratoires en Auvergne, jusqu'à ce que lui vienne enfin l'idée de consulter la liste des laboratoires recommandés par les ministères compétents.

"Je me suis dit que tous ces groupes avaient sûrement besoin d'autorisations et qu'ils ne devaient s'adresser qu'aux laboratoires accrédités par les ministères à délivrer des certifications.

— Et alors ? demanda Marc. Ton hypothèse tenait la route ?

— Le laboratoire est à Paris. Mais ils ont fait faire les analyses par une filiale de Bruxelles, sans doute pour des questions de discrétion.

— Tu as pu parler à quelqu'un, là-bas ?

— Affirmatif. J'ai trouvé la femme qui, à l'époque, a indiqué à Rohrer que la structure du chloracétal C5 était similaire à celle d'une substance cancérogène utilisée dans la fabrication du PVC. Elle travaille toujours là. Et, ajouta Antoine, c'est quelqu'un de très prudent : elle n'a pas oublié de se prémunir contre d'éventuelles accusations à venir.

— Ce qui veut dire ? demanda Marc.

— Ce qui veut dire qu'elle a conservé toute la correspondance avec le groupe.

— Tout ?

— Les lettres, les fax, tout ce qu'ils ont envoyé et reçu.

— Donc, nous avons la preuve que Nutrissor savait que le chloracétal C5 était une substance CMR ? demanda Marc sans oser y croire.

— Non, répondit Antoine. Ce que nous pouvons prouver, c'est que, dès 1982, le groupe Rohrer avait été informé par la chimiste d'un laboratoire indépendant que le chloracétal C5, vu sa structure, avait probablement un effet cancérogène. La chimiste leur a même fait parvenir une étude épidémiologique. Elle a été réalisée au début des années quatre-vingt à la demande du ministère de la Santé, et elle a montré que… (Antoine extirpa une feuille.) J'ai noté les termes exacts en me disant qu'ils te feraient plaisir autant qu'à moi. L'étude a donc mis en évidence que… (il citait ses notes) … que la prévalence statistique du cancer était plus soutenue chez les ouvriers du groupe Poliplast.

— Tu parles d'un charabia.

— Attends, répliqua Antoine, il y a mieux. Dans leur analyse, ils en arrivent à la conclusion que « l'augmentation des cas de cancer chez Poliplast n'entretient pas de lien causal explicite avec l'utilisation de différents produits chimiques même si l'exposition permanente à certaines substances chimiques pourrait expliquer de manière plausible la forte prévalence de cancers ».

— On a les noms de ces bouffons ?

— Tu veux dire : des épidémiologistes ?"

Marc approuva de la tête.

"Absolument.

— Et la chimiste de Bruxelles est prête à nous parler ?

— Oui, répondit Antoine.

— Et son interlocuteur chez Rohrer ?"

Antoine sourit.

"Je ne l'ai pas encore contacté. Il est à la retraite. Il habite au Vésinet. Je pensais partager le fruit de la pêche avec toi et te proposer qu'on aille ensemble lui rendre une petite visite. Sympa, non ?

— De la part d'un loup affamé comme toi, ce n'est pas seulement sympa, c'est excessivement généreux."

40

Quand ils entrèrent dans le bureau de Pierre pour lui présenter les résultats d'Antoine, le rédacteur en chef était au téléphone. Il leur fit signe de s'asseoir et de se taire. Marc observa son ami. Une artère saillait à sa tempe et son visage s'était durci.

"Bien, dit Pierre, bien. Oui. Oui. Je comprends. Très bien."

Et il raccrocha.

"On y est ? demanda Marc.

— C'était notre actionnaire principal. Si j'envisage de publier l'article de mon journaliste Marc Rappaport, je dois m'attendre à une diminution massive des recettes publicitaires. Rohrer est un fournisseur important de nos plus gros annonceurs. Du secteur automobile au textile. Mon chiffre d'affaires – il vient de me faire le compte – pourrait prendre un sacré coup dans l'aile par rapport à l'année passée."

Et Marc comprit tout à coup que son talon d'Achille, c'était Pierre. Ce que Marc avait mis sous le couperet, ce n'était pas sa propre tête, mais bien celle de Pierre. Lui-même ne risquait pas grand-chose, non : c'était Pierre qu'ils menaçaient de mettre à la porte, pour mauvaise gestion. Pierre qui n'avait pas de sécurité financière, mais deux enfants et une hypothèque sur sa maison de vacances. Ils n'avaient pas songé à l'évidence : Pierre pouvait être licencié. C'était un bon rédacteur en chef, peut-être même l'un des meilleurs, mais personne n'était irremplaçable.

"Et qu'est-ce que tu lui as répondu ? demanda Marc.

— Que je ne me laissais pas intimider. Par personne. (Son vieil ami le regarda.) On ne va pas laisser tomber, Marc. On en a vu d'autres."

Oui, ils en avaient vu d'autres. Ensemble, ils avaient enterré la mère de Pierre. Ce pas qui menait de l'enfance à l'âge adulte, ils l'avaient fait ensemble. Le père de Pierre, effondré, avait à l'époque imposé à son fils de seize ans la charge de régler toutes les formalités. Pierre et Marc avaient choisi le cercueil ensemble, et ils étaient allés ensemble au cimetière pour réserver l'emplacement. Ensemble, ils avaient aussi organisé la soirée au restaurant, rédigé l'annonce de décès, prévenu l'employeur et mis au courant la famille et les amis. Après tout ça, celui qui s'était effondré à la mairie, c'était Marc, pas Pierre. Ils attendaient dans le couloir qu'on leur remette le certificat de décès, tandis que dans le bureau d'à côté, un employé tamponnait les certificats de naissance. Au beau milieu de ces pères, de ces mères et de ces nouveau-nés, Marc avait craqué. Tout à coup, sans crier gare, il avait fondu en larmes. Et Pierre avait alors appelé la seule personne en qui ils avaient tous deux confiance : le grand-père de Marc. "Où êtes-vous ? avait demandé celui-ci.

— À la mairie du 11ᵉ.

— Vous ne bougez pas de là, j'arrive."

Hubert Bourgueil les avait invités dans le restaurant où il avait ses habitudes ; ils y avaient bu leur premier grand vin rouge, un pomerol Château l'Évangile. Ensuite, il les avait emmenés chez le tailleur et leur avait commandé leur premier costume noir, pour l'enterrement. Au retour, dans la voiture, il avait fait la leçon à son petit-fils : "Tu te fais du souci pour ton ami ?

— Oui, avait dit Marc.

— Pourquoi ?"

Pourquoi ? Hébété, il avait regardé son grand-père. Hubert Bourgueil avait garé la voiture sur le bas-côté et coupé le moteur.

"La souffrance, ça va avec le reste, Marc. On n'y coupe pas, avait-il déclaré comme quelqu'un qui connaissait parfaitement le sujet. Ce qui est terrible, ce n'est pas d'endurer la souffrance, mais d'endurer la vie. Il y a des gens qui subissent leur vie au lieu de la faire. Ton ami n'est pas de ceux-là. Et toi non plus, c'est certain."

"Appelle ton actionnaire et dis-lui que nous ne publions pas mon article, s'exclama Marc. Et dis-lui aussi que je suis prêt à détruire toutes les preuves s'ils dédommagent les ouvriers. Ah, ajouta-t-il, et s'ils demandent une tête, Pierre, tu leur proposes la mienne."

41

À la sortie du métro, en s'avançant vers le bâtiment vitré, il fut surtout surpris de se sentir intimidé. Marc connaissait par cœur la rue La Boétie. Son grand-père y avait eu ses bureaux pendant des années, juste à côté de la poste, et pourtant, en passant devant les quatre employés qui, à cette heure matinale, fumaient déjà devant le bâtiment, il se sentit étrangement gêné. Ils ne le remarquèrent pas, ils ne levèrent même pas les yeux vers lui. Ils ne savaient pas qui il était ni ce qu'il venait faire chez Rohrer. Plongés dans leurs pensées, ils buvaient à petites gorgées leur café dans des gobelets en plastique et fumaient leur cigarette avant de commencer leur journée de travail.

Marc s'avança jusqu'au portillon de sécurité, déposa son téléphone et ses clefs dans une corbeille en plastique. Il regarda autour de lui. Tout, dans ce bâtiment, le hall, le marbre, l'espace, était signe de pouvoir. Même l'éclairage, avec des lampes qui, de très haut, projetait sur l'entrée une lumière blanche immaculée, théâtrale, avait pour objectif d'impressionner ceux qui pénétraient dans le siège. Les grands groupes se faisaient construire des cathédrales et des palais, et les écrans géants qui diffusaient en boucle des spots publicitaires tenaient lieu d'images saintes et de bustes d'apôtres. Marc donna son nom aux deux dames discrètement maquillées qui lui souriaient derrière la vitre de l'accueil.

"Vos amis sont déjà là", dit l'une d'elles en l'invitant à regarder derrière lui. Marc se retourna et ne put s'empêcher de sourire. Dans cet univers sciemment limité aux variations de blanc, de gris et de beige, M. Louvel et sa veste vert clair détonnaient. Et les autres n'étaient pas vraiment dans le ton non plus. Marc s'approcha du petit groupe que formaient l'ancien médecin du travail, un syndicaliste aux lèvres fines dont l'épiderme n'était pas sans rappeler celui d'un alcoolique, un ouvrier malade et son fils.

"Bonjour."

Marc serra la main de chacun d'eux, puis s'installa sur le canapé en cuir beige, à côté de M. Louvel.

"Alors ? demanda-t-il. Vous êtes prêt ?

— Bah, vous savez…" dit le médecin.

Marc essaya d'imaginer ce que le médecin ressentait. Il s'était battu avec ce groupe pendant trente ans, trente ans pendant lesquels le groupe avait été, sinon le cœur de son existence, du moins une part importante de celle-ci. Et voilà que les ouvriers malades et leurs familles allaient être indemnisés. Peu importe ce qui allait se dire dans un instant, dans les étages supérieurs, peu importe ce qui allait se passer, cela ne compensait pas une fraction du temps, de l'énergie et de l'engagement que le médecin avait investis dans cette affaire. Discrètement, Marc observa aussi les trois autres. L'ouvrier – Louvel le lui avait fait comprendre – se battait depuis vingt ans pour survivre et, pourtant, il semblait que la maladie l'avait moins miné que son fils, incapable de rester en place. Quelque chose le tourmentait. Plusieurs fois, il faillit parler, mais réprima aussitôt le désir de dire ce qui le préoccupait, la mine du coup très contrainte, presque idiote. L'ouvrier, au contraire, semblait de bonne humeur. Dans un instant, il allait obtenir l'assurance que le groupe l'indemniserait. Un peu d'argent, c'était une maigre consolation, on pouvait en rire. Mais cela donnerait néanmoins à cet homme la possibilité d'améliorer son quotidien. Et il le savait : plus que tous les autres, il était en droit d'émettre des objections devant ce simple chèque censé compenser l'injustice dont il avait été victime. Au lieu de cela, il disait avoir déjà décidé dans les moindres détails de ce qu'il ferait de cet argent.

"Comment ça va se passer ? demanda le syndicaliste.

— Je n'en sais rien, dit Marc. À mon avis, ça ira vite.

— Ils veulent expédier ça ? demanda l'homme. Après nous en avoir fait voir de toutes les couleurs pendant trente ans ?"

À quoi s'était-il attendu, à une cérémonie ?

"Ils vont signer. Après, ce sera terminé.

— Les salauds", grommela le syndicaliste plusieurs fois.

Marc le regarda : cet homme voulait pouvoir dire toute sa rage. Très bien, les choses ne se dérouleraient pas de manière aussi policée que ceux d'en haut l'espéraient. Mais ce n'était pas son problème.

"Je voudrais encore vérifier les noms des ouvriers, intervint M. Louvel. Et Guillaume… (il désignait le fils de l'ouvrier malade) … voudrait lire quelque chose.

— J'ai écrit ça cette nuit, expliqua le jeune homme, rouge comme une pivoine. C'est important pour moi qu'ils comprennent…

— Ils ne vont rien comprendre du tout, ces salopards, l'interrompit le syndicaliste.

— Il ne faudrait quand même pas qu'ils croient, ajouta le fils sur un ton proche de l'excuse, que l'argent suffit."

Marc fit la grimace.

"Ils feront la sourde oreille, dit-il au jeune homme. Vous le savez, n'est-ce pas ?

— Ça, c'est sûr qu'ils vont faire la sourde oreille, répéta le syndicaliste.

— Mais il faut quand même que quelqu'un, une fois, leur dise la vérité", répondit le fils, presque cérémonieux.

Comme s'il avait peaufiné cette phrase et se l'était répétée plusieurs fois.

"Bah. (Le syndicaliste eut un geste de dédain.)

— Thierry ! le tança le médecin.

— Ces gens-là, ils n'ont aucun regret. Si tu crois qu'ils sont désolés…

— Thierry ! (M. Louvel posa une main sur l'épaule de l'homme pour l'apaiser.)

— Ils ne payent que parce que lui (le syndicaliste pointa Marc du doigt) les y a obligés. Tout ce que tu diras, Guillaume, c'est peine perdue. Inutile de gaspiller ton énergie !

— Mais si Guillaume a besoin de parler ! intervint le père, qui n'avait pas ouvert la bouche jusque-là. Tu es qui, toi, pour le lui interdire ?

— Moi, lui interdire ?

— Ben oui, fit remarquer le père.

— Je ne lui interdis rien du tout, à ton fils. Je veux juste lui éviter de se ridiculiser."

L'ambiance était tendue. Il aurait mieux valu se taire. Mais la conversation se poursuivit encore à voix basse pendant un moment, jusqu'à ce que l'une des hôtesses vînt les prier de la suivre jusqu'aux ascenseurs. Ils montèrent au dixième étage. Pierre, qui les attendait dans le couloir, les conduisit à la salle de réunion.

"Ils sont comment ? souffla-t-il à Marc.

— Tendus.

— J'ai vraiment fait tout ce que je pouvais.

— Oui, répondit Marc, ils le savent."

Pierre avait négocié durement, et avec brio. Beaucoup trop de journalistes avaient été mis sur l'affaire Nutrissor, avait-il expliqué aux juristes de Rohrer qui exigeaient de lui qu'aucune ligne ne soit publiée. Selon eux, comment réagirait par exemple la journaliste impliquée quand il lui expliquerait que les cinq portraits d'ouvriers malades qu'elle avait réalisés, portraits dont il l'avait chargée personnellement, ne pouvaient pas être publiés ? Le temps où les directeurs de publication décidaient en autocrates de ce qui était ou non communiqué au grand public était révolu depuis l'ère du numérique. Il n'était pas en son pouvoir d'empêcher les journalistes de faire circuler leurs informations sur Internet. L'affaire était tout simplement trop énorme pour être passée sous silence. Non, si l'on voulait circonscrire l'affaire, il valait mieux le laisser publier un ou deux articles sur le groupe. Après tout, pendant des décennies, le groupe avait forcé ses ouvriers à travailler avec des substances cancérogènes. Il ne faisait donc aucun doute qu'il tomberait sous le coup de la critique. C'était inévitable. Mais il y avait un moyen d'adoucir la critique. Il suffisait de mentionner dans un paragraphe que le groupe envisageait de dédommager les ouvriers concernés. Et si le groupe n'en avait pas l'intention ? avaient demandé les juristes prudemment. Dans ce cas, avait répondu Pierre, le journal se chargerait de mettre Rohrer au pilori pendant une semaine. Quant à ce qui resterait encore du groupe après une semaine de gros titres, Pierre se chargerait personnellement d'y mettre le feu en envoyant le paquet d'articles, avec photocopies des preuves, à la Securities and Exchange Commission. Évidemment, les avocats avaient exigé des garanties. Et Pierre leur avait répondu qu'au lieu de cela, il leur offrait les services de Marc Rappaport. Son meilleur journaliste rédigerait l'article sur les indemnisations. "C'est moi, le contrepoison ? avait demandé Marc, dépité, quand Pierre, la veille, lui avait rapporté tous les détails de la négociation. Alors que c'est moi qui ai lancé toute l'affaire ?

— Justement, avait répondu Pierre. C'est bien pour cela qu'ils sont ravis que tu y mettes le point final."

42

L'affaire fut réglée plus vite que Marc lui-même ne l'avait imaginé. Le chef des négociations de la partie adverse s'excusa : ils devaient préparer l'assemblée générale annuelle qui aurait lieu dans quelques jours. Ils ne disposaient donc malheureusement pas du temps qui aurait été nécessaire à ce que tout le monde fasse mieux connaissance, mais il fixerait volontiers un deuxième rendez-vous pour après les vacances d'été. Début septembre, par exemple, c'était une bonne période. Pour aujourd'hui, cependant, il préférait qu'on s'en tienne à la partie contractuelle.

"Si chacun de vous rentrait chez lui avec le sentiment que ce contrat est équitable, alors ce serait une bonne chose", dit-il en se proposant de lire les différents paragraphes à voix haute et de les expliquer. Bien sûr, ajouta-t-il, ils pouvaient à tout moment l'interrompre avec des questions ou des remarques. Le mieux était de commencer sans attendre et si tout le monde était d'accord, ils pouvaient maintenant ouvrir à la page un le dossier qu'on leur avait remis. Même le syndicaliste, après un "Pff, faire connaissance…", ouvrit sagement son dossier.

Marc regarda l'homme, Me Gontard, qui chaussait ses lunettes à monture dorée et s'apprêtait à lire le contrat. Il avait des cheveux blonds qui grisonnaient sur les tempes et un visage sympathique. Un léger coup de soleil lui barrait le front, et la peau de son nez pelait. Mis à part cet infime indice qui révélait une vie en dehors de ce bâtiment – Marc se l'imaginait avec ses enfants dans un jardin –, il était d'un genre passe-partout plutôt agréable. Un prestataire de services qui prenait plus son métier au sérieux que sa petite personne. L'homme commença à lire, s'interrompant souvent.

"Je voudrais attirer votre attention sur cette formulation", disait-il, ou encore : "Et tenez compte ici aussi du paragraphe deux."

Le groupe n'avait peut-être pas envoyé dans l'arène le fer de lance de ses vassaux, mais un homme très expérimenté du point de vue émotionnel, qui évitait adroitement tous les pièges dans lesquels il aurait pu tomber. Même lorsque le fils de l'ouvrier, à la fin de la réunion, bafouilla son texte, l'homme l'apaisa.

"Lire un texte pareil n'est vraiment pas chose facile, intervint-il gentiment quand le lecteur buta sur ses mots. Je pense que personne ici ne voit d'inconvénient à ce que vous repreniez depuis le début."

Ce qui lui valut même un hochement de tête mi-figue, mi-raisin de la part du syndicaliste.

La réunion avait à peine duré deux heures et, quand ils se retrouvèrent dans la rue, ils ressentirent tous une sorte de vide.

"Alors, ça y est, c'est tout ? demanda l'ouvrier, incrédule. (Il s'était allumé une cigarette et tirait goulûment dessus.)

— Pas tout à fait, répondit Pierre. J'ai réservé une table dans un restaurant du quartier et demandé à l'un de mes journalistes de nous y retrouver. (Il se tourna vers Marc.) Antoine va nous rejoindre", expliqua-t-il.

Ils se rendirent dans un restaurant de la rue d'Astorg, où une table avait été réservée pour eux au premier étage. Mis à part un couple assis dans un coin, près du vestiaire, la salle était vide. En entendant des voix se rapprocher, l'homme et la femme, qui ne voulaient apparemment pas être vus, regardèrent tous deux avec inquiétude vers l'escalier, et Marc surprit encore leurs regards méfiants, puis leur groupe s'installa et les tourtereaux purent à nouveau se consacrer l'un à l'autre, rassurés.

Aussitôt après, une serveuse qui portait plusieurs piercings vint prendre la commande. Ils fêtèrent leur victoire au champagne. Le syndicaliste reprit son discours sur le capitalisme et l'exploitation des masses et donna à nouveau le champ libre à sa colère. Marc jeta un coup d'œil à la table voisine. La femme déballait une bouteille de parfum que l'homme venait de lui offrir. Et Marc vit aussitôt un voyage d'affaires, un aéroport, le magasin duty free…

"Comme vous le savez, c'est moi qui ai mené les négociations avec Rohrer, commença Pierre, quand Antoine les eut rejoints. Les conditions de notre accord prévoient entre autres qu'en dehors de deux articles dont le contenu sera négocié à la virgule près entre Rohrer et moi, nous ne publierons rien d'autre sur cette affaire. En contrepartie – Pierre s'adressait à l'ouvrier malade –, vous avez reçu une indemnisation.

— Mais enfin, ça ne suffit pas, juste de l'argent… protesta le fils.

— Tais-toi donc, maintenant, gronda le père.

— Depuis le début, continua Pierre, j'ai guidé les négociations de manière à ce que Marc, moi-même et le journal soyons ceux dont le groupe exige une contrepartie en échange du paiement. Le résultat, c'est que pour vous, l'indemnisation n'est soumise à aucune condition."

Où Pierre voulait-il en venir ? Marc ne pouvait que faire des suppositions, mais il entendait bien au ton de son ami que celui-ci jubilait.

"Peu avant que le groupe m'appelle et que les négociations commencent, Antoine est venu me voir dans mon bureau avec une information. Antoine, dit Pierre, tu veux peut-être faire part à tout le monde de ce que tu as trouvé ?"

Antoine prit la parole.

"Nous avons suivi la piste selon laquelle Nutrissor était au courant depuis le début des risques du chloracétal C5, et nous nous sommes mis à la recherche d'un laboratoire qui aurait fait les analyses correspondantes.

— Mais c'est nous qui avons commandé des analyses et informé le groupe de l'effet cancérogène du liquide, l'interrompit M. Louvel.

— Oui, acquiesça Antoine, bien sûr. Mais nous pensons que le groupe a été mis au courant des dangers du produit chimique *avant même* de mettre en place le nouveau procédé de fabrication."

Comment avaient-ils eu l'idée de chercher le laboratoire ? Marc n'en savait plus rien. Depuis qu'un après-midi, il avait eu entre les mains la photo de Gilles Neuhart et décidé que cet homme-là ne pouvait pas être un meurtrier, une supposition avait mené à une autre, une déduction à un indice, un indice à une conclusion logique. Il avait suivi le fil de ses pensées, au sens littéral. Marche après marche, il avait escaladé cette tour de déductions, et maintenant, il était fatigué. Il était temps d'arriver et d'avoir une vue sur les alentours.

Antoine évoqua la chimiste de Bruxelles, qui avait dans le temps pris contact avec Rohrer.

“À ce moment-là, cette femme craignait que le chloracétal C5 puisse être cancérogène, et elle a prévenu le groupe. Elle a mis à notre disposition toute sa correspondance avec Rohrer. Aussi bien les courriers dans lesquels elle apporte les preuves scientifiques de ses craintes que les réponses de son interlocuteur de l'époque, au sein du groupe. Marc et moi allons d'ailleurs lui rendre une petite visite dans les jours à venir.

— Nous avons attendu que vous ayez le contrat signé en po che, ajouta Pierre. Pour éviter que cette personne ne prévienne le groupe et qu'elle ne vous empêche, vous, monsieur Louvel, de mettre la dernière pierre à l'édifice.

— Moi ? (L'ancien médecin du travail regarda autour de lui, étonné.)

— Nous allons d'abord vous montrer tous les éléments accablants qui figurent dans cette correspondance.

— Mais qu'est-ce que j'ai à voir avec ça ? insista Louvel.

— Je ne serais pas étonné que notre homme soit lui aussi prêt à témoigner si on en venait à un procès, poursuivit Pierre.

— Un procès ? Mais le contrat que nous venons de signer, ce n'est pas justement pour nous empêcher de porter plainte en échange de l'indemnisation ? demanda le médecin, interdit.

— Ce sont les ouvriers malades de Nutrissor qui sont indemnisés, monsieur Louvel, pas vous. Ce sont les ouvriers malades qui sont cités nommément dans le contrat. Pas vous. Vous n'êtes mentionné nulle part, même pas en note de bas de page. (Pierre éclata de rire.) Aucun de vous ne l'avait remarqué ?”

Non, personne n'avait rien remarqué, pas même Louvel. Mais ils n'étaient pas juristes et ils n'avaient pas passé des heures à peaufiner ce texte, et puis, en haut, dans la salle de réunion, ils avaient eu le trac. Tout cela expliquait leur candeur. Mais le bataillon d'avocats de la partie adverse, payé pour prémunir Rohrer contre toutes les éventualités, quelle était son excuse ? Comment avaient-ils pu ne pas voir l'homme qui tourmentait Rohrer depuis déjà trente ans ? Encore que ce n'était peut-être pas si surprenant :

pendant trente ans, ils l'avaient ignoré, lui et ses craintes ; pendant trente ans, ils n'avaient pas vu en lui bien plus qu'une vague apostille. Pourquoi auraient-ils soudain dû fixer leur attention sur lui ? Marc regarda Pierre, bouche bée.

"Ils l'ont oublié, Marc. Ils l'ont purement et simplement oublié. Ils étaient tellement focalisés sur notre menace qu'ils ont fait une erreur, une erreur – Pierre se tourna à nouveau vers le médecin – qui vous donne à présent la possibilité de forcer le groupe à reconnaître sa faute. Et ses crimes."

Crimes et châtiments ? Non, ces concepts nobles n'avaient pas leur place ici. Aristote exigeait du héros tragique qu'il assume la faute résultant de l'*hybris*. Or, plus Marc avançait dans cette histoire, plus il lui apparaissait clairement que personne ici ne pouvait ni ne voulait prendre en charge cette faute, et que personne n'avait assez de grandeur pour être coupable. C'était une tragédie sans héros, une tragédie des constellations. Un simple souffle de vent, et les choses auraient pu être tout autres.

Deux serveurs apportèrent les plats.

"Et maintenant, dit Pierre, bon appétit !

— L'aile de raie grillée ?

— C'est pour moi, lança Antoine.

— L'épaule d'agneau ?

— Pour moi.

— Et pour monsieur, le turbot, c'est bien ça ?

— Oui.

— Le chateaubriand et son gratin dauphinois, pour vous, monsieur ?"

Marc sentit une grosse boule dans sa gorge, comme cette fois où ils avaient attendu avec Pierre, assis sur un banc de bois, devant le bureau des certificats de décès. Et comme par le passé, son ami lui passa le bras autour de l'épaule et Marc se raccrocha à lui.

43

Ils furent les derniers à partir et retournèrent ensuite à pied à la rédaction. Une promenade comme au bon vieux temps.

“Viens, on passe par le faubourg Saint-Honoré”, proposa Marc, et ils prirent à gauche.

La rue bordée de boutiques de luxe était déserte. La saison des touristes nantis touchait à sa fin. En juillet et en août, on ne séjournait pas dans la capitale. Ces mois-là se passaient sur la côte. Le regard de Marc se posa sur un foulard en soie, dans une vitrine, puis sur l’étiquette du prix, à peine visible. Quand on achetait pour mille euros un foulard en soie dont la fabrication n’en avait coûté que cent, qu’achetait-on en réalité ? Il s’était toujours posé la question. Était-ce la sécurité qu’on achetait, le sentiment d’appartenance, la sensualité, l’amour ? Coriace, le capitalisme avait infiltré les recoins les plus privés de la vie émotionnelle, car une chose était sûre : ce qu’on achetait là, ce n’était pas un foulard en soie.

“Nous allons les aider à regrouper les preuves, dit Pierre, plus pour lui-même que pour en informer son ami.

— Oui, répondit Marc. Bien sûr.

— Dès demain, j’envoie à Louvel le nom du cabinet d’avocats qui s’est illustré dans les procès sur l’amiante. Je suis sûr qu’ils lui conseilleront de déposer une plainte pour dommages corporels induits par le chloracétal C5.

— Oui, répondit-il encore, ça ne m’étonnerait pas.

— Nous nous sommes engagés à ne rien écrire contre le groupe, mais nous pouvons rendre compte d’un procès. (Pierre lui sourit.) Nous avons au journal un très bon journaliste d’investigation. Il a commencé sa carrière comme chroniqueur judiciaire, et je crois qu’il se fera un plaisir de couvrir le procès.

— Oui, dit Marc pour la troisième fois.

— Je crois que ce serait mieux si tu n’allais pas avec Antoine chez l’ancien employé de Rohrer. C’est trop dangereux. On risquerait de compromettre le procès. Tu ne penses pas ?

— Si, si.

— Nous avons un engagement contractuel, quand même.”

Marc regardait dans sa direction sans le voir et observait une berline de luxe garée devant un magasin de chaussures. Vêtue d'une jupe scandaleusement courte bien incapable de couvrir des jambes d'une longueur à couper le souffle, une jeune métisse sortit de la voiture, suivie d'un homme qui devait bien avoir trente ans de plus qu'elle. Pour finir, un petit chien-chien que leur tendait le chauffeur passa de main en main.

"Pierre, j'ai quelque chose à te montrer, dit Marc en sortant son portefeuille. C'était avec le reste, dans l'enveloppe qu'on m'a envoyée. (Il tendit la photo à son ami.) L'homme de gauche, c'est le fameux Seidel. Et je ne te présente pas celui de droite."

Pierre fit ce qu'il faisait toujours quand il prenait peur : il se mit en colère.

"Mais pourquoi est-ce que je ne vois cette photo que maintenant, hein ?"

Marc aurait pu mentir à son ami, il aurait pu lui dire qu'il n'avait reçu la photo qu'aujourd'hui, mais il préféra jouer le tout pour le tout :

"Parce que, sinon, tu n'aurais pas négocié avec le groupe.

— Parce que, sinon, quoi ? (Pierre était abasourdi.)

— Parce que tu n'aurais pas été d'accord pour négocier avec Rohrer. Si tu avais su que Jean-Frédéric Guérin avait reçu des pots-de-vin de la part de Rohrer, tu n'aurais pas traité l'affaire de la même manière. Tu aurais mis tous les limiers de la rédaction sur le coup pour faire tomber un leader politique corrompu. Et j'ai décidé que les ouvriers passaient avant.

— Mais qui t'a donné le droit de décider ?

— Pour les ouvriers, il n'y avait pas grand-chose à tirer d'un scandale, essaya d'expliquer Marc. Avec un ministre corrompu sous les projecteurs, eux et leur cause seraient une nouvelle fois tombés aux oubliettes."

Et ils y avaient déjà passé beaucoup trop de temps. Depuis trente ans, aucune prise de décision n'avait tenu compte d'eux ou de leur bien-être.

"Mais enfin, qui t'a donné cette autorisation ?" répéta Pierre avec un calme excessif, qui révélait chez lui une colère contenue.

Ils se jaugèrent du regard.

"Personne, répéta Marc. Je me la suis donnée tout seul.

— Alors, comme ça, nous représentons les intérêts des ouvriers ?
— Non, pas forcément nous, corrigea Marc. Moi."
Pierre tressaillit comme si Marc lui avait asséné un coup.
"Toi, toi seul, donc, en utilisant les armes du journal. En te servant de tous les avantages qu'il te procure...
— Pierre, l'interrompit Marc, ces gens ne se voient eux-mêmes que comme les balles que s'envoient les puissants et, du coup, ils ne sortent jamais de ce rôle."
Pierre explosa : "Je veux ta démission sur mon bureau dès la semaine prochaine. Tu termines cette histoire et, ensuite, tu débarrasses le plancher.
— Tu ne comprends pas qu'ils ont enfin la chance de se percevoir différemment ?
— Mais, bon sang de bonsoir, ce n'est pas de notre ressort ! cria Pierre.
— Mais qu'est-ce qui est de notre ressort, alors ? Le rapport objectif ?
— Oui.
— La communication des faits ? La recherche d'explications ?
— Oui, oui, voilà !" vociféra Pierre.
Du coin de l'œil, Marc aperçut les deux vendeuses du magasin devant lequel ils étaient plantés qui lançaient des regards inquiets dans leur direction. Elles échangèrent quelques mots à voix basse et disparurent de son champ de vision. Un pressentiment lui disait qu'elles étaient parties chercher le gars de la sécurité, mais il n'en avait que faire.
"Et nous écrivons sur quoi ? Sur la réalité ? demanda Marc, acide.
— Sur les faits, mon Dieu. Ne te fais pas plus bête que tu ne l'es. Ne fais pas semblant de ne pas savoir de quoi tu parles.
— Mais les faits ne sont, eux aussi, qu'une construction. La réalité, Pierre, ce n'est rien d'autre que ce que nous créons nous-mêmes. (Pourquoi était-il si désespéré ? Que se passait-il ?) Ce dont nous rendons compte n'est arrivé que parce qu'ils se voient comme ils se voient. Parce que tout le monde les voit comme ils se voient. Ils n'ont jamais été invités à prendre part au débat, Pierre. Pas une seule fois. Et tu sais pourquoi ? À cause d'un défaut tout bête. Parce qu'il leur manque les mots intelligents, les rubans et

les frisottis avec lesquels il faudrait qu'ils travestissent leur réalité pour qu'elle nous intéresse. Ils n'apparaissent pas, voilà tout. Ils sont dans les gros titres, peut-être, dans le taux de chômage, dans les cohortes de manifestants en grève devant des usines qui ferment, dans les histoires de voitures brûlées, dans l'avancée des eurosceptiques, dans ce que tu veux, mais jamais ils ne sont sujets ni individus. Jamais ils ne peuvent être sur un pied d'égalité avec nous, quoi qu'ils fassent, car ils ne maîtrisent pas le discours."

Il fallait s'y attendre : un agent de sécurité s'approcha et se planta devant Marc.

"Vous avez un problème ?

— Non. Et vous ? siffla Pierre, derrière lui, avant de l'écarter pour se remettre face à Marc. Et donc, tu as décidé de jouer les deus ex machina ?

— Et donc, pour une fois, j'ai décidé de leur donner la priorité. Oui. (Et de miser sur l'instinct.) Guérin, nous pourrons le faire tomber aussi. Autrement.

— Ah oui ? Et comment, je te prie ?

— Vous êtes devant l'entrée d'un magasin et vous gênez l'accès", intervint le vigile. Il ne menaçait pas. Comme tous les hommes conscients de leur supériorité physique, il se contentait de faire acte de présence, prêt à faire jouer ses poings.

— Les trottoirs font partie de l'espace public, rétorqua Pierre, qui comptait bien mettre ce type KO à coup d'arguments rationnels.

— C'est bon, dit Marc pour calmer le jeu, et il tira son ami par l'épaule. On s'en va."

Après quoi ils se retrouvèrent face à face quelques secondes.

"Pierre, c'est lui. J'en suis sûr."

TROISIÈME PARTIE

1

Conseiller municipal, maire, vice-président du conseil général, président du conseil général, président de douzaines de commissions, membre du Sénat, député européen, ministre du Budget, ministre des Petites et Moyennes Entreprises, ministre des Outremer – cet homme avait eu tous les mandats. On pouvait penser ce qu'on voulait de Jean-Frédéric Guérin, une chose était sûre : il avait consacré sa vie à la politique. Alex avait déposé sur le bureau de Marc une enveloppe épaisse : le résumé de sa carrière politique, qu'il lisait déjà pour la troisième fois. Son stagiaire avait fait des recherches vraiment minutieuses, oui, mais dans la vie de Jean-Frédéric Guérin, il n'y avait pas trace d'une rencontre avec une fille d'ouvrier originaire d'une petite ville d'Auvergne. Pourtant, l'histoire devait bien avoir commencé à Charfeuil, et pas ici, à Paris, dans un appartement de passe. Comment expliquer sinon le meurtre de la jeune prostituée ? Ils se connaissaient forcément. Marc avait encore en tête le profil de coupable qu'avait évoqué Ferrer. Ce gars était de ceux qui ne se mentent pas, avait dit l'ancien commissaire, de ceux qui n'avaient pas de problème avec la réalité. Quelqu'un, même, qui n'agissait pas de manière passionnelle. Quelqu'un qui aimait frapper les femmes et savait que les prostituées étaient des victimes idéales parce qu'il pouvait faire avec elles ce qu'il voulait. Ce meurtre, avait-il ajouté, ne faisait pas partie de son scénario. C'était un dérapage. Le coupable avait besoin de la violence sexuelle. Du rabaissement. Du pouvoir.

Et que les femmes vivent le reste de leur vie dans l'angoisse, c'est son petit bonus. "Mais dans ce cas, avait demandé Marc, pourquoi l'a-t-il tuée ?

— Le motif reste à trouver, avait répondu Ferrer. Normalement, les femmes n'existent pas pour un type comme ça. Pas en tant qu'individus."

Il ne les voyait pas, avait-il expliqué. Les femmes, le sexe, ça ne l'intéressait pas, pas plus que la satisfaction de ses pulsions. Et pourtant, cet homme avait *vu* Émilie Thevenin, sans quoi il ne l'aurait pas assassinée. Il l'avait frappée et violée, comme toutes les autres, mais ensuite, pour une raison inconnue, son cerveau malade avait soudain pris conscience de son existence. Guérin avait voulu s'amuser un peu, comme un petit garçon qui abîme un objet qu'il trouve intéressant, pour voir, mais elle lui avait résisté. Ça, c'était la base, les fondations sur lesquelles Marc avait construit un château de cartes de spéculations : ce n'était pas l'objet de son désir sexuel que Guérin avait étranglé, mais Émilie Thevenin qui était sortie de son rôle de victime humiliée pour devenir un individu à part entière.

S'était-il souvenu d'elle ? Lui avait-elle dit qui elle était ? L'avait-elle menacé de déposer plainte contre lui ? En tout cas, ce qu'elle lui avait dit l'avait à ce point angoissé qu'il s'était cru forcé de la tuer. Oui, aucun doute : ils s'étaient rencontrés avant le meurtre. Mais où ?

Jean-Frédéric Guérin avait commencé sa carrière politique comme assistant parlementaire d'un député de l'Oise, son département d'origine. L'Oise, à plus de trois cents kilomètres du lieu de naissance d'Émilie. Pourtant, à supposer qu'il fût bien le meurtrier, il n'y avait qu'une seule explication : pour le jeune homme ambitieux, la prostituée était devenue une menace sérieuse.

Marc se leva pour aller retrouver Alex. Tout seul, il n'avançait pas. En lisant, il n'arrivait pas à se concentrer sur l'essentiel. Il lui fallait un interlocuteur, une histoire.

"Prends tous les documents que tu as trouvés et ton portable, on va au Mercure. Là-bas, on peut parler tranquille."

Ils pénétrèrent dans le hall en même temps qu'un groupe de touristes japonais, s'installèrent dans le coin bibliothèque qui tentait d'imiter l'atmosphère d'un club anglais à coup de bois foncé et de canapés Chesterfield, et commandèrent un thé et un café au serveur qui s'était empressé de les rejoindre. Ensuite, Marc s'éclaircit la voix et se lança.

"Je voudrais qu'on se concentre sur la fin des années soixante-dix et le début des années quatre-vingt. Sur le Guérin étudiant et sur ses premiers pas en politique. Tu me racontes ce que tu as trouvé, rien de plus. D'accord ?

— D'accord, répondit Alex.

— Donc, Jean-Frédéric Guérin a fait ses études à Science-po. Et après..."

Marc fit signe au jeune homme de continuer, mais Alex était trop timide pour se glisser dans la peau de l'orateur. Qu'à cela ne tienne, ils joueraient au jeu des questions-réponses.

"Bon. Où est-ce que Guérin a fait son stage de fin d'études ?" reprit Marc.

Alex n'eut même pas à chercher dans sa pile de papiers. À croire qu'il avait mémorisé toute la vie de Guérin. Il répondit du tac au tac : "Il a été assistant parlementaire de Charles-François Leblanc, député de l'Oise, le département où il a grandi.

— Est-ce que tu pourrais regarder si son député avait des contacts avec un député de l'Allier ? demanda Marc. (Et comme le jeune homme ne réagissait pas, il poursuivit.) Je ne veux pas savoir s'ils allaient boire des pots ensemble, mais plutôt s'ils siégeaient aux mêmes commissions, si leurs assistants, du coup, travaillaient ensemble.

— Attends voir, dit Alex, puis, après une minute interminable : Non."

Ils passèrent en revue toutes les commissions. Leblanc avait été membre de plusieurs comités, même s'il n'y avait pas toujours eu de voix, mais rien ne les reliait à l'Auvergne, l'Allier ou la ville de Charfeuil.

"Bon, continuons, dit Marc. En 1979, Guérin entre à l'ENA...

— Mais en 1980, il est obligé d'interrompre ses études pendant plus d'un an.

— Ah tiens, et pourquoi ?

— Service civil."

Marc était aux aguets.

"Où ça ?

— À Yaoundé, au Cameroun."

Son intérêt retomba comme un soufflé.

"Il était professeur de français dans une école."

Non, Guérin n'avait pas pu rencontrer Émilie à Yaoundé, impossible. Marc regarda autour de lui. Les touristes japonais s'étaient groupés devant les ascenseurs avec leurs valises. Au comptoir, le réceptionniste plaisantait avec le portier. Une famille munie de guides touristiques descendait les escaliers qui menaient à la salle de petit-déjeuner.

"Et pendant sa période à l'ENA, il a fait ses stages où ?

— Toujours à Yaoundé. Il a travaillé pour un groupe français.

— Lequel ?

— Je ne sais pas, mais je peux chercher."

Marc réfléchit un instant avant de se décider : "Oui, mais ce n'est pas pressé. Son stage obligatoire en préfecture, c'était où ?

— En Corse, répondit Alex.

— Et après ses études ?

— Il était à l'Inspection générale des finances."

Guérin avait eu de bons résultats aux examens finaux : il fallait être tout en haut de la liste pour rejoindre l'IGF.

"Quand est-ce qu'il a passé sa thèse ?

— En 1982.

— Et ensuite ?

— En 1983, son mentor…

— Son mentor ?"

Marc regarda Alex, surpris.

"Le député Leblanc chez qui il était assistant parlementaire. Quand Leblanc est nommé ministre du Commerce, il le prend comme directeur adjoint de cabinet. (Alex s'interrompit.) Mais pourquoi est-ce qu'on essaie d'établir un lien avec Charfeuil, je croyais qu'on cherchait quelque chose qui rapproche Guérin de Rohrer ?"

Au lieu de répondre, Marc proposa : "On va tout reprendre depuis le début, d'accord ?

— Qu'entre 1999 et 2004, Guérin ait été parlementaire européen à Strasbourg et à Bruxelles et qu'il ait eu plusieurs fois affaire à Rohrer, ça ne vous intéresse pas non plus, donc ?" insista Alex.

Marc soupira.

“Alex, *tous* les grands groupes ont frappé un jour à la porte de Guérin pour qu’il leur donne un coup de pouce. Il s’occupait à Bruxelles de tout ce qui avait trait au commerce, il devait donc représenter les intérêts des groupes français. Et puis, pendant dix ans, il a été secrétaire général adjoint de son parti, et même si on n’a pas pu prouver qu’il était impliqué dans cette affaire de financement illicite, tout le monde sait que son plus proche collaborateur a été condamné à quatorze mois de prison avec sursis.”

Jean-Frédéric Guérin n’était peut-être pas allé jusqu’à faire du porte-à-porte avec une tirelire, mais il avait bien dû y avoir quelques déjeuners, quelques entrevues pour convaincre les entreprises qu’il connaissait encore de Bruxelles de participer au financement de la campagne. En tant que secrétaire général adjoint, il avait au moins été au courant des donations en espèces.

“Allez, on continue ! C’est énervant, je sais, surtout quand on ne voit pas pourquoi on cherche ce qu’on cherche. Mais je ne peux rien te dire, et c’est dans ton propre intérêt. En fait, je ne devrais même pas t’impliquer dans mes recherches, mais tant pis.”

Deux jeunes femmes s’installèrent à la table voisine et entamèrent à voix basse une conversation très animée.

“Reprenons avec Science-po”, proposa Marc dans un soupir. Du coin de l’œil, il remarqua que les deux jeunes femmes soumettaient Alex à un examen attentif et le trouvaient visiblement à leur goût. Il sourit en voyant que le jeune homme, dans son zèle, n’avait rien vu de ce qui se passait. “Est-ce qu’il aurait eu un professeur qui venait d’Auvergne ?” demanda-t-il.

Pour la troisième fois, ils examinaient à la loupe les années d’études de Guérin quand Marc eut une autre idée.

“Et si tu nous trouvais la liste de ses camarades ?

— Je l’ai”, dit Alex.

Il sortit une feuille de son dossier et lut à haute voix les noms des autres étudiants. Au cinquième nom, Marc l’interrompit :

“Éliane Devallière, ça ne pourrait pas être la fille de Jules Devallière, celui qui était député de l’Allier à ce moment-là ?”

C’était elle. Mieux encore : Alex n’avait eu qu’à surfer un peu sur le site des anciens élèves de l’ENA pour apprendre qu’Éliane Devallière et Jean-Frédéric Guérin s’étaient fiancés le 17 mai 1983, qu’ils s’étaient mariés un an après et avaient divorcé au bout de six mois. Guérin avait sûrement rendu visite à sa future épouse dans la petite ville dont elle était originaire. Et la jeune Émilie qui rêvait de faire des études d'histoire à Paris avait vu les deux étudiants, ses aînés de quelques années seulement, flâner dans les rues de sa ville. Lors d'un déjeuner, Jules Devallière, le futur beau-père de Guérin, avait pu parler de cette petite hystérique qui était venue le voir avec les pires accusations. Ou peut-être pas. Mais qu'avait pensé Émilie Thevenin en constatant que ce nouveau client était l'homme qui lui rappelait sa ville d'origine et la mort de son père ? Qu'elle pouvait sympathiser avec lui ? Qu'il était en mesure de l'aider ? Et qu'est-ce qu'Émilie et Caroline avaient eu en tête ? Caroline Neuhart était désormais la seule à pouvoir donner des informations sur la question. Mais elle ne se confierait à Marc que s'il parvenait à mettre Guérin au tapis. Il était temps de passer à l'acte.

2

À en croire le profil du coupable évoqué par le commissaire Ferrer, Guérin avait cessé de violer quand il avait eu trop à perdre. Combien était-ce, "trop" ? Question de point de vue, bien sûr. Guérin le maire aurait-il osé violer une prostituée dans sa petite ville ? Sans doute pas. Et Guérin le conseiller municipal ? Le vice-président du conseil régional ? Le président du conseil régional ? Il y a les pros du crime, avait un jour expliqué Carletti à Marc, qui gagnent leur vie avec leurs méfaits, et il y a les addicts au crime, pour qui le méfait est l'essence de la vie. Mais Guérin n'était ni l'un ni l'autre. Il guettait l'occasion qui lui permettrait de s'adonner au crime, et Paris était l'endroit idéal : la ville était la seule à garantir l'anonymat dont un loup finaud et prudent avait besoin pour chasser en paix, la seule à lui offrir les possibilités illimitées qu'il se considérait en droit d'explorer.

Il y avait quelqu'un qui connaissait bien les travailleuses du sexe et leur environnement, quelqu'un qui pourrait peut-être le mettre sur la bonne voie. Marc ne l'avait plus vue depuis plusieurs années. Après la mort de son grand-père, il avait promis de revenir bientôt. Il était temps de tenir sa promesse.

“Ah, c’est vous, dit Évelyne Chabaud en décrochant. Ça me fait plaisir de vous entendre. Alors, comment vous vous en êtes tiré, finalement ?” demanda-t-elle sur le même ton familier qu’autrefois.

Et Marc comprit ce que son grand-père, impatient et passionné, avait aimé en elle. Son intensité. Avec elle, pas de préliminaires interminables, pas de chichi. Tout de suite, elle vous emmenait là où était la vie.

La franchise de sa réponse était à la hauteur de celle de la question.

“Je suis tombé amoureux, Évelyne.”

Il s’étonna lui-même de s’aventurer dans des sphères aussi intimes.

“Ça, c’est une bonne nouvelle !

— J’aimerais bien vous la présenter. (Vraiment ? Bon, peut-être pas demain ou après-demain, mais en disant ces mots, il les avait vraiment pensés.) Mais d’abord, j’ai besoin de votre aide.

— De quoi s’agit-il ?”

Encore une fois, elle était résolument présente, pleinement concentrée sur lui.

“Je cherche un endroit qui sert de refuge aux prostituées.

— Pourquoi ?

— Je suis sur la piste de quelqu’un qui occupe son temps libre à les violer et les tabasser.”

Un silence. Puis : “D’accord. Soyez joignable, dans ce cas.”

Il y avait une ligne de démarcation mince, mais nette entre travail intense et addiction. Le risque, quand on franchissait cette frontière, c’était que la réalité perde son relief. Le lendemain matin, au réveil, en tâtonnant dans le creux chaud – empreinte du désir – laissé par le corps de Déborah dans le matelas, Marc ne ressentit aucune déception à l’idée qu’elle était déjà partie, qu’elle ne l’avait pas réveillé en collant son corps nu et chaud contre le sien, et il sut qu’il avait franchi la limite.

Il regarda l’heure. Sept heures et demie. Il se leva, passa aux toilettes, ouvrit la fenêtre et jeta un coup d’œil dehors. L’air était encore relativement frais. Il se fit un café à la cuisine, bâilla, vida sa tasse debout, regarda sa messagerie et prit une grande douche. Il s'appliquait à ne pas bousculer ses habitudes. Se raser, écouter les informations, faire griller une tranche de pain, la tartiner de beurre et de confiture, préparer un deuxième café, faire la vaisselle, et même descendre la poubelle – en réalité, tout ça n'était bon qu'à sauver les apparences. Au présent, il subissait les affres de l'impatience. Au présent, tout était morne comparé à l'ivresse qu'il éprouvait à remonter le fil de cette histoire. Il attendait et ne faisait rien d'autre. La veille, il avait passé la journée à attendre l'appel d'Évelyne. Elle ne s'était pas manifestée. Et maintenant, il était comme autrefois dans les starting-blocks, les pieds contre la butée, les mains tendues au sol, prêt, concentré, dans l'attente fiévreuse du coup de sifflet du départ.

Le téléphone sonna vers neuf heures.

"Je voulais appeler hier, dit une voix rauque et chaude, mais j'ai été trop occupée."

La plaque à l'entrée était aussi discrète et neutre que l'enseigne d'un psychologue ou d'un comptable, et rien n'indiquait que les bénévoles qui travaillaient au sein de l'association PAT prenaient en charge des prostituées. Il sonna. Un bourdonnement. La porte s'ouvrit.

"Vous pouvez déjà vous installer dans le bureau à votre gauche, dit la voix qu'il avait eue au téléphone. Non, attendez, venez plutôt m'aider…"

Il se laissa guider par la voix et arriva au bout du couloir dans un débarras. Une femme d'un certain âge était perchée sur un escabeau. Ses cheveux blond platine remontés en chignon le frappèrent et l'incitèrent à la regarder plus attentivement. Elle avait dépassé les soixante ans, ses jambes étaient toujours fines, sa silhouette plutôt avenante, ses traits réguliers, son nez fin. Elle était très maquillée, et il supposa que ce masque grêle était ce qui la protégeait.

"Prenez ça, vous voulez bien ?" dit-elle en lui tendant un premier carton avec des capsules de café, puis un deuxième et un troisième.

Elle descendit de l'escabeau, prit sur l'étagère du bas deux paquets de serviettes en papier et des ampoules, puis éteignit la lumière. Marc la suivit dans la cuisine.

“Vous pouvez poser ça ici, dit-elle en lui montrant une étagère. Et puisque vous êtes là, vous pouvez aussi me changer les ampoules.”

Il regarda le lustre suspendu au-dessus de la table de la cuisine.

“Oui, voilà, dit-elle. Vous n’avez qu’à quitter vos chaussures et grimper sur la table.”

Il suivit ses instructions.

Quelques minutes plus tard, quand ils se furent installés face à face dans son bureau, elle prit la parole en premier.

“Donc, vous cherchez un homme qui s’en prend aux prostituées ?

— Oui.

— Vous pouvez me le décrire ?

— Comment ça ?

— Son âge, ses origines, son métier, grand, muscle, mince, sa couleur de peau, des cicatrices, des tatouages, des lunettes… Enfin, vous voyez.

— Je préférerais d’abord ne rien dire de lui.”

Elle le regarda attentivement.

“À votre avis, les hommes qui vont au bois de Boulogne sont à la recherche de quoi ? De gros câlins tendres ? La violence fait partie du quotidien des prostituées. Pas un mois ne passe sans qu’elles se fassent agresser. Si vous voulez que je vous aide, il faut quand même me le décrire, ce bonhomme. Et si vous ne me faites pas confiance, vous pouvez partir. Oui, allez-vous-en… Excusez-moi, se reprit-elle aussitôt, je suis fatiguée, c’est tout. Ces dernières années, c’est devenu de plus en plus difficile. Avec la pauvreté, le nombre de prostituées a triplé, et le résultat, c’est que les filles doivent accepter toujours plus pour toujours moins d’argent. (Elle revint à leur affaire.) Vous ne pouvez vraiment rien me dire sur cet homme ?

— Il ne se contente pas de les violer, il les maltraite aussi. La victime avait des déchirures dans l’anus et le vagin, de nombreux hématomes…

— D’accord… Je vois, une vraie brute. Quoi d’autre ?

— Il est connu et il ne passe à l’action que si on lui garantit une discrétion absolue.

— Connu… dans quelle mesure ?

— Très connu, répondit Marc. Et puissant.

— Dans ce cas, vous ne trouverez aucune femme ici pour témoigner contre lui.

— Est-ce que je pourrais quand même parler à quelqu'un ?"

Elle répondit par une question.

"Qu'est-ce que vous savez sur nous ? Qu'est-ce qu'Évelyne vous a raconté ?

— Rien, avoua-t-il.

— Nous ne sommes pas un centre d'accueil classique pour les travailleuses du sexe. Notre association a été fondée par une ancienne prostituée..."

Évelyne était-elle à l'origine de tout ça ? Ce ne serait pas si étonnant.

"C'est ce qui nous distingue des autres. Nous ne sommes ni un service social, ni une association de femmes catholiques, ni un foyer Caritas. Je ne veux pas minimiser leur travail, ils font tous beaucoup, mais nous, nous avons fait le trottoir, c'est ce qui nous rend uniques. Les autres proposent des séances d'information sur le Sida, des préservatifs, des programmes de réinsertion. Nous, nous apportons des vêtements et de la nourriture, et nous sommes la seule association à mettre des lits à disposition de six heures du matin à deux heures de l'après-midi. (Elle sourit en voyant le visage étonné de Marc.) Les travailleurs du sexe travaillent la nuit et dorment le jour, monsieur. Ce que j'essaie de vous dire, c'est que tout le monde peut venir ici, indépendamment de sa nationalité, de sa situation légale ou de son orientation sexuelle. Et peu importe que nous l'appréciions ou pas. Nous ne jugeons personne. Ce n'est pas notre job."

Marc ne voyait pas vraiment où elle voulait en venir, mais apparemment, c'était assez monstrueux pour qu'elle juge nécessaire de l'y préparer.

"C'est pour ça que tout le monde nous contacte. (Elle fit une pause.) Et pas seulement les filles, vous comprenez ?

— Non, répondit-il.

— Les proxénètes nous appellent aussi. Ils savent que nous ne les dénoncerons pas. Et en premier lieu, c'est la garantie pour nous de pouvoir avoir accès aux filles que personne d'autre n'atteindrait sinon.

— Quelles filles ?”

Elle lui parla d’un nouveau modèle qui florissait depuis peu dans beaucoup d’endroits : les filles, gavées de drogues et d’alcool, étaient proposées en *open bar*. Pour une somme fixe et pendant une durée déterminée, le client pouvait faire tout ce qu’il voulait de la fille.

“Mais c’est inhumain, s’exclama Marc.

— Nous récupérons les filles. Ce qui nous importe, ce sont les filles. Nous laissons aux autres le soin d’entamer des poursuites judiciaires contre les proxénètes et les clients qui deviennent violents. Cela vous choque, n’est-ce pas ?

— Je ne sais pas. Si, oui, quand même, avoua-t-il. D’un autre côté, j’ai moi-même fait pas mal de choses qui me choquent, ces derniers temps.”

Il avait tenté de nuire à Rossi – l’un des rares hommes politiques pour lesquels il avait de l’estime – pour accéder aux informations qui lui importaient. Il avait menti à son meilleur ami. Il s’était servi du journal. Et il y avait même encore deux ou trois autres points sur la liste. La fin justifiant les moyens ? Il y a peu de temps encore, il aurait combattu avec virulence une thèse de ce genre. Mais il y a peu de temps, il était encore un journaliste à la voix assurée et aux principes solides. Enfin, peu importait. Ce qui comptait, maintenant, c’était de trouver les renseignements pour lesquels il était venu. Il demanda : “Qu’est-ce que vous faites de ces filles ?

— Tout dépend de ce qu’il leur faut. Si elles sont malades ou si elles ont été blessées, ce qui, heureusement, n’arrive pas souvent, nous les emmenons chez le médecin.

— Toujours le même ?

— Oui. Cela fait des années que nous allons chez lui. Il est connu dans le milieu.

— Pourquoi ?

— Parce qu’il soigne tout le monde. Même ceux qui n’ont pas de couverture sociale.

— Une prostituée violée et maltraitée irait voir ce médecin ?

— Oui, répondit-elle, très certainement.”

3

Thomas Le Bihan dirigeait les urgences de l'Hôtel-Dieu.

"On m'a conseillé de vous parler, avait dit Marc au téléphone après s'être présenté.

— Je risque de ne pas avoir beaucoup de temps à vous consacrer, mais si ça ne vous embête pas de venir aux urgences et d'attendre…" avait répondu le médecin sans détour.

Marc avait fait un reportage sur les lieux il y a quelques années. Pendant tout un été, il avait été chargé de présenter des espaces publics parisiens. En plus de la gare de Lyon, de l'Opéra Garnier, du RER B, du parc de Belleville, il avait aussi décrit en détail les urgences de l'Hôtel-Dieu, qui avaient cela de particulier qu'elles étaient placées sous la responsabilité de la justice parisienne. Au bout d'une journée sur place, il ne voyait plus que des plaies ouvertes à recoudre, des bras à plâtrer, des membres à radiographier. À l'époque, il n'avait pas rencontré Le Bihan, mais l'un de ses collègues. Aux urgences, lui avait expliqué celui-ci, on touchait souvent du doigt ses propres limites. Et on était en plus confronté à ceux qui avaient franchi les limites de la vie en communauté. Cela faisait vingt ans que Thomas Le Bihan travaillait ici, lui avait dit la femme de l'association PAT. Vingt ans, c'était sacrément long.

Marc observa le médecin qui se penchait au-dessus d'une vieille dame.

"Vous me comprenez ?

— Elle ne dit plus rien depuis un moment, répondit la jeune femme angoissée à ses côtés.

— Elle est diabétique ? demanda Le Bihan. Une insuffisance surrénalienne ?"

La jeune femme secoua la tête.

"Est-ce qu'elle a suffisamment bu ?

— Je ne sais pas. Quand je suis arrivée, elle était dans son lit, complètement apathique.

— Ne vous inquiétez pas, ça va aller. (Le médecin se tourna vers l'infirmière et donna ses instructions.) Pour commencer, vous la mettez sous perf. Hydratation et correction électrolytique. (Puis il s'adressa à Marc.) Il va vous falloir patienter encore un peu.

— Il y a de l'action, répondit Marc.

— Ça, ce n'est encore rien ! Venez le week-end, après une soirée *open bar* : vous verrez les jeunes mineurs qui ont plus de deux grammes d'alcool dans le sang et nous vomissent sur les pieds", lança le médecin en s'éloignant d'un pas rapide.

C'était déjà la deuxième fois que Marc entendait cette expression. Baise et beuverie en forfait illimité. Le sexe et l'alcool au rabais. Au vice venait s'ajouter l'avarice.

Une odeur de désinfectant, de sueur, de maladie et d'angoisse régnait aux urgences. L'air était vicié. Peu d'institutions publiques étaient équipées de climatisation, et les urgences de l'Hôtel-Dieu ne dérogeaient pas à la règle. Mais Marc prit son mal en patience. Il observa les deux infirmières qui inscrivaient les nouveaux patients. On s'occupa tout de suite d'un homme avec une grosse coupure. Le skateur qui vint ensuite et boitait dut attendre. Une femme qui s'était brûlée s'installa elle aussi dans la salle d'attente avec l'amie qui l'avait accompagnée. Une ambulance arriva. On débarqua le patient qui disparut aussitôt dans une salle. Ensuite, un policier amena un homme en sang, les mains menottées. Foulures de la cheville, fractures du poignet, appendicite… Ça ne s'arrêtait pas. Au bout d'une heure, le flot continu de patients s'apaisa, et Marc fut enfin autorisé à passer dans la zone fermée par des portes battantes. Il passa devant l'aile des médecins internistes, puis dans un couloir où des chirurgiens tenaient leur garde, et arriva dans le bureau de Le Bihan. Le chef de service, occupé à taper un compte rendu d'examen, maltraitait le clavier de ses deux doigts.

"Asseyez-vous, dit-il sans le regarder, puis, une fois Marc installé : Je n'ai pas le temps de tourner autour du pot. Je sais ce que vous cherchez. Et on m'a dit de vous faire confiance. En vingt ans, j'ai eu affaire à plusieurs victimes de viol. Elles ne sont pas nombreuses à aller voir la police ou à venir ici, aux urgences. Il leur en coûte trop. Elles ont honte de ce qui s'est passé, elles veulent juste oublier. Celles qui viennent le font parce qu'elles veulent porter plainte ou parce qu'elles sont dans un sale état et qu'elles ont besoin d'une prise en charge médicale. Celui que vous cherchez, quand il maltraite les femmes, nous sommes obligés de les hospitaliser.

— Comment savez-vous qu'il s'agit d'un seul et même coupable ?

— Depuis que je travaille ici, j'ai eu à soigner huit jeunes femmes dans un état vraiment déplorable. Plus qu'un viol, c'était la volonté de réaliser des fantasmes sadiques. L'homme les avait frappées, il les avait humiliées et leur avait fait subir un tas d'autres horreurs.

— Est-ce que ces femmes avaient toutes les mêmes blessures ?

— Non.

— Donc, en théorie, il pourrait s'agir de violeurs différents.

— Je ne crois pas.

— Pourquoi ?

— Parce que toutes les jeunes femmes étaient des prostituées.

— Mais ça ne prouve rien.

— Aucune d'elles n'avait de permis de séjour, aucune ne maîtrisait vraiment le français.

— Quel est le rapport avec le profil du violeur ?

— Aucune n'a osé aller voir la police.

— Vous voulez dire qu'elles étaient toutes des victimes idéales.

— On pourrait dire ça comme ça."

C'était bien le profil d'un homme qui procédait de manière rationnelle. Émilie Thevenin avait dû être la grande exception, et une prise de risque trop grande pour Guérin. Après la petite Thevenin, il ne s'était plus défoulé que sur des femmes condamnées à se taire : des filles qui avaient peur d'être renvoyées dans leur pays, qui n'avaient nulle part où aller, qu'on refourguait comme une marchandise utilisable à l'infini. Des filles de Russie, de Roumanie, de Bulgarie, d'Ukraine, des Polonaises, des Africaines, des Asiatiques attirées en Europe occidentale par des promesses mensongères et forcées à la prostitution à coup de violence psychologique et de chantage.

"Et puis, aucune d'elles ne s'est vraiment défendue, ajouta le médecin.

— Elles vous l'ont dit ?

— Non, bien sûr que non.

— Alors, qu'est-ce qui vous fait penser ça ?

— Leurs blessures. Vous savez, ça fait des années que je soigne des gens qui se sont battus. Maintenant, j'arrive à reconstruire les faits à partir des blessures. Et ces femmes n'avaient que peu d'hématomes au niveau des bras et des poignets."

Marc le regarda sans comprendre et Le Bihan expliqua :

"Les hématomes sur les bras, c'est quand les victimes ont voulu se protéger des coups. Elles se protègent le visage ou le corps, et ce sont les bras qui prennent. Mais ces femmes-là ont subi l'attaque. Elles ont peut-être levé les mains par réflexe, mais pas comme quelqu'un qui est surpris et qui veut se défendre de son agresseur. Elles avaient de nombreux hématomes sur le corps, des bleus au cou pour certaines, des traces de strangulation, mais aucune n'avait par exemple de marques sur les poignets, qui auraient indiqué que le violeur devait les immobiliser. Et pas d'hématomes non plus à l'intérieur des cuisses parce qu'il aurait maintenu leurs jambes écartées avec ses genoux. L'une d'elles avait un quart de litre de sang dans l'abdomen à cause d'une rupture du foie, et pourtant, elle ne s'est pas défendue.

— Ça vous a étonné à l'époque ?

— Oui, bien sûr, répondit Le Bihan.

— Quelle était votre explication ?

— Je me suis dit que ces femmes savaient que se défendre était vain.

— Pourquoi ?

— Je ne sais pas.

— Peut-être parce qu'elles connaissaient leur agresseur ?

— Oui, peut-être. Pour être honnête, je n'y ai pas réfléchi."

Marc passa à une autre question.

"Le médecin traitant n'est pas tenu de signaler le cas ?"

Il connaissait la réponse, qui ne tarda pas.

"Non, répondit Le Bihan, il est tenu de respecter le secret professionnel.

— Donc, vous ne me direz rien ?

— Je suis bien en train de vous parler, non ?

— Vous me donneriez les dates exactes de ces viols ?"

Il commencerait par vérifier si Guérin était à Paris au moment des faits.

Le médecin réfléchit un instant avant de répondre : "Oui, je peux faire ça. Attendez. (Il pivota vers son ordinateur et trouva le fichier.) Vous avez de quoi noter ? demanda le médecin. La première victime est arrivée ici le 17 mai 1989.

— L'homme que j'ai en tête a commencé ses *activités* il y a trente ans, soit au début des années quatre-vingt. Vous n'auriez pas aussi les dossiers de votre prédécesseur, par hasard ?"

Le Bihan le regarda.

"Vous êtes du genre vorace, je me trompe ? (Il poursuivit.) La deuxième femme a été violée six mois plus tard, dans la nuit du 24 au 25 novembre, pour être exact, et elle est venue aux urgences le 25, aux premières heures. Ensuite, il y a presque deux ans de pause. La troisième femme que nous avons dû hospitaliser..."

Marc nota toutes les dates et s'étonna : "Les huit femmes ont été violées sur une période de huit ans.

— Oui, répondit le médecin. Un jour, il a arrêté.

— Vous vous êtes demandé pourquoi ?

— Non. J'ai trop à faire, je ne m'en suis même pas rendu compte.

— Qui est au courant de ces viols ?

— Les victimes, répondit Le Bihan, et le coupable, bien sûr.

— Personne d'autre ?

— Les infirmières. Vous et moi. Sans l'accord de la victime, je n'ai pas le droit de porter plainte auprès de la police, si c'est là que vous voulez en venir.

— Et vous n'avez pas conservé de preuves, j'imagine.

— Non, c'est même interdit. Mais j'ai rédigé des rapports médicaux très détaillés. Et j'ai dit aux femmes que si elles décidaient finalement de porter plainte, ces rapports médicaux étaient à leur disposition. Et qu'elles pouvaient revenir quand elles voulaient pour une visite de contrôle.

— Et ? demanda Marc. Vous les avez revues ?

— L'une d'elles, oui. Une jeune Chinoise. Je me souviens très bien d'elle. Elle avait un corps d'enfant si fragile. Juste après le viol, son réseau l'a tout de suite remise au turbin et, finalement, trois mois après, ils l'ont déposée devant ma porte comme une enfant trouvée. C'était un miracle qu'elle ait survécu. Elle était tombée enceinte ; son proxénète l'avait emmenée chez une faiseuse d'anges qui n'avait pas éliminé complètement le fœtus, mais avait réussi à lui abîmer l'utérus."

Il y avait là comme un déjà-vu.

“Attendez, dit Marc, c’était quand ?”

Le médecin regarda dans son fichier.

“Elle a été violée le 14 février 1997 et opérée trois mois après.

— Vous êtes sûr ?

— Évidemment que je suis sûr. Pourquoi est-ce que ça vous étonne ?

— Parce qu’on m’a déjà raconté la même histoire récemment, sauf qu’elle était censée s’être déroulée il y a trente ans.

— Impossible, répondit Le Bihan. Il y a trente ans, je ne dirigeais pas encore les urgences.”

Il faudrait questionner Ferrer pour mettre les choses au clair.

“Vous avez encore autre chose pour moi ?” demanda Marc.

Le médecin promena un regard fatigué autour de lui – le meuble-classeur, la plante verte, devant la fenêtre, qui avait bien besoin d’être arrosée, les dossiers qui s’empilaient sur les étagères. “Même si je vous autorisais à lire les rapports, dit-il, la seule certitude que vous en tireriez, c’est que ces femmes ont *toutes* extrêmement souffert.”

S’il n’avait pas été convaincu que le médecin avait raison, il aurait insisté. Quand une infirmière aux bras minces et aux poignets délicats entra en trombe pour informer le docteur Le Bihan qu’on leur amenait “un accident de la route”, Marc se leva et prit congé.

“Accident de la route”, avait-elle dit, et Marc se retrouva aussitôt propulsé dans le passé, l’après-midi où sa mère, avec ce calme qui la caractérisait, lui avait annoncé en face, mais d’une voix tremblante, que son grand-père était mort. “Mais comment est-ce possible ? avait-il demandé, incapable d’y croire.

— Je ne sais pas, avait-elle répondu, tout aussi désorientée. Je ne sais pas.”

Il n’avait appris que plus tard, au journal de vingt heures, que le chauffeur avait perdu le contrôle du véhicule et que son grand-père était mort coincé dans l’épave. Toute la famille s’était retrouvée dans la maison d’Hubert Bourgueil et, dans le salon, ils s’étaient serrés les uns contre les autres sur le canapé, stupéfaits, pour écouter les nouvelles. On ne les avait pas épargnés. Toutes les chaînes de télé, tous les journaux, toutes les stations de radio rendaient compte de la mort du grand homme d’affaires. Ce qui était obscène, ce n’était pas de “partager” sa mort avec tout le monde, c’était la vision grossissante et schématique de l’œil public. Aucun refuge n'était possible. Aucun déni. Aucune dérobade. On leur crachait à la figure toute la vérité dégoûtante et ils devaient réagir. Pareils à une meute de renards sauvages, ils ne s'étaient pas quittés jusqu'à l'enterrement. Un soir, ils avaient remonté de la cave les bons vins de son grand-père et, après une longue beuverie dans la cuisine, Marc s'était glissé dans la chambre de sa cousine Claire. "Mais qu'est-ce que ça veut dire, « coincé dans l'épave » ? lui avait-il demandé en s'asseyant sur son lit.

— Arrête, avait-elle protesté. Ça ne nous fait que du mal. Il y a des endroits où il vaut mieux ne pas aller, même en pensée."

Marc l'avait regardée en secouant la tête, et elle lui avait pris la main, qu'elle avait lentement portée à sa poitrine. Le souffle court, il s'était mis à la caresser et, sous l'étoffe fine de sa chemise de nuit, il avait senti son sein moelleux, son téton durci et le battement de son cœur. Quand elle avait quitté sa chemise de nuit, l'obscurité de la chambre avait enveloppé la blancheur de son corps nu.

"Tu es belle, avait-il dit.

— Déshabille-toi, avait-elle murmuré. (Il avait obéi et il était venu s'allonger à côté d'elle.) Embrasse-moi", avait-elle exigé, les lèvres tremblantes, et il l'avait prise dans ses bras et embrassée tandis qu'elle caressait son pénis durci.

Pourtant, l'image de l'accident était toujours dans son esprit le lendemain. Et le jour d'après. Coincé. Seul. Sans ses proches. Sur l'A13, juste avant la sortie pour Orgeval. Pendant des semaines, des mois, cette vision insupportable l'avait hanté. Et puis, d'autres impressions étaient venues la recouvrir et l'avaient rendue presque invisible. Et maintenant, elle transparaissait à nouveau, intacte, comme l'écriture secrète d'un palimpseste.

4

Dès le lendemain, il chargea Alex de voir si Jean-Frédéric Guérin était à Paris au moment des viols. Ensuite, il partit rendre visite à Ferrer, dans le quartier de l'Agora. Quand son stagiaire le rappela, une demi-heure plus tard, il essayait de faire un créneau :

une place presque devant l'immeuble de Ferrer, et du bon côté de la rue, en plus !

"Un petit instant, dit-il, et il braqua une nouvelle fois à droite, relâcha lentement l'embrayage, recula, puis braqua ensuite à gauche pour se garer. Voilà, reprit-il, maintenant, tu peux parler." Et quand Alex lui eut expliqué que Guérin se trouvait effectivement à Paris au moment de tous les viols, il répondit : "Bien. Je voudrais que tu regardes ce qui s'est passé dans la vie de Guérin avant les dates que je t'ai données.

— Combien de temps avant exactement ? demanda le jeune homme.

— Quelques jours avant, une semaine, un mois… Aucune importance. Ce qui m'intéresse, c'est de savoir s'il a dû encaisser des défaites, s'il a peut-être été offensé, insulté, s'il a raté une promotion ou perdu des élections… Bref, tout ce qui peut amener un homme à se sentir vaincu et à avoir peur."

Deux tiers des auteurs de violences, lui avait expliqué Ferrer lors de leur première rencontre, étaient au chômage et âgés d'une vingtaine d'années, mais celui qu'il recherchait avait un tout autre profil. "C'est-à-dire ? avait demandé Marc.

— Cherchez un homme qui manque d'empathie et n'a jamais de remords, un homme qui supporte mal la frustration. En général, les gens n'aiment pas bien s'avouer vaincus, mais cet homme, lui, ne peut même pas envisager de se montrer faible, il en va de sa réputation. Sa propre faiblesse lui est si insupportable qu'il a besoin de se défouler pour survivre psychologiquement", avait dit Ferrer pour parachever le profil du coupable.

"C'est ridicule, dit Sébastien Ferrer quand Marc lui expliqua pourquoi il était venu. Ridicule. Qui vous a raconté des bêtises pareilles ? Chérie, viens voir ! appela-t-il. Tu sais ce que croit notre ami ? Que tu as été prostituée et qu'à cause de toi, j'ai eu des mots avec ma hiérarchie."

La femme de Ferrer, debout sur le seuil de la terrasse, éclata de rire.

"Attends, continua Ferrer, et ce n'est pas tout. Tu étais droguée. Ils t'ont mise sur le trottoir à douze ans. Et j'ai quitté le service pour t'aider à décrocher."

La femme de Ferrer secoua la tête avant de disparaître dans l'appartement.

"Non, dit l'ancien commissaire, si j'ai quitté le service, c'est parce que j'étais malade. Cette rumeur comme quoi j'étais tombé amoureux d'une marcheuse de Belleville, j'en ai entendu parler, évidemment. Les collègues m'ont vu avec ma femme et ils ont tout de suite pensé : une Chinoise, et il travaille à la Mondaine… Mais c'est faux. Ma femme est biologiste et je l'ai rencontrée dans de tout autres circonstances. Si vous voulez le savoir, j'ai quitté mon poste parce que j'ai eu un cancer."

Ferrer se leva.

"Vous buvez aussi une bière ?"

Marc accepta sans hésiter.

De retour avec deux bouteilles, le maître de maison reprit : "Ce que je ne comprends pas vraiment, c'est le lien que vous faites entre cette rumeur apparemment tenace et l'affaire Thevenin. Tenez !" Il tendit à Marc la bière bien fraîche.

Marc but goulûment quelques gorgées avant de raconter les urgences, le docteur Le Bihan, les viols qui avaient eu lieu sur dix ans.

"Comment avez-vous eu l'idée de contacter ce médecin ?

— Parce que je me suis renseigné dans un centre d'accueil pour les prostituées et qu'on m'a donné son nom.

— Ah. (Ferrer hocha la tête.) D'accord.

— Dans le milieu, on sait que ce médecin ne pose pas de questions embarrassantes."

Un instant, Marc fut tenté d'évoquer Jean-Frédéric Guérin, mais il décida finalement de ne pas le faire. Sébastien Ferrer s'était construit une vie agréable, pourquoi venir tout bouleverser avec cette information ?

"J'ai commencé par Paris, dit-il. Si je n'avais rien trouvé ici, je serais allé voir aux urgences d'autres villes.

— Plus de chance que de jugeote, grogna Ferrer avec satisfaction. Il a plus de chance que de jugeote, répéta-t-il quand sa femme les rejoignit et vint s'installer sur l'accoudoir de sa chaise longue. Il lui caressa le genou et Marc remarqua le bout de ses doigts aux ongles rongés.

"Regardez. Est-ce qu'on dirait une prostituée ?

— Quand le corps est droit, peu importe que l'ombre soit tordue, répliqua sa femme en souriant.

— Vous voyez, dit l'ancien commissaire en se tournant vers Marc, c'est encore l'un de ses proverbes chinois. Vous y comprenez quelque chose ? Honnêtement, vous comprenez ?

— Bien sûr qu'il comprend, lui, rétorqua sa femme en se levant. Tout le monde ne vient pas de Franche-Comté.

— Qu'est-ce que tu as contre mes origines ?

— Rien, pas plus que toi contre mes proverbes."

Ils se chamaillaient gentiment. Et à la manière dont ils se regardaient en échangeant des piques, il était évident qu'ils s'aimaient. Marc se leva. Il était temps d'aller voir la femme que Jean-Frédéric Guérin avait violée le 14 février 1997. Ferrer le raccompagna jusqu'à la porte. Là, il demanda :

"Elle a donc été violée elle aussi ?

— Qui ?

— La femme qui m'a donné votre carte de visite.

— Oui.

— Et vous supposez que c'est son histoire qu'elle vous a racontée, c'est ça ?"

Marc hocha la tête.

"Elle s'appelle Li-Mei.

— Il l'a violée en 1997.

— Je ne savais pas, murmura Ferrer. Elle ne me l'a jamais dit.

— Et son réseau l'a remise sur le trottoir tout de suite après. Quand elle est tombée enceinte, trois mois plus tard, ils l'ont emmenée chez une faiseuse d'anges, et puis ils l'ont abandonnée devant les urgences avec une hémorragie interne.

— Elle vient de la même région que ma femme. Un jour, quand je suis allé voir les gars de la Mondaine, ils m'ont raconté l'opération. Ça nous avait mis un coup à tous. Elle était encore mineure, à l'époque. On était habitués à pas mal de choses, mais ça, c'était quand même violent. Cette gamine droguée, complètement perdue, qu'on esquintait sur le trottoir.

— Vous l'avez aidée ?

— Affirmatif", dit Ferrer.

Marc ne demanda pas comment. Il lui tendit la main.

"Au revoir, monsieur Ferrer.

— Mets-lui la main dessus, mon garçon !"

Marc s'empressa de répondre pour maintenir sa peur à bonne distance.

"Oui, dit-il. J'y compte bien."

5

Li-Mei ne fit pas semblant de ne pas le reconnaître.

"Alors ? demanda-t-elle en levant les yeux vers lui. Vous avez trouvé votre tueur de prostituées ?"

Marc s'assit sur le banc à côté d'elle.

"Je crois que oui, mais je ne suis pas tout à fait sûr. C'est pour cela que je viens vous voir.

— Ah bon, fit-elle sans le regarder.

— Je suis allé aux urgences de l'Hôtel-Dieu et j'ai parlé au docteur Le Bihan."

Elle ne réagissait toujours pas.

"Il m'a parlé de huit jeunes prostituées qui ont été violées et maltraitées.

— Pourquoi est-ce que vous me racontez ça ?"

Devant eux, une femme traversa la rue avec un bambin. Elle voyait des dangers partout et les montrait à l'enfant. Le rebord du trottoir, les voitures, un vélo. Là, regarde, attention, disait son index pointé.

"Parce que je crois que le violeur est aussi l'homme qui a violé et assassiné Émilie Thevenin, répondit Marc. Et qu'après cet unique meurtre, il ne s'en est pris qu'à des filles sans papiers dont il pensait qu'elles ne tenteraient rien contre lui de peur d'être expulsées. Et vous êtes l'une de ces jeunes femmes.

— Vraiment ?"

Elle souriait, et Marc vit qu'elle avait une dent cassée.

"Il vous a violée le 14 février 1997.

— Qu'est-ce que vous voulez ?

— Je n'ai rien d'autre que des hypothèses. Rien que des suppositions."

Marc savait qu'au moment des viols, Jean-Frédéric Guérin avait effectivement eu à subir plusieurs échecs. Mais cela faisait-il de lui un criminel ? L'information tenait-elle la route pour Carletti ? Pierre lui-même l'écouterait-il ? Si, au moins, il pouvait établir un lien, s'il pouvait prouver que cet homme avait violé cette femme… Il la regarda.

"À l'époque, vous étiez mineure. Pour les infractions sexuelles sur mineurs de moins de quinze ans, le délai de prescription est de vingt ans à compter de la majorité de la victime.

— Je ne porterai pas plainte contre lui.

— Je sais, dit-il. Je ne le ferais pas non plus. Et je ne vous le demande pas.

— Non ?" demanda-t-elle, étonnée.

Marc secoua la tête. Ils restèrent un moment sans rien dire, assis côte à côte. Marc sentait la sueur dégouliner le long de son dos. Il regarda les immeubles alentour. La plupart des Parisiens étaient déjà partis en vacances et avaient fermé leurs stores.

"Dans ce cas, qu'est-ce que vous voulez ?"

Sa réponse le surprit lui-même.

"Votre bénédiction."

Elle réagit comme prévu : en éclatant de rire.

Il savait bien que sa demande était ridicule. Il n'était pas le chevalier terrassant le dragon. Et elle n'était pas la fille du roi qu'il fallait sauver des griffes du monstre. Dans la légende de saint Georges, la fille du roi était le sacrifice que le dragon exigeait de la population en échange de la paix. Mais à quoi servait le sacrifice qu'on avait exigé de cette femme ?

"Dites-moi que c'est cet homme qui vous a violée (Marc lui montra une photo), c'est tout ce que je vous demande. Dites-moi que c'était Jean-Frédéric Guérin."

Elle hésita un instant, mais se tut.

"Vous le connaissez, n'est-ce pas ? Pendant vingt ans, vous avez dû supporter sa tête dans les magazines, les journaux, à la télé. Vous l'avez entendu faire de grands discours. Vous avez sûrement suivi sa carrière. Vous l'avez vu devenir ministre. Sénateur. Cet homme respecté de tous qui violente des jeunes femmes… Vous le haïssez ?"

Elle s'était trouvée à sa merci. Marc ne savait pas ce que ce sentiment, cette vulnérabilité, pouvait déclencher chez un être humain.

Il ne s'était encore jamais retrouvé sans défense face à une attaque, n'avait encore jamais dû subir de blessure existentielle. Un brin d'antisémitisme, oui, mais il s'en était sorti presque en sifflotant. Il s'était défendu parce qu'il en avait la possibilité. Les ouvriers de Charfeuil, eux, tout comme cette femme, ne pouvaient même pas s'offrir le luxe d'envisager une vengeance. Si Guérin l'avait vraiment violée, elle le méprisait. Mais comme elle était intelligente, elle savait qu'une revanche ne lui causerait que des ennuis.

"Il vous a maltraitée, et il s'en est sorti indemne."

Elle se taisait toujours.

"Pendant des années, vous avez ravalé votre colère et refoulé ce qu'il vous a fait subir pour ne pas avoir encore davantage de problèmes."

Elle frémit.

"Elle a quel goût, votre colère, Li-Mei ? Elle est plutôt amère, plutôt salée ?"

Elle se taisait.

"Je veux seulement savoir si c'était lui. C'est tout ce dont j'ai besoin."

Elle se taisait.

Marc la regarda et tenta de s'imaginer sa vie avant qu'elle soit souillée. Elle avait vu des paysages et des cultures qu'il ne connaissait que par ouï-dire. En arrivant ici, dans son pays à lui, pour y être confrontée aux abîmes de l'âme humaine, avait-elle pensé à son enfance et aux instants de bonheur qu'elle avait eus dans son pays d'origine ? Son histoire lui avait meurtri le corps et, pourtant, elle semblait ne pas connaître la peur. Marc imaginait que le prix à payer pour cette impassibilité était de vivre sans passé. Elle voyageait léger, sans le poids du souvenir. Et maintenant, il exigeait d'elle qu'elle retournât en un lieu où on lui avait infligé une douleur absolue.

"Li-Mei", implora-t-il.

La tête légèrement penchée, elle le regarda et il surprit un sourire triste. Elle avait des cernes sous les yeux et ses sourcils épilés étaient redessinés au crayon.

"C'était lui ?"

Sa réponse ne fut qu'une expiration à peine audible.

"Oui", souffla-t-elle.

6

Il n'avait rien en main. Pas même les confidences exploitables d'une prostituée chinoise. D'ailleurs, même si Li-Mei portait officiellement plainte contre Jean-Frédéric Guérin, personne ne serait assez fou pour lancer, sur la base de ses déclarations, une procédure d'enquête contre un politicien de haut vol. Et à supposer que quelqu'un s'y risque quand même, jamais les choses n'aboutiraient à une accusation. Voilà où il en était. Même Patrice Carletti ne ferait pas vraiment confiance à une prostituée chinoise affirmant avoir été violée plus de vingt ans auparavant par un homme politique en vue. Non, légalement, rien ne lui permettait d'atteindre Guérin. Marc le savait. Mais Guérin, lui, n'en savait rien.

"Pour l'édition estivale, je fais des portraits des élus locaux les plus importants, raconta-t-il à l'attaché de presse du parlementaire, et j'aimerais bien interviewer votre patron.

— Mais vous n'appelez que maintenant ? Son agenda est plein", répondit l'homme, exaspéré.

Marc imagina l'attaché de presse dans son bureau, gribouillant sur un cahier avec un air blasé. Il fit appel à son sens de l'honneur.

"Pour vous dire toute la vérité, votre homme n'était pas mon premier choix, mais nous ne sommes pas forcés de le dire à Jean-Frédéric, n'est-ce pas ?"

Il y eut un moment de silence. À l'autre bout du couloir, Pierre et Sylvain, le chef d'édition, argumentaient pour déterminer quel pauvre diable serait d'astreinte la semaine suivante. Quelques rédacteurs écrivaient encore leurs articles pour l'édition du surlendemain, mais la plupart étaient déjà sur le départ. La journée de travail se terminait. Pour éviter les erreurs, les informations, commentaires et annonces allaient encore être passés au crible une dernière fois et, dans quelques heures, le journal partirait à l'impression. Un peu avant minuit, le bouclage touchait à sa fin. Ce qui arrivait dans le monde après cette heure-là n'apparaissait que sous la forme d'un bref encart.

"Et vous voulez le faire paraître quand, ce portrait ? dit à l'autre bout du fil la voix résolument grincheuse.

— Comme vous avez l'amabilité de m'accorder un rendez-vous dans un délai si court, dit Marc en essayant d'atténuer l'accent de triomphe qui perçait dans sa voix, en échange, j'ouvrirai la série de portraits par celui de Guérin."

On lui donna un rendez-vous le lendemain. Après la dernière réunion et avant la pause estivale, le ministre se rendrait au Bourbon, le café proche de l'Assemblée.

"J'ose espérer que votre portrait sera bon !" exigea l'attaché de presse.

Marc promit de faire de son mieux.

Il arriva un quart d'heure en avance pour être sûr de ne rien rater, s'assit à une table avec vue sur l'entrée du café et attendit. Guérin sortit à l'heure du bâtiment de l'Assemblée, échangea quelques mots avec le policier posté devant le portail et traversa la rue. Il avançait d'un pas lourd, circonspect, comme s'il avait la tête pleine de trop de soucis ou de pensées. À mi-chemin, il s'arrêta, hésita et se dirigea vers le fleuriste. Il le salua et entra dans la boutique. Marc se demanda à qui il voulait offrir des fleurs. À une femme ? À sa femme ? Une pensée grotesque.

Devant la boutique, de jeunes employés chargeaient dans un camion des centres de table pour un mariage. Ils allaient et venaient, apportant toujours plus de petites compositions blanches.

Enfin, Guérin sortit de la boutique entre deux employés, s'arrêta, porta la main en visière pour se protéger du soleil et regarda vers le café. Il ne pouvait pas le voir et, pourtant, Marc frémit. Il était tellement tendu maintenant qu'il dut réprimer un haut-le-cœur. Il sentait son pouls battre à ses tempes. Il regarda ses mains. Elles tremblaient.

"J'ai bien connu votre grand-père, et je l'estimais beaucoup", lui dit le ministre en guise d'introduction, et il tendit la main à Marc. Il sentait l'eau de Cologne. Il s'était fait beau pour l'interview. "J'ai fait sa connaissance quand j'étais jeune. Un homme tout à fait exceptionnel. Mais ce n'est pas à vous que je dois dire ça. C'est aussi ce qui m'a poussé à accepter un rendez-vous si précipité."

Guérin s'assit et examina le petit-fils d'Hubert Bourgueil. Le ministre avait les yeux couleur cendre, l'un légèrement plus petit que l'autre, de sorte qu'on avait l'impression d'être dévisagé par deux personnes différentes. Jekyll et Hyde.

"Un verre d'eau pour commencer, et puis deux bières, lança l'homme politique au serveur venu prendre la commande, puis il se tourna à nouveau vers Marc : Alors, comme ça, je ne suis pas votre premier choix ? (Mais il balaya aussitôt la remarque d'un geste.) Enfin, l'essentiel, c'est que le portrait soit bon. Qu'est-ce que vous voulez savoir ?"

Le père de Marc lui avait un jour raconté cette édifiante légende juive : chaque être humain a un nombre déterminé de mots à sa disposition et, une fois sa réserve de mots épuisée, il meurt. Enfant, Marc avait été épouvanté par cette légende. Il imaginait le petit tas de mots sous la forme de jetons semblables à ceux qui se trouvaient à côté des jeux de cartes, chez son grand-père, et que celui-ci distribuait quand ils jouaient à la canasta, au rami ou au huit américain le week-end. "Mais est-ce qu'on sait combien de mots on a ?

— Non, avait répondu son père, qui n'avait jamais d'états d'âme quand il s'agissait d'annoncer une mauvaise nouvelle. Et c'est bien pour ça qu'il vaut mieux éviter de parler pour ne rien dire ou de mentir."

Marc ne savait pas combien de mots on lui avait attribués, mais il savait que ce qu'il s'apprêtait à dire demandait toute sa présence, qu'il endossait pour ces mots plus de responsabilité que jamais. Il le sentit en humidifiant ses lèvres pour prononcer ses accusations contre cet homme qui le regardait avec un sourire aimable.

"Je n'ai pas l'intention de faire ce portrait. Ce n'était qu'un prétexte pour vous rencontrer."

Le visage qui lui faisait face affichait encore un sourire amusé.

"Ah bon, tiens. Parce que vous croyez que sinon, je ne vous aurais pas accordé de rendez-vous ?

— Juste avant les vacances d'été et sans pouvoir en retirer aucun bénéfice ? Non."

Guérin se mit à rire. Un rire comme une provocation. Aussi déplacé, oui, dégoûtant, que l'odeur d'eau de Cologne qui émanait de ce vieux corps d'homme musclé. Mais à quoi s'était attendu Marc ? À une odeur de soufre ? La paire d'yeux gris cendre le regardait avec une telle bonne volonté... Et l'homme semblait si sûr de lui... En paix avec sa conscience.

"Cela fait déjà un moment que je fais des recherches sur vous.

— Ah ? fit Guérin. C'est un honneur pour moi.

— Huit, commença Marc.

— Huit ? répéta Guérin. C'est une devinette ?

— Neuf, avec Émilie Thevenin."

Soit ces femmes n'avaient jamais pénétré la conscience de Guérin sous la forme d'êtres humains dotés de nom, soit il avait bien d'autres soucis en tête, soit encore il savait se protéger et ériger des barrières entre lui et sa conscience, de sorte qu'il ne voyait de lui-même que ce qui lui convenait et lui plaisait – en tout cas, il ne comprenait toujours pas de quoi parlait Marc.

"Vous en avez peut-être violé encore d'autres. Mais j'ai les déclarations de huit femmes."

Guérin ne cilla pas.

Marc poursuivit : "Vous pensez sûrement qu'on ne peut rien contre vous parce que le dernier viol remonte à plus de vingt ans. Mais vous vous trompez : l'une de vos victimes était mineure. Et pour les infractions sexuelles sur les moins de quinze ans, le délai de prescription ne commence à courir qu'à la majorité de la victime, et il est de vingt ans."

Il avait sous-estimé son adversaire. L'homme ne perdit son aplomb qu'un très court instant. Et il se ressaisit aussitôt, s'adossa à sa chaise et regarda Marc d'un air méprisant. Les gens qui avaient du succès n'étaient pas plus malins que le commun des mortels, mais ce qui les différenciait d'eux, c'était le temps qu'il leur fallait pour se relever après un coup. Après un bref et unique frémissement, Jean-Frédéric Guérin était à nouveau en position de combat.

"Vous mentez, décida-t-il.

— Oh non, je m'en garderais bien. On ouvrira une procédure d'enquête contre vous, monsieur Guérin. Cela ne fait aucun doute.

— Je n'y crois pas une seconde.

— Et même avec un non-lieu, vous pourrez dire adieu à votre réputation et à votre carrière.

— Allons, vous me prenez pour un imbécile ou quoi ? Si vous aviez toutes les informations que vous prétendez détenir, vous ne seriez pas ici à me faire les yeux doux."

Marc sentit qu'il était sur le point de perdre la partie, mais il ne voyait pas à quel moment les choses avaient basculé ni pourquoi.

"Alors, qu'est-ce que vous voulez ? Me faire peur ? Me menacer ? Salir ma réputation ? Vous n'êtes pas le premier à essayer, et sûrement pas le dernier. Et personne n'est arrivé à ses fins jusqu'à présent. Je vous préviens, monsieur Rappaport, si ces accusations devaient être rendues publiques, je porterai plainte pour diffamation contre vous et votre journal, et ce ne sera pas beau. (Guérin se leva et jeta un billet sur la table.) C'est moi qui vous invite."

Marc se leva en même temps.

"Vous me menacez ?"

Politicien jusqu'au bout des ongles, Guérin ne prit même pas la peine de répondre. Après quelques pas, il fit pourtant demi-tour, revint vers Marc et se campa devant lui, si près que leurs corps se touchaient presque. Marc sentit ce dont cet homme était capable, il sentit sa force physique et sa violence.

"Prenez garde, jeune homme, chuchota Guérin, vous coupez la branche sur laquelle vous êtes assis."

Même son haleine était parfumée. Une odeur de menthe.

"Je sais qui vous êtes. (Marc s'était mis à chuchoter lui aussi.) Et je vous aurai, petit malin. Même les hommes mauvais font des erreurs. Et je ne vous raterai pas."

Guérin recula d'un pas et posa sur lui un regard perçant.

"Vous n'êtes qu'un crétin", dit-il, et il tourna les talons.

7

Vers vingt-trois heures, Marc sortit de la rédaction et allait rejoindre sa voiture quand, du coin de l'œil, il vit les deux hommes approcher. Deux armoires à glace. Ce fut la première pensée qui lui vint quand il les vit sortir en même temps d'une porte cochère sombre. Sa deuxième pensée fut l'avertissement de Guérin, mais à ce moment-là, les deux hommes étaient déjà à ses côtés.

"Bonsoir, dit le plus petit des deux ; il sentait l'ail et la sueur.

— On se connaît ?" demanda Marc en se tournant vers l'autre, immobile à quelques pas de là.

Un couple passa devant eux, enlacés.

"Nous, on te connaît, c'est déjà bien", répondit le plus grand. C'était apparemment lui qui avait le commandement.

L'espace d'un instant, Marc songea à appeler à l'aide, mais le couple tournait déjà au coin de la rue. À une centaine de mètres, des lumières luisaient sur le boulevard, pleines de promesses. Mais là où ils étaient, il n'y avait personne.

"Oublie, dit le plus petit qui avait surpris le regard de Marc, c'est trop loin.

— Qu'est-ce que vous voulez ?" demanda-t-il.

Le premier coup tomba sans qu'il s'y attende et le projeta à terre.

"On est là pour te faire comprendre qu'il y a des gens qui préfèrent qu'on ne les embête pas", dit le meneur.

Marc s'agrippa à une voiture et tenta de se relever. Un coup dans le ventre le plia en deux. La douleur fit jaillir les larmes et sa vue se troubla.

"À mon tour", entendit-il dire l'autre voix.

L'homme l'attrapa par les cheveux, la tête suivit et son visage se retrouva en première ligne. Un poing dans la figure. La lèvre se fendit, du sang coula, dans sa bouche et sur sa chemise. Goût sucré et amer.

Ils le laissèrent se relever et se défendre, mais il frappait dans le vide. Ensuite, las de ce petit jeu, ils le traînèrent jusqu'au square et le rouèrent de coups chacun à leur tour sous les yeux de deux clochards. La douleur fusa en lui comme une flèche et lui coupa le souffle quand un coup l'atteignit aux testicules. Un soupir sourd. Il entendit ses os se briser et ne laissa plus échapper que des gémissements.

"Tu es mort", dit celui qui sentait l'ail et, le saisissant au cou, il serra.

Marc aperçut le ciel gris et sans étoiles. Au loin, il entendait le ronronnement de la circulation nocturne. Tout près, un chien aboya. Quel dommage, pensa-t-il, quel dommage, et autour de lui, la nuit se fit.

8

Quand il refit surface, la douleur le renvoya aussitôt dans les ténèbres.

"Marc", entendit-il, et il essaya de se défendre, mais ses bras ne lui obéissaient pas, et il perdit à nouveau connaissance.

En revenant à lui, il vit devant lui une silhouette, et le visage de Déborah.

"Tu es aux urgences."

Il aurait voulu dire quelque chose, mais il était aussi incapable de parler.

"Chut, ne dis rien, tu as des tuyaux dans le nez et dans la bouche.

— Marc."

Il tourna les yeux en direction de la voix familière et aperçut le visage angoissé de sa mère.

"Marc, mon chéri."

Il sentit sa main sur son épaule. Et se mit à pleurer.

On lui donna de la morphine. Il sombra dans un sommeil agité et ne se réveilla que quand l'infirmière, au petit matin, passa pour voir si tout allait bien. Elle alluma le plafonnier. L'éblouissement fit ressurgir la douleur.

"Bonjour", dit-elle.

Un autre visage se pencha vers lui.

"Dites donc, ils vous ont sacrément bien arrangé, dit le médecin – paire de lunettes, barbe blonde bien taillée aux reflets roux, voix chaude. Vous avez une fracture du nez et des côtes, des points de suture et un bon paquet d'hématomes."

Des mains s'affairèrent autour de lui. À chaque contact, une douleur lancinante lui transperçait le cerveau. Ensuite, la lumière s'éteignit.

Dans les heures qui suivirent, il y eut des voix, des lumières, des bruits, des contacts physiques et la douleur.

À neuf heures, on débrancha la perfusion et, vers midi, sur sa demande, la morphine fut supprimée.

"Mais vous n'êtes même pas là depuis douze heures", protesta l'infirmière.

Marc rit de ses scrupules. Ils cédèrent et l'aidèrent à se lever. Il savait que sous la chemise de nuit d'hôpital ouverte, il exposait à la vue de tous ses fesses nues et ses jambes tremblantes. Piètre apparition. Mais il s'en fichait.

"Doucement, doucement, entendit-il sa mère répéter d'une voix que l'inquiétude rendait sourde.

Il sentit alors le vertige monter en lui comme une grosse vague, le submerger, et il perdit à nouveau connaissance.

Il avait dû dormir tout l'après-midi : quand il se réveilla, baigné de sueur, le soleil projetait de longues ombres.

Il regarda autour de lui. Il était seul. On l'avait installé dans une chambre d'hôpital normale. Au moins ça. Il se leva avec précaution, alla à la salle de bains, soulagea sa vessie, puis regarda son visage dans le miroir, au-dessus du lavabo. Ce n'était pas beau à voir, c'est sûr. Mais il n'était pas mort. Il retourna dans la chambre. Des habits de ville propres étaient rangés dans l'armoire.

Il était en train de déplier sa chemise quand l'infirmière entra dans la chambre.

"Non, non, non, dit-elle. C'est beaucoup trop tôt !"

Elle l'aida à se rallonger. Le lendemain, il devait passer des radios, dit-elle, et après, il pourrait peut-être sortir. Elle lui donna la télécommande. Il zappa d'une série à l'autre jusqu'à ce que la fatigue le gagne. Ensuite, il tendit la main vers le téléphone posé sur la table de nuit. Mais personne n'avait encore activé sa ligne.

Pierre lui rendit visite le lendemain. Marc était déjà habillé, assis sur son lit, et attendait son formulaire de sortie.

"Mais où est-ce que tu étais pendant tout ce temps ? J'avais à te parler", dit-il, impatient, quand son ami entra dans la chambre.

— Elles ne m'ont pas laissé entrer, ces deux gorgones…

— Ces deux gorgones ?

— Ta mère et Déborah, répondit Pierre. Elles m'ont mis dehors, et Carletti aussi.

— Carletti est venu aussi ?

— Oui. Tu as été vu avec Jean-Frédéric Guérin, et vous n'aviez pas l'air de vous dire des gentillesses.

— Je veux porter plainte contre lui. C'est lui qui a envoyé ces deux types pour me démolir.

— Ce n'est plus la peine", répondit Pierre, juste au moment où l'infirmière entra avec le formulaire signé par le médecin. Elle avait des cheveux roux noués en chignon sur la nuque.

"Voilà", dit-elle en tendant l'enveloppe à Marc. Et il remarqua qu'elle avait une étoile tatouée entre le pouce et l'index. "C'est pour votre médecin traitant. Et votre amie fait dire qu'elle vous attend en bas. Elle ne trouve pas de place pour se garer. (Elle se tourna vers Pierre.) Vous pouvez prendre son sac ?

— Oui, bien sûr", répondit-il.

"Tu vas t'installer où pour les prochains jours ? demanda Pierre pendant qu'ils attendaient l'ascenseur.

— Chez mes parents."

Encore une pomme de discorde. "Tu ne crois pas que tu as passé l'âge d'aller te réfugier chez papa-maman ? avait demandé Déborah, vexée.

— Je suis enfant unique, avait essayé d'expliquer Marc.

— Et alors ?" avait-elle persisté.

Marc sortit de l'hôpital, soutenu par Pierre. La chaleur et les bruits de la vie trépidante lui firent l'effet d'une gifle. Un trop-plein de couleurs, de formes, de magasins, d'êtres humains, de voitures, de cyclistes, de marchandises, d'images. Il clopina avec son ami jusqu'à la voiture. Il détestait que son corps se rappelle à lui de cette façon. Il détestait se sentir vulnérable. Il monta maladroitement dans la voiture, Déborah l'enlaça avec précaution, et il dit au revoir à Pierre par la fenêtre ouverte.

Quand elle démarra, Marc repensa soudain à la question qu'il voulait encore poser.

"Attends, arrête-toi, s'il te plaît, demanda-t-il en baissant la vitre. Pierre, appela-t-il, Pierre !"

Son ami se retourna et revint vers eux.

"Pourquoi est-ce que tu dis que ce n'est plus la peine de porter plainte contre Jean-Frédéric Guérin ?

— Son cadavre a été retrouvé par sa femme dans la piscine de leur propriété de Toucy."

Guérin, mort ? La nouvelle lui fit l'effet d'un électrochoc.

9

Patrice Carletti lui avait laissé un peu de temps.

“Tu ne viens pas tant que tu ne peux pas te déplacer sans prendre d’antalgiques”, avait-il dit. Et Marc avait passé deux journées magnifiques dans la maison de ses parents : il y avait Odile qui cuisinait les plats préférés du petit monsieur, sa mère qui l’attendait à cinq heures dans le bureau de son père avec du thé glacé, et il y avait les concerts de Beethoven le soir, au salon. Mais maintenant, il était revenu de ce monde enchanté, il était de retour dans la vraie vie. Si la maison familiale l’avait plongé dans une douce torpeur, ici, dans le bureau encombré de Carletti, il était de nouveau de la partie, même s’il n’était pas encore au meilleur de sa forme.

“Qu’est-ce que tu fais des deux types qui m’ont agressé ?

— Qu’est-ce que tu veux que j’en fasse ? répliqua Carletti.

— Ils m’ont clairement fait comprendre que je devais arrêter d’importuner Guérin.

— Ils ont mentionné son nom ?

— Non, dit Marc, tu le sais très bien.

— Donc il s’agit peut-être d’une histoire plus ancienne.

— Patrice, coupa-t-il net, je me suis fait démolir parce que je m’intéressais trop à son passé. Il n’y a *aucun* doute là-dessus.”

Par trois fois, déjà, ils avaient déroulé le fil de toute l’histoire, et ça n’avait toujours aucun sens. Le rapport d’autopsie mentionnait une alcoolémie d’un gramme. Jean-Frédéric Guérin, ivre, était tombé dans sa piscine et s’était noyé, telle était la conclusion, et toute la presse s’y tenait sagement. Comme Marc l’avait appris de Carletti, aussitôt après leur confrontation attestée par trois personnes, Guérin avait décidé d’aller dans sa maison de campagne. Il avait laissé un message à sa femme. Il était fatigué, avait-il dit, il avait besoin de repos et irait donc en voiture en Bourgogne où la famille possédait une propriété. La chaleur – il avait fait particulièrement lourd ce jour-là –, une semaine épuisante et le long trajet en voiture ajoutés à la bouteille de vin blanc qui avait suivi, telles étaient les circonstances qui avaient mené à l’accident : Jean-Frédéric Guérin avait trébuché et s’était noyé. Un coup du sort, donc. Un drame dont avait été victime ce futur Premier ministre qui avait encore un si bel avenir devant lui. Tout paraissait logique. Plausible. Crédible. Et pourtant… Marc avait été passé à tabac pour s'être intéressé à quelqu'un qui, dès le lendemain, était victime d'un accident mortel. Un accident, vraiment ?

"On t'a volé ton portefeuille et ta montre.

— Donc, toi aussi, tu penses que j'ai été victime de deux drogués ?"

C'était aussi la version que sa mère, pendant trois jours, avait répétée au téléphone comme un mantra. Avec pour preuve d'authentification la conviction que l'argent rendait les hommes fous. Mais si sa mère avait été très choquée que son fils unique ait failli mourir pour cent quatre-vingt-quatre euros, elle en avait quand même profité pour appeler Béatrice, son ex-petite amie, à Berkeley. "Ah, au fait, Béatrice t'envoie ses vœux de bon rétablissement, avait-elle dit à Marc tout en arrangeant affectueusement le col de sa chemise, le matin où il avait quitté la maison familiale.

— Quelle Béatrice ? avait-il demandé alors qu'il savait très bien qu'il s'agissait de la fameuse belle-fille idéale, dont la qualité principale était d'être de solide confession catholique, plutôt que de religion judaïque. Si je comprends bien, tu as appelé Béatrice ? avait-il encore demandé en examinant son visage tuméfié dans le miroir accroché près de la porte d'entrée.

— Eh bien quand même, tu as failli mourir !" s'était exclamée sa mère, faisant ainsi taire toute protestation contre le fait qu'elle s'immisçait dans sa vie.

"Je ne crois rien du tout, répondit Carletti un peu rudement. Je ne suis pas prêtre. Je me contente de te rappeler les faits. On t'a volé ton portefeuille et ta montre. (Carletti soupira. Visiblement, il avait à nouveau le sentiment de crouler sous la paperasse. Depuis qu'il travaillait assis à un bureau, loin des lieux du crime, chaque affaire n'était plus pour lui qu'un dossier qu'il voulait voir disparaître au plus vite de la pile posée devant lui. Avant, il voyait des coupables, des victimes, des histoires… Maintenant, il ne voyait plus que les rapports qu'un policier avait tapés avec deux doigts dans une langue administrative plus ou moins compréhensible. S'il voulait bien passer encore une fois en revue le scénario, c'était uniquement par amitié.) Bon. Supposons qu'il a vraiment lâché deux brutes sur toi…

— Non, non, pas Guérin. Pas directement. Il a appelé quelqu'un qui s'en est chargé pour lui.

— Qui ? Le réseau de proxénètes ? (Carletti louchait sur son téléphone portable.) Rohrer ? Et à qui sert la mort de Guérin ? insista le commissaire. Qui pourrait avoir un intérêt à éliminer Jean-Frédéric Guérin ? Une des prostituées ? Par vengeance ? À moins que ce ne soit la mère sénile d'Émilie Thevenin qui ait fait tout le chemin depuis la maison de retraite…"

Marc laissait Carletti se moquer un peu de lui. Il lui donnait même raison : tout cela n'avait aucun sens. Et pourtant, il y avait un lien entre les deux événements, même si quelque chose leur échappait à tous les deux. Son ami, pour un bon nombre de raisons, avait décidé d'ignorer cet aspect de l'affaire. Ce qui l'intéressait surtout, en cet instant, c'était le SMS qu'il venait de recevoir et dont il avait pris connaissance avec un sourire. Ce n'était qu'un sourire furtif, et Carletti, repentant, avait même aussitôt pris un air concentré en regardant son interlocuteur, mais le sourire n'avait pas échappé à Marc, qui savait ce que cela signifiait. Il était seul. Car si le commissaire n'avait rien de plus urgent à faire que de répondre à des messages romantiques, l'importance qu'il accordait aux déclarations de Marc était toute relative, voire inexistante. Est-ce que Carletti le croyait ? Évidemment qu'il le croyait ! Il le connaissait, il savait que Marc n'était pas du genre à porter des accusations sans fondement.

"Peut-être Caroline Neuhart pourrait-elle nous éclairer, tenta Marc.

— La seule personne qu'on aurait pu soupçonner du meurtre de Guérin, répondit Carletti, c'est toi. Tu t'es disputé avec lui, nous avons des témoins. Mais tu as un alibi en béton. Tu étais aux urgences. Une chance pour toi, conclut-il sur le ton de la plaisanterie, sinon on t'aurait bouclé ici. D'ailleurs, pourquoi est-ce que tu n'es pas venu me voir plus tôt pour me dire ce que tu avais découvert ? lança finalement Carletti, vexé.

— Tu n'aurais de toute façon pas cru que Jean-Frédéric Guérin était un violeur de prostituées.

— Je l'aurais convoqué pour un interrogatoire, dit le commissaire divisionnaire, touché dans son orgueil. Si la prostituée avait témoigné, je n'aurais pas hésité à le passer à la moulinette."

Évidemment, il n'aurait jamais rien fait de tel. Pour preuve, il ne songeait pas un instant à regarder de plus près ce qui s'était passé.

"Tu croyais quoi, en fait ? (Carletti se leva, alla à la fenêtre, l'ouvrit et la referma aussitôt, s'assit, attrapa un bloc-note et s'en servit comme d'un éventail.) Tu le menaces, et hop, le bonhomme cède ?"

Marc entendit quelqu'un claquer une porte dans un bureau voisin. À travers les cloisons fines, il entendit une chaise qu'on repoussait, des pas. Étrangement, ces bruits assourdis lui rappelaient sa deuxième nuit à l'hôpital. On l'avait installé dans une chambre individuelle et, toute la nuit, il avait entendu le robinet de la salle de bains goutter, mais il n'avait eu la force ni de se lever, ni d'appeler l'infirmière. Il avait écouté les gouttes tomber en rythme en se demandant si c'était précisément ce détail ridicule qui lui resterait en mémoire.

"Je voulais donner une impulsion aux choses. Et c'est ce que j'ai fait.

— Une impulsion mortelle, oui, répliqua Carletti avant d'ajouter : J'ose espérer que tu me tiendras au courant, maintenant. Un mort, c'est bien assez. Tu as intérêt à m'informer de ce que tu fais avant de le faire. Tu as traficoté tout seul dans ton coin pendant trop longtemps.

— J'ai l'intention d'aller voir Caroline Neuhart."

Carletti eut l'air de se demander s'il trouvait l'idée bonne. Pendant un instant, on aurait pu croire qu'il allait sermonner Marc, mais dans la pièce voisine, on toussa alors longuement, puis un rire se fit entendre. Un rire de femme – et Carletti sembla aussitôt sous le charme.

"OK, dit-il, prêt à sortir du bureau. Mais tu me tiens au courant", ajouta-t-il encore, déjà dans le couloir.

10

Une fois dehors, dans la grisaille moite du crépuscule, il pensa à Béatrice. Il pensait encore à elle quand le ciel, un peu plus tard, s'enflamma brièvement avant de revenir aussitôt à un gris crasseux. Et il pensait toujours à elle en s'asseyant au volant de sa voiture pour aller chez Caroline Neuhart. Mais ça n'avait rien de dramatique. Ce n'était pas une trahison. Il n'y avait pas de bouleversement des sentiments. Car ce dont il se souvenait surtout, c'était de leur dernière dispute. Six ans, les premiers émois de l'amour, les hésitations à emménager ensemble, à convoler en justes noces, six ans, et tout ce qui restait, c'était une dispute.

Ils étaient partis en Suisse. Marc leur avait organisé des vacances "randonnée". Pendant des jours, il avait comparé les hôtels et les pensions, réservé les trains, vérifié les horaires, compté le nombre d'arrêts, et ce jour-là, à midi, après une matinée passée à grimper, ils étaient assis sur la terrasse ensoleillée d'un restaurant de montagne, avec une vue incroyable sur les Alpes. Ils avaient commandé quelque chose à grignoter et Marc, heureux, suant, épuisé, s'était abîmé dans la contemplation de la forêt de pins ombrée de bleu où restaient accrochés quelques petits nuages, dominés par les sommets dentelés de la montagne comme découpés aux ciseaux dans un ciel bleu azur, quand Béatrice avait commencé : "Tiens, regarde, avait-elle dit en brandissant le journal. On parle de ton grand-père. (Sans même regarder dans sa direction, Marc avait compris au ton de sa voix que cette phrase n'annonçait rien de bon. Pendant trois jours, ils s'étaient entendus à merveille. Trois jours d'harmonie – avec Béatrice, c'était un record.) Ils disent qu'il veut développer le transport ferroviaire au Cameroun.

— Ah.

— En plus des chemins de fer, il n'a pas aussi les terminaux portuaires pour les conteneurs ?

— Si, c'est exact.

— Alors, il a vraiment un côté pratique…

— Quoi ?

— Son amour du prochain."

Ils avaient terminé leur repas sans rien dire et ils étaient repartis. Lui devant, énergique ; elle trottinant à sa suite. Ils avaient dépassé des vaches dans des pâturages paisibles, des conifères et des alpages, grimpant jusqu'à ce que la faune et la flore se fassent rares et que la nature, de plus en plus minérale, se taise.

"Mais c'est quoi exactement ce que tu ne supportes pas, en fait ? (Marc avait fini par exploser. Elle parvenait toujours à ses fins avec une efficacité impressionnante. Il ne lui avait pas fallu plus de quatre phrases pour le mettre en colère. Elle tenait ça de son père, un râleur professionnel. Les allusions, les petites piques, les mots dits en passant qui instillaient du poison.) Notre intimité ? C'est ça ? Ma bonne humeur ? La vue magnifique ? Tout à l'heure, tu étais la seule à lire le journal. Tu n'as pas remarqué ? Les autres se sont fait plaisir en regardant la vue. Mais toi ? Non, bien sûr ! Toi, tu cherches dans un quotidien vieux de trois jours la seule phrase à la con qui me fera bondir. Si c'est ton éducation qui t'empêche de savourer, d'accord, ne savoure rien, mais pourquoi est-ce qu'il faut que tu m'en empêches, moi ?"

Évidemment, elle s'était mise à pleurer.

"Mais qu'est-ce que j'ai dit de mal ? avait-elle demandé. Je t'ai simplement lu ce que le journal…

— Béatrice, je suis membre du directoire du groupe Bourgueil. Je n'ai pas besoin de tes articles qui datent de l'avant-veille. Je sais parfaitement ce que possède Bourgueil Africa Logistics. (Il avait regardé Béatrice qui supportait sa colère, tête baissée, et de la voir s'épanouir pleinement dans le rôle de la victime n'avait fait que nourrir sa colère.) C'est toi qui as payé ces vacances ? Est-ce que tu as fait mine une seule fois de sortir ton porte-monnaie depuis que nous sommes ici ? Je ne crois pas. Je ne me souviens pas, en tout cas, que tu aies proposé de payer quoi que ce soit, même un café. Ce n'est quand même pas si mal d'être avec un riche héritier. Tu ne t'en es jamais plainte en tout cas. Alors ne viens pas me chercher des noises avec « le méchant Blanc qui exploite le pauvre Noir » ! Non, pas toi. Pas quelqu'un qui profite des petites commodités qu'offre l'argent du groupe Bourgueil, Bourgueil Africa Logistics compris. Si tu veux t'en aller, fais-le, je t'en prie ! Si tu veux me quitter, quitte-moi ! Mais épargne-moi tes lieux communs !"

C'était dur et injuste, mais deux semaines plus tard, ils s'étaient effectivement séparés, en bons termes comme on dit. Béatrice avait obtenu une bourse pour Berkeley, et elle n'avait bien sûr pas voulu laisser passer la chance de pouvoir y étudier. C'était la version qu'ils avaient racontée à leurs amis. En théorie, Béatrice était la compagne rêvée. Cultivée, intelligence, jolie et même très mignonne quand on ne la choyait pas trop : les filles bien sous tous rapports, il s'en était aperçu avec le temps, ne le supportaient pas bien. Déborah, elle, ne venait pas d'une famille conservatrice de fonctionnaires catholiques, et être choyée ne lui posait aucun problème.

Au téléphone, Marc avait déjà raconté beaucoup de choses à Caroline Neuhart et, quand il sonna chez elle, elle le fit entrer sans hésitation. Il y vit le signe qu'elle serait aussi prompte à éclairer pour lui les coins plus sombres de cette affaire complexe.

"Votre mari a déjà été relâché ? demanda-t-il quand ils furent installés face à face dans la salle de séjour blanche.

— Gilles sort demain. Nous avons enfin pu réunir tout l'argent de la caution et nous avons payé.

— Le procès est pour quand ?

— Dans quelques semaines.

— Il sera relaxé.

— Oui, dit-elle, bien sûr.

— Vous avez parlé de Guérin à votre avocat ?

— Non.

— Pourquoi ?

— Nous pouvons aussi le sortir de là sans ça, sans nous mettre en danger."

Marc la regarda. Guérin était mort, de quoi avait-elle peur ? Mais la peur ne se souciait guère d'une explication rationnelle. La peur se nourrissait d'elle-même, et l'effroi ressenti face à Jean-Frédéric Guérin était apparemment ancré dans cette famille. Marc espérait apprendre maintenant comment les choses en étaient arrivées là.

"Il y a encore quelques détails qui ne sont pas bien clairs pour moi", commença-t-il.

Caroline Neuhart parlait à contrecœur, les bras croisés sur la poitrine, mais elle parlait, elle répondit à toutes ses questions, et il enregistra chaque mot, chaque émotion, chaque hésitation, chaque remarque si insignifiante fût-elle. Elle retraça pour lui toute l'histoire, et il vit Émilie, dans les vestiaires du club de sport, expliquer à son amie Caroline pourquoi le dédommagement que le groupe était prêt à payer aux proches ne faisait qu'appuyer ses suppositions. Il vit les deux jeunes filles discuter fiévreusement pendant que les autres se hâtaient vers le gymnase. Il comprit que la colère avait aidé Émilie à faire rempart contre le deuil et comprit pourquoi elle s'était jetée dans cette bataille. Son petit ami et sa mère avaient tenté de minimiser ses soupçons, mais elle avait tenu bon et écrit au député de l'époque, Jules Devallière. Et quelques semaines plus tard, avoua Caroline Neuhart à Marc, tout le monde avait été surpris qu'Émilie reçoive non seulement une réponse, mais aussi une proposition de rendez-vous. Elle y était allée avec son petit ami et il ne lui avait pas fallu longtemps pour comprendre pourquoi le jeune homme assis en face d'elle, qui se révéla être le futur gendre du député, l'avait reçue. Comme les autres, il avait aussi tenté de faire oublier à Émilie "les bêtises" qu'elle avait en tête. Croyait-elle vraiment pouvoir affronter un groupe public ? lui avait-il demandé, se moquant de la petite lycéenne de province qu'elle était. Émilie était rentrée chez elle furibonde et, quelques mois plus tard, après le bac, elle avait quitté Charfeuil. Le jeune requin, elle l'avait ensuite revu dans des circonstances bien différentes. Avec quelques autres filles, elle avait été envoyée pour une soirée sexe dans une villa du Sud de la France, et là, elle l'avait vu allongé dans le salon, bien aviné, à côté des autres clients. Elle l'avait tout de suite reconnu, mais lui, maquillée et apprêtée comme elle l'était, n'avait pas fait le lien. Émilie avait même été mise en garde par une autre prostituée : "Ne t'embarque surtout pas avec celui-là", lui avait-on dit.

"J'ai croisé Émilie par hasard, pendant les soldes d'été, aux Galeries Lafayette. Cela faisait bien un an que nous ne nous étions plus vues et nous sommes tombées dans les bras l'une de l'autre."

Les deux amies étaient allées boire un café, et Émilie lui avait raconté comment elle gagnait sa vie et qu'elle était tombée sur Guérin lors d'une soirée.

"Tu sais ce qu'on raconte sur lui ?" avait commencé Émilie, et elle avait confié à Caroline tout ce qu'elle savait sur Guérin. Le café était bondé, des touristes bavardaient aux tables voisines, et Émilie, comme si c'était la chose la plus normale du monde, avait annoncé qu'elle comptait se faire frapper par Jean-Frédéric Guérin pour pouvoir ensuite le faire chanter.

"Mais comment voulait-elle s'y prendre ? demanda Marc.

— Gilles, mon mari, devait le prendre sur le fait. À ce moment-là, Guérin venait d'être élu conseiller municipal ou maire, je ne sais plus très bien, en tout cas, il y avait plusieurs articles sur lui dans les journaux. Et Émilie pensait que nous pourrions, ou plutôt, qu'elle pourrait faire pression sur lui. C'est aussi pour ça qu'elle s'est installée dans cet appartement.

— Mais comment l'a-t-elle payé ?

— Je ne sais pas. En tout cas, à ce moment-là, Guérin a passé plusieurs mois en province, dans sa ville d'origine, et Gilles et moi, nous avons espéré que toute cette histoire serait bien vite oubliée. Mais un soir, Émilie a appelé pour nous annoncer la *bonne nouvelle.* Guérin était de retour en ville. Elle l'avait rencontré dans un club échangiste, elle lui avait fait du rentre-dedans, et il l'avait effectivement réservée toute une soirée pour lui seul.

— Et ensuite, que s'est-il passé ? demanda Marc quand Caroline Neuhart se tut subitement.

— Nous n'étions pas d'accord, bien sûr. Pour tout vous dire, nous ne voulions plus avoir affaire à elle. La prostitution, les hommes qu'elle fréquentait, et puis sa mère avec son amant, vous comprenez, ce n'était pas notre monde. Nous étions en train d'organiser notre mariage. Je faisais des essayages de robe, et Gilles et ma belle-mère cherchaient une salle. Et voilà qu'Émilie appelle et remet cette idée absurde sur la table. Je me chamaillais avec ma mère sur le goût des choux à la crème pour la pièce montée, et elle voulait se faire rouer de coups par un politicien local pervers pour parvenir à *quoi* ?

— Oui, que voulait-elle, au juste ?

— Je ne sais pas si elle a vraiment cru que Guérin serait en position de forcer une entreprise d'État à reconnaître sa culpabilité. Je ne sais vraiment pas, mais elle n'en démordait pas. Parfois, elle disait aussi qu'elle voulait le ridiculiser. Il était devenu une sorte de symbole de tout ce qu'elle méprisait. Elle voulait le punir et se venger sur lui, lui infliger au moins une petite partie de la douleur qu'elle avait eu à subir, elle."

Et c'était exactement le contraire qui s'était produit, songea Marc. Ironie du sort.

"Oui, dit-elle comme si elle avait lu dans ses pensées. Quand on pense à ce qui est arrivé après…

— Et vous n'avez pas réussi à l'en dissuader ?

— Dissuader Émilie ? (Caroline Neuhart eut un rire amer.) Non. Ce qu'elle disait était peut-être fumeux, mais c'était devenu une idée fixe. Elle était incapable de parler d'autre chose. Elle ne vivait plus que pour ça.

— Quelque part, elle vous a manipulés, constata Marc avec étonnement.

— Oui.

— Pourquoi êtes-vous entrés dans son jeu ?"

Elle haussa les épaules comme pour dire : comment savoir ? Puis elle reprit : "Par pitié. Elle n'avait plus rien. Elle n'avait plus que cet objectif. Nous, nous étions dans nos préparatifs de mariage. Gilles avait un bon poste. Nous envisagions d'avoir des enfants. Nous avions des amis. Nous voulions acheter un appartement. Nous avions des projets d'avenir. Vous comprenez ? (Un petit sourire honteux passa sur le visage de Caroline Neuhart.) Mon frère était mort, et ça n'avait pas été facile pour moi. Je l'aimais beaucoup, mais sa mort ne m'a pas complètement fait perdre pied, pas comme à Émilie. Je n'ai pas cessé de vivre. Et je n'ai pas essayé de me punir moi-même."

Marc sentit qu'ils arrivaient au cœur des choses.

"Elle se sentait coupable ?

— Oui, répondit Caroline Neuhart. Elle a vu mourir son père. Il avait toujours été fier d'elle. De ses bonnes notes. De son courage. De son désir de laisser derrière elle la petite vie étriquée de Charfeuil à laquelle elle aurait dû se soumettre. Il la voyait aller loin. Et puis il est tombé malade. Et au fur et à mesure que sa santé se dégradait, elle, elle dépérissait. Elle avait besoin de son regard pour s'épanouir, alors quand il est mort… Émilie était comme une fleur des montagnes, une fleur rare qu'on n'a pas le droit de cueillir et qu'on cueille quand même pour la faire sécher dans un herbier, avant de l'oublier. Je ne sais pas si vous comprenez ce que je veux dire… Émilie était quelqu'un d'exceptionnel ; mais la vie continue. (Caroline Neuhart enleva une poussière qui s'était accrochée à son chemisier et poursuivit.) Sa colère, c'était tout ce qu'elle possédait, c'est pour ça que nous avons voulu l'aider. Et parce que nous espérions qu'après, elle serait libérée du passé. J'ai même dit à Gilles : « Elle a peut-être besoin de ces coups. Peut-être qu'après, elle pourra enfin recommencer à vivre. Si ça se trouve, il faut qu'elle aille au bout de cette culpabilité insensée et kamikaze pour pouvoir s'en débarrasser ? Chacun sa folie, pas vrai ? » Ensuite, Gilles a tout organisé avec Émilie. Mon mari fait partie de ces perfectionnistes qui doivent toujours tout planifier. C'est quelqu'un de très angoissé et, avec Émilie, il a au moins passé dix fois en revue l'arrivée de Guérin, le comportement qu'elle devait avoir, quand il devait ensuite les surprendre, ce qu'ils feraient et diraient ensuite…

— Et alors ? insista Marc en voyant qu'elle allait se taire. Que s'est-il passé ?"

Elle le regarda, puis son regard se perdit dans le vide.

"Le RER a eu du retard à cause d'un accident. Gilles avait pensé à tout, mais pas que les trains ont parfois du retard."

Il y avait une pointe d'ironie dans sa voix, et Marc devina que si elle ne faisait pas de reproches explicites à son mari – elle était bien trop intelligente pour ça –, Caroline Neuhart le traitait cependant avec un certain dédain. Considérait-elle même son arrestation comme légitime ? Se disait-elle qu'il devait payer pour son erreur ?

"Dix-sept minutes, dit-elle. Gilles est arrivé dix-sept minutes trop tard. Il aurait peut-être encore pu la ranimer s'il n'avait eu que quinze minutes de retard, mais il est arrivé dix-sept minutes trop tard. Il n'y avait plus rien à faire."

Ils restèrent un long moment sans rien dire. Le jour avait baissé. Caroline Neuhart aurait dû se lever et allumer une lampe, mais elle n'en fit rien. Le téléphone sonna. Elle fit mine de se lever, mais renonça aussi. Et puis, dans la pénombre, elle demanda : "Pourquoi avez-vous décidé de faire des recherches sur cette affaire ? Il n'y avait que quelques lignes sur nous dans votre journal et, pourtant, vous avez fait le déplacement et vous êtes venu nous voir.

— Je voulais savoir ce qui se passait dans la tête de votre mari. Si le meurtre avait transformé sa vie", dit-il.

Sur le pas de la porte, au moment où il prenait congé, elle lui donna la réponse dont il se doutait depuis longtemps.

“Depuis, dit-elle, pas un jour ne s’est écoulé sans que nous soyons confrontés au souvenir d’Émilie. Nous avons vécu tout ce temps dans la peur de Guérin. Vingt-sept ans à nous sentir coupables d’avoir écouté Émilie.

— Vous étiez jeunes”, répondit Marc.

Il chercha son regard, mais elle avait détourné la tête.

“Je connais par cœur les arguments et les contre-arguments, monsieur Rappaport, dit-elle. Vingt-sept ans, c’est très long.”

En retournant lentement vers sa voiture, il se sentait vide et triste. Que de vies gâchées… Les ouvriers, leurs familles, Émilie, les Neuhart – ils étaient si nombreux à avoir été pris dans les rouages du système, et broyés. Pourquoi Jean-Frédéric Guérin avait-il étranglé Émilie ? On ne pouvait qu’émettre des spéculations. Les autres femmes avaient survécu aux viols ; Émilie, peut-être, avait payé de sa vie parce qu’elle s’était rebiffée. Qu’avait-elle jeté à la figure de Guérin ? Qu’elle comptait porter plainte contre lui ? Que quelqu’un allait arriver d’un moment à l’autre ? Et en voyant le temps passer, avait-elle pensé que le fiancé de son amie Caroline l’avait, comme tous les autres, laissée en plan ? Dans son désespoir, quelle machine de destruction cette gamine déraisonnable avait-elle mise en marche ? Marc eut soudain présente à l’esprit cette scène insupportable : il la vit tout à coup renoncer, ne pouvant ni ne voulant plus se battre, la mort, au vu de sa vie ratée, lui apparaissant comme la seule issue possible, il la vit provoquer Guérin et faire de lui l’exécuteur de son désir de mourir. De quels mots, de quels gestes Émilie avait-elle encore éperonné l’homme qui la frappait ? Qu’importe : elle était parvenue à ses fins, elle était morte. Marc ouvrit la portière de la voiture, s’assit au volant et ferma les yeux. Quelle spirale de violence insensée ! Quels ravages ! Même Jean-Frédéric Guérin avait été pris dans l’engrenage. Et il s’en était fallu de peu que Marc y passe lui aussi. Mais il était en vie et, pendant ce temps-là, à la rubrique nécrologique, les journaux se surpassaient sur Guérin. Pouvait-il maintenant prendre sur lui et décider que cette histoire se terminait avec la mort du méchant ? Rideau et ciao ? Marc alluma la radio et démarra. Une voix féminine, chaleureuse, indiqua qu’ils allaient maintenant écouter *A Night in Tunisia* et, dès la première note, il reconnut la trompette de Dizzy.

11

Il n'était sorti de l'hôpital que depuis deux semaines, et ses bleus prenaient peu à peu une teinte verdâtre. Marc pensait désormais moins à Émilie et davantage à Déborah, à la manière dont il pouvait éviter qu'elle lui assigne définitivement le rôle du malade. Quelques côtes cassées, et déjà, elle savait mieux que lui ce qui lui faisait du bien ou pas. Elle essayait chaque jour de limiter un peu plus son rayon d'action. C'était toujours la même bataille. Les femmes qu'il connaissait avaient beau désirer un homme fort, indépendant, presque égoïste, elles voulaient aussi le mater en étant aux petits soins pour lui. Aux côtés des femmes, un homme changeait. La vie agréable que menait Pierre avec son épouse l'avait tellement transformé qu'il ne supportait presque plus les conflits. Et le père de Marc, lui aussi, était gentiment revenu auprès de sa femme après une brève aventure, ce qui – il fallait être honnête – lui avait aussi permis de retrouver ses bonnes vieilles habitudes et ses privilèges. Sa petite jeunette, elle, n'avait pas pris pour lui les décisions agaçantes du quotidien. Pourquoi tomber amoureuse d'un homme plus âgé si ce n'était pas pour être dégagée de la charge continuelle de l'émancipation ?

Déborah chantait sous la douche. Marc regarda l'heure et se fit un deuxième café. Son père était parti un lundi, peu avant le cours qu'il donnait chaque semaine à l'École des hautes études, et il ne voulait pas arriver en retard. Ce jour-là, comme d'habitude, Odile lui avait apporté un expresso dans son bureau, et son père avait regardé le courrier. À l'autre bout du couloir, Odile débarrassait la table du déjeuner, et quand la mère de Marc s'était levée pour fermer la fenêtre, son père avait annoncé qu'il était tombé amoureux. Odile avait appelé Marc peu après. Sans elle, il n'aurait même pas été au courant. Sa mère était allée la voir dans la cuisine et lui avait demandé d'aider monsieur à faire ses valises. “Elle lui a demandé où nous devions faire suivre le courrier. Ce fumier tombe amoureux d'une petite garce et elle demande où nous devons faire suivre le courrier”, avait tempêté Odile dans le combiné, et l'amplitude sonore de son indignation était telle qu'il avait dû éloigner l'appareil de son oreille. Il imaginait trop bien comment sa mère, avec un tremblement à peine perceptible dans la voix, avait donné des instructions à l'employée de maison pour qu'elle aide monsieur. Sa mère et son carcan d'impassibilité. Son éducation. Ses bonnes manières. Son sang-froid. Ensuite, son père était monté dans un taxi avec deux valises et un carton de livres, clôturant quarante ans de mariage par un "Je suis vraiment désolé". Sa nouvelle compagne, évidemment, était l'une de ses étudiantes. Il l'avait pêchée dans l'un de ses cours d'introduction. Marc avait aussi appris par Odile que l'histoire, avec des hauts et des bas, durait depuis un an. Son père avait plusieurs fois essayé de se séparer de la jeune femme, mais finalement, il avait loué un appartement pour tous les deux près du canal Saint-Martin. Six mois plus tard, une fois cochée la case "joies tardives d'une vie sexuelle accomplie" – ainsi qu'il avait lui-même appelé son aventure –, il était revenu. L'histoire était vieille de dix ans maintenant, et si cet épisode avait laissé des séquelles, elles étaient en tout cas invisibles. "Mais qu'est-ce que tu fais ici, dans la cuisine de maman ? Pourquoi tu n'es pas plutôt dans ton trois-pièces du canal Saint-Martin ? C'est moins confortable ? s'était emporté Marc, un jour qu'ils déjeunaient ensemble, peu après le retour de son père. Il était revenu s'installer à la maison comme si de rien n'était, comme si l'on pouvait tout simplement reprendre sa vie là où on l'avait quittée.

— Mais comment est-ce que tu parles à ton père ? s'était indignée sa mère.

— Laisse, avait dit celui-ci. Il peut bien demander. À ton avis, j'ai tout passé par-dessus bord pour une petite envie ?

— Tu n'as rien passé par-dessus bord, c'est bien ça le problème. Tu es revenu de ton plein gré à la servitude que tu prétendais vouloir abandonner", avait rétorqué Marc. Si son père avait tout lâché, s'il ne s'était soucié ni de sa bonne réputation, ni des conséquences de sa décision, s'il avait quitté sa femme pour l'amour avec un grand A, pour le dernier grand désir, Marc aurait peut-être même pu l'admirer. Mais quelques désagréments avaient suffi à ébranler son projet magnifique. Et que sa mère ait dû souffrir pour une aventure si banale, pour cette histoire classique de vieux messieurs, pour quelques escapades sexuelles lors desquelles son père s'était soi-disant fait un tour de reins, non, ça, Marc ne voulait ni ne pouvait le lui pardonner.

“La salle de bains est libre”, lança Déborah. Il la croisa dans le couloir, embrassa sa nuque encore humide, alla à la salle de bains et entra dans la cabine de douche.

Il avait supplié Pierre de le laisser reprendre le travail et Pierre lui avait proposé d’écrire un article sur un animateur connu : “Un procès en dommages et intérêts contre une ancienne amante.

— Punaise, Pierre, tu n’as pas autre chose pour moi ?

— Tu veux travailler, oui ou non ?” avait demandé son rédacteur en chef, inflexible.

Marc avait accepté. Tout, plutôt que d’être encore exposé aux regards angoissés de Déborah.

“Tu veux que je t’amène au palais de justice ? demanda-t-elle, alors qu’après s’être rasé, d’humeur joyeuse, il choisissait une chemise dans l’armoire.

— Non, ce n’est pas la peine, je vais prendre la ligne 4.

— Ça ne me dérange pas du tout, tu sais.”

Il soupira.

“D’accord, d’accord, dit-elle. Je demandais juste.”

Elle l’aida à s’habiller et le conduisit jusqu’à l’arrêt de métro. Pour un peu, elle l’aurait accompagné jusqu’au quai.

Marc aimait le métro parisien. Aucun autre endroit ne réunissait autant d’univers différents. Il suffisait de prendre une fois cette ligne de Porte-de-Clignancourt jusqu’au terminus, Mairie-de-Montrouge, pour se faire une idée de la France. Chaque station offrait une nouvelle histoire. Barbès, dans le quartier arabe, en racontait une, tandis que la gare du Nord, avec ses Indiens et ses Tamouls, donnait à voir une tout autre réalité. La station Étienne-Marcel, depuis laquelle on accédait au quartier gay riche en boutiques branchées, présentait encore un autre visage, tout comme Saint-Michel et ses étudiants ou le très chic Saint-Germain-des-Prés. Et bien sûr, quand le métro arrivait à Châtelet-les-Halles, la station où se croisaient les trois lignes de RER venues des banlieues, et que les jeunes excentrés montaient dans la rame, l’énergie redoublait. Aucun autre endroit ne présentait une coupe aussi diversifiée et distrayante de la société française. Enfin, non. Ce n’était pas la France, c’était Paris, la grande ville vibrante et passionnante. À côté de cela, il n’y avait rien.

L'audience était fixée à onze heures. Marc avait appelé Alex et lui avait demandé s'il voulait l'accompagner. Bien sûr, le jeune homme avait accepté avec enthousiasme. Ils s'étaient donné rendez-vous à dix heures dans un café proche du palais de justice, et quand Marc descendit à Cité, Alex l'attendait déjà. Le jeune homme était mal à l'aise dans son costume : il tiraillait sur les manches en scrutant la rue, la tête tantôt tournée vers la droite, tantôt vers la gauche. Quand il découvrit Marc entre les passants, son visage s'illumina.

"Vous avez bien meilleure mine, lui dit son stagiaire en guise de bonjour.

— Oui, je me sens déjà mieux", répondit Marc en poussant la porte du café.

En entrant, ils furent aussitôt assaillis par le brouhaha des voix. Les tables étaient presque toutes occupées. Des avocats passaient en revue les derniers détails avec leurs clients. Plaignants et accusés, auxiliaires de justice, avocats et juges prenaient leur petit-déjeuner avant ou après leur audience.

Ils se postèrent devant le comptoir.

"Qu'est-ce que tu prends ? demanda Marc au jeune homme.

— Un Perrier.

— Deux Perrier", commanda Marc au serveur derrière le zinc.

Il avait cherché pendant la moitié de la nuit une position confortable pour dormir, se tournant et se retournant dans son lit. En vain.

"Qu'est-ce qui se passe ? avait fini par lui demander Déborah en allumant la lampe de chevet, vers trois heures du matin. Tu as mal ?

— D'habitude, je dors sur le côté gauche", avait-il avoué, penaud.

Elle était allée lui chercher trois coussins qu'elle avait glissés sous son épaule. Il avait aussi essayé sur le dos et, finalement, sous la pression de sa compagne et pour la paix du ménage, il avait accepté un somnifère. Maintenant, il se sentait fourbu et fatigué.

"Je suis lessivé, dit-il quand on leur apporta les boissons. Tu prends des notes toi aussi, d'accord ? Et tu te concentres surtout sur… (Il regarda Alex dans les yeux. Il y avait quelque chose. Le jeune homme hésitait, mais on voyait bien qu'il avait quelque chose à dire.) Qu'est-ce que tu as ? demanda-t-il.

— Il y a une semaine, vous m'avez demandé de reprendre depuis le début les faits de l'affaire Thevenin et de les vérifier", commença le stagiaire.

Vraiment ? Il lui avait demandé de faire ça ? Mais quelle importance ?

"Et alors ?

— Vous avez dit, poursuivit Alex en rougissant, qu'il y avait encore des questions sans réponse."

Ah oui, il avait dit quelque chose de ce genre. Sous l'effet des antalgiques, il avait raconté toute l'histoire au jeune homme. L'histoire et toutes les questions qu'elle posait. Si les opiacés avaient un effet somnifère sur certains, ils faisaient parler Marc.

"Donc, j'ai repris l'affaire depuis le début.

— Tu as tout repassé en revue ? s'étonna Marc.

— Non, pas tout, je me suis simplement reposé les questions qui, selon vous, étaient restées sans réponse..."

Marc fit signe au jeune homme de continuer, et Alex se mit à raconter avec excitation : "D'abord, je me suis demandé pourquoi Guérin était mort. Il aurait été plus logique de vous tuer, vous.

— Heureusement que tout le monde n'a pas ta perspicacité.

— Ce que je veux dire, expliqua le jeune homme, les joues si rouges qu'il en transpirait, c'est que ça n'a aucun sens. Supposons que vous avez découvert quelque chose de compromettant ; dans ce cas, il vaut mieux vous tuer, vous, plutôt que l'homme sur lequel vous avez des informations.

— Oui, approuva Marc. Tu as raison.

— J'en ai donc déduit que vous n'aviez pas encore découvert le cœur de l'affaire.

— Tu veux dire qu'on m'aurait tabassé pour que je n'aille pas chercher plus loin ?"

Il commençait à s'intéresser à ce que racontait Alex. Aucun doute, il y en avait dans cette petite tête.

"J'ai donc pensé que vous étiez peut-être à deux doigts de faire une découverte. Mais ensuite, j'ai aussi laissé tomber cette option.

— Pourquoi ?

— Qu'est-ce qui pourrait vous empêcher de continuer à faire des recherches ? Quelques côtes cassées, pour vous, c'est plutôt une motivation.

— Les types pensaient peut-être pouvoir me faire peur, objecta Marc.

— Tout le monde sait que vous ne lâchez jamais. C'est votre réputation et votre marque de fabrique.

— Bon. (Marc suivait maintenant le raisonnement du jeune homme.) Supposons qu'on ne m'a pas tabassé pour me faire peur. Mais alors pourquoi ?

— C'est aussi ce que je me suis demandé, renchérit le jeune homme.

— Et alors ? À quelle conclusion tu es arrivé ?

— Aucune… jusqu'à ce que je décale le centre.

— Comment ça ?

— Et si tout ce qui s'est passé ne s'était pas passé à cause de vous, mais à l'intention de Jean-Frédéric Guérin… Si vous n'aviez pas été tabassé pour vous empêcher d'agir, mais pour le tranquilliser, *lui*…"

Le café se vidait, les audiences commençaient. Ils auraient dû eux aussi se mettre en route. Mais Marc était désormais si captivé que plus rien d'autre n'existait pour lui. Ce qu'Alex disait paraissait logique. Terriblement logique.

"Bien, fit-il, se rangeant à l'avis du jeune homme. Posons donc cette hypothèse. Et ensuite ?

— Ensuite, répondit Alex, nous arrivons au prochain problème. Si tout le monde sait que vous ne lâchez jamais le morceau tant que vous n'avez pas trouvé ce que vous cherchiez, alors pourquoi Guérin a-t-il été assassiné ?

— Oui, pourquoi ?!

— Qu'il soit mort, ça ne change rien au fait que vous continuiez vos recherches, si ?

— Non.

— Alors pourquoi Guérin est-il mort ? Je me disais que la réponse devait se trouver dans l'enveloppe, mais ça ne tient pas debout.

— Pourquoi ?

— Si les décideurs avaient vraiment craint ce que vous avez découvert ou pouviez encore découvrir, vous seriez mort, Marc. Vous, et pas Guérin. Alors, pourquoi est-ce lui qui est mort ? J'ai retourné le problème dans tous les sens et je n'ai abouti qu'à une seule conclusion. Ce n'est pas vous, mais Guérin qui aurait pu causer des difficultés. Car si vous aviez été la source du danger, vous seriez mort.

— D'accord, répliqua Marc, mais pourquoi Guérin voudrait-il tout à coup faire des ennuis ?

— Ça, avoua le jeune homme, je n'en sais encore rien."

Marc regarda sa montre. "Il faut y aller, on va être en retard", finit-il quand même par dire, et il déposa un billet sur le comptoir.

Ils traversèrent la rue en courant pour rejoindre le palais de justice et prirent place juste à temps dans la salle d'audience. Le procès commença et, comme toujours, Marc s'étonna de la tournure solennelle et cérémonieuse des choses. Il écouta d'une oreille distraite la plaidoirie des avocats en robes noires, puis ses pensées allèrent vagabonder ailleurs. Quelque chose, dans ce qu'avait dit Alex, le titillait.

Quand ils se retrouvèrent dehors, dans la rue, une fois l'ennuyeux procès terminé, Marc reprit :

"J'ai repensé au déroulement des choses.

— À partir d'où ?" demanda le jeune homme, tout de suite au fait.

Ils longèrent la file de touristes qui attendaient à l'entrée de la Sainte-Chapelle.

"Je vois Guérin, je l'informe de ce que je sais sur lui et je lui flanque la frousse. Après quoi, je me fais tabasser.

— Oui, vous vous faites tabasser pour qu'il soit tranquille.

— Bien, dit Marc. Peut-être. Mais ça ne nous dit toujours pas pourquoi Guérin meurt. Pourquoi lui et pas moi ? (Il répondit lui-même à la question.) Parce qu'il leur a dit qu'il les emporterait tous dans sa chute si ce cochon de journaliste le détrônait.

— Oui, approuva Alex, mais oui, évidemment. Pourquoi est-ce que je n'y ai pas pensé moi-même ? Bien sûr, c'est ça, la solution."

Ils arrivèrent au pont. De l'autre côté de la Seine, juste derrière la fontaine Saint-Michel, un bus s'arrêta. Des passagers descendirent, d'autres montèrent. Un bateau promenait son chargement de touristes endormis sur le fleuve scintillant dans le soleil. Malgré la chaleur, les terrasses des cafés s'emplissaient peu à peu.

"Donc, c'est forcément dans l'enveloppe, Alex. Il faut qu'on réexamine tout le contenu. Pendant toutes ces années, Guérin a travaillé pour quelqu'un. Il a peut-être rapporté des contrats à un groupe ou procuré des financements à un parti, ou peut-être les deux. Nous trouverons bien un indice qui mène à ces gens-là."

12

Il avait l'air de ruminer dans son coin. Les paupières mi-closes, les pieds sur la table, il donnait l'impression de ne pas écouter. Pourtant, Marc enregistrait chacun des mots que prononçait Alex. Ils s'étaient retrouvés à la rédaction et étaient assis dans la salle d'entretien depuis une bonne heure. Dans le couloir, deux collègues discutaient à pleine voix d'une conférence de presse et descendaient une phrase après l'autre tout le discours d'un ministre.

"Je ne crois pas que ce soient ces gens-là, dit Marc quand Alex lui eut lu tous les noms des groupes avec lesquels Jean-Frédéric Guérin avait été en contact pendant son mandat à Bruxelles. Ou plutôt : il est intervenu pour beaucoup de groupes, et il a peut-être même fait plus. Mais même s'il avait menacé l'un des managers de tout révéler de leurs manigances, ils ne l'auraient pas tué.

— Pourquoi pas ?" demanda Alex.

C'était une question d'efficacité, de rapport entre l'utilité du geste et les efforts requis pour celui-ci.

"Imaginons que le groupe ait payé Jean-Frédéric Guérin pour qu'il influe sur une décision prise à Bruxelles.

— Et que Guérin, coupa Alex avec excitation, ait réussi et mis dans la combine d'autres députés…

— Oui, d'accord. Mais la décision a déjà été prise depuis longtemps en faveur du groupe, Alex. Et quoi que Guérin ait encore pu raconter à la presse, cela n'aurait pas vraiment nui au groupe.

— Qu'il ait accepté des pots-de-vin, et d'autres députés aussi…"

À son tour, Marc interrompit son stagiaire.

"Alex, c'est scandaleux, oui. Et cela nuit à l'image…

— Ça aurait pu faire des remous…

— Oui, certes.

— Il aurait peut-être même pu y avoir un procès.

— Mais pour le groupe, ce n'est qu'un embêtement, rien de plus. En général, ça ne fait même pas varier la cotation en Bourse. Non, Alex, ces gens-là n'assassinent que s'ils craignent de perdre un marché. Ces gens-là ne pensent pas comme toi et moi. Une mort doit être rentable."

Guérin était mort noyé parce qu'il avait menacé de faire capoter une affaire vraiment juteuse. Un marché de plusieurs milliards. C'était la seule possibilité.

"Il faut qu'on regarde ce qui va se passer après, tu comprends, pas ce qui s'est passé avant. Il faut qu'on trouve quelles sont les affaires vraiment importantes à venir, quels sont les contrats en cours de négociation.

— Et comment est-ce qu'on est censé avoir accès à ce genre d'informations ?"

Il n'y avait qu'une personne susceptible de l'aider, quelqu'un qui était au courant de tout parce qu'il avait appris le métier auprès d'un professeur qui maîtrisait le sujet. Alain Toulouse.

"J'ai ma petite idée", dit Marc.

13

"Marc, ça fait plaisir de t'entendre", avait dit Alain Toulouse, et Marc avait perçu une joie sincère dans le ton de sa voix. Alain Toulouse avait été une constante de son enfance et de sa jeunesse. Aussi loin que remontaient les souvenirs de Marc, le fidèle successeur de son grand-père avait toujours été là, à deux pas, toujours prêt à agir au bon moment. Hubert Bourgueil l'avait engagé alors qu'il était encore un jeune homme, et Marc avait vu ses cheveux grisonner peu à peu au fil des ans. Alain Toulouse avait aujourd'hui la soixantaine, ses cheveux épais étaient toujours taillés en brosse comme autrefois et, dans l'ensemble, il n'avait d'ailleurs pas beaucoup changé non plus.

"Qu'est-ce que tu dirais d'aller à l'opéra avec moi la semaine prochaine ? *Don Giovanni*, avait proposé Alain Toulouse, et Marc avait répondu :

— Qu'est-ce que tu dirais de m'inviter ce soir à ton bureau pour un whisky ?

— D'accord, viens à huit heures. Je nous fais livrer quelque chose à manger."

Il n'avait pas mis les pieds au siège du groupe depuis au moins six mois, et la nouvelle réceptionniste, à l'accueil, ne savait visiblement pas qui il était.

"Qui dois-je annoncer ?

— Marc Rappaport.

— M. Toulouse sait que vous venez ?

— Oui."

Il constata avec étonnement qu'après toutes ces années, il était toujours aussi douloureux de pénétrer dans les lieux qui étaient liés à son grand-père et qui, sans lui, semblaient désormais vides.

Alain Toulouse l'accueillit à la porte, et comme s'il savait ce que ressentait Marc, il le prit par l'épaule et l'accompagna pour franchir le seuil du bureau. Rien ou presque n'y avait changé. Le même bureau, le même canapé en cuir à côté de la grande baie vitrée, le même tableau de Charles Camoin qui le fascinait enfant parce qu'il représentait une femme nue.

"Viens, dit Alain Toulouse, assieds-toi. Tu prends un whisky tout de suite ?

— Oui."

Ils burent en silence. Ce bureau orienté à l'ouest et qui surplombait les toits de Paris, Hubert Bourgueil l'avait fait aménager pour pouvoir suivre chaque soir le spectacle du coucher de soleil. Ce soir-là, la pièce était baignée dans une lumière rosée et apaisante. Marc s'approcha de la fenêtre. La ville semblait apprêtée comme pour un bal d'opéra. Toutes les façades des immeubles luisaient comme des pans de satin rosé. Ensuite, des nuages se levèrent sur la droite, et le ciel se divisa en deux tableaux différents. Il le fit remarquer à Alain Toulouse, qui s'était approché de lui.

"Il aimait ce moment de la journée", répondit Toulouse.

Marc savait que sa présence, le fait que le chouchou de monsieur soit là, éveillait chez Alain Toulouse la même nostalgie que celle qu'il avait lui-même ressentie tout à l'heure, sur le seuil.

Ils s'assirent.

“Qu’est-ce que je peux faire pour toi ? demanda Alain Toulouse sans détour.

— Il me faut des informations.”

L’homme qui avait plein pouvoir sur les affaires Bourgueil sourit.

“C’est une constante, chez toi.

— Je voudrais savoir quels sont les groupes français qui doivent signer de gros contrats nationaux dans un avenir proche.

— Pourquoi ?

— Parce que, répondit Marc, étonné de la rapidité avec laquelle il avait décidé de tout dire à Alain Toulouse – il n’avait même pas eu besoin de réfléchir et avait trouvé naturel de se confier à un vieil ami de la famille –, parce que je fais des recherches sur un homme politique corrompu.”

Alain Toulouse ne réagit pas et Marc interpréta son impassibilité comme le signe qu’il devait poursuivre.

“Tu as pu lire sa nécrologie dans tous les journaux.

— Qu’est-ce que tu veux savoir exactement sur Jean-Frédéric Guérin ?

— Je suppose qu’il a aidé un groupe à obtenir des contrats importants.

— Ce n’est pas une nouveauté, dit Alain Toulouse. Guérin s’est engagé pour nous tous.

— Mais il se trouve que j’ai découvert sur lui, disons, des choses désagréables, et qu’un jour avant son décès accidentel, je l’ai menacé de publier ce que je savais.

— Et alors ?

— Cela aurait pu mettre fin à sa carrière. Je pense que pour l’un des groupes concernés, il est devenu gênant.

— Pourquoi ? demanda Toulouse d’une voix laconique.

— Parce que ce groupe était sur le point de remporter un marché de plusieurs milliards.”

On frappa à la porte et deux serveurs entrèrent, installèrent une petite table et deux chaises dans la pièce attenante, puis servirent le dîner. En dépit des mises en garde régulières de sa femme végétalienne, Alain Toulouse était visiblement resté un carnivore de cœur : il leur avait commandé un bœuf Rossini au jus de truffe et un gratin, le tout accompagné d’un vin rouge velouté du Languedoc qui se révéla être une belle surprise. Ils savourèrent et commentèrent le repas. Hubert Bourgueil leur avait appris qu'à table, on ne parlait tout au plus que des plats servis, et ils ne reprirent leur conversation qu'une fois sur le canapé, quand le serveur, ayant apporté le plateau avec les tasses de moka et les petits fours, se fut retiré discrètement.

"Donc, tu penses que Jean-Frédéric Guérin a menacé ce groupe ?

— Je l'ai vu juste un jour avant son accident, et je pense que j'ai dû lui faire peur.

— Mais selon toi, comment le groupe aurait-il dû être au courant ?

— Il a certainement appelé les personnes concernées.

— Dans quel but ?"

Dans la pièce attenante, les serveurs débarrassaient. Marc les vit plaisanter. Ils étaient jeunes et paraissaient un peu engoncés dans leurs costumes noirs.

Sous le regard appuyé de son interlocuteur, Marc perdit pied. "Je ne sais pas. Peut-être pour leur dire qu'il révélerait tout si…

— Si *quoi* ?"

Marc n'avait pas non plus de réponse claire à cette question. La seule chose qu'il avait à offrir était une hypothèse et, ici, dans le bureau de son grand-père, elle lui semblait bien tirée par les cheveux.

"Pourquoi un groupe devrait-il sacrifier un homme politique de haut rang qui lui a rendu de bons et loyaux services pendant de longues années ?" Comme toujours, Alain Toulouse avait saisi les enjeux et en venait tout de suite au cœur du problème.

Marc ne répondit pas.

"Ce ne serait pas très malin, non ? demanda Alain Toulouse.

— Non, ce ne serait pas très malin, répondit Marc.

— Pourquoi un groupe devrait-il faire quelque chose d'aussi tordu ?

— Tu trouves donc que mes suppositions ne tiennent pas debout…

— Pourquoi les décideurs ne font-ils pas plutôt disparaître le journaliste, si tôt ou tard, il doit découvrir le pot aux roses ? (Alain Toulouse se pencha vers lui.) Tu ne t'es pas demandé, Marc, ce qui pouvait pousser la direction d'un groupe à agir de la sorte ?"

La réponse, tout à coup, transperça Marc de part en part. À vrai dire, il en avait toujours eu le pressentiment, mais il n'avait pas voulu voir les choses en face. "J'estimais beaucoup votre grand-père", lui avait dit Guérin. N'avait-il pas aussi mentionné qu'il l'avait connu quand il était jeune ? Avait-il cherché à savoir dans quel contexte ? Non, c'était cette piste-là, précisément, qu'il n'avait pas suivie. Il se souvint d'une entrevue qui prenait désormais tout son sens. "J'ai nommé aujourd'hui Alain Toulouse à ma succession", lui avait dit son grand-père ce jour-là. Ils étaient assis sur ce même canapé et finissaient la bouteille de vin rouge qu'ils avaient commencée avec le repas. "À vrai dire, j'ai toujours souhaité que ce soit *toi* qui reprennes les affaires.

— Je ne suis pas fait pour le rôle du prince héritier, avait répliqué Marc sans y penser plus que ça.

— Ce n'est pas une plaisanterie, Marc ! Et je n'ai aucune envie de rire. En réalité, c'est le jour le plus triste de ma vie. J'ai construit un empire, et je n'ai pas de successeur. Mes deux filles ont épousé des imbéciles. Et parmi mes petits-enfants, le plus capable… Tu aurais pu faire de grandes choses, mon garçon, mais tu ne veux pas descendre de ton piédestal. Quand on est là-haut, on ne peut pas orchestrer les choses, on ne peut que regarder et juger.

— Et toi, tu es où ?

— Je crée des emplois. Où crois-tu qu'il faille être pour ça ? Avec la piétaille. Pas chez vous, les intellectuels, mais là où les choses sont parfois un peu moins raffinées. Ce n'est pas ton monde, Marc, ni celui de ton père ô combien instruit. Tu allumes, s'il te plaît ?"

Marc s'était levé et avait allumé la liseuse en cuivre surmontée d'un abat-jour vert foncé. "Et Robert ? avait-il demandé en se rasseyant sur le canapé auprès de son grand-père.

— Pièce touchée, pièce jouée, avait répliqué celui-ci en faisant allusion à la règle d'échecs. Toulouse est quelqu'un de fidèle. À moi et à mes idées. Toulouse ne fera rien qui puisse nuire à ma famille. Jamais."

Mais quel ridicule ! Quel grotesque ! Quand il s'agissait de sa propre vie, lui, le journaliste d'investigation, était frappé de cécité. Quand il s'agissait de poser les questions qui pourraient changer le cours de sa vie, lui, l'enquêteur finaud et soi-disant incorruptible, était une chiffe molle incapable d'agir. Pourquoi un groupe avait-il sacrifié un homme politique de haut rang plutôt que de l'éliminer, *lui* ? Tout simplement parce que les décideurs lui accordaient plus de valeur. Jean-Frédéric Guérin avait sans doute exigé qu'on se débarrasse de lui, mais c'était exactement ce qu'Alain Toulouse n'avait ni pu ni voulu faire.

Marc fut pris de vertige.

Il était intelligent. Malin. Courageux. Il prenait en considération ceux que personne ne voyait. Mais cette vérité, il n'en voulait pas. Et pourtant, elle l'assaillait, le saisissait à la gorge et le faisait chanceler. Il titubait, il tombait… Pendant des années, il n'avait rien fait d'autre que de partager le monde entre les coupables et les innocents – mais n'était-ce pas sa mission ? Il écrivait des articles sur des crimes, des procès, des gens qu'on déclarait coupables et qui devaient payer pour leurs méfaits… Pendant des années, il avait défendu la cause des innocents et des démunis, et maintenant, ça ! De quelle étoffe était cousue sa vérité ? De quelle étoffe était cousue son existence ?

"Où est-ce qu'ils se sont rencontrés ?" finit-il par demander, trouvant le courage de parler.

Dix fois, au moins, il aurait pu demander à Alex de trouver dans quelle entreprise Guérin jeune homme avait été employé à Yaoundé, où le groupe de son grand-père avait une grosse filiale. Dix fois, il ne l'avait pas fait. Il y avait des questions qu'il était dangereux de poser. Il y avait des questions qui menaient là où on ne voulait pas aller.

Il leva les yeux vers Alain Toulouse, et la réponse qu'il lui fit, qui disait toute l'affection qu'il avait pour lui, de même que son désir de le laisser le plus longtemps possible dans son monde de rondes et de comptines, dans ce monde plein de certitudes confortables, ne le surprit pas non plus.

"Je suis désolé, murmura Alain Toulouse. Je suis vraiment désolé."

OUVRAGE RÉALISÉ
PAR L'ATELIER GRAPHIQUE ACTES SUD
ACHEVÉ D'IMPRIMER
SUR ROTO-PAGE
EN JUIN 2016
PAR L'IMPRIMERIE FLOCH
À MAYENNE
POUR LE COMPTE DES ÉDITIONS
ACTES SUD
LE MÉJAN
PLACE NINA-BERBEROVA
13200 ARLES

DÉPÔT LÉGAL
1re ÉDITION : SEPTEMBRE 2016
N° impr. : 89823
(Imprimé en France)